TE VEJO NA FINAL

AYSLAN MONTEIRO

TE VEJO NA FINAL

Rio de Janeiro, 2024

Copyright © 2024 por Ayslan Monteiro.

Todos os direitos desta publicação são reservados à Editora HR Ltda.
Nenhuma parte desta obra pode ser apropriada e estocada em sistema de banco de dados ou processo similar, em qualquer forma ou meio, seja eletrônico, de fotocópia, gravação etc., sem a permissão dos detentores do copyright.

A Harlequin é um selo da HarperCollins Brasil.

Editoras: *Julia Barreto e Chiara Provenza*
Assistência editorial: *Isabel Couceiro*
Copidesque: *Alanne Maria*
Revisão: *Dandara Morena e João Rodrigues*
Ilustração e design de capa: *Aureliano Medeiros*
Projeto gráfico e diagramação: *Abreu's System*

Publisher: *Samuel Coto*
Editora-executiva: *Alice Mello*

Contatos: Rua da Quitanda, 86, sala 601A – Centro –
Rio de Janeiro, RJ – CEP 20091-005
Tel.: (21) 3175-1030
www.harlequin.com.br

CIP-Brasil. Catalogação na Publicação
Sindicato Nacional dos Editores de Livros, RJ

M774v

    Monteiro, Ayslan
        Te vejo na final / Ayslan Monteiro. – 1. ed. – Rio de Janeiro : Harlequin, 2024.
        320 p. ; 23 cm.

        ISBN 978-65-5970-336-4

        1. Romance brasileiro. I. Título.

23-87265   CDD: 869.3
                      CDU: 82-93(81)

Gabriela Faray Ferreira Lopes – Bibliotecária – CRB-7/6643

Os pontos de vista desta obra são de responsabilidade de seu autor, não refletindo necessariamente a posição da HarperCollins Brasil, da HarperCollins Publishers, da Editora HR Ltda ou de sua equipe editorial. Todos os personagens neste livro são fictícios. Qualquer semelhança com pessoas vivas ou mortas é mera coincidência.

*Para todos os meninos que já foram chamados de bicha
porque não jogavam futebol no recreio.*

NOTA DO AUTOR

Este livro tem como pano de fundo uma versão fictícia da Copa de 2026. Alguns acontecimentos retratados aqui não seriam possíveis devido às regras da FIFA no que diz respeito à movimentação dos jogadores durante o evento. Os jogadores não podem ficar viajando entre cidades sozinhos, visitando amigos e/ou saindo para encontrar jogadores rivais no meio da noite. Porém, para fins narrativos, elas foram sutilmente flexibilizadas. Afinal, a única coisa realmente impossível de acreditar é que até hoje nenhum jogador da seleção brasileira masculina de futebol conseguiu se assumir durante seu período ativo no esporte. Que, em tantas edições, todos os jogadores presentes sejam cem por cento heterossexuais. Que o futebol brasileiro, conhecido no mundo todo, também seja um dos mais tradicionalmente homofóbicos.

Isso é realmente difícil de acreditar.

Mesmo assim, sigo otimista de que o futuro reservado para o futebol se pareça, pelo menos um pouquinho, com a história deste livro.

CAPÍTULO 1

PENTA À VISTA? BRASIL E ALEMANHA SE ENFRENTAM NA FINAL DA COPA DE 2002!

Aracaju, 30 de junho de 2002

Aracaju estava em festa. Além da Copa do Mundo, que deixava todas as outras cidades do Brasil em polvorosa, o leve cheiro de fumaça e fogueira, típico da Festa de São Pedro, ainda pairava no ar. Se o Brasil fosse penta, aquela atmosfera não desapareceria tão cedo.

Enquanto no sudeste do país uma grande vitória da seleção era esperada com samba, na capital do menor estado do Brasil a expectativa era regada a forró, milho e rojão. Uma coisa de cada vez ou, por que não, tudo ao mesmo tempo. Um tipo de celebração comum para quem havia nascido ali.

Naquele ano, alguma coisa fazia todo mundo no Brasil acreditar que o penta estava a caminho. Talvez fosse a seleção em excelente forma ou talvez o hype do corte bizarro que Ronaldinho Fenômeno ostentava no Oriente, facilmente encontrado na cabeça de qualquer criança do país. Não se sabia o que era, mas, por alguma razão, todo mundo acreditava.

Acreditar. Se tinha algo que o brasileiro de 2002 fazia bem era acreditar na chegada de tempos melhores. O milênio havia acabado de começar sem bug e cheio de promessas; entre elas, a de finalmente arrancar o band--aid da dolorosa final de 1998 contra a seleção francesa. Era nesse clima de festa que dona Maurinha e seu Leleco, moradores do bairro do Santo Antônio, mais precisamente da casa de azulejos amarelos de número 73, na rua São Francisco, esperavam o primeiro filho.

Maria Maura dos Santos, a dona Maurinha, como era conhecida na vizinhança, era nascida e criada em Aracaju. Não havia nascido no Santo Antônio, mas passou a chamar o bairro de casa quando desistiu se casar com um engenheiro — que seu pai adorava chamar de "doutô" — para constituir família com um marceneiro. Dona Maurinha havia se tornado professora depois do colegial e passara a ensinar as primeiras letras para uma turma do maternal numa escola que ficava a cinco quarteirões depois da Catedral Metropolitana.

Já Alexandre, o seu Leleco, era de uma família de marceneiros: o tataravô, o bisavô, o avô e o pai viveram da marcenaria. Leleco até tentou fugir do estigma familiar, mas acabou se tornando marceneiro *e* um aplicado jogador de futebol. Era zagueiro do Dorense, time da segunda divisão do interior de Sergipe.

Depois de quatro anos de um casamento majoritariamente feliz, Maurinha embarrigou do que viria a ser Maicon dos Santos Anjos. Um nome que a mãe, uma católica não-tão-fervorosa, achava forte para um filho muito aguardado, principalmente pelo avô materno, que, depois de anos de birra com o genro, espalhava um pouco mais orgulhoso nos bares da cidade que a filha era casada com um jogador de futebol. Mas nunca com um marceneiro.

A rua São Francisco estava especialmente movimentada naquele trinta de junho. Eram apenas sete da manhã, mas, desde que a Copa da Coreia do Sul e Japão havia começado, os horários do Brasil estavam loucos. Escutava-se dona Lúcia, a vizinha da frente, insistir em chamar a competição de Copa da China, mesmo com as correções do filho mais novo.

Dona Maura, acompanhada de Soninha, sua irmã, picava o quiabo para preparar uma quiabada para o almoço. O barrigão de oito meses dificultava um pouco a tarefa, mas, antes de futura mãe, Maurinha era genuinamente cabeça-dura. Não gostava de se sentir inútil e, por isso, cuidava de tudo que dava, enquanto mordia a língua em uma velha mania de infância.

Enquanto Maurinha e Soninha preparavam a comida, Leleco e o cunhado organizavam a televisão no quintal da casa para receber os vizinhos para a final da Copa. De longe, ouvia-se os acordes de algum álbum da banda Mastruz com Leite e a conversa acalorada das irmãs.

— Menina, tá sabendo de Luquinhas? — perguntou Soninha.

— Que Luquinhas? — devolveu dona Maura.

— Filho de dona Neide e Clebinho da Oficina. — Dona Maura soltou um ruído de descontentamento. Soninha sempre foi chegada às fofocas do bairro, principalmente quando a ajudavam a sustentar uma falsa sensação de superioridade. Ela não era má pessoa, mas, como todo mundo, gostava de uma boa fofoca. — Então, parece que é viado!

— Oxe, que história é essa Soninha… — retrucou a irmã mais velha.

— Pois é, criatura, me contaram que ele estava encangado com um rapazinho de Salvador lá no Forrozão da Rua de Siriri — continuou Soninha. — De mão dada e tudo!

— Vôte…

— Pois é, né, um rapaz tão bonito! Um desperdício…

— Vôte pra você, Soninha! Desperdício o quê? Você ia se engraçar com ele por um acaso? — Maurinha cortou o assunto. — Chegue, me dê esses quiabo logo, que se você cortasse com a língua essa quiabada já estava pronta!

O que Soninha murmurou em seguida, nem as lagartixas do telhado conseguiram entender.

— Essa quiabada sai ou não sai? — falou Leleco, entrando na cozinha sem camisa e vestindo um short tão curto que o enquadraria em crime de atentado ao pudor em alguns países.

Soninha, que nunca foi metida a santa, o encarava sem a mínima vergonha. O corpo atlético de jogador de futebol, os braços fortes de marceneiro e a pele retinta da família Anjos chamavam a atenção para o patriarca da casa. Além disso, o sorriso de Leleco era um atrativo à parte. Segundo boatos da família dos Santos, fora isso o que conquistara dona Maura de cara, quando ela ainda frequentava o ginásio no Arquidiocesano.

Leleco se aproximou de Maurinha e deu um cheiro no cangote da esposa enquanto ela o espantava do fogão.

— Sai antes do penta, isso eu garanto! — respondeu Maura. — Ô, Soninha, chame o traste do seu marido e peça pra ele colocar a mesa!

— Não sei pra que invenção, fazer quiabada oito horas da manhã! — reclamou a irmã, equilibrando os pratos numa torre.

— E o jogo acaba que horas, Soninha? Cê vai querer vir bêba fazer almoço?

— Eu mesma não!

Agora a sós na cozinha, em um momento de intimidade, Leleco ajoelhou-se na altura da barriga da esposa, próximo do futuro primogênito. Maura fingia irritação, mas, no fundo, adorava presenciar o amor que os dois nutriam por Maicon.

— Como está o meu futuro craque? — cochichou Leleco.

— Quietinho — respondeu Maura. — Aparentemente, ele ainda não se rendeu aos desesperos do futebol.

— Ótimo, craque que é craque não fica nervoso. Craque de verdade...

Antes que o pai começasse outro monólogo intrauterino, eles escutaram os gritos do portão. A outra parte da família havia chegado. O jogo que provavelmente pararia o país estava prestes a começar.

A chamada da Globo entrou no ar assim que todo mundo se acomodou no quintal. Àquela altura, todos já sabiam o que aquilo significava. Em poucos minutos, Gilvão — o narrador mais famoso do país — anunciaria o começo da partida, e o coração do país inteiro iria para os pés dos vinte e dois jogadores do Brasil do outro lado do mundo.

Quando o apito cantou, dona Maura, que ainda carregava um pano de prato no ombro direito, encontrou uma posição confortável o suficiente para passar os próximos noventa minutos ali, sentadinha; caso sua bexiga colaborasse, claro.

O começo do jogo foi agressivo. Os dois países sabiam o peso de disputar uma final de Copa do Mundo. Ambos queriam a taça. Mas foi apenas aos vinte minutos que o primeiro chute ao gol aconteceu: Ronaldo, com a força de milhões de brasileiros, chutou forte, lindo, do jeito que só ele conseguia fazer.

E perdeu, é claro. Nenhuma narrativa brasileira acontece sem emoção, não seria diferente em uma final de Copa do Mundo.

Mas, durante os microssegundos em que a bola perfazia sua trajetória, todo mundo se levantou de forma automática com aquele "Uh" que qualquer torcedor odeia gritar ao assistir a um jogo.

Um movimento simples para qualquer pessoa que não estivesse carregando uma criança de oito meses na barriga, uma criança com todos os genes matematicamente encaixados para se tornar um grande admirador do futebol. Qualquer criança que não fosse Maicon dos Santos Anjos.

Dona Maura se arrependeu de esbravejar o grito de torcida preso na garganta na mesma hora. Sua lombar se revoltou imediatamente. Mas aquela jogada significava muito para o Brasil — ela não conseguiu segurar. Seu filho Maicon também parecia irritado. Ele havia se atrasado para o jogo mais importante do ano e, não à toa, começara a fazer força para conseguir assistir à partida naquele exato momento. Maurinha levou a mão à barriga, curvando-se.

De longe, Soninha notou que havia algo errado e correu para o lado da irmã, que gritou tão alto, tão alto que os vizinhos do outro lado da rua acharam que era um gol do Brasil ainda não transmitido pela velha televisão de tubo possivelmente atrasada.

Já Leleco, assustado, correu para recolher os pertences da esposa e do primogênito, pausando a cada dez segundos para escutar os lances do jogo em Yokohama. Horas depois do nascimento do filho, dona Maura descobriu que o recém-nascido era um dos únicos na maternidade sem o próprio cueiro por causa daquelas pausas. Leleco tinha esquecido o tecido em casa enquanto dividia a atenção entre as contrações de Maura e os dribles dos jogadores. O casal acabou pegando um cueiro emprestado da vizinha do quarto ao lado.

Na hora de entrar no carro, foi uma confusão. O melhor motorista da família era, sem dúvida, Leleco, e, por conta desse fato traçado em pedra, ninguém encostava no seu Passat 1983 Bege. Mas dona Maura bateu o pé: ele não a levaria para a maternidade depois de oito latinhas de Antarctica.

A conta, que de exata não tinha nada, sobrou para Soninha, que era — também traçado em pedra — a pior motorista da família. Mas, como ela odiava Antarctica, estava bebendo devagarzinho, mal tinha virado uma latinha até o fim quando a bolsa estourou.

Soninha morria de medo de ladeiras, mas o medo não a impediria de conhecer o próprio sobrinho. Mesmo deixando o carro morrer quatro vezes e meia no caminho — a que aconteceu na porta do hospital ela insistia que não contava —, conseguiu levar pai, mãe e filho intactos. Apenas levemente surtados.

Na entrada da maternidade, Leleco dirigiu-se até a enfermeira mais próxima e, claro como um cristal, fez duas perguntas à moça. A primeira, para onde levaria a esposa e, a segunda, onde ele encontrava uma televisão.

— Senhor, só temos televisão nos quartos… mas estão todos ocupados — respondeu a moça, incrédula.

Aparentemente, nascer durante uma final de Copa do Mundo era mais comum do que as novelas faziam parecer.

— Vai, Leleco, acha uma televisão! Eu mando Soninha te chamar quando a dra. Beatriz chegar!

Maurinha nunca soube, mas naquele momento Leleco renovou todos os seus sentimentos por ela. Para fins românticos, talvez o marceneiro e zagueiro tivesse gostado de dizer que aquilo havia acontecido várias vezes, num ritmo quase diário, mas ele sabia que tinham sido poucas. Não é que ele não a amasse, mas não era fácil comparar aquele momento — ou o empréstimo para comprar o Passat 1983 Bege — com qualquer outro. Em ambos os momentos, sua esposa havia se superado.

— Eu te amo! — disparou Leleco, animado para procurar uma te-levisão. — Soninha, vá correndo me chamar quando o Maicon estiver nascendo! — Antes de sair, ele beijou a testa da esposa. *Tomara que a dra. Beatriz ou o moleque só apareçam quando acabar o primeiro tempo,* pensou Leleco por um segundo, antes de se virar e correr em busca da partida.

Do outro lado da cidade, poucos segundos antes de beber a primeira dose de whisky com água de coco para acompanhar o jogo do Brasil, dra. Beatriz recebeu uma ligação desesperada da professora da sua filha caçula. Dona Maura, ou tia Maura, como ela estava acostumada a ouvir, soava preocupada, mas ainda encontrava espaço no medo para brincar dizendo que o filho também queria ver o Brasil ser pentacampeão.

O tempo médio de carro da casa de Beatriz até a maternidade onde trabalhava era de quinze minutos. Dra. Beatriz chegou em treze, um tempo que ela julgava ser bem sortudo. Ela não se importava em perder o jogo; qualquer que fosse o resultado, o Brasil encontraria motivo para comemorar. Essa era a parte à qual ela se apegava. Sua principal preocupação agora era garantir que o menino Maicon chegasse bem e com saúde aos braços de Maurinha.

Pelos primeiros exames, o garoto estava mesmo apressado, o que quase fez com que a médica acreditasse na teoria da mãe. Médicos mais experientes apostariam numa cesariana, mas, naquela manhã, como 99% dos brasileiros, ela estava se sentindo confiante. A dilatação de Maura progredia bem, e o bebê provavelmente nasceria nos próximos minutos. A mãe também era contra uma cesariana. Ela preferia parir do jeito tradicional.

Nenhum grito saiu da boca de dona Maura. Não se ouvia nem mesmo um pio entre as respirações entrecortadas. As enfermeiras ficaram chocadas, só que ninguém sabia a verdade. A professora preparava-se havia semanas e já tinha repetido várias vezes para Soninha:

— Soninha, eu não vou ter um parto de novela, não, cheio de grito. — Soninha apenas a encarava de volta e sorria. Ela sabia o quanto a irmã era cabeça-dura e determinada.

Maura quebrou o braço três vezes quando criança, não chorou em nenhuma delas. A mãe achou na época que ela era uma daquelas pessoas que não sentiam dor; mas não era o caso. Maura apenas acreditava que lágrimas deveriam ser reservadas para momentos muito especiais. Gritos, mais ainda.

Por isso, para a surpresa de todos, o primeiro grito veio com a explosão do Brasil inteiro. Enquanto dona Maura finalmente cedia às dores do parto, Ronaldinho abria o placar contra a Alemanha, em um gol não muito bonito, mas que amenizava as dores do coração de milhões de brasileiros. Em um chute potente de Rivaldo e em uma falha do goleiro alemão que deixou a bola escapulir, no rebote, o Fenômeno bateu para o gol.

Soninha entrou esbaforida no último quarto do corredor, onde encontrou Leleco assistindo ao jogo com uma família de trigêmeos recém-nascidos.

— Chega, Leleco, bora! Maicon tá nascendo!

O segundo gol, aos trinta e três minutos do segundo tempo, poderia ter saído dois minutos antes, apenas para se alinhar com o choro forte e alto do filho de Maura e Leleco, já que, às 9h27, pelas mãos da dra. Beatriz, pesando 3,5kg, nasceu Maicon dos Santos Anjos.

O pai chorava de emoção com o filho no colo. Nos meses seguintes, algumas das más línguas da rua São Francisco diriam que o choro foi causado pelo segundo gol. As corretas sabiam que foi pelos dois. Enquanto olhava do filho para a televisão, Leleco sabia que assistia à seleção fazer história enquanto torcia para ter nas mãos o criador das próximas.

Alguns minutos depois de Maicon nascer, do outro lado do mundo, a Seleção Brasileira de Futebol se tornava a primeira seleção do mundo a erguer cinco vezes a taça de campeã mundial. No Brasil, Leleco, que perdera as contas do número de latinhas, tomava uma decisão: depois de um jogo daqueles, seu filho não poderia ter outro nome. Com a certeza de um homem levemente bêbado, ele podia jurar que Maicons não faziam história.

Ronaldo? Não, clichê demais. Ele pensava que muitos garotos se chamariam Ronaldinho depois daquela final. Cafu? Talvez. Mas lá no fundo, um zagueiro nato, Leleco sabia que o nome de seu primogênito não poderia ser outro.

Assim, em homenagem ao seu jogador favorito da seleção de 2002, Leleco mudou de ideia e alterou o destino do próprio filho. Às 9h27, pelas mãos da dra. Beatriz, pesando 3,5kg, não nascia Maicon dos Santos Anjos, mas Edmílson dos Santos Anjos.

A quem vocês vão conhecer apenas como Edinho.

CAPÍTULO 2

SERGIPÃO 2010: SERGIPE x CONFIANÇA SE ENFRENTAM NA PRÓXIMA RODADA!

Aracaju, 25 de março de 2010

O típico calor de Aracaju fazia com que o suor escorrendo pelas costas de Edinho se misturasse com a água do tanque que já encharcava seu corpo. O quintal, não mais tão bem-cuidado como fora um dia, dava um aspecto interiorano ao local, mesmo que a casa em que ele crescera fosse a mesma na qual havia nascido oito anos antes. Azulejos amarelos, na rua São Francisco, do bairro Santo Antônio.

A esperança do garoto era que o calor que o atormentava enquanto lavava sua chuteira para o jogo contra o Amadeus no dia seguinte fosse o suficiente para ajudá-la a secar. Aquele seria o primeiro campeonato dele jogando pelo Arquidiocesano, escola na qual era bolsista. Ele precisava garantir o ouro, senão questionariam a bolsa integral que recebera. Ele era um ex-estudante de escola pública e com uma família sem condições de pagar os setecentos reais da mensalidade da escola. Edinho tinha certeza de que seu futuro usando aquela farda dependia única e exclusivamente do número de vezes que a rede balançasse.

— Criatura, essa chuteira já tá limpa! Ande, saia de dentro d'água pra você não gripar! — gritou dona Maura do basculante da cozinha.

Edinho ignorou. Ela não precisava estar apenas limpa; para aquele jogo, perfeita era o único estado possível. Aos 8 anos, o garoto já colecionava uma série de superstições e manias. Dormia virado para o lado esquerdo da cama; molhava primeiro os pés ao entrar no chuveiro e nunca, sob hipótese alguma, assistia a jogos de futebol descalço. Não importava a situação ou o local.

A mãe achava engraçado, porém, mais tarde, começaria a desconfiar de que talvez a sucessão de manias não fosse apenas fofura. Por ora, concentrava-se ali: lembrar ao filho de que educação era tão importante quanto os gols que ele fazia em quadra. Um problema de artrite havia lhe garantido uma aposentadoria adiantada, e criar Edinho para ser um homem digno havia se tornado sua nova profissão desde o divórcio.

Leleco saiu de casa quando o filho tinha apenas 5 anos. Depois de dar uns beijos em uma atendente da loja de roupas ao lado da marcenaria, ele decidiu pôr fim ao casamento antes de consumar ainda mais a traição — mesmo que a igreja à qual ele ia todos os domingos pregasse que até um pensamento impuro era digno do inferno, para o marceneiro, Jesus teria piedade de um homem com a mesma profissão do pai. Leleco só não tinha certeza de à qual das duas figuras paternas ele estava se referindo ao buscar absolvição divina.

Enquanto esfregava pela quinta vez o pé direito da chuteira, Edinho se deixava levar pelo barulho da vizinhança. Santo Antônio era um bairro calmo, mas, para ouvidos mais atentos, era possível escutar a sinfonia típica do cotidiano da rua. Ou, para os aracajuanos mais apaixonados, da cidade.

O papagaio de estimação reagia aos ganidos baixos do cachorro da vizinha à esquerda, dona Neide, que vendia pastel na feira. Ouvia, de longe, a novela mexicana dublada que sua mãe assistia na sala. O bar da esquina tocava algum arrocha do momento. E, por último, a nota fora do tom: os gritos, duas casas depois da de Edinho, denunciavam que Tata provavelmente estava brigando de novo com a mãe. Ou melhor, o contrário.

As crianças do bairro não gostavam de Tata. Era chamado de "baitola" porque preferia ver desenho a jogar futebol. Edinho não gostava de que chamassem Tata daquele jeito, mesmo que não fizesse ideia do que aquela palavra significava. Sabia, contudo, que ela de algum jeito soava como um xingamento e magoava. Ele não gostava de nada que magoasse outras pessoas, fosse uma palavra ou o próprio pai.

A parte que mais incomodava o garoto era que, mesmo odiando ver Tata naquela situação, quando as crianças xingavam aos quatro ventos, ele mesmo se retraía. E carregaria o arrependimento de nunca ter defendido Tata da ignorância até a vida adulta.

Uma idiotice, é claro. O medo infantil é imune à moral. Naquela época, sua maior preocupação era se os meninos, ao vê-lo defender Tata, o deixariam participar do baba da tarde. Ele não queria arriscar sua paixão por nada naquele mundo. Existiam poucas coisas mais preciosas para Edinho do que o futebol. Dona Maura, sua chuteira Topper e, é claro, Tata. O menino gostaria de ter deixado claro como Tata era importante, mas escolheu o silêncio como fuga.

Tata não sabia disso, é claro, não pelo menos até a adolescência. No mundo dele, a única pessoa capaz de fazê-lo enfrentar todos os xingamentos era o próprio Edinho. Fazia questão de assistir a todos os jogos do amigo, gritar a cada gol e ser o primeiro a abraçá-lo quando ele despontava na esquina ou na beira do campo, ainda suado, depois de uma partida difícil.

Em um universo em que adultos não se lembravam da simplicidade do amor, os dois encontravam na infância um mundo com problemas do tamanho de um campinho marcado com sandálias.

— Edinho! Seu pai tá na porta! — gritou dona Maura do sofá.

— Já vaaaaai! — respondeu Edinho de volta.

Era estranho que o pai estivesse ali naquele final de semana. Não é que ele não ligasse para a separação, mas os dois se viam a cada duas semanas, e Edinho era bom o suficiente em matemática para saber que o pai provavelmente estaria na praia com a nova esposa naquele dia. Edinho sentia saudade do pai e cada vez mais parecia que Leleco arranjava desculpas para desmarcar os planos com o filho. Às vezes, transformava as visitas quinzenais em mensais.

O "pequeno" relapso havia acontecido cinco vezes, Edinho contou. Sua memória era excelente para calcular jogadas *e* memorizar as datas em que o pai o havia decepcionado.

Talvez ele estivesse mesmo sofrendo um pouco com a separação, crianças de 8 anos não são muito boas em mentir para si mesmas.

— Chegue, troque de roupa! Bora pro campo — falou Leleco enquanto Edinho pendurava as chuteiras no muro.

— Oxe! — respondeu Edinho, descrente.

— Adiante, criatura! Um cliente me deu ingresso pra hoje! — disse, caminhando de volta para o carro.

Edinho não hesitou. Talvez o Confiança fosse a única conexão verdadeira que ele ainda mantinha com o pai. Na verdade, talvez fosse o futebol. O agora jogador aposentado era fanático pelo Dragão do Bairro Industrial. Edinho, por consequência, também. O jogo contra o Sergipe provavelmente seria um dos melhores da temporada, e ele ainda não tinha assistido a nenhum jogo ao vivo naquele ano. Tudo o que sabia sobre o Sergipão tinha lido em reportagens lance a lance na lan house do bairro. Ao colocar a camisa, já um pouco apertada, Edinho pensou que com certeza veria Neto Dinamite jogar. O pensamento fez suas bochechas corarem antes mesmo de ele sair correndo do quarto.

No caminho, Leleco tentou conversar amenidades e perguntar sobre a escola, reforçando a importância da bolsa de estudos para o garoto.

— E os jogos que eu não fui? — perguntou, por fim, sem nenhum remorso por ter perdido os jogos do filho.

Edinho sabia que Leleco teria um monte de motivos — motivos não, *desculpas* — para não ter ido. Mas, antes que ele elaborasse uma resposta que livrasse o pai de uma culpa inexistente, chegara a pergunta que Edinho desconfiava ser a intenção do pai desde o início.

— E as namoradinhas? Cadê?

A primeira reação de Edinho foi revirar os olhos, já acostumado com aquele tipo de questionamento por parte do pai. Naquela idade, a única opinião formada que garotos têm sobre garotas é que elas são, na mesma proporção, incríveis e assustadoras. Como se em uma determinada idade, o universo contasse só para elas sobre o verdadeiro significado de crescer. Os meninos, então, ficam mais alguns anos, entre jogos e brincadeiras na rua, se perguntando qual é esse segredo.

— Hein? Você é do time, tá na hora de arrumar uma namoradinha… — interrompeu o pai, insistindo. — Como é o nome daquela garota que eu levei você no aniversário aquele dia, Yasmim, né?

— Yasmim é minha amiga, painho…

A negativa da existência de uma namorada pareceu pegar o pai de surpresa. Hoje em dia, Edinho pensa que talvez devesse ter mentido, nem que fosse para agradar o pai. Era de se esperar que o menino não precisasse lidar com perguntas como aquela tão jovem, mas, na família Anjos, macho que era macho arrumava namorada cedo. A relação com o pai desgastava qualquer afeto que Edinho pudesse nutrir por qualquer figura paterna. Quando não estava obsessivamente reforçando a necessidade de o garoto arrumar uma namorada, Leleco reclamava do comportamento com organização. Isso sem falar dos momentos em que ele apontava problemas no jeito como ele falava: fino demais, com expressões demais, gesticulando muito com as mãos.

Isso fez com que o garoto assumisse uma postura reativa contínua. Só falava quando alguém lhe dirigia a palavra, mantinha as mãos rente ao colo ou, num ato automático, se agarrava ao que estivesse mais perto. Eventualmente, a atenção para não gesticular se tornou uma forma de autoflagelo. Se ansioso, arrancava bifes das unhas até machucar os próprios dedos. No carro, a caminho do jogo, agarrou-se ao banco até as mãos ficarem pálidas. Ele só queria assistir ao jogo.

Durante os primeiros quarenta e cinco minutos do primeiro tempo, Edinho contou as doze palavras que trocara com pai. A maior parte delas alternava-se entre sins e nãos, quando Leleco perguntava a ele se havia visto uma jogada ou avistado algum vendedor ambulante passando com alguma iguaria típica dos estádios. O foco de Edinho não poderia desviar dos trejeitos e jogadas do seu jogador favorito em campo; duas missões já eram suficientes para ocupar uma só cabeça.

Neto Dinamite era tudo o que ele esperava. O moicano descolorido contrastava com a pele marrom de forma linda. Sozinho, ele era capaz de chamar a atenção enquanto corria de um lado para o outro no Batistão, o maior estádio da cidade. Além de técnica — impecável para Edinho, mas bastante comum para um jogador da série C do Brasileirão —, o atleta do Confiança ostentava panturrilhas grossas de causar inveja a qualquer fisiculturista profissional e um sorriso que fazia sucesso entre as torcedoras. Em noventa minutos de jogo, Edinho lutou, pela primeira vez, contra um conflito interno. Ora queria jogar como ele, ora queria continuar ali, assistindo ao Neto Dinamite jogar por dias.

O jogo, para o garoto apaixonado por futebol, havia durado apenas cinco minutos; exceto, é claro, quando seu jogador favorito tocava na bola.

Naquele momento, tudo andava em câmera lenta. Entre a rolagem da bola e a grama, existia um infinito particular que o garoto só veio a entender anos mais tarde quando ele corria sobre o gramado. O Confiança ganhou de dois a zero, apesar de a defesa do time adversário ter se mostrado digna. Neto Dinamite estava em um dia bom, além de ter tido a sorte como técnica naquela tarde quente.

Na descida das escadas, no caminho de volta para o carro, era como se pequenas correntes elétricas circulassem entre todos os torcedores. Era impossível não olhar ao redor e notar que todo mundo estava em um estado de espírito parecido. Edinho jurava que, se contasse, provaria que a respiração de todo mundo estava sincronizada. Ele até tentou, mas a sinergia do ambiente o venceu.

Era mais fácil olhar para o pai. A saída do campo, no meio da multidão, era um dos únicos momentos em que Leleco segurava a mão do filho. Edinho adorava quando ele fazia isso. Um lembrete silencioso de que, apesar da implicância, eles ainda eram pai e filho.

— Gostou do jogo, painho? — perguntou Edinho, enquanto mordiscava um pedaço de carne do espeto de churrasco que segurava a caminho do carro.

— Uhum — sussurrou Leleco, bebericando um Guaraná. — Neto Dinamite é um monstro, já, já rola uma proposta pra ele num timão da série B!

— Será?

— Rapaz, foram sete anos jogando futebol, se eu me enganar agora, não me chamo Alexandre! — Edinho riu. O menino adorava o nome verdadeiro do pai, mesmo que ele quase nunca o usasse. — Mas você viu como ele joga pela direita? Você tem que jogar daquele jeito, Edmílson.

Em compensação, o garoto odiava quando o pai o tratava pelo nome de batismo. Anos depois, uma terapeuta falaria que tudo aquilo fazia parte de uma tentativa de masculinizar ainda mais Edinho. Como se o nome, de alguma forma, o ajudasse a corroborar alguma suspeita.

— Eu sei! É mais difícil porque eu sou canhoto, mas, se eu só jogar pela esquerda, fica fácil me marcar... — respondeu.

O caminho de volta foi muito melhor. O jogo definitivamente tinha mudado os ânimos do pai e, dentro do Passat Bege, os dois voltaram a compartilhar um tipo de camaradagem que apenas a alegria de uma vitória do Conquista garantia.

Ao chegarem à rua São Francisco, Edinho abraçou o pai de lado, desengonçado.

— Valeu, pai! O jogo foi massa demais — continuou, desvencilhando-se de Leleco. — Neto Dinamite é o jogador mais lindo do mundo!

O barulho estampido do tapa seria suficiente para assustar possíveis vizinhos que estivessem na porta. O susto foi tão grande que, de algum jeito, o garoto segurou o grito alto que qualquer criança daquela idade teria dado. Edinho só percebeu que chorava quando uma lágrima pingou no seu pé direito.

— Nunca mais diga isso! Eu não criei filho pra virar viado! — esbravejou o pai, gotas de saliva voando na direção do filho, que o encarava assustado.

Quando o Passat Bege virou a esquina, e as britas da rua assentaram depois de sua passagem, Edinho olhou ao redor com vergonha. Ninguém viu o que havia acontecido. O corte interno na boca ele conseguiria esconder, mas o motivo do tapa do pai, não. Em todos os anos em que escolheu se afastar de Edinho, Leleco nunca havia encostado um dedo no filho. Não havia violência, mas também nenhuma demonstração de afeto. Edinho gostaria que tivesse continuado assim.

Agora, mais do que nunca, havia entendido por que Tata não queria sair para brincar depois de uma surra. Naquela idade, era difícil descrever o sentimento, mas viver na pele a dor física não era nada em comparação aos machucados emocionais que apanhar de quem você ama e confia pode causar.

Edinho decepcionaria o pai outras vezes. Todas as outras doeriam exatamente como a primeira. Então, incapaz de entrar em casa e encarar os olhos da mãe, Edinho correu na direção do campinho. Na sua mente, a voz do seu pai se misturava com a própria consciência, que de algum jeito gritava repetidas vezes para ele.

Quando o assunto era futebol, nenhum homem podia achar o outro lindo.

CAPÍTULO 3

HEXA À VISTA? ALEMANHA E BRASIL SE ENFRENTAM NA SEMIFINAL E REVIVEM FANTASMAS DO PENTA!

Aracaju, 8 de julho de 2014

Edinho sabia que não deveria pintar o meio-fio de novo. Todos os seus amigos estavam aproveitando as horas antes do jogo para beber escondido, no bequinho, duas esquinas depois da sua casa. Mas Edinho não conseguiu. A rua estava perfeitamente pintada para o hexa, exceto aquela parte do meio-fio. Seu Antenor, da casa trinta e oito, havia estacionado errado e agora a sequência de calçadas verde-amarelas estava interrompida por uma amarela-com-mancha-de-pneu.

Edinho não suportava sequências quebradas.

Os garotos não faziam ideia de que ele havia deixado de experimentar cerveja gelada pela primeira vez só para pegar os pincéis nos fundos do quintal e ajustar aquele "erro". Como poderiam? Estaria praticamente dando autorização para um novo apelido. Além do mais, Edinho morria de medo que descobrissem suas manias. Entre todos os adjetivos, "doido" era o que mais temia. Então, deu alguma desculpa para ficar em casa, entrou discretamente pelo portão de ferro, deu um aceno rápido à mãe, que cozinhava com sua tia Sônia, e voltou depressa à casa do seu Antenor. A paz que o preencheu enquanto ele cobria a mancha não se comparava a nenhuma outra na vida.

No entanto, o movimento constante do pincel em cima do cimento logo foi interrompido por vários passos. Seu ex-melhor-amigo passava pela mesma calçada com as novas amigas. Eles não se falavam havia mais de um ano. Depois de tanto aparecer roxo na escola, a direção começou a ficar preocupada com as surras que Tata levava e decidiu tomar uma iniciativa, então foi morar em outra rua, com uma tia.

Eles se afastaram em algum momento de 2012. Os garotos do bairro insistiam que os dois namoravam, e a coisa ficou pior quando Tata começou a pintar as unhas e a usar maquiagem. Quando eram crianças, o manejo era mais fácil, no entanto, eventualmente, Tata começou a cobrar atitudes de Edinho.

— Que amizade é essa em que um amigo não defende o outro? — tinha questionado.

Na época, não conseguiram encontrar a resposta, e, na falta de coragem, agindo como um adulto agiria, Edinho optou pelo silêncio.

Não era orgulho, ele morria de saudade de Tata. Nenhum outro garoto do bairro completava sua voz quando ele cantava High School Musical, mas Edinho não sabia como dar o primeiro passo para retomar a amizade. Algo sempre o impedia. Era comum ele pensar em jeitos de chamar a atenção de Tata, mas todas as tentativas pareciam bobas demais. Infantis demais. Aquela era a primeira vez que Edinho percebeu o quanto lidar com sentimentos era muito mais difícil do que jogar futebol.

Apesar de causar um tipo de sofrimento parecido, verdades não ditas doíam mais do que um gol perdido.

Enquanto o pincel passeava pelo meio-fio, Edinho tentou esboçar um sorriso, mas Tata nem sequer olhou na sua direção.

— Edinho! Edinhooooo! — gritou Soninha do portão. — Venha cá!

Com o meio-fio finalmente perfeito, ele tampou a lata e correu em direção à tia.

— Vá ali no seu Bebeto e pegue um Guaraná — pediu ela, tirando uma nota de cinco reais da bolsinha de moedas que carregava nas mãos. — Pode comprar um chocolate pra você, se sobrar troco. Sei que você tá com vontade depois dessas dietas doidas do seu pai…

Ele sabia que sobraria, e apenas a ideia de sentir o gosto do cacau na boca já era o suficiente para injetar alguma felicidade no seu dia. Ao entrar na loja, Edinho se encaminhou diretamente para o freezer.

— Vai fechar pro jogo não, seu Bebeto?

Seu Bebeto estava, como de costume, sentado na porta da vendinha. Tentava, meio sem jeito, ajeitar a antena de uma minitelevisão apoiada num banquinho. Aparentemente nem em um jogo importante como aquele o ancião fechava as portas da mercearia. Era lei no Santo Antônio, das oito às oito, você encontrava ali o que faltasse.

— Nada! Depois que o Brasil ganhar, o povo vai acabar mais rápido com as cervejas — respondeu seu Bebeto. — Aí aqui decola! Vendo mais que no Carnaval… E como cê tá? Ansioso pro Rio de Janeiro?

Desde que o pai contou para toda a vizinhança que Edinho fora chamado para um teste no Fluminense, nenhum outro conhecido lhe perguntava sobre outra coisa. Escola? Quem se importa! O garoto ia para as cabeças do futebol. O bairro inteiro sempre soube que ele tinha futuro, mas, mesmo assim, foi uma surpresa quando o grande dia de Edinho finalmente chegou. Logo depois da Copa, Edinho viajaria rumo à Cidade Maravilhosa, ele mal podia esperar.

— Tá, se não! — falou Edinho, enquanto esperava os quarenta centavos de troco. — Eu gostava do Gipão, mas o Fluminense é outro nível.

Depois de dois anos jogando no Sergipe, mesmo com uma leve irritação do pai, Edinho havia chamado a atenção de olheiros por todo o país. Até mesmo do Corinthians, time dos sonhos do menino. Mas, no fim, o pai e também empresário optou pelo time carioca. Boatos circulavam de que o apartamento prometido pelo Fluminense era maior.

Edinho odiava a ideia de deixar a mãe sozinha, principalmente agora que ela andava meio adoentada. Mas o pai prometera que eles visitariam Aracaju quatro vezes ao ano e que sua tia Sônia, agora viúva, seria uma ótima companhia para dona Maura. Mesmo contra seus instintos, era nessa meia-verdade que ele se apegava.

— Pois vá e não volte! — A frase de seu Bebeto arrepiou o menino. — Depois dessa Copa, você vai ser o jogador que vai trazer o HEPTA!

A ideia trouxe um sorriso ao rosto do garoto, mesmo que rápido. Além da profecia, ainda existia a chance de ele estar na mesma cidade de uma final de Copa do Mundo. Sempre que imaginava levantar uma taça da Copa, ele estava em campo. Se o Brasil vencesse a Alemanha mais tarde, ele poderia ver a cena acontecer ainda como torcedor.

Mas partir para o Rio também significaria uma aproximação forçada com o pai. A relação com Leleco não andava das melhores depois que o ex-jogador ofereceu ao menino uma visita ao cabaré. Desde então, Edinho não se sentia mais confortável em ficar a sós com o pai. Se com 8 anos a pressão por arrumar uma namorada era irritante, aos 12 ficou impossível de suportar.

Seria uma mudança e tanto: em vez de encontrar o pai uma vez a cada dois ou três meses, Edinho agora teria que se mudar e viver na presença constante dele. A ideia só não era ainda mais assustadora porque ele sabia que a rotina de treinos em um time profissional era muito intensa.

— Eu tô mais nervoso com a Alemanha — falou o garoto antes de se despedir do velho comerciante. — Eu sonhei que o Brasil perdia de goleada...

— Vôte! — O senhor fez o sinal da cruz. — Vai nada! Você nasceu no dia do penta, tenho certeza de que isso vai dar sorte!

Edinho até pensou em argumentar que isso não tinha feito muita diferença em 2006, ou até em 2010, mas o Brasil estava tão empolgado com uma Copa em casa, que a mínima coincidência virava mandinga. Ele preferiu apenas sorrir e acenar; não cabia a ele ditar no que os outros deviam ou não acreditar.

— Seu Bebeto tá bem? — disparou dona Maura assim que Edinho colocou o Guaraná no congelador.

— Tá, disse que vai fechar a mercearia não. — Todo mundo caiu na gargalhada. — Ele também disse que eu sou um amuleto da gente, pro hexa!

— Bom, com hexa ou não, você é o meu amuleto! — Ela puxou o filho para um abraço. Ainda com a cara enfiada em seu cabelo, disse: — Eu guardei a mantinha lá no meu quarto!

— Você lavou?! — perguntou Edinho, em pânico.

— Não, criatura! Você acha que eu sou doida?

Ele então respirou aliviado. Não existia nenhuma pessoa no mundo que conhecia mais Edinho do que a mãe, mas, se tivesse, essa pessoa também saberia que ele só assistia aos jogos do Brasil no lado esquerdo do sofá da sala. Sua tia Sônia até tentou trocar o móvel de lugar, mas a mãe do menino intercedeu. O braço do sofá já acumulava marcas do nervosismo do garoto e, naquela copa, mais do que nunca, a sua arquibancada particular havia garantido o sucesso do Brasil até então.

Para completar todos os rituais de estimação, ele só assistia aos jogos da Copa enrolado na sua mantinha da infância. Segundo a mãe, a mesma em que ele foi enrolado no hospital no dia em que Ronaldo Fenômeno garantiu a quinta estrela do Brasil. É claro que, entre Copas, ele permitia que a mãe lavasse a dita cuja. Até para remover todo o azar dos anos anteriores.

Lado certo do sofá, manta e um par de chuteiras nos pés, o mais óbvio de todos os amuletos, garantiam um Edmílson dos Santos Anjos calmo e confiante para qualquer jogo da seleção brasileira.

Mas aquele jogo era especial. Além de a Alemanha estar fazendo uma campanha excepcional naquele ano, digna de uma coroação com a vitória, Neylan também estava fora de campo. O jogo contra a Colômbia havia tirado o jogador mais famoso do Brasil — e o favorito de Edinho, por mais que não quisesse reconhecer — da semifinal.

Os especialistas mais otimistas acreditavam que o jogo seria difícil, mas que a seleção tinha em campo o elenco necessário para o feito. Edinho ficava ao lado deles, agarrado à sua mantinha, destruindo aos poucos o velho sofá de sua mãe e esperando Gilvão anunciar, com seu já clássico grito de torcida, o primeiro gol que levaria todo o Brasil ao hexa.

O grito, é claro, demorou a vir.

Logo nos primeiros dez minutos, Edinho não conseguia se concentrar. Na tensão pré-jogo, esqueceu-se de ir ao banheiro e agora sua bexiga cobrava o preço. O Brasil jogava bem e, mesmo que a Alemanha estivesse melhor, não era possível que justo naqueles dois minutos algo de importante fosse acontecer.

Aconteceu.

O alívio proporcionado por sua bexiga durou pouco, e, antes que Edinho pudesse pensar com clareza, apertar a descarga e correr de volta para o sofá, o Brasil já havia sofrido o primeiro gol. Aos onze minutos do primeiro tempo, Müller abriu o placar no Mineirão. Um sinal claro de que aquele jogo seria mais difícil do que todos os outros da Copa.

Edinho não poderia mais se dar ao luxo de sair dali. De algum jeito, assim como em todos os outros corações brasileiros, ele sabia que a torcida faria toda a diferença numa potencial virada.

Por isso talvez tenha sido tão devastador quando todos os outros seis gols aconteceram. Se Edinho tivesse se mexido durante os oitenta minutos seguintes, teria visto que sua tia chegou a derramar uma lágrima e que sua mãe tinha ido várias vezes deixar um carinho na sua cabeça. Mas ele não moveu um único músculo.

Quando o jogo estava quase no fim, o Brasil marcou o solitário e último gol, Edinho nem se preocupou em esboçar qualquer reação. Nada naquele momento fazia sentido. Ele estava no lado correto do sofá, a mantinha continuava no seu colo e as chuteiras, no pé. O próprio seu Bebeto disse que ele era o amuleto do Brasil. Nas formas mais literais possíveis, não era aquela a *Copa do Brasil?*

Nenhuma música tocava, as calçadas retocadas não seriam vistas e seu Bebeto, contra todas as probabilidades, fechava suas portas. Nenhuma outra cerveja seria vendida naquele dia.

O sol já deixava toda a sala de casa amarelada quando dona Maura resolveu tomar uma atitude e obrigar o filho a sair da frente da TV. Duas horas eram suficientes, não era possível que o garoto ainda tivesse interesse em ver a goleada por diferentes ângulos. Que diferença faria tentar entender o que havia levado àquele resultado?

O 7x1 não melhoraria se fosse assistido mais de uma vez.

— Edinho! Edinho! — chamou duas vezes. — Vamos, meu filho, saia desse sofá. Chegue, bora tomar café…

Nada. Nenhuma reação.

— Olhe, chega! — A mãe se aproximou da televisão e a desligou. — Não adianta ficar vendo os jogadores dando entrevista…

O silêncio sepulcral que se espalhava pelo bairro só serviu para deixar o grito que Edinho deu ainda mais assustador. Além do rosto incrivelmente vermelho, seu rosto se banhava em lágrimas de um choro que a mãe logo compreendeu ir muito além do futebol. O garoto não lembrava de muita coisa. As imagens ficaram borradas, a memória o bombardeava com lembranças aleatórias. Sua mãe o sacudiu, sua tia Sônia abriu o portão às pressas. O cheiro forte de gasolina do carro velho o acompanhou até o hospital. Em todas as cenas, o mundo parecia funcionar de um jeito errado.

No coração de menino, uma raiva cega pela Seleção Alemã de Futebol crescia. Eles não tinham aquele direito, não poderiam ao menos ter parado no quinto ou quarto gol? Para que colocar jogadores reservas? Valia tudo *mesmo* na tentativa de demonstrar superioridade esportiva?

Enquanto no coração a raiva criava espaço; na mente, não era a Alemanha a responsável por tudo aquilo.

— Minha culpa! Foi minha culpa! — gritou Edinho no hospital, quando uma enfermeira tentou retirar a manta da sorte do seu colo. — Eu, fui eu! Eu fui no banheiro, eu larguei! Devolva! Devolvaaaaaaa!

Dona Maura ficou vinte e seis horas no hospital. Edinho havia feito as contas quando acordou no dia seguinte com a mãe cochilando numa cadeira ao seu lado, e sua tia numa poltrona perto da janela.

O pai ainda não tinha aparecido.

Logo depois de acordar, ele conversou com a pediatra, dois médicos desconhecidos e com uma psicóloga chamada Elis.

Aquele dia ficaria marcado por muito tempo como o dia do 7x1. Para o garoto Edinho, aquele se tornaria o dia em que ele aprendera várias coisas sobre si mesmo.

A primeira, que ele realmente gostaria de se tornar o amuleto da Seleção Brasileira de Futebol um dia. E a segunda ele havia escutado por acidente enquanto fingia dormir, algo que a psicóloga tinha chamado de transtorno obsessivo-compulsivo, TOC.

CAPÍTULO 4

FLUMINENSE NA FINAL: TIME CARIOCA QUEBRA JEJUM E PODE SAIR CAMPEÃO DA COPA DO BRASIL!

Rio de Janeiro, 27 de agosto de 2020

Enquanto parava o carro a trezentos metros do Maracanã, Edinho voltou a refletir sobre a mesma coisa que pensou em todas as vezes que chegou perto do estádio: *é assustador*. Era provável que a maioria dos jogadores de futebol pensasse diferente dele: magnânimo, incrível, o lugar mais lindo do mundo. Adjetivos que talvez tomassem o coração de um garoto que sonhava em jogar futebol profissionalmente. Hoje, com o sonho realizado, tudo o que ele pensava era em como toda aquela estrutura feita de concreto e expectativas o intimidava.

Ao sair do carro, o Rio de Janeiro o presenteou com um vento abafado que o fazia lembrar de Aracaju. Um sorriso triste dominava seu rosto. Ele não gostava de lembrar da cidade natal, ao mesmo tempo que morria de saudade. Sua tia Sônia dizia que ele deveria voltar, mas cada vez menos encontrava motivos para tal. De algum jeito, a saudade nunca parecia grande o suficiente.

— Boa noite, seu Edinho! — cumprimentou o porteiro. — Deixei o portão B aberto... Vai pela direita dos vestiários que você acha fácil.

Edinho agradeceu e seguiu viagem. A essa altura, provavelmente todos os administradores de estádio do Brasil sabiam de sua mania. Um dia antes de qualquer jogo, ele precisava pisar descalço no gramado do campo onde ia jogar. Alguns jornalistas chamavam aquilo de superstição, o que

Edinho particularmente adorava, já que essa era a mesma desculpa que ele usava com sua terapeuta.

O TOC e o transtorno de ansiedade generalizada (TAG), diagnóstico que ganhou anos depois do incidente na Copa de 2014, estavam sob controle. Acompanhamento terapêutico e medicação ajudaram a controlar as crises nos últimos anos. Além de etiquetar todos os potes da cozinha, pisar nos gramados era a única mania que ele conservava.

Mania não, *superstição*.

Superstição que claramente poderia ser verdade; afinal, ele já havia jogado em estádios em que os administradores não o deixaram visitar na noite anterior ao jogo. Ele sofreu com dores de cabeça durante a partida ou arrumou alguma desculpa esfarrapada para tirar o calçado antes do apito inicial? Talvez.

Em uma ocasião, no início da temporada, os torcedores do Flamengo criaram uma teoria de que ele tentava sabotar o campo para os times rivais. Tudo levou a uma reportagem exclusiva no Fantástico em que ele explicou de onde vinha esse hábito — contou de sua infância, jogando descalço em Aracaju, mas não mencionou o TOC nem nada do tipo —, além de um crescimento exponencial de seguidores em todas as suas redes sociais.

Edinho era grato por todo o alarde que fizeram com isso, já que tornou muito mais fácil para ele visitar qualquer lugar. A paz que ele sentia ao enfiar os pés por entre as gramas recém-aparadas fazia qualquer nervosismo ou medo desaparecer. Talvez fosse apenas uma superstição mesmo. Seria a única forma de explicar a conexão que sentia com cada pedaço daquele tapete verde.

Não foi diferente naquele dia, quando finalmente empurrou a porta metálica que o levava até o gramado, uma paz o preencheu. Na extremidade do campo, cuidadosamente dobrou as meias dentro dos tênis recém-comprados e sentiu o leve pinicar da grama. Pela umidade, o campo havia sido irrigado recentemente. De olhos fechados, a paz foi interrompida quando ele sentiu uma vibração no bolso. O pai ligava — ele ignorou. Não havia muito tempo desde que tinha começado a jogar profissionalmente, dois anos se contasse a emancipação aos 16, e por isso a relação com o pai tinha voltado a se estreitar. Edinho sabia que o preço por esse amor repentino era alto, sabia que Leleco gostava mais do "Novo Neylan" — epítome dado recentemente pela mídia — do que do próprio filho.

Não que ele odiasse ser o maior goleador da Copa do Brasil ou que as crescentes propostas de times europeus conhecidos (e até um não-tão--conhecido assim) para sair do Fluminense o desagradassem. Mas parte dele gostaria que o pai pudesse amá-lo por quem ele era. Seria pedir demais um pouco mais de foco no Edinho em vez de só cuidar do Meteoro?

O apelido, Edinho Meteoro, havia pegado assim que ele começou a chamar atenção ainda na base do Fluminense. A ideia, é claro, chegou do seu ídolo de infância, Neto Dinamite. Ele sentia que precisava de um nome que complementasse o Edinho, tinha pavor de ouvir Gilvão chamando-o de Edmílson.

Não, grandes jogadores tinham apelidos poderosos. Fenômeno, Pelé ou Gaúcho, bastava perguntar em outras partes do país. Edinho ou Edmílson não eram suficientes.

Sua mãe tinha adorado a ideia. Uma pena que ela não tenha chegado a ver o nome explodir em camisetas e comerciais por todo o Brasil. Ele secou uma lágrima ao lembrar dela. Anos antes, dona Maura havia falecido em Aracaju, vítima de câncer de mama. Edinho chegara a tempo de se despedir da mãe e realizar o pedido dela de jogar as cinzas do alto da Colina do Santo Antônio.

"Foi no Santo Antônio que eu vivi a melhor fase da minha vida, ver você crescer", disse em uma das últimas conversas com o filho. Talvez fosse por isso que, mesmo com o sucesso comercial que agora tinha, Edinho ainda se sentisse tão solitário. Tudo parecia vazio sem sua mãe para dividir o sucesso que almejaram juntos na porta da casa de azulejos amarelos.

O telefone tocou mais uma vez. Ele ignorou.

Se tudo desse certo, amanhã naquela mesma hora ele estaria comemorando a vitória do Fluminense. O time era o favorito à taça, e ele, ao lugar de melhor jogador do campeonato. Edinho fez uma primeira temporada profissional invejável e, de acordo com os planos do pai, com a vitória na Copa do Brasil, viria uma transferência; rumo à Europa. Não havia tempo a perder, palavras do próprio empresário.

Edinho mantinha o pai na função porque inegavelmente ainda conservava a ingenuidade de anos mais jovens. Acreditava que o manter por perto, unidos pela única coisa que um dia já tiveram em comum, poderia salvar o futuro daquela relação. E o pai, por mais que odiasse reconhecer, havia feito com que sua carreira decolasse até aquele momento.

Mas dinheiro nem era o principal motivo, pelo menos para Edinho. Ele amava a sensação de estar em campo, com os pulmões brigando por cada nova lufada de ar — ele se sentia livre. Como em nenhum outro lugar do mundo.

Foi exatamente a busca pela paz e solidão que fez Edinho tirar o celular do bolso e ceder às ligações do pai. Quanto mais cedo descobrisse o que o homem queria, mais cedo poderia se deitar na grama e desligar um pouco a própria cabeça.

— Oi, pai… — respondeu, seco. — O que é? Tô no Maracanã…

— Que porra é essa, Edmílson? — Puta merda, uso do nome e não do apelido. — Você é viado mesmo, caralho?

— Quê?

— Olha a merda da internet, seu filho da puta!

O uso do xingamento afastou a possibilidade de ser só mais uma implicância do pai. Agora não tinha a ver com ele arrumar uma namorada ou escolher roupas mais masculinas. Não, dessa vez tinha algo de errado. Sem falar nada, ele afastou o telefone da orelha e abriu o Instagram. Logo de cara, como se o algoritmo estivesse amaldiçoado e desejasse exclusivamente perturbá-lo, a primeira postagem já entregou tudo: o maior blogueiro do momento, H. Voss, estampava uma foto sua ao lado de um cara que ele muito bem conhecia.

— Esse merdinha é mesmo quem eu tô pensando que é?! — O pai continuou gritando do viva voz. — Era ele que comia seu cu quando você sumia nos fins de semana em Angra? É ele, seu viadinho de merda…

Edinho desligou. Na foto postada, ao lado dele estava Gabriel. O seu novo gerente de imagem e com quem, já fazia algum tempo, mantinha um relacionamento em segredo. Por quê? Talvez pelo fato de que fosse gay e trabalhasse no esporte mais homofóbico da história.

O jovem caiu no gramado quando sentiu sua respiração acelerar. Não havia o que fazer, então decidiu começar pelo óbvio: abrir a reportagem e entender tudo o que estava sendo dito. Como se a ligação do pai tivesse aberto as portas do inferno, o celular não parava de apitar. Ele enviou todas as novas ligações diretamente para a caixa postal. Não queria ter que lidar com as expectativas frustradas das outras pessoas.

Gabriel dizia se relacionar com Edinho havia apenas oito meses. Em uma descrição precisa, ele contava como havia sido todos os encontros às escondidas e como o atacante do Fluminense o contratara em um trabalho fantasma, apenas para justificar tê-lo por perto. Tudo, é claro, corroborado com fotos.

Se Edinho ainda tinha esperanças de negar tudo e falar que era só mais um caso de alguém querendo aparecer? Óbvio. Era o caminho mais lógico para qualquer atleta que quisesse preservar a própria carreira, mesmo que a ideia partisse seu coração. Ele não aguentava mais carregar aquela mentira.

A esperança durou pouco. Assim que continuou lendo a matéria, descobriu que Gabriel estava mesmo disposto a expor quase tudo. Logo depois de mais detalhes sobre todos os encontros, vinham fotos dos dois juntos andando de lancha e trocando beijos sob o sol. Agora, inevitavelmente, o mundo descobria a verdade da qual Edinho Meteoro tinha fugido desde a infância.

Ele era gay.

A sensação pinicante da grama em suas costas era um indicativo de que ele não estava sonhando. Tudo aquilo estava acontecendo de verdade. Aquela não era só mais uma noite linda no Rio de Janeiro, mesmo que o céu noturno estivesse de tirar o fôlego.

A reação de qualquer pessoa normal, ou melhor, qualquer pessoa que não fosse um jogador de futebol, seria se permitir sentir o peso de ser traído por alguém que pensava amar. Mas não, como filho do seu pai e contaminado por toda a lavagem cerebral que o futebol proporcionou, Edinho nem se preocupou em *sentir* qualquer coisa — não fazia a menor diferença quando ele não *era* o que deveria ser.

Sua sexualidade era um monstro que ele escondia dentro do armário — trocadilhos à parte — desde que se entendia por gente. Agora, mesmo exposto daquele jeito, entre as respirações curtas causadas pela ansiedade, ele não conseguia espantar a sensação de leveza. Era óbvio que também estava apavorado, mas viver escondido era um fardo difícil de carregar. O conflito de sentimentos o deixava amedrontado, à deriva dentro da própria mente. Era impossível não retornar ao período em que os questionamentos surgiram: Edinho ainda podia sentir o local onde o pai havia lhe desferido o tapa.

Neto Dinamite foi realmente o que muitos gostariam de chamar de "despertar sexual". Anos mais tarde, Edinho também passaria a chamá-lo assim. Talvez tenha sido o moicano descolorido, o sorriso maroto ou as coxas grossas. Talvez tenham sido os três, somado ao fato de que, apesar de amar futebol, ele gostava ainda mais dos jogadores. Uma combinação nada benéfica para quem tinha esperanças de ser um atleta profissional no esporte.

Dois anos antes, numa tentativa de deixar escapar ao menos um pouco da pressão que lhe ameaçava tirar o ar, ele finalmente contara a dona Maurinha. Ela, depois da sua terapeuta, foi a primeira pessoa a saber. Durante um dia excepcionalmente bonito em Aracaju, ele virou para a mãe já enfraquecida e falou.

— Mainha, tenho que te contar um negócio... — disse, buscando as palavras certas.

A mãe o encarou em silêncio, com um meio sorriso no rosto. O olhar que bastava para que Edinho se acalmasse e tivesse certeza de que, independentemente do que fosse dito, sua mãe estaria pronta para acolhê-lo, nunca para julgar.

— Acho que eu sou viado — sussurrou, em meio à vergonha.

Sua terapeuta, anos mais tarde, o fez refletir muito sobre a escolha de palavras. Mas nem precisava de muito conhecimento na área para perceber que elas vinham carregadas de um ódio profundo de si mesmo, alimentado por um pai machista e um esporte que nutria a masculinidade tóxica como principal pré-requisito para o jogo.

— Acha? — devolveu Maurinha, de forma doce.

— Acho não... eu... eu *sei* que eu sou. Você já sabia?

— Não. — Mentiu. — Você queria que eu já soubesse?

— Não sei.

Ele afundou a cabeça no colo de Maurinha. A homofobia que sofria do próprio pai, os sussurros e boatos que se espalhavam pela categoria de base do Fluminense, a ausência de namoradinhas ou sequer menções a qualquer garota mais especial o haviam feito acreditar que aquele era um fato que todo mundo já tinha tomado como verdade. Menos ele.

— Edmílson, olhe pra mim. — Ela quase nunca o chamava pelo nome. Por vezes, ele até esquecia que se chamava assim. — Eu te amo, meu filho. E é um amor tão grande, tão grande, que nada no mundo pode mudar. Muita gente diz que o amor é só uma parte, que devemos buscar a parte que falta, o pedaço da laranja. Mas o amor, Edinho, o amor é completo. Só ele já se basta, sabe? Então quem te ama de verdade, vai te amar por inteiro. E se eu te amo, como é que eu posso não amar quem você ama? Quem você é?

A lembrança fez com que a dor que ele sentia o machucasse ainda mais. Ele sabia que o restante das pessoas não receberia aquela revelação como sua mãe. O mundo não o amava por quem ele era, amava pelo que seus pés faziam quando ele estava em campo. Quase ninguém o amava por inteiro.

Foi então que ele soube com quem precisava falar. Além da mãe, Giu era uma das suas amigas mais antigas e saberia exatamente o que dizer.

— Oi, Meteoro! — Ela atendeu no segundo toque. — A que devo a honra de um jogador da primeira divisão estar ligando pro meu celular?

— Amiga, descobriram tudo.

Edinho não precisou explicar duas vezes: ela sabia. Ao longo dos anos de amizade, Giu estava sempre à frente quando o assunto era inteligência emocional. Enquanto ele suspirava em silêncio, a garota se inteirou sobre o assunto sem que ele precisasse reviver toda a história de novo.

— Que cuzão! — ela exclamou. — Você já tentou falar com o Gabriel?

— Não! Mesmo que a minha maior vontade agora seja mandar ele tomar no cu — vociferou, com raiva. — Você acha que eu deveria?

— O quê? Mandar ele tomar no cu? Óbvio.

— Não, amiga, entrar em contato com ele — respondeu Edinho.

— Bom… o que seu pessoal acha? — começou, antes de se corrigir. — Não, esquece, sei exatamente o que o bosta do seu pai deve ter falado…

Não era nenhuma surpresa para ele que sua amiga odiava Leleco. Mas ainda assim foi um choque vê-la se referir a ele daquele jeito. Quando estavam juntos, os dois eram muito cordiais um com o outro.

— Pera, nossa, eu agora pareci esses seus agentes aí. — Giu soava genuinamente arrependida. — Nem perguntei, como *você* tá?

— Sozinho.

— Quer que eu pegue um voo praí? Eu chego em duas horas e meia... quer dizer, não exatamente porque essa bosta de aeroporto quase nunca tem voos diretos pro Rio...

— Não, não precisa. — Edinho acalmou a amiga. — Eu preciso entender o que aconteceu. O Gabriel tinha assinado um NDA, não sei por que ele decidiu arriscar tudo... só se...

— Quê?

— Só se a porra do outro time comprou ele. Mas, sei lá, ele andava meio estranho ultimamente.

— Como assim? — indagou Giu, curiosa.

— Acho que ele queria mais, mais do que ser o namorado escondido de um jogador de futebol, sabe? — afirmou Edinho, por fim. — Ele sempre falou que queria ser famoso.

— Olha, amigo, não sei se esse foi o caso e, sinceramente, pouco importa. Estou te falando como advogada agora, a verdade é que mesmo processando o babaca e ganhando, falando de futebol, você ainda sai perdendo.

— Eu sei.

— Então o que você quer fazer? — A pergunta da qual ele tinha fugido a noite inteira finalmente havia chegado.

Dessa vez para ficar.

Depois de uma noite de estratégias com o time de relações públicas do Fluminense e com um empresário que mal o olhava na cara, Edinho fez seu pronunciamento.

Negar estava fora de cogitação, por isso a ideia era apelar para o fato de estarem em 2020. O mundo era outro, o time não ia tolerar preconceitos, e os jogadores eram livres para amar quem quisessem. Óbvio, ninguém acreditava que a estratégia daria certo. O objetivo era apenas garantir que os torcedores ainda focassem no que importava: o Fluminense ganhando a Copa do Brasil.

Na internet, metade das pessoas cancelaram o jogador por ele ser gay, alegando que não existia espaço para lacração dentro do futebol, apenas talento. Como se magicamente o fato de gostar de outros homens fizesse

Edinho desaprender a jogar bola. A outra metade o cancelou por criar uma vaga de emprego inexistente para acobertar o namorado. Ele não teve nenhum tipo de apoio.

A comunidade LGBTQIAP+ até tentou se posicionar a favor dele, mas as constantes negativas do próprio Edinho em se posicionar de forma mais clara ou de iniciar uma conversa com o movimento fez com que eles percebessem o inevitável: Edinho preferiria *não* ser gay.

Então, sobrou para a vitória do Fluminense. A última chance da sua carreira. A vitória garantiria a presença do time na Libertadores da América do ano seguinte e deixava o clube carioca ainda mais perto do feito até então inédito: ganhá-la. Essa parte aconteceu. Levaram a taça e, no dia seguinte, as manchetes esqueceram Edinho, focando apenas em como o Fluminense conseguiu vencer mesmo com a sua maior estrela sentada no banco durante a maior parte do segundo tempo.

Embora a imprensa tivesse esquecido momentaneamente do "escândalo" do jogador gay retirado do armário, os companheiros de time de Edinho não fizeram o mesmo. Depois de vários *unfollows* e uma briga feia no vestiário, a tão esperada saída do Fluminense aconteceu. Mas não exatamente como o planejado.

A diretoria aconselhou Leleco a seguir com as propostas dos times europeus. Um jeito doce de negociar a saída do "baitola" e evitar futuras dores de cabeça, sem parecer um time intolerante ou conservador. O problema era que a maioria dos clubes europeus também deu para trás. A Europa progressista só existia nas manchetes. O único time que ainda o aceitaria era um na segunda divisão italiana. Um final estratégico horrível para aquele que tinha sido pintado como a próxima aposta do futebol brasileiro.

Assim, a final da Copa do Brasil foi a última partida que Edinho Meteoro jogou em terras brasileiras. Fugido como um criminoso, o novato em ascensão tinha se transformado em *persona non grata*.

Julgado pela transgressão de ser quem era e condenado pelo imperdoável crime de amar outros homens.

CAPÍTULO 5

GRIFONES *vs.* JUVENTUS: QUEM LEVARÁ O CAMPEONATO ITALIANO?

Palermo, 27 de maio de 2026

Desgraçado. Era a única palavra que passava na cabeça de Edinho enquanto recuperava o fôlego. Mesmo coberto de suor, ele ainda conseguia sentir a brisa fria que soprava por entre os prédios antigos de Palermo. O verão já se aproximava, mas o inverno ainda oferecia resistência à primavera.

O capitão do Grifones, o alemão Benedikt Kühn, claramente o odiava. Edinho constatou pelas infinitas reclamações acerca de seu desempenho em campo e pelo fato de ser ignorado em qualquer ocasião fora dele. Os motivos eram um mistério. Desde que o veterano chegara ao Grifones, havia três longos anos, Kühn o tratava com uma indiferença mesclada à irritação que sempre incomodou muito Edinho.

Depois do escândalo envolvendo seu ex-namorado e "gerente de imagem", o time italiano da segunda divisão foi o único a aceitar Edinho, mesmo que a torcida tenha infernizado a vida do recém-chegado na época. No fim, para fugir do futebol homofóbico brasileiro, ele terminou em um futebol homofóbico, mas europeu.

Talvez aquele fosse o problema de Benedikt, afinal. Como sempre, Edinho estava excluindo fatores fundamentais da equação: a própria sexualidade e cor. O galã do futebol poderia ser mais um racista homofóbico que não conseguia aceitar a realidade de um jogador como

Edinho no time. Depois de tanta perseguição, aquela era a única teoria possível.

Edinho chegou antes de Benedikt ao Grifones. Nos seis primeiros meses, entrou pouco em campo e só conquistou a vaga de titular por uma série de acasos do destino que levou a outra grande aposta do time italiano da segunda divisão para o Barcelona. Então, nos meses seguintes, foi conquistando a confiança do restante da equipe técnica, até ganhar o status de essencial para o time. Ele havia acabado de alcançar a tão aguardada paz de espírito quando a lenda alemã foi contratada.

Benedikt Kühn também nunca teve a simpatia do brasileiro. Para começar, sempre que via o sorriso arrogante do loiro, Edinho era levado de volta ao momento do 7x1 em que o mesmo jogador — na época um reserva na sua primeira Copa — fez o fatídico sétimo gol e enterrou de vez o Brasil em um silêncio devastador.

Mesmo assim, Edinho decidiu que tentaria ser profissional e se esforçaria para construir uma boa relação com o novo atacante do time, afinal os dois seriam responsáveis pelos gols do Grifones, e Edinho sabia que o colega também adorava estar sob os holofotes de um time em ascensão.

— Cara, bem-vindo! — falou Edinho, em um inglês tímido. Boa parte das conversas deles aconteciam naquele idioma. — Espero aprender muito com você em campo.

— Você precisa mesmo.

Aquelas palavras foram as únicas que Benedikt trocou com ele durante os três primeiros meses no Grifones. O alemão era completamente indiferente à existência de Edinho, e a coisa só mudou porque o próprio técnico chamou a atenção deles para a clara falta de comunicação entre os dois em campo.

— Eu tô pouco me fodendo se vocês se odeiam! — O italiano gritava em um inglês carregado. — Naquela merda ali — disse, apontando para o campo —, vocês vão fingir que se chupam no vestiário e estão apaixonados!

Eles nunca nem chegaram perto de parecer apaixonados, mas Benedikt encontrou no conselho do técnico a chance de alfinetar Edinho em todas as suas interações dentro de campo.

— É tudo em nome da boa comunicação, *pivetxe*! — ironizava Künh.

Depois de seis anos na Itália, as coisas ainda estavam longe de serem perfeitas. Estavam, no mínimo, um pouco melhores. O talento de Edinho Meteoro, ou *Meteora*, como os italianos carinhosamente agora o chamavam, se sobressaiu, e o preconceito perdeu lugar para a tolerância.

O brasileiro não era bobo. Sabia que a "aceitação" vinha de dois fatores óbvios. O primeiro: o Grifones teve temporadas inesquecíveis desde que ele havia chegado. Nos dois primeiros anos, o acesso para a primeira divisão incendiou Palermo. O preço para eles deixarem de atormentá-lo tanto foi pago em gols.

O segundo, mais doloroso, devia-se ao fato de que, desde que saíra do armário, Edinho tinha sido o "menos gay possível" em público. Na esperança de conservar o frágil futuro no futebol, ele se anulou. Performou a masculinidade esperada. Desapareceu das redes sociais e nunca mais, sob hipótese alguma, se relacionou com alguém.

O leve vício em alguns perfis do OnlyFans e o constante uso de brinquedos sexuais ajudaram a explicar como ele conseguiu "fingir" que ser gay era apenas um detalhe. Uma tarefa difícil para um atleta com o desempenho físico que ele tinha. Muito difícil.

Tirando aquela constante intriga e reclamação, Edinho até conseguia definir sua vida como boa. Tinha um salário digno, o TOC sob controle, uma empresária nova — que, por vezes, esquecia ser sua funcionária — e um trabalho fazendo o que ele mais gostava na vida: correr com outros vinte e um homens atrás de uma bola.

— Se liga, *pivetxe*! — interrompeu Benedikt, gritando ao seu lado. — Você tem algum problema ou o quê? Sabe que pode jogar pelo outro lado também, né?

Edinho se contentou em apenas revirar os olhos. Estava cansado demais para isso. Benedikt também adquiriu a mania de chamá-lo de *pivetxe*. Uma palavra que aprendeu durante a estadia para a Copa de 2014 no Brasil. Além de golear o país do garoto, o infeliz gostava de lembrá-lo constantemente do feito.

— Ô, ignora! — gritou Fred, goleiro e seu melhor amigo no time, depois de impedir um gol dos reservas. — Ele tá uma pilha hoje!

Apesar de não se darem bem, Benedikt e Edinho estavam mais uma vez no mesmo lado do rachão por serem os melhores jogadores do Grifones no campeonato italiano naquele ano. Só que, para o azar dos próprios ouvidos, Edinho perdeu uma disputa de bola contra os reservas e quase levou um gol à toa.

— Quando ele não tá? — retrucou ele, correndo de costas.

Parte de Edinho entendia por que Kühn estava um poço de nervosismo. A Juventus, time que enfrentariam na rodada final do campeonato, também estava em excelente momento. Ambos os times eram favoritos para a taça, e boatos circulavam de que o alemão pretendia aposentar as chuteiras no final daquele ano, logo depois da Copa do Mundo. Mais um campeonato italiano no currículo não pegaria mal para o veterano.

Aquele era o último treino antes da partida. Logo, a maioria dos jogadores voltaria para os países de origem. As convocações para a Copa do Mundo já haviam começado, e mais da metade do time titular do Grifones passaria as semanas seguintes ao jogo arrumando as malas rumo ao campeonato mundial.

Edinho estava ansioso. Não que tivesse alguma esperança de ser convocado pelo Brasil, mas esperava tirar merecidas férias, em que poderia jogar a recém-lançada décima geração de Pokémon até se acabar. Além de, claro, dar pausas estratégicas para afundar o rosto na barriguinha da sua cachorrinha de estimação.

— Ae, porra! — gritou Edinho, enquanto comemorava o gol de empate no treino.

Agora, Benedikt não teria motivos para reclamar. Depois de um contra-ataque perfeitamente articulado com o meio-campo e um passe meia-boca do próprio alemão, Edinho driblou sozinho dois jogadores e balançou a rede, deixando o goleiro reserva sem entender o que tinha acabado de acontecer.

— Não passaria na defesa da Juventus — começou Benedikt. Edinho comemorou cedo demais. Kühn encontrava motivos para criticá-lo com muita facilidade. — A defesa deles...

— Pelo amor de Deus, cala a porra da boca um segundo… — interrompeu Edinho.

— Você sabe que eu tenho razão.

— Eu sei que você sempre gosta de *parecer* que tem a razão.

— *Pivetxe.* — O uso do apelido irritava Edinho. — Enquanto você ignorar lances pelo lado direito, vai ser um jogador absolutamente previsível…

Edinho odiava quando Benedikt comentava seu jogo pelo lado direito. Talvez pela arrogância com que o alemão tecia os comentários ou pelo leve trauma que lhe causava ouvir as mesmas palavras proferidas pelo seu pai na infância.

Vai tomar no cu, daddy issues.

— E quem é você pra falar de jogo previsível?

Edinho usara um golpe baixo, e o alemão estava irritado demais para continuar a conversa. Durante a carreira, Benedikt Kühn sempre foi criticado por ter um jogo muito mecânico. Tecnicamente perfeito, mas duro como um robô. Quase responsável por transformar o esporte em uma equação matemática. Foi isso o que o levou da primeira divisão do campeonato espanhol para um time recém-saído da segunda divisão italiana em 2023. O futebol era cruel até mesmo com o dono do sétimo gol contra o Brasil. Além do fato de que, claro, já apontavam que ele estava velho demais para os holofotes.

Homofóbico, racista, misógino e etarista.

Um viva para o esporte mais famoso do mundo!

Assim que o auxiliar técnico apitou e encerrou o jogo, Edinho deitou no gramado numa tentativa de se esquentar com o restinho de sol que iluminava o fim do campo, mas a sensação de calor foi interrompida por uma figura de um metro e noventa criando uma sombra na sua cara. É óbvio que ele viria se vangloriar. O time dos titulares venceu o rachão, mas, no final do jogo, Benedikt conseguiu provar a Edinho sua habilidade em ambos os lados do campo, marcando dois gols e garantindo a vitória deles.

— Quem é o previsível agora? — provocou Kühn.

Edinho levantou e saiu apressado em direção às arquibancadas. Não entraria em outra discussão com o capitão, ainda mais agora que um único jogo excepcionalmente difícil o separava da paz.

— Ô, arrombadinho! — gritou Fred, o único brasileiro no time além dele. Edinho sabia que, apesar de escroto, o apelido era carinhoso. — Te perguntar um negócio, você vai pro Brasil?

— Aham, por quê?

Fred havia chegado no fim da temporada anterior, depois que o goleiro veterano do Grifones se aposentou e depois de ter ficado claro que o time agora tinha dinheiro para contratar jogadores de elite. Mesmo assim, a imprensa se surpreendeu quando o goleiro anunciou a saída do Barcelona rumo ao time em ascensão de Palermo. Para Edinho, ele explicou depois: as praias italianas eram mais bonitas.

Por falar em beleza, Edinho tinha medo de admitir, mas o goleiro era um puta gostoso. Com a pele clara bronzeada, dois metros de altura e ombros capazes de ocupar dois meridianos diferentes, Fred era um sucesso. O gigante de olhos verdes e de lábios bem definidos, chegara a dizer em uma festa para Edinho que até já tinha ficado com outros caras, mas a vibe dele era outra.

O início dos dois foi difícil, Edinho não fazia amizades no time, mas, passados alguns meses, eles ficaram quase inseparáveis, se não fosse o cuidado que o atacante tinha em não aparecer sozinho com outros homens onde paparazzis pudessem estar.

— Massa! Eu vou também! — continuou Fred. — Preciso ver minha família antes de ir pra Granja Comary. Bora comigo? Pedi o jatinho do clube, eles liberaram…

Ah, o privilégio de ser heterossexual. Não que o clube fosse negar caso Edinho pedisse o avião emprestado, mas o medo de o garoto dar motivos para ser demitido era tanto que ele nem tentava. Se limitava a ser apenas o jogador que todos esperavam que ele fosse.

— Fechou! — disse Edinho, aceitando o convite. — Tá nervoso pra convocação?

— Não muito… acho que tá meio óbvio que vai rolar, né? — respondeu Fred, muito menos empolgado do que um jogador comum responderia.

A verdade é que ele não era muito fã de futebol. Ficou claro logo nos primeiros dias que Edinho se aproximou. Ele era excepcionalmente bom, algo que nenhum time ou torcedor do mundo conseguiria negar, mas jogava apenas pelo retorno financeiro. A convocação para a seleção brasileira era iminente. Ele havia sido o titular nos últimos trinta e seis jogos do Brasil e era, sem dúvida, o melhor goleiro do país em atividade. Mesmo assim, Edinho não sustentava tantas certezas. A saída do último treinador foi caótica, e a contratação da primeira técnica mulher da história ainda reverberava, mesmo do outro lado do Atlântico.

— Quer que eu te espere? — perguntou Fred ao ver Edinho começar a subir as arquibancadas. O restante do time se dirigia ao vestiário.

— Não, relaxa. Vou só assistir à convocação e depois tomar uma ducha.

Fred não pareceu acreditar muito, mas assentiu e acompanhou a procissão de jogadores suados em direção ao chuveiro.

Logo depois que chegou, vários jogadores não se sentiram confortáveis em trocar de roupa ou tomar banho na frente dele. Uma imbecilidade sem tamanho.

Mas, na tentativa de manter a boa convivência com todos e evitar ao máximo a lembrança de que era gay, Edinho começou a tomar banho sozinho, depois que todos já tinham saído. A comissão técnica havia sacado e ajudava nos bastidores para que ninguém trancasse nada até ele sair, não importava onde estivessem jogando. Com o tempo, Edinho aprendeu a gostar da solidão no vestiário. A paz para ouvir suas músicas favoritas e o silêncio o ajudavam a manter a mente, sempre ativa, em um ritmo mais lento.

Além do mais, do que ele poderia reclamar? Os jogadores do time nunca o desrespeitavam. Ninguém nunca tinha tacado glitter em seu armário ou o chamado de *frocio* aos sussurros. Ele sabia que isso acontecia em segredo nos bares ou nos recônditos mais escrotos da internet, mas, na sua frente, todos o respeitavam.

Edinho não fazia ideia de que o obrigar a tomar banho sozinho também era uma forma de desrespeito. Mas não dava para perceber o ódio disfarçado quando em si mesmo já existe ódio explícito o suficiente.

— Bem, amigos do Brasil, estamos ligados na convocação da seleção brasileira para a Copa deste ano… — O locutor começava a narração da convocação. — Quem será que a nova técnica, Cida…

Ao ouvir o nome da técnica, Edinho não segurou o sorriso. Depois de viver uma grande polêmica no futebol, parte dele gostava quando o esporte era obrigado a discutir algumas coisas. O apontamento de uma técnica para dirigir o time masculino do Brasil foi uma pauta e tanto. Óbvio que quem é fã de verdade do esporte sabe que tudo não passava de uma tentativa de recuperar a fé e a boa imagem da seleção. Depois do escândalo da Copa do Catar, eles precisavam urgentemente cair no gosto do povo e, com movimentos sociais crescendo, colocar a técnica que havia conquistado quatro campeonatos brasileiros seguidos parecia uma boa estratégia.

Porém, a Federação Brasileira de Futebol (FBF) duvidou da capacidade do homem médio brasileiro de ser machista. Assim que a saída repentina do técnico espanhol, Rafaello, foi ofuscada pelo anúncio de Cida, as redes sociais explodiram em reclamações de que, com uma mulher no comando, o hexa nunca viria. Para o azar de Cida, a seleção não teve tempo de jogar sob seu comando, e a primeira demonstração de como o time se comportaria com ela por trás do volante aconteceria exatamente no maior palco do planeta: a Copa do Mundo.

Cida surgiu então na tela vestindo um terninho azul discreto, com um broche na lapela com o brasão nas cores da seleção e seis estrelas, em vez de cinco. Ninguém poderia acusar a nova técnica de insegurança.

Edinho até tentou saber com Fred o que estava por trás da demissão do técnico espanhol. O cara havia conquistado a Copa América e, depois do fiasco de 2022, conseguiu colocar o Brasil de volta no mapa do futebol com uma campanha digna. Alguns jornalistas até apontavam o país como um dos favoritos na Copa 2026. Fred respondeu que não sabia, sempre considerou o técnico distante, mas a relação dos dois já era assim por natureza, os goleiros tinham um treinador próprio.

O restante do time — segundo o goleiro — parecia estar por fora também, o que levava a duas potenciais teorias: ou o técnico realmente se cansou do cargo e decidiu se afastar, ou algum escândalo aconteceu nos bastidores. O lado rebelde de Edinho chegava a coçar de curiosidade para saber o que havia acontecido.

Ele nunca comprou o pronunciamento oficial da FBF. Nem a pau que um técnico se afastaria de um time, um mês antes da Copa, para cuidar de assuntos pessoais. No mundo do futebol, o único assunto pessoal era o próprio esporte.

Os primeiros nomes anunciados não eram nenhuma surpresa. Primeiro, a estrela atual do time, o atacante Don-Don, jogador do Barcelona e provável rosto daquela Copa. Edinho não o conhecia pessoalmente, mas o admirava como jogador. Fred, outro nome óbvio, foi seguido pelo Capitão Barbosa. Zagueiro veterano, capitão do time e que, provavelmente, jogaria sua última Copa.

A seleção estava se desenhando no time exato que ganhou a última Copa América. Grandes jogadores que faziam sucesso na Europa, como Marra, Leonardo Gaúcho e Nailson. Além de outros mais jovens, destaques no cenário nacional, como o goleiro reserva Antonhão e os outros reservas Felipinho, Wendell, Stefano e Pablo.

O lado torcedor começou a tomar conta de Edinho. Cida não se arriscou, ou teria convocado outros nomes em ascensão no Brasil. Esperava que ao menos ela tentasse diferentes formações, e não a clássica 4-1-3-2 usada por Rafaello. Por mais que Don-Don fosse a estrela, outros jogadores, como o novato Felipinho, também mereciam uma chance de brilhar, ao menos na primeira fase, contra seleções menos tradicionais.

Justo quando Edinho estava quase fechando a transmissão e abrindo o aplicativo em que encomendaria sua nova camisa da seleção, Cida anunciou o último nome para compor o banco. Quebrando todo o seu teatro, o grito que ele deu nas arquibancadas não foi nadinha contido. Na tela do celular, uma foto sua o encarava.

EDINHO METEORO — GRIFONES (ITÁLIA)

CAPÍTULO 6

INÉDITO: PELA PRIMEIRA VEZ SELEÇÃO BRASILEIRA CONVOCA JOGADOR HOMOSSEXUAL ASSUMIDO.

São Paulo, 8 de maio de 2026

O primeiro pensamento de Edinho, enquanto ainda estava sentado nas arquibancadas, foi em dona Maurinha. Ele daria toda a sua fortuna por apenas mais um minuto com ela, ali, compartilhando daquela felicidade. Edinho finalmente realizaria o maior sonho de sua vida. Mesmo que não assumisse, ir para Copa com o Brasil ainda era seu sonho.

Ele teve uma certeza: sua mãe, que nunca fora chegada a lágrimas e gritos, choraria e gritaria naquele momento. Tudo ao mesmo tempo. Sem economias.

A sensação que percorria seu corpo era estranha. O lado racional insistia que tudo era uma grande brincadeira. Havia sido um engano, um erro na hora de montar a apresentação com os convocados e alguém do departamento de arte da emissora de TV seria demitido.

Mas, quando as notificações começaram a pipocar em seu celular com milhares de mensagens e ligações, seu cérebro desistiu de elaborar teorias. Ele havia sido convocado. Era real.

O nome de Giu apareceu na tela. Ele atendeu na mesma hora.

— VIADO! Viaaaaadoooo!

— Eu sei! Eu sei! — respondeu Edinho, entre risadas e lágrimas.

— Edinho, eu estou tão orgulhosa de você. — Ela chorava um pouco também. — Você tem ideia do que isso significa, amigo? Um viado indo pra Copa do Mundo... talvez pela primeira vez na história do país? É sim...

— A gente pode só comemorar o fato de que EU estou indo pra Copa? Precisa ter militância? — Edinho brincou, mas parte dele falava sério.

— Ah, nem vem! Você sabe que é sobre *você*, mas também bem mais do que isso — retrucou Giu, rápido.

— Tá... tá...

— Enfim, vou te deixar em paz porque o mundo deve estar querendo falar com o convocado mais comentado de todos! Mas quando você voltar pro Brasil, a gente precisa marcar uma comemoração! — A amiga estava eufórica. — Meu Deus, preciso olhar passagens pra Los Angeles, será que tem voo direto de Aracaju?

— TCHAU, GIU!

Edinho caminhou em direção ao vestiário. Todos os outros jogadores já deveriam ter saído, ele estaria livre para colocar o som o mais alto possível e dançar em comemoração à convocação.

Finalmente a minha chance de virar o amuleto da seleção, pensou ele.

O mundo deveria estar em choque, o sergipano também estava. O futebol não funcionava daquele jeito. Mas, quanto mais parava para pensar no assunto, mais chegava à conclusão de que nada daquilo importava. Ele iria para Los Angeles. Aquela era a chance pela qual esperou a vida toda: uma oportunidade para estreitar os laços com a FBF. A chance de talvez, apenas talvez, voltar às graças do seu país.

A oportunidade de ser quem ele sempre sonhou.

A divagação foi interrompida por outra ligação — uma que ele precisava atender.

— Eu odeio o Brasil, já falei isso? — Era sua empresária do outro lado da linha. — Qual é a dificuldade de me ajudar com um voo para a Itália nos próximos trinta minutos?

Os dois caíram numa risada histérica.

— Nessa, tá tudo bem. — Edinho a acalmou. — Prometo não encher a cara ouvindo música pop ou postar algo errado antes de você chegar.

— Acho bom.

Vanessa entrou na vida de Edinho um ano depois que ele demitiu o pai, logo após o incidente com Gabriel. Depois de anos de medo e preconceito vindo de quem mais devia protegê-lo, ele resolveu dar um basta. Leleco ficou no Brasil, junto da promessa de uma carreira meteórica.

No início, Edinho não precisou de um empresário. Nenhuma marca queria se associar a ele, e a única burocracia com a qual precisava lidar era a do Grifones, coisa que ele conseguia fazer de olhos fechados. Não importavam salários e benefícios, ele só precisava de um campo no qual jogar até que sua carreira voltasse aos eixos.

Depois do sucesso do jogador no time italiano, ele começou a recuperar um pouco da reputação que havia perdido. Ninguém mais o chamava de "próxima grande aposta do futebol", mas, ainda assim, as burocracias começavam a aumentar e ele precisava de ajuda. Vanessa era jovem, atrapalhada e absolutamente tendenciosa a bagunças, mas carregava uma característica que Edinho adorava: era ambiciosa e odiava meias-palavras.

— Veja, aquela história com o seu antigo "funcionário" foi a maior palhaçada que já vi no futebol brasileiro. — Edinho lembrava perfeitamente da primeira conversa com ela. — Mesmo assim, qualquer bom empresário com um bom time de relações públicas reverteria tudo ao seu favor. Eu teria conseguido. — Foi o suficiente para convencê-lo a contratá-la.

Depois de alguns tempo juntos, também aprendeu a apreciar o fato de que Vanessa acreditava nele, até quando o próprio Edinho achava ser impossível recuperar sua fama e seu futuro como jogador. Agora, convocado pela maior seleção da história, ele começava a acreditar que ela tinha mesmo razão: um bom empresário faz toda a diferença na vida de um jogador.

— Falando em postar, o senhor deveria postar alguma coisa, viu? — Era uma cobrança.

— Querida, a minha ficha de que isso tá rolando ainda nem caiu …

— Posta com ficha ou sem ficha, queridinho. — Ela orientou. — O mundo inteiro está olhando pra você. Tem certeza de que quer deixá-lo esperando?

Edinho então correu na galeria de fotos e procurou uma das selfies que havia feito mais cedo, no começo do treino. Ele nunca foi o tipo de jogador que posta tudo na internet, principalmente por conta da estratégia de aparecer o mínimo possível. Mas, ainda assim, gostava de fazer uma selfie ou outra de vez em quando. Nem que fosse para mandar para Giu.

"O Edinho tá ON!! Alguém com fome de um hexa aí?", escreveu. A legenda era heterossexual demais até mesmo para seu gosto pessoal, mas, depois de anos, ele aprendeu a se comunicar com os fãs de futebol.

— Edinho, o italiano… — Vanessa lembrou.

Ele então voltou e editou a legenda, colocando uma versão em italiano. "Edinho è ON!! Qualcuno ha fame di un hexa?" Boa parte de seus seguidores eram italianos apaixonados pelo Grifones. Eles começaram a lotar os comentários com "In bocca al lupo!" — boa sorte em italiano — poucos segundos depois.

Ainda com o sorriso no rosto, Edinho fez uma pergunta que não saía de sua cabeça. E, se existia alguém capaz de respondê-la, esse alguém seria Vanessa.

— Nessa, e agora?

— Agora você vai pro maior evento de futebol do mundo, querido — respondeu Vanessa, de pronto. — Agora você vai ficar mais famoso do que nunca, e nós vamos aproveitar cada segundo disso! A gente se fala melhor quando eu chegar em Palermo. Tenho que infernizar a vida de alguma atendente mal paga do aeroporto que teve o azar de pegar esse plantão. Beijinhos!

Enquanto terminava de responder alguns amigos, Edinho entrou no vestiário. Fred estava empolgado, avisara que iam se divertir muito em Los Angeles. O técnico do Grifones enviou uma mensagem dizendo para ele não se lesionar, e vários, vários seguidores novos do Brasil começaram a aparecer. As lágrimas se misturaram com a água quando Edinho ligou o chuveiro e molhou o corpo no jato quente.

Por um momento, Edinho pensou na técnica Cida. Cida. Ela nunca deu a entender que sequer sabia da existência dele. Nunca, nenhum comentário. Ele acompanhou de perto a carreira dela, tanto como jogadora quanto como técnica. Em algumas partes, ele até se inspirava pelo caminho que ela trilhou. Sempre por perto dos campos de futebol, mesmo que cercada por polêmicas.

Polêmicas. Ele sabia que essa convocação traria à tona todo o incidente com Gabriel. A grande imprensa brasileira lembrava dele por isso, mais até do que pelo destaque que vinha acumulando no futebol italiano. Ele fechou os olhos imaginando as possíveis manchetes: "O primeiro jogador *gay* da seleção brasileira". *Tudo o que eu queria era ser só mais um jogador. Que diferença faz se eu gosto de homens? O meu talento não deveria ser ofuscado por todo o resto*, pensou Edinho.

Ficou divagando por tanto tempo que não percebeu que não estava mais sozinho no vestiário. Quando o chuveiro ao lado do seu começou a jorrar água, ele abriu os olhos e percebeu que ali estava seu nêmesis, pelado. Edinho concentrou toda a sua energia na região do pescoço de Benedikt. Caso conseguisse manter a cabeça olhando para a frente, o alemão não poderia falar nada sobre ficar desconfortável. Ele também poderia acelerar o banho e sair do local antes do alemão.

Não, o melhor seria Edinho parar agora mesmo e terminar o banho demorado em casa.

— Por isso que no dia seguinte a água sempre demora para esquentar. — Benedikt quebrou o silêncio constrangedor.

Edinho não se preocupou em virar para encará-lo. Talvez, ao ignorá-lo, Benedikt percebesse que ele não estava nem um pouco a fim de conversar.

— Você gasta a água toda assim, olhando para a parede sem fazer nada…

Mas era óbvio que até durante o banho Kühn encontraria uma falha, um defeito no brasileiro. Nem fugindo de todo o ruído, Edinho conseguia ter paz. Era melhor fechar a ducha e ir para casa. Uma banheira cheia de espuma hidratante faria muito mais efeito do que um vestiário com cheiro de cueca. Mas ele não conseguiu resistir à provocação do veterano.

— Cara, por que você me odeia?

Edinho virou a cabeça para falar, o que gerou alguns segundos constrangedores. Ele percebeu a transgressão e se virou rapidamente de volta para a parede. Por isso, perdeu o meio-sorriso que se espalhou na cara de Benedikt. O alemão realmente parecia achar o brasileiro engraçado.

— *Pivetxe!* — E ali estava, o apelido irritante. — Eu não penso em você o suficiente para te *odiar*. Tudo que falo em campo é para o bem do time.

Edinho revirou os olhos. Claro, reclamar da água, do jeito como ele cantarolava no vestiário ou de qualquer outra coisa que ele fizesse era para o bem do *time*. Ele podia até fingir que acreditava nisso.

— Quer dizer, eu não gosto nada de como você passa cada segundo de silêncio antes do jogo cantando no vestiário — diz Kühn. — Acho extremamente irritante a sua mania de chamar atenção, com essa coisinha de pisar na grama do estádio antes dos jogos. — Ele continua: — É insuportável como você usa os mesmos produtos, sempre na mesma ordem. Desodorante. Desodorante para os pés. Então relaxante muscular em spray, é um saco. Aí, duas borrifadas irritantes daquela colônia com um cheiro horrível. Ah, o fato de você ser cheio de si também não ajuda...

Durante o discurso, Edinho começou a olhar para ele, meio boquiaberto. Quando o capitão terminou o minimonólogo, Edinho soltou uma risada debochada. Benedikt Kühn, uma das estrelas alemãs desde a Copa de 2014, falando sobre arrogância. Era mesmo uma boa piada.

— Quê? — Benedikt se surpreende com a risada do rival.

— Não existe uma única célula, não, melhor, não existe um só gene em todo o seu DNA que seja modesto, Kühn — respondeu Edinho, irônico. — É hilário ouvir você dizendo que *eu* me acho.

Benedikt então copiou o brasileiro e também começou a rir forçadamente. Edinho tentava entender a origem daquilo, mas desconfiava de que talvez ele tivesse razão. A risada parecia entregar que, no fundo, o próprio Kühn sabia que modéstia nunca foi um dos seus pontos fortes.

Então, por alguns segundos, os dois preencheram o silêncio com algumas risadas, agora genuínas. Algo que nem os maiores comentaristas do futebol teriam previsto, sobretudo depois de narrarem por anos a rivalidade que os dois nutriam em campo, mesmo jogando pelo mesmo time.

Quando as risadas cessaram, o silêncio voltou a preencher o espaço. O tipo de silêncio que só ocorre quando duas pessoas que não se suportam estão peladas lado a lado. A espuma, o vapor e os movimentos repetitivos dos corpos atléticos não ajudavam a amenizar a estranheza da situação. Então, para fugir do calor que começava a tocar o rosto dos dois, Edinho fez o impensável.

— Eu tenho TOC — soltou, em um impulso. Ele não havia contado aquilo para quase ninguém do time. — E quer saber o mais irônico? Eu descobri por sua causa.

Edinho recebeu o mais puro olhar de confusão de Benedikt.

— No sete a um. — Kühn então levantou as sobrancelhas em surpresa. Edinho continuou: — Eu tinha uma série de manias para assistir aos jogos do Brasil, para dar sorte pro time. Depois da goleada, minha mãe percebeu que talvez não fossem apenas "manias". Eu tive um colapso nervoso quando a gente perdeu.

— Merda, me desculpa — respondeu o veterano, suavizando o tom de voz. — Não pela goleada, por zoar a coisa com os produtos e todo o resto. Eu não sabia que você tinha TOC. Me desculpa.

Edinho voltou a sorrir. Era óbvio que o alemão não se desculparia por um dos momentos mais gloriosos da própria carreira.

— Quantos anos você tinha mesmo?

— 12.

— Meu Deus, esqueço o quanto você é um bebê. Deve ser uma barra, né? Jogar futebol? Quer dizer, nós temos as táticas, treinamos a técnica, mas é um esporte que quase sempre sai do controle…

— Na verdade, é o contrário — respondeu Edinho, fechando o chuveiro. — É como se, em campo, correndo, minha cabeça finalmente ficasse em silêncio.

Kühn ficou reflexivo. Em outro momento, ele até falaria para Edinho como o havia pintado como um cabeça de vento, sedento por polêmicas. Talentoso, é claro, mas perdido no estilo de vida que todos os jogadores brasileiros pareciam nutrir: mais que atletas, estrelas.

Com certeza Benedikt também tinha sua cota de polêmicas. Mesmo que Edinho não fizesse ideia delas.

Será mesmo que o Meteoro poderia ser de outro jeito? Era jovem, talentoso, marrento e já havia passado por muita coisa. Como não queria ser um projeto de celebridade? Só que naquele espaço, pelados e sob o vapor do banho, Kühn começava a questionar se a aparência do jogador de sucesso era apenas isso, uma aparência. Edinho vivia na linha tênue entre ser amado pelo próprio talento e odiado por ser quem era.

— Depois de tudo, você merece usar aquela camisa — falou o alemão, sem rodeios.

De algum jeito, aquele era o modo do rival de parabenizá-lo pela convocação. Edinho sabia que Benedikt havia sido convocado duas semanas antes. Seria interessante jogar contra ele. Mas, depois daquela conversa, a ideia de encará-lo como um rival de fato parecia menos atrativa.

— Aproveita, *pivetxe* — finalizou Kühn, enquanto enrolava a toalha na cintura. — Passa rápido.

Maldito apelido. Em questão de segundos, Edinho voltou atrás no que pensava do alemão: não via a hora de acabar com Benedikt em campo.

CAPÍTULO 7

UM METEORO NA SELEÇÃO: TALENTO OU AGENDA POLÍTICA?

São Paulo, 10 de maio de 2026

Dois anos depois que Edinho se mudou para a Itália, Giu fez a primeira visita a Palermo. A desculpa de que ela estava em busca de vivenciar um amor em pleno verão europeu caiu por terra logo nas primeiras horas. Tinha sido convidada para uma presença VIP na Parada do Orgulho LGBTQIAPN+ em Roma e queria que Edinho fosse com ela.

Apesar de ser a melhor amiga de um jogador famoso no país, Giu também havia conquistado seu espaço como uma advogada protagonista na luta por direitos de pessoas trans no Brasil e no mundo.

— Eu não vou, Giu — falou Edinho, irritado com a insistência. — Não adianta, eu nunca vou ser esse cara!

— Que cara? — perguntou Giu, fingindo ingenuidade e buscando alguma coisa nas respostas do jogador.

— Desses que sai por aí balançando a bandeira do arco-íris. "Uhul, orgulho, glitter" e todo o resto. Eu tenho uma carreira, a Itália finalmente está esquecendo que eu sou gay ou, pelo menos, está fingindo que não se lembra. Se eu for pra uma porra dessas, o inferno nos jogos vai voltar.

A Itália pode parecer um dos lugares mais legais do mundo, talvez pelas praias incríveis ou pela arte histórica encontrada a cada esquina, mas, quando o assunto é futebol ou a chegada de um jogador preto, bicha e latino, o país é um dos mais atrasados no quesito tolerância.

O fortalecimento do partido de direita foi um horror, levando a uma perseguição da população LGBTQIAPN+ e a revogação de uma série de direitos conquistados. No meio disso tudo, Edinho foi obrigado a enfrentar o racismo escancarado todas as vezes que cometia um erro em campo, além de uma série de jogos em que a torcida rival gritava *frocio* em coro sempre que ele tocava na bola.

A amiga nem tentava fingir o quanto estava decepcionada. Giu era a única pessoa com quem Edinho sentia que poderia ser ele mesmo. Mas também era a única que o questionava sobre o quão verdadeira era aquela versão dele. Ele costumava achar que se assumir era o último passo para uma vida de aceitação; sua melhor amiga estava ali para mostrar que, na verdade, aquele era só o primeiro.

— Edinho, basta abrir qualquer post no Instagram e ir nos comentários, ninguém vai esquecer que você é viado. Tem lá, um ou dois haters chamando você de bicha. Eles nunca vão parar de xingar o jogador viado, nem que você faça mil gols. — Giu se sentou de frente para ele. — Você tá feliz sendo outra coisa só pra agradar pessoas que nunca vão te aceitar?

Ela era uma desgraçada na escolha das palavras. Advogada, óbvio.

— Giu, não é tão simples assim. Além do mais, pra que uma Parada do Orgulho? Se o povo quer igualdade, pra que celebrar nossas diferenças? — perguntou, genuinamente confuso.

— Ah, não! Não, não, não. Agora quem não quer que você vá sou eu! — Ela começou a arrumar a bolsa e a se preparar para sair. — Edinho, você, mais do que ninguém, viveu na pele as dificuldades que ser queer ocasionam na vida de uma pessoa. Sua carreira foi *destruída* por causa da homofobia. Celebrar nosso orgulho é um jeito de evitar que o mesmo aconteça com outras pessoas! É uma resposta àqueles que nos odeiam, estamos deixando bem claro para eles que, não importa o quanto nos odeiem, não vamos a lugar nenhum. Isso sem falar que não é só uma festa, né? É um lembrete de luta!

Ele revirou os olhos.

— Olha só, eu não vou desistir de fazer você abrir os olhos! — falou Giu, segurando a maçaneta da porta. — Mesmo que umas trocentas amigas minhas me matassem por me comportar como uma palestrinha trans pro gay desinformado. Infelizmente, eu te amo demais pra desistir assim. Você é meu amigo mais antigo. — Ela começou a fechar a porta. — Pelo menos assiste a alguma das séries que te passei? *Pose* é ótima...

Agora, anos mais tarde, depois de dias bastante movimentados causados pela convocação surpresa, Edinho estava finalmente deitado no seu sofá, pronto para uma maratona de *RuPaul's Drag Race*, um reality show que não estava na lista de Giu, mas que foi descoberto graças ao conhecimento que adquiriu com as primeiras recomendações da amiga — mas ele nunca admitiria isso.

Depois de infinitas entrevistas com repórteres que antes o ignoravam e interações com famosos parabenizando-o no Twitter, Edinho encontrou a paz que buscava com Shangela — sua cachorrinha, batizada em homenagem à drag favorita do programa — deitada em seu colo.

Era ter essa paz ameaçada o que o fez levantar irritado quando a campainha de seu duplex começou a tocar freneticamente.

— Já vai! — gritou, enquanto vestia um roupão. Nem de cueca na sua própria casa ele conseguia ficar.

Ao abrir a enorme porta da sala, ele se deparou com sua empresária carregando várias malas. Vanessa soltou um grito de horror assim que o viu.

— Que porra é essa, Edmílson? — Ela estava se referindo ao cabelo dele.

Antes que sequer pudesse começar a explicar, uma sucessão de latidos e ganidos tomou espaço na entrada do apartamento. Edinho precisou correr até Shangela e pegá-la no colo antes que os dentinhos da Pinscher destruíssem o sapato — ou o tornozelo — de Vanessa. A cadela não é muito receptiva com visitantes do tipo da empresária.

Edinho a havia adotado dois anos antes. Ao visitar o abrigo que acolhia a cachorrinha, descobriu que a coitada tinha sido devolvida duas vezes por diferentes famílias que a achavam "agressiva" demais. O contraditório era que, desde o primeiro contato, Shangela — Antonieta, na época — sempre foi um anjo com ele. Dócil, leal e extremamente protetora. Bastaram apenas cinco segundos para que o jogador decidisse: era ela quem faltava em sua vida.

Porém, com outras pessoas, Shangela era absolutamente irritadiça. Avançava nos carteiros, gania para as visitas e fazia todo o resto que dava a fama de bravos aos pinschers. No começo, achavam se tratar de um caso canino de Transtorno de Bipolaridade ou de personalidade múltipla. Mas, depois de anos na companhia dela e de várias visitas pacíficas ao veterinário *gatinho* que acompanhava a saúde da cadela, Edinho havia chegado a uma teoria relativamente sensata: Shangela era heterofóbica.

O que, nesse caso, dificultava a relação dela com Vanessa.

— Shangela, meu amor, já te falei que eu até experimentei na faculdade. — Vanessa tentou argumentar. — Além do mais, se você quiser me acompanhar até Los Angeles, teremos que ficar amigas. Ou então você vai ficar aqui em Palermo sozinha, naquele hotelzinho cheio de brutamontes.

Isso pareceu acalmar a cachorra, que soltou um latido de reclamação e se calou. Se existia algo que Shangela odiava mais do que héteros, era ficar sozinha. Mesmo assim, a oferta de amizade ainda parecia bem distante da realidade.

— Tá, agora me conta — continuou Vanessa, virando para Edinho. — Que ideia foi essa de ficar loiro de uma hora pra outra?

Por vergonha, Edinho não contou que a principal inspiração também tinha sido seu maior ídolo, Neto Dinamite. Em vez disso, deu uma boa desculpa dizendo que, em época de Copa, grandes jogadores também lançam tendências no cabelo. Além de, claro, citar inúmeros exemplos que também influenciaram crianças a fazerem grandes mudanças capilares. Tudo, é claro, para esconder que o verdadeiro motivo era a fuga: ele pensou que, se tivessem o que falar do seu cabelo, não precisariam relembrar todo o escândalo envolvendo sua sexualidade anos atrás.

— Olha, se essa era mesmo a ideia — falou a empresária, um pouco cética —, pelo menos você podia ter ido a um salão, né? Tá manchado pra caramba, Edinho!

Vanessa começou a mexer no iPhone, deixando o assunto para trás.

— Agora vou ter que arrumar um cabeleireiro que resolva isso *hoje*, se alguém tirar uma foto sua assim…

Edinho já estava acostumado com a personalidade intensa da empresária, então apenas terminou de colocar as exageradas bagagens de duas semanas para dentro de casa e voltou o foco para o reality show. Normalmente, em uma relação estritamente profissional, um empresário se hospedaria em um hotel, mas, no caso de Vanessa, a relação evoluiu tão rápido para uma amizade que eles sempre ficavam juntos no apartamento. Vanessa provavelmente não recebia o suficiente por tudo o que fazia, já que um jogador de futebol gay não é tão rentável quanto um garanhão hétero.

Então, em um acúmulo de funções, além de lidar com a relação de Edinho com o Grifones, ela também administrava todas as suas redes sociais e era a única pessoa a ter todas as senhas dele, inclusive a do celular.

Mesmo assim, a vida de Edinho era tão tranquila que ele podia se dar ao luxo de ter uma empresária morando do outro lado do Atlântico.

— Agendei uma visita, mas vai sair caro, já tô avisando. — Ela voltou para a sala com o cabelo ruivo amarrado em um coque frouxo. — Querido… dá pra você pausar as drags? Eu cheguei, agora você precisa trabalhar…

Edinho se virou para encarar os olhos castanhos profundos da empresária. Quando Vanessa falava naquele tom, ele entendia o que ela queria dizer. Trabalho era sinônimo de planejamento. Então, provavelmente, ela esperava passar as próximas quatro horas definindo cada passo dele, desde aquele exato momento até a final da Copa do Mundo, mesmo que o segundo evento fosse acontecer dali a três meses.

Sabia que discutir não era uma opção e apenas desligou a TV.

— Ótimo! — disse, satisfeita. — Antes de mais nada, desculpa ser chata, mas agora é a chance que você tem de finalmente virar o atleta de elite que você nasceu pra ser, sabe? Qualquer coisa que faça pode e deve ser vinculada a uma marca! E, se depender de mim, bebê, cada passo seu será monetizado. Até a água que você beber vai ser na base do patrocínio.

Edinho sentiu um arrepio na espinha. Não dava para voltar atrás. Ele havia esperado anos por aquele momento, era hora de vivê-lo.

Ou, nas palavras da empresária, capitalizá-lo.

— Bom, falando nisso, me conta de tudo! — Edinho cruzou as pernas. — Eu literalmente não tive tempo de respirar desde a convocação. Eu juro que vou desistir da Copa se me pedirem mais um pronunciamento.

Vanessa abriu o aplicativo de notas do celular e começou a repassar todos os pontos que preparou para o momento.

— Bom, começando pelo básico, eu estou esperando o novo contrato do Grifones! Você já demonstrou interesse em continuar no clube, a diretoria também… não sei por que está demorando tanto. Mas agora, com a convocação, também não vou pressioná-los. Com o seu desempenho na Copa, algum time maior pode se interessar por você e quero ter todas as portas abertas. Escancaradas!

— Ótimo. Faz sentido. — Sabia que era exatamente nesse status que a maioria dos jogadores buscava contratos trilhardários. — É bom ouvir isso, depois que eu e meu pai rompemos, minha única opção sempre foi o Grifones.

— Sobre ele… — Vanessa parecia desconfortável.

— Fala logo.

— Seu pai entrou em contato. Ele quer saber se pode te ver ou se posso passar seu número pra ele.

Dúvida. A primeira palavra que cruzou a cabeça de Edinho foi dúvida. Mas, assim que refletiu sobre os motivos pelos quais Leleco provavelmente tentava entrar em contato justo naquele momento, sua mente foi rápida na resposta: furada.

Era óbvio que, agora que Edinho conquistou uma vaga na seleção, ele estava disposto a chamá-lo de filho, e não de uma série de sinônimos infames para bicha.

— Não — respondeu, curto e grosso. — Próximo ponto.

— Ok. — Vanessa prontamente seguiu adiante. — Sobre a imprensa, anda tudo meio dividido. Alguns veículos apontam que finalmente você parou de ser esnobado.

Fato. Edinho Meteoro estava no seu ápice atlético, não fazia sentido continuar ignorando o fato de que um jogador brasileiro havia ajudado a levar um time da segunda divisão italiana direto para a primeira. Não era algo tão comum de acontecer quanto alguns fãs de futebol faziam parecer.

— Inclusive, disseram que você tem um desempenho melhor que várias estrelas da seleção. *Don-don!* — Ela fingiu uma tosse. — Já o outro lado continua falando que sua vaga só foi conquistada porque a seleção anda meio cancelada desde 2022.

Ah, a Copa do Qatar. Polêmica desde o começo. Logo no início, o país-sede proibiu qualquer demonstração de afeto advinda de pessoas LGBTQIAPN+, alegando que era crime perante as leis catarianas e que todos os visitantes deveriam respeitá-las. Nem mesmo bandeiras foram permitidas nos estádios sob a desculpa de "proteção" para quem "defendesse" o movimento. Um sinal claro de que a população queer não era bem-vinda no maior evento de futebol do planeta. Só isso já pegou *muito* mal para o maior evento futebolístico do mundo.

Em contrapartida, diversos jogadores e torcedores tentaram demonstrar apoio através de protestos, e a FIFA se mostrou completamente incapaz ao proibir os times de fazerem qualquer ato que ofendesse o país-sede. Foi horrível. Para piorar a situação, vários jogadores — principalmente a ala evangélica conservadora da seleção brasileira — se mostraram bastante intolerantes no país. Primeiro, gravando uma série de vídeos ridicularizando a cultura local e, depois, tentando arrancar à força o hijab de uma moça que passava perto de uma comemoração pós-jogo.

A FBF, é claro, ignorou boa parte das polêmicas. Afastou um ou outro atleta e se mostrou completamente inepta em lidar com o fato de que alguns dos "meninos" da seleção deveriam ser responsabilizados.

— Claro, que estratégia maravilhosa — falou Edinho, debochado. — Depois de duas Copas em países que abertamente odeiam gays, que tal se a gente convocasse um deles para despertar o que há de mais hipócrita no Brasil?

Vanessa riu.

— Enfim, eu preciso fazer alguma coisa? Por favor, não me pede um pronunciamento… eu realmente não queria virar um desses ativistas que só falam da própria sexualidade ou, sei lá, virar a porcaria de um símbolo gay pro futebol masculino.

— Não! — Vanessa o interrompeu. — Vamos deixar a poeira baixar. Daqui até Los Angeles não faltarão polêmicas pra você se pronunciar, elas te encontrarão, acredite. Agora, o melhor é aproveitar todos os seguidores que você está ganhando. — Ela mostrou as notificações crescentes no celular dele. — Converter cada pessoa dessa em admiradora.

Ótimo. Edinho tinha um pouco de medo de que Vanessa seguisse a estratégia dos outros atletas LGBTQIAPN+. O combo: namorado famoso e desconstruído, série na Netflix com algum trocadilho horrível sobre os armários dos vestiários e o pior de todos: itens esportivos com arco-íris.

— Ok, e como eu faço isso?

— Amigo, pra começar, sendo honesta… — Vanessa segurou a mão dele. — Você não vai gostar nem um pouquinho do que tenho pra falar.

Talvez Edinho tivesse excluído a série da Netflix cedo demais. Talvez fosse bom começar a pensar em como ele se sentia em ter uma câmera o seguindo o tempo todo fazendo perguntas do tipo: e aí, ativo ou passivo?

— Você precisa sair do armário mais um pouquinho.

— Mas eu já saí. Como assim, mais um pouquinho?

— Ah, Edinho, você sabe o que eu quero dizer. Saiu *mesmo*? Porque eu sinto que você vive fazendo o possível pra voltar pra ele. — Ela apontou para o cabelo descolorido. — Até estragou o próprio cabelo pra desviar a atenção e evitar que qualquer um fale do que você não consegue encarar.

Xeque-mate. Ele não tinha argumentos contra aquilo. Ao longo dos anos, com infinitas sessões de terapia e conversas com Giu, Edinho até aprendeu a lidar com o fato de que ser gay não é uma escolha. Mas isso ainda não significava que ele sabia o que era ser gay.

Mesmo que o universo inteiro grite aos quatro ventos "seja quem você é", ele achava a tarefa excepcionalmente mais difícil quando não fazia ideia de quem, de fato, era aquela pessoa.

— Mas tá tudo bem, você não precisa falar sobre nada disso agora. — Vanessa tentou acalmá-lo. — Vamos começar com uma estratégia mais simples, ok? Comece compartilhando os bastidores da vida de um jogador convocado. Você é reserva, tem o privilégio de poder ser um pouco mais ousado.

— Combinado. Bastidores da Copa. Que mais, alguma publi em vista?

— Então, lembra quando você falou de hipocrisia? É aí que fica complicado…

— O quê? *Mais* complicado? — falou, incrédulo.

— Aham. Lembra quando eu falei de capitalizar tudo? — Vanessa retomou. — Isso significa tudo mesmo. Suas chuteiras, seu barbeador, seu banco, até aquele negocinho que bebem lá no campo...

— Isotônico?

— Isso!

— Mas eu sou alérgico...

— Não importa! Como a ótima empresária que sou, não perdi tempo e comecei a entrar em contato com as marcas. Eu tentei de tudo. — Vanessa seguiu com o raciocínio. — Só que ninguém topou ou sequer se deu ao trabalho de dar continuidade à conversa.

Nenhuma surpresa para os parâmetros do futebol. Ganhar rios de dinheiro com reportagens sensacionalistas a respeito de Edinho em sites patrocinados por essas mesmas marcas? Sim, claro. É para isso que serve o jogador, para ser pauta. Mas oferecer campanhas milionárias ou ao menos stories patrocinados? Não, aí já era demais.

— O que usaram como desculpa? — questionou Edinho. — Que eu sou polêmico demais?

— Não, você sabe que nunca assumiriam isso — retrucou Vanessa. — As marcas que se manifestaram, na verdade, argumentaram que estão priorizando os jogadores titulares.

— Ah, seria a desculpa perfeita mesmo, se a Gillette não tivesse acabado de fechar com o Stefano do Santos. Ele é tão reserva quanto eu...

Vanessa nem tentou rebater. Grandes marcas globais foram atrás dos principais nomes do time; é como o mercado funciona. Quanto maior a estrela, maior o pedestal. Mas ainda assim, Edinho era um jogador de elite de uma das cinco ligas mais importantes do continente europeu, no ápice do seu desempenho técnico e adorado pela torcida. Pelo menos por *uma* torcida da Itália.

Os questionamentos que passeavam pela mente de Edinho derrubaram sua expressão. Vanessa tentou acalmar o amigo-cliente.

— Olha só, sua saudabilidade está baixa. — Edinho parecia confuso. — Isso significa que, agora, pra cada vez que você aparecer, o número entre pessoas que gostam de você e te odeiam é quase igual. — Vanessa respirou fundo. — Por isso, reforço a estratégia inicial! Se mostre acessível, popular, leve! Mostre o que a galera quer ver...

— E se eles não gostarem? — perguntou Edinho, com sinceridade.

— Edinho, o que foi que eu acabei de dizer? Fãs e haters na mesma medida. Além do mais, o que você conquistou até agora baseado na sua aclamação?

Nada. A resposta era amarga, mas óbvia. Ele era um sucesso em campo, porque o futebol, na prática, não tem tantas nuances assim. Mas o jogo mudava quando o assunto era Edinho Meteoro enquanto marca. Nisso ele era um fracasso; tinha sido um sucesso "meteórico" por um ano, depois foi só ladeira abaixo.

— Posso parecer uma coach desesperada, mas agora a gente tem mais a ganhar do que a perder — concluiu Vanessa. — É aquele ditado, falem bem ou falem mal... desde que continue postando, a gente tem material pra trabalhar. Deixa que eu penso em como encontrar marcas pra gente capitalizar.

Mais tarde, a estratégia de Vanessa se mostraria quase infalível. Exceto por um pequeno detalhe...

Edinho ainda não sabia, mas, naquela Copa, ele ainda teria muito a perder.

CAPÍTULO 8

ARRIVEDERCI, JUVENTUS: GRIFONES É O CAMPEÃO ITALIANO 2026!

Palermo, 12 de maio de 2026

Os flashes da coletiva de imprensa afetavam a visão de Edinho. Quando ele piscava ou tentava olhar em outra direção, as luzes o perseguiam. Era um lembrete de que logo, logo, assim que o capitão do time terminasse a entrevista, seria sua vez de se submeter ao escrutínio dos jornalistas. Reconhecer aquele fato não deixava o jogador nem um pouco animado.

Depois de uma vitória excepcional, com dois gols, a imprensa e boa parte de Palermo o adoravam. Um sentimento que ele, como jogador, ainda não havia se acostumado a gerar nos torcedores.

O estranhamento era tanto que Edinho tentava fugir ao máximo de situações como aquela. No entanto, desde a chegada de Vanessa à cidade, as entrevistas haviam se tornado cada vez mais frequentes.

Era impossível fugir daquela coletiva. Ele ouviu a voz de Vanessa em sua cabeça:

— Holofotes, Edinho... São o tipo de luz que, na maioria das vezes, a gente controla. Então, em todas as oportunidades que eu tiver, você vai estar embaixo deles...

Edinho até pensou em rebater, dizer que não era bem assim. A imprensa italiana era justa com ele, contanto que a bola balançasse a rede. Mas, com Vanessa, o jogo era mais complicado. Não importava o desempenho dele em campo, a maior parte dos jornais com quem ele falou fazia questão de lembrar que, na opinião deles, Edinho não deveria estar no futebol.

O trauma era tanto que impedia o jogador até de ver as crescentes manifestações a seu favor na internet. Ele não enxergava nada além do ódio direcionado a ele, talvez porque sua própria visão estivesse contaminada pelo mesmo preconceito. Apesar disso, o atacante confiou na empresária e deixou que ela cuidasse de toda a iluminação necessária: ele ficaria sob os holofotes. Metaforicamente falando, é claro.

Agora ele aguardava no canto da sala de coletivas enquanto Benedikt terminava sua entrevista. Edinho tinha esperanças de que, ao se oferecer para ser o último, não precisaria esperar muito até o vestiário ficar vazio. Tudo o que ele mais queria era comemorar a vitória contra a Juventus cantando o *Numanice 7*, a plenos pulmões, em um banho demorado.

Ao voltar à atenção para a entrevista, percebeu Kühn olhando em sua direção.

— A combinação com o *Meteora Brasiliana* será suficiente para manter o Grifones no topo? — Edinho escutou apenas o final da pergunta de um jornalista italiano.

— Não — respondeu Benedikt, sem nenhuma hesitação. Ele não media as palavras. — Não acho que seja o suficiente.

— Por quê? — perguntou o entrevistador, gerando uma leve irritação no capitão do time.

Edinho agradeceu aos céus pela insistência do jornalista. Estava ansioso para descobrir por que diabos Benedikt não parecia satisfeito nem mesmo depois de um jogo excepcional como aquele. O Grifones havia vencido por três a um. Com dois gols e uma assistência impecável pela esquerda do próprio Edinho, que garantiu a Kühn a oportunidade perfeita para marcar o último gol da partida.

— Edinho é um jogador irregular — concluiu Benedikt, quase com um sorriso no rosto.

Ele sabia que o rival escutava tudo e sentia prazer em alimentar a narrativa que a imprensa amava: os boatos de que os dois não se suportavam. Aquilo era, de fato, uma verdade; mas o time de relações públicas da Grifones sabia que aquilo não fazia bem para a reputação do clube. Kühn ouviria reclamações sérias da diretoria por causa daquelas falas.

— Ele é bom, mas precisa controlar o temperamento se quiser ser um jogador completo — continuou, em tom de deboche. — E, mesmo considerando o jogo de hoje, ainda tem um longo caminho pela frente.

O barulho que Edinho soltou, algo entre uma risada e um rugido de frustração, saiu mais alto do que o esperado. O que levou os jornalistas a olharem na sua direção, corroborando a teoria de Benedikt e arrancando algumas risadas entre as pessoas da sala.

Mais cedo, naquele mesmo dia, ao fim do primeiro tempo, Edinho entrou em uma discussão com o árbitro sobre uma acusação de impedimento. O que resultou em um cartão amarelo, um olhar matador do técnico e diversas piadinhas do capitão até o fim do jogo.

Edinho sabia que Benedikt tinha um pouco de razão, mas, mesmo assim, não sentiu menos raiva quando sentou para dar a própria entrevista. Se depender dele, a rivalidade dos dois estamparia todos os jornais no dia seguinte. A Grifones poderia preparar um pronunciamento — definitivamente seria necessário.

— Boa noite, Edinho!

Edinho respondeu à saudação com um aceno simpático, e o jornalista continuou:

— Depois de uma vitória histórica como a de hoje, o que vem por aí no caminho da Grifones? Uma Champions, talvez?

— Bom, com o meu temperamento, não sei…

Todos os jornalistas começaram a rir. Edinho não conseguiu segurar o sorriso, o que automaticamente aliviou a tensão e deixou toda a situação mais leve.

— Não, agora falando sério, acho que podemos sonhar alto — completou. — Nós temos o time, o técnico e os resultados para isso.

Vários jornalistas concordaram com a cabeça. Parte de Edinho desejava desesperadamente que Benedikt estivesse escutando: ele estava ali, demonstrando profissionalismo, mesmo quando o rival parecia ser incapaz de fazer o mesmo.

— Você, sem dúvidas, foi um dos melhores em campo contra a Juventus hoje... Isso é fruto da convocação inesperada para a Copa? — disparou a segunda jornalista.

— *Grazie*, mas não — retrucou Edinho, de forma sincera. — Quer dizer, é óbvio que eu adorei ser convocado pra Copa! Melhor susto que tomei em anos! — Mais risadas se espalharam. O jogador ganhava mais e mais confiança. — Mas o Grifones era minha casa antes da seleção, então eu sempre jogo pensando na camisa que estou vestindo antes de tudo...

Ele tinha certeza de que, depois daquela declaração, o jurídico do time enviaria o novo contrato. A demora seria justificada com um aumento de salário, algo de que nem ele nem Vanessa reclamariam.

— Por falar em seleção... — Outro jornalista tomou a palavra, assumindo o discurso. — Você está nervoso para a Copa do Mundo?

— Também não. — Com medo de parecer presunçoso, completou: — Quer dizer, nervoso não é a palavra certa. Eu estou ansioso. Eu nasci no dia em que o Brasil foi pentacampeão, é uma honra sem tamanho jogar pelo meu país e espero aprender muito com todos os ídolos que compõem a seleção.

— Alguém em especial?

— O Don-Don é uma lenda! Não vejo a hora de tomar um drible dele...

De novo, risadas se espalharam pela sala. Ele não sabia, mas aquele trecho da entrevista se tornaria um viral na internet naquela mesma noite, garantindo mais seguidores ao jogador nas redes e mais sorrisos de sua empresária.

O mediador do Grifones indicou que havia tempo apenas para mais uma pergunta. Edinho apontou para um jornalista baixinho no fundo da sala.

— Edinho, Edinho! Meu nome é Arthuro, sou do Diário de Palermo! — O jornalista se apresentou, eufórico. — Como você se sente sendo o primeiro jogador da história, abertamente gay, a ser convocado para a seleção brasileira?

Edinho sentiu o coração parar. Aquela pergunta infeliz, da qual ele havia conseguido escapar até aquela salinha fedida na sede da Juventus, havia aparecido. Ele morria de medo daquela pergunta, do que ela significava. O mundo esperava que ele finalmente reconhecesse o veado na sala.

Nos microssegundos entre a pergunta e a resposta, sua mente divagou para vários momentos de sua vida. Momentos que reforçavam uma verdade: ser gay só havia trazido problemas para ele. O fim do sonho do Barcelona, a destruição de sua carreira como jogador de elite, a traição escrota e vexatória no primeiro relacionamento, a obliteração da relação com seu pai. A solidão. A constante solidão em nunca, jamais, poder amar e ser amado.

— Como qualquer outro jogador convocado pra sua primeira Copa do Mundo — respondeu, de forma seca.

Edinho então levantou, agradeceu aos jornalistas e seguiu em direção aos vestiários. O gosto amargo que a resposta deixou na boca só piorou quando ele chegou ao armário do vestiário e encontrou uma mensagem da sua melhor amiga no celular.

GIU: Como qualquer outro jogador? É sério isso?

Ele deveria imaginar que Giu não levaria aquela resposta numa boa. Nem ele mesmo sabia se estava satisfeito com ela. Não é como se ele fosse *o* ignorante no assunto, mas ele sabia que existia um motivo para que o movimento LGBTQIAPN+ constituísse uma comunidade. Fazia tempo que não acreditava mais que rótulos eram formas de separação. Mesmo assim, ainda era difícil se ver como parte de um todo quando nem ele mesmo se via como alguém completo.

Durante muito tempo, o garoto que sonhava em ir para a Copa carregou o peso de esconder o segredo que o impediria de chegar lá. Cresceu com a certeza de que nenhum de seus sonhos seria realizado se ele assumisse quem realmente era. Agora, mesmo fora do armário, isso não mudou muito. Não tinha mais que esconder sua sexualidade, mas sentia que ainda precisava reprimir tudo o que se relacionava a ela. Agarrou-se à falsa ilusão de que seu status na Copa era frágil demais para ele arriscar qualquer tipo de manifestação política. A única bandeira que deveria levantar agora era a do Brasil.

A porta dos chuveiros se abriu.

— Ótima entrevista — interrompeu Benedikt. — Adorei a parte em que você falou que somos melhores amigos e vamos conquistar a Champions League juntos.

Edinho fechou a ducha e sentiu o rosto corar de ódio. Felizmente, todos os jogadores viajariam para os respectivos países naquele mesmo dia, e ele passaria um bom tempo sem olhar na cara de Kühn.

Sem se preocupar em ser pego olhando, Edinho virou o corpo na direção do rival, para que o outro pudesse prestar bastante atenção ao que ele tinha a dizer. Afinal, se era para odiar alguém, seria por completo.

Odiar os cinco centímetros que Benedikt tinha orgulho de ter a mais que o brasileiro — ele sabia disso porque, em todas as poucas vezes que se encararam, Kühn fez questão de ressaltar que estava olhando para baixo.

Odiar as sobrancelhas grossas, a barba cheia de pelos quase ruivos e os ombros largos cobertos de sardas.

Odiar o fato de Benedikt ser confiante até com o próprio pau, que, em uma olhada rápida, Edinho pôde perceber que tinha um tamanho razoável.

Odiar o fato de que o alemão também era dono de uma beleza única, que justificava a fama de garanhão que ele tivera nos anos 2000.

Tudo isso o deixava com a cabeça quente, a respiração rápida e os batimentos cardíacos levemente acelerados.

— Na boa, você não se cansa de ser um babaca? — retrucou Edinho, depois de uma encarada rápida.

— Não, por quê? Você se cansa? — respondeu Benedikt, em um tom debochado. — Estou decepcionado, *pivetxe*, achei que tínhamos isso em comum.

Edinho riu. Sentia um pouco de orgulho ao pensar que não tinha nada em comum com ele. É exatamente isso o que diz e volta a abrir o chuveiro.

— Pelo menos eu fico grato quando alguém me dá uma assistência daquelas... — completou.

Agora é a vez de Benedikt fechar o chuveiro.

— Você trata uma questão de lógica como favor — começou. — Você não tinha como marcar, então não fez mais do que a sua obrigação. O nome disso é profissionalismo...

Edinho abriu e fechou a boca várias vezes. Pensou em milhares de respostas, mas todas seriam infantis porque a verdade era muito mais simples: Benedikt tinha razão. Ele não conseguiria marcar aquele gol.

Poderia até ser egoísta e cavar um escanteio, mas, assim como o nêmesis apontou, não seria profissional da parte dele. Mesmo assim, optou pelo silêncio. Pareceu uma alternativa melhor a dar o braço a torcer.

— Tá vendo o que eu falo do temperamento? — Benedikt voltou a abrir o chuveiro.

— Vamos lá, Benedikt Kühn. — Edinho usou o sobrenome do colega em uma tentativa de intimidação. — Ó, capitão da minha vida, me explique tudo o que eu não sei sobre mim.

Edinho se virou e ficou esperando. Benedikt parecia lutar para encontrar as palavras certas. Então, no meio do caminho, desistiu e falou o que veio na sua cabeça:

— Eu já te falei mil vezes: você tem um temperamento difícil. Não consegue deixar o emocional de lado em uma simples jogada, isso deixa seu jogo inconsistente. Você é cheio de si. Joga de um jeito que subestima o próprio talento, em vez de aperfeiçoá-lo.

— Eu….

— Não, não! Você pediu, agora me deixa terminar — interrompeu Kühn. — Você age como se fosse um grande coitado, uma grande vítima do futebol. Quando, na verdade, você é a estrela atual do seu time e foi convocado para a maior seleção da história, se ignorarmos 2014, é claro. Tudo isso sendo…

— Gay, é isso que você ia falar? Como um gay pode ter tudo isso?

— *Tsc.* — Ele se virou para pegar o xampu. — Você não faz ideia da sorte que tem.

Edinho não conseguiu absorver a última frase antes que tudo saísse atropelado e sua voz começasse a fraquejar. Aquele alemão não tinha o direito de falar como se soubesse da vida de Edinho.

— Só pode ser brincadeira… — começou — Por acaso você tem noção do que é ser pobre e preto em um país como o Brasil? Vindo de onde eu vim? Tem noção das estatísticas que eu driblei pra chegar aqui, ouvindo esse monte de merda que você acabou de falar? Eu sou um jogador bicha, Kühn! Na mente desse monte de italiano, isso sem falar do meu próprio país, eu não posso ser eu e jogar futebol como jogo!

— Edinho, eu não... — Benedikt tentou argumentar.

— Ah, não, Kühn. Minha vez, lembra? Você é só mais um homofóbico privilegiado que se sustenta em um talento vencido para conseguir um salário milionário que provavelmente merecia ir pra um jogador melhor. — Edinho falava alto, quase cuspindo na cara dele. — Você não faz ideia do que é ser uma vítima pra sequer tentar definir se eu posso ou não ser uma.

O silêncio que se espalhou pelo vestiário era pesado. Ambos os jogadores evitaram se olhar durante os minutos restantes que passaram dividindo o ambiente. Edinho agradeceu o momento de paz, enquanto enrolava a toalha no corpo e corria de volta para a área dos armários. Kühn ainda estava molhado quando decidiu falar de novo e parou, pingando, em frente ao brasileiro.

— Eu nunca quis insinuar nada sobre a sua vida pessoal — começou Benedikt.

Na cabeça do alemão, aquela era uma tentativa de soar mais calmo. Edinho ainda o achava um pouco agressivo.

— Não estou dizendo que a sua vida é fácil, *pivetxe*. Só estou dizendo para não a tornar ainda mais difícil — continuou. — Desliga por um segundo as vozes da sua cabeça e escuta, de verdade, o que eu disse. Nada do que falei é tão absurdo assim.

Edinho o encarava em silêncio. O que Kühn tomou como consentimento para continuar falando.

— Você é irritadiço, às vezes joga como um adolescente e seu desempenho pelo lado direito é pobre. — Benedikt falou tão perto da sua orelha que partes que não deveriam se tocar acabaram se tocando. — E eu te garanto uma coisa, perto do que você vai ouvir na Copa isso é só uma mordidinha na orelha.

Antes que Benedikt saísse do banheiro, soltou uma última provocação.

— Te vejo em Los Angeles, *pivetxe*.

Edinho respirou fundo e decidiu deixar para lá. Mas a raiva era tanta que seu coração continuava acelerado minutos depois, quando estacionou o carro na porta da própria casa.

Benedikt não poderia ter razão, poderia?

Edinho era o recordista em cartões amarelos do Grifones e, por mais que tentasse, seu instinto o acabava levando sempre para o lado esquerdo.

O amadurecimento em um time da segunda divisão italiana nunca o fez pensar muito sobre seu desenvolvimento tático. A torcida o adorava e era função dele recompensá-la com gols.

As vozes que Benedikt tentou silenciar ainda ecoavam na mente dele quando enfiou a chave na porta de casa. A incerteza a respeito do capitão do time ter ou não razão ficou do lado de fora, pois, sentada no sofá da sala, com Shangela no colo, estava Cida, sua nova técnica.

CAPÍTULO 9

A NOSSA PENTA: CIDA É ELEITA JOGADORA DO ANO PELO QUINTO ANO CONSECUTIVO!

Londres, 24 de abril de 2015

O berreiro alto, vindo dos pulmões fortes da jovem garota, poderia ter sido ouvido até as bandas de Salvador. A mãe largou desesperadamente o bordado que fazia e correu para receber a filha que corria, com o joelho esfolado e lágrimas de comover até os mais frios dos corações. Na época, Aparecida Santana tinha 6 anos e foi a última vez que um homem a fez chorar no futebol.

Nascida e criada, por boa parte da infância ao menos, em Ribeira do Pombal, na Bahia, a garota correspondia a todos os estereótipos de "menina macho". Assim eram conhecidas na região as garotas que preferiam correr atrás de uma bola a sentar embaixo de uma mangueira e passar horas costurando roupas para bonecas. Não é que Cidinha, como toda a família a chamava, fosse ruim no bordado, ela até que levava jeito para a coisa. O que lhe faltava era paciência.

— Chegue, venha que mainha vai passar Mertiolate — falou dona Marluce, enquanto pegava a menina no colo.

Seria de se imaginar que o trauma fosse afastar a garota dos campinhos, mas ela tinha ousadia e vontade de sobra de jogar. Quando menorzinha, os garotos a deixavam participar por achar fofo. Era engraçado ver uma menina gorducha, aos 5 anos, rindo, correndo atrás da bola. Anos mais tarde, quando ficou moça, ninguém queria mais escolhê-la para o time.

Penou até encontrar um grupo de garotos que a deixasse jogar todas as tardes depois da escola. Na época, Cida se perguntava se a tinham aceitado por vontade própria ou por medo de jogarem *contra* ela.

O padre do bairro, que também era professor de educação física da escola e de vez em quando organizava uns campeonatos com o dinheiro da paróquia, vivia falando para dona Marluce, genuinamente preocupado:

— Lucinha, minha fia, não é bom pra Cidinha ficar correndo assim. Já, já ela vira moça e isso vai ser ruim pra ela.

O coro era entoado por várias das beatas que passavam na casa de dona Marluce durante as infinitas novenas do mês de junho. A costureira até fingia ouvir, mas sabia que Cida ia fazer o que bem entendesse. Desde que continuasse uma boa filha, uma boa estudante e uma boa cristã, ela poderia escolher o que fazer no tempo livre. A mãe acreditava que Deus tinha mais o que fazer do que vigiar cada passo da menina.

Dona Marluce nunca foi levada por fofocas, e Cida sabia que tinha muita sorte por isso. A sorte era tanta que a menina nem precisou se esforçar para convencer a mãe quando disse que queria ir embora para São Paulo treinar em um bom clube e seguir carreira no futebol. Cida já enfrentava muitos problemas na cidade; cada vez menos as escolas queriam deixá-la jogar em times formados apenas por meninos e, no meio da década de 1990, os times escolares exclusivamente femininos eram quase inexistentes na Bahia.

Dona Marluce então vendeu a casa, juntou as roupas e encarou uma viagem de três dias de Ilhéus até a maior cidade do Brasil. Lá, Cidinha terminou de estudar e conseguiu algum destaque ainda na escola, enquanto competia em torneios estudantis. A maioria dos jogadores de futebol começavam a carreira logo quando atingiam a maioridade, isso quando não eram contratados para times de base. Cida não teve a mesma sorte e só foi contratada para jogar profissionalmente aos 22, quando um olheiro do Corinthians a convidou para um teste, e ela, é óbvio, demonstrou mais talento do que boa metade do time masculino titular. Não que alguém fosse reconhecer isso, é claro. Mas Cida sabia e, na época, era tudo o que importava.

O salário permitia que ela largasse o segundo emprego e ainda ajudasse a mãe a conquistar a merecida e muito aguardada aposentadoria. Se ela fizesse sucesso, talvez pudesse realizar o sonho de criança da matriarca: uma casa de veraneio na Bahia. Do primeiro jogo até o último, não teve uma vez que Cida Santana não tivesse feito a diferença em campo. Jogou contra quase todas as seleções do mundo, mesmo quando seu adversário mais difícil continuasse sendo o próprio país.

As coisas só melhoraram depois da primeira Copa do Mundo. Cida, é claro, foi a protagonista e, junto a Abelha, trouxe a primeira estrela do futebol feminino para o país. O gol de falta foi considerado um dos mais bonitos da história e foi citado por vários especialistas como uma das provas de que Cida era realmente fora do comum. Era preciso muita coragem para cobrar um pênalti de cavadinha, principalmente em uma final de Copa do Mundo.

O mesmo gol também foi exibido no telão de fundo enquanto a jogadora subia no palco para receber, pelo quinto ano consecutivo, o prêmio de melhor jogadora do mundo. Um recorde pessoal, brasileiro, e até hoje intocado no esporte. Numa noite de 2015, na França, Cida começou seu discurso:

— Eu queria agradecer, antes de tudo, à minha mãe, dona Marluce! Obrigada por ignorar todas as outras mães do bairro e me deixar jogar! Esse troféu é seu tanto quanto é meu. — Ela deu uma pausa para controlar a voz trêmula. — Mas eu queria lembrar que esse troféu só é possível porque desde cedo alguém acreditou que ser mulher não me impedia de realizar nada. Minha mãe me apoiaria até se eu dissesse que gostaria de virar uma sereia. O futebol feminino no Brasil não é uma lenda, mas pode ser lendário. Times, está na hora de ser um pouco dona Marluce!

O discurso viralizou em todos os lugares, só não foi mais visto, é claro, do que o discurso de aposentadoria da jogadora alguns anos depois. Cida entrou para a história do futebol mundial, mas ainda conseguiu tocar o coração de muitos ao revelar que agora, aposentada, finalmente se casaria com a mulher por quem era apaixonada havia vinte anos: sua companheira de time, Abelha, que já havia anunciado o fim da carreira algum tempo antes.

Os primeiros meses foram excepcionais. Viagens, campanhas e entrevistas que sempre vinham carregadas da pergunta mais aterrorizante que ela já havia escutado: "Quais serão os próximos passos de Cida Santana?".

Quando se vivia como ela viveu, com um único sonho em mente, era difícil pensar no que aconteceria depois de realizá-lo. Ela venceu e chegou até mais longe do que queria com o futebol. Será que agora o restante da sua vida seria reviver seus melhores momentos em campo e relembrar tudo o que nunca voltaria?

— Você sabe que é só uma questão de tempo, né? — questionou Abelha enquanto pegava Cida olhando para o nada de novo, na casa de praia que as duas compraram na Bahia.

— Quê?

— Pra você voltar pro futebol, meu bem.

— Ah, nada, tá sendo bom descansar. — Nem a própria Cida acreditava naquilo.

— Eu sei. — Abelha colocou as mãos da esposa entre as suas. — Cida, me escuta: eu sempre fui uma ótima jogadora, mas, você, meu bem, você *nasceu* pra isso. Volta logo, não aguento mais te ver afogando todas as suas frustrações no Fifa. — Cida puxou a esposa para o colo, e as duas riram, amando-se até o sol se pôr na Bahia de Todos-os-Santos.

No dia seguinte, Cida se matriculou em uma faculdade de Educação Física; queria voltar para os campos como técnica, mas sabia que, como no começo, precisaria estudar o triplo que qualquer outro jogador homem para alcançar o feito. Quando recebeu o primeiro convite para atuar no comando de um time, ela topou e trancou o curso apenas dois meses depois de começar.

O Corinthians foi o primeiro time que resolveu apostar na ex-jogadora como técnica. Cida era apegada a esse tipo de ato e devolveu a confiança no formato de dois campeonatos brasileiros com o time feminino. O primeiro de uma nova série de feitos inéditos. Foram necessários mais dois campeonatos e uma pressão da imprensa mundial a favor da técnica para que surgisse o primeiro convite para dirigir um time masculino. Cida estava satisfeita com a equipe feminina que havia montado no Corinthians e com a cultura de técnicas mulheres que havia sido iniciada, mas existia uma parte dela que adorava provar que as pessoas ao seu redor estavam erradas. Chame de orgulho ou teimosia ariana, mas ela sofria da sede de arrombar a porta que levava a locais nunca antes ocupados.

Para a tristeza de muitos torcedores e dirigentes que não apostavam nela como técnica do time masculino do Corinthians, Cida conquistou um campeonato logo no primeiro ano. No segundo, levou o mesmo time à final da Libertadores, enquanto levava para casa o segundo campeonato consecutivo. Os jogadores tinham um consenso: a técnica era a principal responsável pela conquista.

Cida conseguiu frear a exportação de jogadores do time e, pela primeira vez em anos, os brasileiros que jogavam no exterior se mostraram cada vez mais propensos a voltar ao país de origem, caso fossem treinados por ela. A categoria de base do Corinthians explodiu. Todos queriam descobrir qual era o segredo da técnica.

— Não tem segredo — respondeu Cida, entre risadas, em uma entrevista ao Fantástico. — Eu sou apenas a técnica que gostaria de ter tido quando era jogadora. Acreditem ou não, isso faz toda a diferença.

O mais surpreendente foi que o Brasil começou a acreditar. Pelo menos uma parte dele, como ficou claro em 2026, quando a demissão surpresa do técnico Rafaello deixou a seleção brasileira sem um líder a poucos meses da Copa do Mundo.

Ninguém sabia o que tinha acontecido, Rafaello não aparentava infelicidade e a torcida gostava dele, até reconhecia o esforço hercúleo que o técnico havia feito com a seleção depois da tragédia que foi 2022. O Brasil, mais uma vez, era favorito na Copa do Mundo, havia ganhado a Copa América e voltado ao top cinco no ranking da Fifa. A ansiedade do país era para descobrir quem representaria o Brasil em campo, não fora dele. Ainda assim, esperava uma recepção um pouco mais calorosa quando seu nome foi anunciado três semanas antes da convocação. Se não pelo desempenho impecável que tinha, que fosse pela coragem em assumir um desafio tão grande como aquele — entre os bastidores e vestiários, ela soube que vários outros nomes de peso recusaram a tarefa.

Como se os problemas não fossem suficientes, Cida encontrou uma FBF em crise. Descobriu alguns dias depois que ela era a última esperança da Federação, que havia esgotado todas as opções, mesmo que inferiores, antes de chamá-la.

Foi logo na primeira semana que Cida percebeu que as coisas seriam mais difíceis do que imaginava. Nos bastidores, os patrocinadores tinham muito mais voz do que ela gostaria. Caso determinados nomes ficassem de fora da convocação, eles retirariam as verbas — o que, no caso do futebol, é sempre o fator definitivo para qualquer grande tomada de decisão.

Alguns nomes ela teve que engolir; outros, brigou pela presença no time. Ela não falava muito, mas tinha a crença de que grandes times eram formados unicamente por estrelas. Mesmo que nem todos fossem excepcionais em campo, ao menos a crença de que eram, ou poderiam ser, faria toda a diferença na Copa.

— Cida, o presidente Cruz quer saber se você já tem a convocação final — avisou sua assistente setenta e duas horas antes do anúncio.

— Ainda não tenho, mas pode falar que estará no e-mail dele assim que eu fechar os nomes — mentiu. — Ainda estou esperando algumas informações do departamento médico.

Poucas foram as vezes que Cida ficou insegura na vida, mas fechar aquela lista era uma tarefa impossível quando havia tantos fatores a considerar, egos demais para satisfazer. Por isso foi uma surpresa quando, em uma noite em que estava trabalhando até tarde, recebeu a ligação da pessoa mais improvável do planeta.

— Eu espero que você comece essa ligação com um pedido de desculpas — falou Cida, impaciente.

— Ah, Cidinha! Você sabe que eu não te colocaria nessa se não soubesse que você era capaz de resolver — retrucou Rafaello, com o que parecia ser um sorriso no rosto.

— Filho da puta.

Cida e Rafaello eram amigos havia anos, mesmo que nos últimos a relação dos dois estivesse um pouco balançada. Rafaello havia sido um dos amigos que incentivou Cida a ser fiel a si mesma, principalmente sobre seu relacionamento com Abelha. Era um dos poucos que sabia da sexualidade da jogadora. Cida, é claro, nunca ouviu o colega.

Naquela mesma noite, Rafaello e Cida ficaram em chamada pelo que pareceu uma eternidade, mas uma olhada rápida no telefone de ambos mostraria que a ligação durou uma hora e quarenta e oito minutos. Nela, o ex-técnico da seleção finalmente confidenciou alguns dos motivos que o levaram à demissão e como ele tinha trabalhado para colocar ela em seu lugar.

— Porra, Cidinha, eu sabia que eles tinham dois outros nomes — confidenciou o amigo. — E que nenhum dos dois ia topar, então casualmente sugeri que trazer você seria uma boa ideia...

— Ah, ótimo! Nem meu emprego eu consegui por mérito próprio...

— Não viaja — interrompeu Rafaello. — A FBF tá fodida, se o Brasil não for bem nessa Copa, cabeças vão começar a rolar. Cabeças importantes. Mas você sabe que eu gosto dessa porcaria de esporte e a porra de um país inteiro espera ansiosamente por esse momento. Você é a única pessoa capaz de levar esse time pra frente, não porque eu tô falando, mas porque você é a Cida Santana.

— Tá, tá, estou secando as lágrimas — brincou ela, um pouco emocionada. — Agora me conta por que você ligou, eu sei que não foi pra inflar o meu ego...

— Não, eu tenho um favorzinho pra te pedir...

Foi esse mesmo favor que a levou até onde estava agora, depois de pegar um voo escondido para Palermo, sentada na sala de um dos seus jogadores reservas. Ali, assistiu à última coletiva de imprensa onde tragicamente Edinho Meteoro demonstrou não ter nenhum tipo de consciência social. Insensível o suficiente para não entender nem um pouco o papel que ocupava como o primeiro jogador declaradamente gay convocado pela Seleção Brasileira Masculina de Futebol.

Cida esperava causar um rebuliço ao anunciar o sergipano, mas não imaginava que o mundo esqueceria por um momento da Copa do Mundo só para focar em quem Edinho deixava ou não de namorar. Ela, mais uma vez, havia se surpreendido com o preconceito do Brasil. Chegava a ser irônico, visto que era justamente ela que tinha como missão transformar os próximos meses em momentos de alegria constante para o país.

A vida da sapatão apaixonada por futebol não era nada fácil mesmo.

Ao ouvir a porta se abrir e encarar Edinho Meteoro nos olhos, um arrepio subiu por sua coluna. Ela não soube dizer se foi o cabelo descolorido ou a postura tão perfeita que chegava a ser afetada, mas algo lhe disse que aquele garoto de 24 anos seria a fonte de vários problemas.

— Puta que pariu! — Edinho largou a sacola de treino no chão. — Vocês desistiram de me levar pra Copa?

CAPÍTULO 10

A TÉCNICA DA POLÊMICA: SERIA CIDA CAPAZ DE TRAZER O HEXA?

Rio de Janeiro, 12 de maio de 2026

— Puta que pariu! Vocês desistiram de me levar pra Copa? — O primeiro pensamento que Edinho teve ao ver a técnica ali foi que estava tudo acabado. Eles perceberam que fora um erro convocá-lo e enviaram Cida para demiti-lo pessoalmente, com pedidos de desculpas e, quem sabe, um buquê de flores.

Quando não conseguiu localizar nenhuma flor, largou a bolsa no chão.

O que será que iam fazer? Fingir uma contusão? Dizer que o Grifones não tinha liberado? Edinho já estava repassando na mente sua resposta na entrevista, horas atrás. Imaginou que a FBF adoraria que ele tirasse o foco da sua sexualidade. Nenhum presidente ia preferir um show de militância de um jogador reserva à adoração exacerbada que a seleção ganhava de quatro em quatro anos.

Quando Cida percebeu a respiração acelerada do garoto, ela se levantou do sofá com um sorriso de canto de boca.

— Calma, rapaz! — Cida soava confiante. Edinho tomou aquilo como uma ordem e se controlou. — Ninguém vai voltar atrás agora, você *vai pra Copa!*

Antes que a técnica se aproximasse mais, Vanessa entrou na sala, carregando uma bandeja fumegante — pelo cheiro, chá e café. Sua empresária sabia que Edinho odiava café, mas imaginou que ele precisava passar uma boa imagem. Depois de largar a bandeja na mesa de centro e fugir de um ganido de Shangela, Vanessa seguiu na direção de Edinho, inclinando-se para um abraço.

— Ela chegou aqui quase agora — sussurrou a empresária no ouvido dele. — Eu tentei te ligar, mas você não atendeu.

Ele se desvencilhou do abraço e correu para cumprimentar a nova chefe. Ela parecia menos intimidadora agora que não estava tão séria. Mesmo assim, Edinho se surpreendeu com o quanto ela conseguia ser direta.

— Olha só, eu sei que é uma surpresa — falou Cida, enquanto colocava o café em uma xícara. — Mas essa era a intenção, a imprensa não podia saber que eu vinha, senão iam falar que estou te dando preferência.

— Ah, com toda certeza. Técnica sapatão encontra jogador gay pra trocar figurinhas sobre como dominar o futebol brasileiro.

Edinho ficou chocado com as próprias palavras, nunca havia falado assim com ninguém fora de seu ciclo de confiança — ou seja, Giu, Vanessa, Fred e Shangela. Cida não riu da piada, mas também não pareceu ter ficado chateada. Edinho estava bastante intrigado com o que a faria atravessar o Atlântico. Shangela, que sem surpresa alguma já adorava Cida, se aconchegou em seu colo quando ela se sentou novamente e começou a falar.

— Adorei a entrevista.

Alguma coisa no tom da técnica denunciava a ironia. Edinho respirou fundo; aparentemente, Giu não estava sozinha na opinião de que ele deveria assumir sua sexualidade com mais orgulho, em vez de chutá-la para fora do campo.

— Você não faz ideia da diferença que pode fazer, né? — perguntou Cida, por fim, os olhos semicerrados. Ela parecia genuinamente curiosa.

— Eu sabia que você não era um símbolo ambulante do orgulho, mas imaginei que, depois de tudo o que rolou, a culpa ao menos tivesse ido embora.

Cida tinha feito o dever de casa.

— Eu não… — Edinho hesitou.

— Relaxa, eu não te convoquei apenas pelo fato de você ser gay...

Os ombros do jogador relaxaram, mas ele não ficou tão aliviado quanto poderia. Saber que seu desempenho técnico era bom o suficiente para chamar a atenção dela o tranquilizava, mas ele sabia que tinha algo ali.

— Eu te convoquei *também* por ser gay.

Edinho ficou confuso.

— Veja, desde sempre o futebol foi símbolo da masculinidade, e nós dois sabemos de qual tipo eu estou falando. — Ele assentiu. — Isso atrapalhou minha carreira, e agora eu estou trabalhando para uma Federação repleta desses babacas...

O fato de Edinho estar boquiaberto não impedia Cida de continuar falando. Os anos no futebol a fizeram perder qualquer resquício de insegurança ao ver homens chocados pela sua sinceridade.

Apesar de chocado, afinal era da Federação Brasileira de Futebol que estavam falando, ele amava descobrir que, ao menos ali, também poderia falar o que pensava sobre os principais dirigentes do futebol brasileiro.

— Digamos que eu gosto de dar uma cutucada. — Cida soltou uma risada leve. — Mas é óbvio que jogar como você joga fez toda a diferença. Então... se eu fosse você... eu gravava esse momento porque ele não vai se repetir, ok? Você joga pra caralho, moleque! É um crime nunca terem te convocado...

Os olhos de Edinho ameaçaram se encher de lágrimas, mas ele impediu que elas rolassem. Não havia motivos para chorar, apenas para celebrar. Quando uma lenda do futebol como Cida reconhecia que, sim, era uma injustiça sem tamanho ele nunca ter sido convocado, nem mesmo para as seleções de base, ele deveria *comemorar*.

— Inclusive, é exatamente sobre isso que vim conversar com você. — Ela então olhou, sem nenhum pudor, para Vanessa.

A empresária entendeu o sinal e se levantou, dizendo que iria preparar alguma coisa para eles comerem. Ela ficou tão sem graça que até chamou Shangela para a acompanhar. A cadela, que, de algum jeito, soube que o assunto estava começando a ficar bom, nem se mexeu. Além de heterofóbica, a pinscher também era orgulhosamente fofoqueira.

Vanessa murmurou algo parecido com "traidora" ao sair e deu uma última piscadela na esperança de confirmar que Edinho contaria tudo o que fosse conversado para ela.

— Pelo que eu pude notar, você e sua empresária são muito próximos, né? — observou Cida, quando ficaram sozinhos na sala. — Mas vou logo adiantando, tudo o que eu vou falar não pode sair daqui, ok?

Edinho engoliu em seco e apenas confirmou com a cabeça. De repente, o ambiente de cumplicidade confortável ficou mais tenso.

— Sua convocação causou uma comoção na FBF — começou a treinadora. — Mas não do tipo bom. A verdade é que ninguém sabia que eu ia te convocar. Eu menti na cara dura pro presidente, enviei uma convocação falsa, mas ao vivo fui lá e fiz outra. Você deve imaginar que ele não ficou muito satisfeito… Edinho, desde 2023 que tentam te convocar. Mas o presidente era absolutamente contra a sua presença no time…

Ótimo, não apenas foi uma surpresa, ele ainda é definitivamente a *persona non grata* da seleção.

— Você tem meses difíceis pela frente, garoto…

— Bom, não é como se minha carreira tivesse sido um parquinho — retrucou o jogador. — Tô acostumado.

— Estamos.

Ele ficou em silêncio. Quando o assunto era carreira, a de Cida havia enfrentado obstáculos incomparáveis. No seu momento mais difícil, depois de ser arrancado do armário para o mundo inteiro, Edinho ainda tinha um clube europeu com interesse em recrutá-lo. Já Cida só começou a jogar profissionalmente numa idade em que a maioria dos jogadores masculinos já havia alcançado os primeiros milhões.

Na falta de palavras, ele apenas concordou com a cabeça. Não era burro de começar uma competição de carreiras com ela. Quando oportunidade e futebol feminino entravam na equação, a história dele se tornava fichinha.

— Ok! Então, recapitulando, eu fui convocado de surpresa — retomou Edinho. — O Brasil está dividido entre me adorar e me odiar, me chamando de viadinho e a FBF não me quer?

— É basicamente isso.

— Então que porra eu faço? — A frustração de repetir tanto essa pergunta estava começando a vir à tona.

Cida o encarou firme, como se pudesse reconhecer todos os seus medos e inseguranças no rosto do garoto. Talvez ela pudesse, de fato. Os dois eram parecidos.

— Olha, eu só vou te falar isso, porque parece que você precisa ouvir de alguém que sentiu na pele como esse esporte é escroto — começou.

— Seja indiscutivelmente *você*, moleque! Com orgulho! Eles não queriam um jogador viado na seleção, mas agora é o que eles vão ter. É tarde demais pra voltar atrás. Quando planejamos tudo isso, nossa intenção era provocar mesmo, então vai lá e provoca!

Edinho não deixou o verbo no plural passar despercebido. De repente, toda a teia de esquemas começava a ficar mais clara, e a pior parte era que, em vez de irritado, ele ficava ainda mais empolgado por fazer parte dela.

— Planejamos?

— Rafaello que me lançou a ideia — confessou Cida. — De convocar você de surpresa, no caso…

— Rafaello, tipo, o ex-técnico que ninguém sabe por que se demitiu?

— Exatamente.

— Puta que pariu.

— Ele estava exausto de sugerir o seu nome e, depois que recusaram oficialmente sua convocação pra Copa, ele se demitiu em protesto — contou ela. — Mas logo antes de eu anunciar a convocação ele me deu uma ligadinha com uma proposta.

— E essa proposta era eu.

— Também, mas, como eu falei antes, tenho assuntos inacabados com a FBF — completou Cida. — E, pelo visto, Rafaello também.

Edinho se levantou.

Caminhou de um lado para o outro ainda sem acreditar em boa parte do que ouvira. Quer dizer, a parte onde a FBF era composta por dirigentes homofóbicos não era nenhuma surpresa. Mas que ele fazia parte de uma revolução à la *Jogos Vorazes* para provocar a maior organização de futebol do país… era *outra* história.

— Então é isso? — questionou. — A gente faz parte de uma sociedade secreta com o objetivo de irritar a FBF?

— Não viaja, moleque! — cortou Cida. — Isso não é um filme da Sessão da Tarde. Eu e o Rafaello temos algumas ideias do que fazer, você só precisa ser baitola o suficiente para que ninguém preste atenção na gente. — Edinho riu. Ele era mesmo a Katniss Everdeen do rolê. — Ah, e nós TEMOS que ganhar a Copa.

— Como assim?

— É aí que entra a pior parte...

— Fica pior?

— Fica. — Cida voltou ao tom sério. — Depois que eu te convoquei, eles basicamente me ameaçaram falando que ou a gente trazia o hexa ou acabariam com a nossa carreira.

Edinho voltou a se sentar.

— Eles podem fazer isso?

— Moleque, por que você acha que ainda não tem nenhum patrocinador oficial? — A técnica jogou a bomba como se fosse só mais um fato corriqueiro. — Eles barraram tudo. E tem mais... você já deveria ter assinado a renovação de contrato com o Grifones, né?

— Caralho.

— Pois é. Eles se meteram até nisso.

— Então, basicamente, minha carreira inteira está em jogo? *Literalmente?* — Pela primeira vez, Edinho soava assustado. — Eu tenho que jogar pelo Brasil e pelo meu futuro?

— Não, você não joga pelo Brasil. Sabe por quê? Porque o Brasil nunca esteve do lado de gente como a gente — concluiu a treinadora, dirigindo-se até a porta. — Você joga pelo que o Brasil pode ser caso a gente levante aquela merda de taça. Boa noite.

Demorou alguns minutos até Vanessa aparecer na sala e encontrar Edinho sentado, acariciando Shangela e olhando para o nada.

— Era pegadinha? Eles te demitiram mesmo? — perguntou Vanessa, preocupada. — Ou, sei lá, te desconvocaram?

— Não! Não... — respondeu, rápido. — Se bem que parte de mim gostaria que tivessem feito isso.

— Por quê?

— Não importa agora, eu preciso da sua ajuda com uma coisa. — Ele se virou para a empresária e colocou a cachorra mal-humorada no chão. — *Shiu*! Depois te dou um petisco! A gente vai ralar pra caralho nessa Copa...

— Disso eu não tenho dúvida.

Edinho então verbalizou uma meia-verdade do que Cida havia contado a ele. Falou que a FBF estava irada e que, por conta disso, ela havia sabotado os patrocínios oficiais. Ele deixou de fora a superdupla de técnicos se juntando para irritar a FBF; aquela parte era surreal demais até para falar em voz alta — e ele não quebraria a promessa com Cida.

— Peraí, como assim? Não vai rolar nenhum patrocinador? — reagiu Vanessa, horrorizada.

— Nenhum dos grandes e oficiais, Nessa. Se fosse pra rolar, já teria rolado. Acontece que minha presença na seleção não agrada a todo mundo.

— Tá, mas isso a gente já sabe, você vai me dizer que ela atravessou o Atlântico só pra te falar isso?

— Não. — Edinho tentou ser honesto. — Lembra quando você falou de usar a polêmica a nosso favor? Talvez, para atrair algum patrocinador e atenção, a gente precise fazer isso.

— Você sabe que amo essa parte. Vai ser o quê? Nude vazada? Sex tape?

Os dois começaram a gargalhar. Ele sabia que, mesmo rindo, ela faria o que fosse preciso para atingir os próprios objetivos. Sorte que eles estavam do mesmo lado nessa história.

— Nada disso — falou, tentando recuperar o fôlego. — Menos polêmico, eu acho, talvez um namorado falso? Talvez uma publicidade de Dia dos Namorados? Umas reportagens românticas onde quer que os gays leiam notícias?

— Eu amo como você fala, como se não fosse gay... seu viadinho homofóbico. — Vanessa riu, beliscando o braço do amigo. — Não. Isso de namorado falso nunca dá certo, você vai se apaixonar por ele. — Ela então bateu na própria testa. — Tive uma ideia. — O olhar de canto que sucedeu a frase fez Edinho se arrepiar. — Mas você não vai gostar nem um pouco.

Ela foi correndo até a cozinha e voltou com o celular na mão.

— Seguinte, pelo que você me falou, nenhum patrocinador *tradicional* vai te querer como garoto-propaganda.

Edinho bufou em concordância.

— E, durante toda a sua carreira, você fez questão de separar o jogador de quem você realmente é...

No fundo, ele sabia que Vanessa, assim como Giu e Cida, falava da sua sexualidade. Mas Edinho ainda se sentia muito perdido. Afinal, todo mundo falava para ele ser algo que nunca tinha sido antes, como se fosse fácil, como se fosse simples.

A verdade mais difícil de lidar era que a separação entre quem ele era na vida real e quem era dentro dos campos talvez tivesse causado uma cisão mais profunda do que ele imaginava. Quem imaginaria que se reprimir tanto viria às custas de uma vida pessoal inexistente e uma personalidade completamente artificial?

— Mas talvez agora isso não faça mais sentido, meu bem. Você é um jogador de futebol que também é gay e, por mais que a maioria das marcas hipermasculinas queiram distância da sua imagem, alguém lá fora vai querer usar isso ao próprio favor. — Vanessa ostentava um sorriso ambicioso.

Edinho então foi arrebatado por uma lembrança: um garoto andando animado na rua enquanto usava um esmalte azul. *Inferno!* Ele poderia jurar que conseguia ouvir a voz de RuPaul na própria cabeça falando: "Se você não se ama, como vai ser capaz de amar outra pessoa no mundo?".

Edinho respirou fundo uma última vez, ele não gostava nada da conclusão a que chegou depois daquela conversa.

Por mais que tivesse fugido daquilo, era chegada a hora de se tornar orgulhosamente o jogador viado.

CAPÍTULO 11

DON-DON É O PRIMEIRO A CHEGAR! TREINOS COMEÇAM NA SEGUNDA!

Rio de Janeiro, 15 de maio de 2026

Edinho encarou a tela do tablet enquanto tentava encontrar uma posição confortável na poltrona do jatinho. Uma tarefa que se mostraria impossível depois das primeiras horas de voo.

Na sua frente, o link aberto contava sobre um acontecimento que atiçou o mundinho do futebol em 1995. Daniel Passarella, o técnico da seleção argentina na época, dera uma declaração homofóbica. O imbecil simplesmente falou em alto e bom som que não aceitaria jogadores homossexuais no futebol e muito menos na seleção que ele comandava.

Maradona, a lenda do futebol argentino, que ainda estava na ativa em 1995, decidiu se manifestar contra a declaração e anunciou lindamente em uma entrevista: a cada gol que um outro jogador, Caniggia, fizesse, ele o beijaria na boca. A foto do acontecimento, que completava 30 anos em 2026, ocupava a maior parte da tela de Edinho. Como tinha prometido a Vanessa e a Cida, tentaria encontrar uma forma de celebrar o jogador viado que habitava nele. E, como havia prometido a Giu, cumpriria essa tarefa indo além dos patrocínios — quem sabe finalmente ganharia algum tipo de "consciência coletiva"; ele ainda não entendia muito bem aquela expressão.

Secretamente, Edinho esperava cumprir a promessa que fizera à dona Maura: reconhecer que era digno do amor, começando pelo próprio.

O problema era que a tarefa de amar a si mesmo era bem mais difícil do que parecia — Edinho culpava os filmes de comédia romântica. Cansado de ler sobre as polêmicas LGBTQIAPN+ no futebol, Edinho fechou os links enviados pela empresária e procurou um portal de futebol mais atual. Então, a tela, antes ocupada pelo beijo de Maradona, foi substituída por uma foto de Don-Don.

A estrela da seleção brasileira o encarava de volta, ao lado do presidente da FBF, Erivaldo Cruz, e de outros empresários que compunham o conselho da Federação. O sorriso que o jogador ostentava não transparecia muita verdade, mas, talvez, fosse apenas impressão. Segundo a reportagem, ele chegara uma semana antes ao Brasil para reuniões sobre o futuro do time.

Edinho pensava se faria parte ou não do futuro que a reportagem mencionava. Ele nunca perguntou a Fred o que os outros jogadores achavam de sua presença no time. Talvez a viagem de mais de catorze horas fosse uma boa oportunidade para investigar como os futuros colegas haviam reagido à convocação surpresa do primeiro jogador gay da história do país.

— Edinho? Alô, planeta Terra chamando. — Vanessa estalou os dedos na frente dele. — Você ouviu o que eu acabei de falar?

Tinha ouvido, é claro. Mas não estava no clima de discutir a carreira quando estava a caminho da experiência que poderia encerrá-la de uma vez por todas.

— Aham! — Ele fingiu interesse. — As marcas de fora do circuito esportivo responderam aos e-mails, e aí? Mais alguma aceitou?

Inicialmente, a empresária não estava muito confiante em conquistar alguma coisa indo em busca de marcas fora do universo machão do futebol. Mas o fato de a Copa acontecer em junho, também conhecido como Mês do Orgulho LGBTQIAPN+, ajudou a viabilizar alguns contratos.

As marcas estavam pouco se fudendo para o que aconteceria com Edinho Meteoro, lógico. Afinal, eram experts em ignorar a homofobia que seus criadores de conteúdo e embaixadores contratados sofriam durante os outros onze meses do ano. Tudo o que queriam era a validação para trocar seus logotipos por uma versão mal diagramada com um arco-íris em junho.

— Sim! Além da Risqué e do Lubri, você agora tem mais oito propostas de job. A maioria, é claro, para publis nas redes sociais. Mas já é um começo, né?

De fato, era um bom começo, até porque fechar com a famosa marca de esmaltes não havia sido fácil. Edinho nunca tinha se posicionado como uma presença ativa na comunidade queer, e o Twitter estava pronto para cancelar qualquer marca que pisasse fora dos parâmetros da causa. Elas não se importavam com as pautas LGBTQIAPN+, mas gostavam de passar a falsa imagem de que, de fato, causavam "impacto positivo de verdade".

Edinho tinha uma coleção de legendas genéricas e uma única foto com a bandeira do arco-íris, uma que ele havia tirado depois de muita insistência de Giu. Nada militante o suficiente para justificar colocá-lo como protagonista de uma campanha inteira no mês do Orgulho.

Mas a Risqué não contava com Vanessa, e sua empresária não desistiu até fechar um contrato quase milionário para o jogador.

— No fim, eu só precisei fingir que você estava sendo *muito* disputado — contou, depois da reunião de assinatura do contrato. — E usar minha cartada final.

— Qual? — perguntou Edinho, curioso.

— O pioneirismo. Não existe nada mais atraente para essas empresas do que ser a primeira a fazer alguma coisa.

Então, depois de fecharem a primeira grande campanha publicitária de esmaltes protagonizada por um jogador da seleção brasileira, Edinho entrou no radar dos marketeiros. A resposta do público, apesar de carregada de hate, foi majoritariamente positiva. Nos poucos dias que teria antes do isolamento na Granja Comary, Edinho estaria com a agenda lotada com gravações de publicidades e posts. A maioria com marcas inéditas no circuito publicitário da Copa do Mundo, mas velhas conhecidas no mês do Orgulho.

Além de esmaltes, Edinho também se tornou o garoto-propaganda de uma marca de lubrificantes, uma nova linha de maquiagens antitranspirantes e shampoos para cabelos descoloridos. Estereotipadas? Talvez. Mas ele e a empresária precisavam capitalizar tudo o que podiam e chamar o máximo de atenção para Edinho.

Ao mesmo tempo, o mercado reagia às novas possibilidades. Não era possível que todo mundo estivesse satisfeito com os mesmos comerciais da Nike falando sobre os obstáculos que jogadores heterossexuais enfrentavam para jogar em um esporte já dominado por eles.

— A FBF também respondeu ao problema do isotônico — completou Vanessa.

— É, e o que escolheram? — questionou Edinho. — Me ignorar nas fotos ou me deixar morrer com um choque anafilático?

Para piorar a situação com a direção da FBF, Edinho era extremamente alérgico a todos os corantes usados no produto do principal patrocinador da seleção brasileira. Não importava o sabor que ele escolhesse, ficaria cheio de caroços pelo corpo todo logo depois dos primeiros goles. Depois, a tontura e a falta de ar o dominariam. Ou, se desse sorte, faria uma intensa e demorada visita ao banheiro.

— Até que foram simpáticos — respondeu a empresária. — Você pode levar seu próprio isotônico, desde que o use apenas nas áreas não fotografáveis do estádio. E, se você beber o isotônico do patrocinador, mesmo que de mentirinha, enquanto está no banco, também vai ajudar bastante.

— Deixa comigo. — Edinho observou Fred entrando no avião com o restante da sua equipe, e sussurrou: — Tudo certo pra amanhã?

Edinho, obviamente, estava nervoso para a diária de gravação que teria no dia seguinte. Ele nunca havia gravado uma campanha publicitária daquele porte, mesmo que a marca e os criativos extremamente amigáveis da agência Montes&Monteiro o tivessem paparicado com mimos desde a assinatura do contrato.

— Tudo certo! Eles vão te buscar no hotel, e eu te encontro lá! Vou te enviar agora a cor, me mandaram hoje de manhã a prova final. — Vanessa começou a digitar algo no celular.

Antes que abrisse o e-mail e se apaixonasse pelo tom de azul a que a equipe da Risqué conseguiu chegar, ele escutou a própria voz pelo viva voz de um telefone próximo. Fred estava vermelho de tanto rir.

"É por isso que eu sempre escolho o Lubris. A consistência é única, o aroma é delicioso, e você encontra em qualquer lugar! Lubris, você merece que o gol entre mais fácil."

Edinho olhou assustado para Vanessa. Ele não lembrava de ter postado aqueles stories no perfil. Tinha gravado alguns dias antes, depois de várias tentativas, mas ainda não tinha recebido a aprovação da marca para postar.

— Relaxa, fui eu — respondeu ela à pergunta que ele nem chegara a fazer. — Postei no seu Instagram antes de a gente sair pro aeroporto, eu vi que você estava meio estressado...

— Amigo, e aí, tá realmente aprovado? — interrompeu Fred, recuperando o fôlego.

Edinho apenas revirou os olhos. Por mais inacreditáveis que homens heterossexuais pudessem ser, o sexo anal ainda era fruto de muita graça para eles.

— Cala boca, cuzão!

— Não! Não! — Fred tentou se explicar. — Nada contra sexo anal, eu mesmo tenho minhas histórias... Mas, porra, "Você merece que o gol entre mais fácil" é cafona pra caralho, né?

Edinho tentou manter a postura, mas cedeu e entrou na brincadeira. Até Vanessa, que tentava demonstrar algum tipo de empatia, desistiu da encenação e começou a rir.

— Existem infinitos jeitos de falar que tudo vai entrar mais fácil... — continuou Fred. — Esse é tão... vulgar.

— Eu sei! Gravei essa merda uma mil vezes até conseguir falar sem cair na risada ou morrer de vergonha. — Edinho tentava recuperar o fôlego. — E, respondendo à sua pergunta, saber eu não sei, tem uns três anos que eu...

Vanessa soltou um pigarro e Fred notou que o clima havia mudado.

— Nossa, Edinho, três anos? — perguntou Fred, incrédulo.

Edinho ignorou.

— Desse jeito você não vai ser apenas o primeiro jogador gay da seleção, vai ser o primeiro canonizado! A nossa semivirgem Maria! — continuou Fred, entre risadas. — Três anos... Porra, eu até poderia ter te feito esse favor, cara...

— O-o quê? — Vanessa ficou nervosa. — Co-como assim, você também...

— Relaxa, Nessa — interrompeu Edinho. — Ele tá zoando.

Vanessa era a fim de Fred havia tempos; ficava vermelha todas as vezes que Edinho citava o nome do goleiro, e o chilique com a possibilidade de ele ser outra coisa além de hétero ou bissexual ajudou a confirmar.

— Não, mas sério, quando a gente voltar pra Itália, eu mesmo vou te arrastar até uma sauna — falou baixo enquanto abria o frigobar e sentava na poltrona em frente a Vanessa.

Edinho suspirou aliviado, ao menos teria espaço para esticar as pernas na poltrona em frente à sua.

— Vai ver é isso que ele precisa pra ficar menos irritado em campo — comentou uma voz conhecida enquanto entrava no avião.

Benedikt Kühn.

Edinho olhou confuso para Fred, o responsável por pedir o jatinho do clube, e o goleiro apenas deu de ombros. Benedikt se sentou em frente ao brasileiro com um sorriso meio sádico no rosto. Aquela definitivamente seria uma longa viagem.

— O que cê tá fazendo aqui?

— É o jatinho do Grifones, não é? Ou você usou sua fortuna infinita de ego para comprar do time?

— Pelo amor de Deus, qual o seu...

— Fica de boas aí, *pivetxe*, eu quero tirar um cochilo. — Kühn então se deitou e colocou uma almofada com o logo da seleção alemã no pescoço.

Edinho ainda estava curioso para descobrir por que o alemão estava naquele voo, mas, antes que a conversa continuasse, o barulho dos motores começou a aumentar e o piloto orientou todos a afivelar os cintos. Edinho levantou um pouco a cortina da janela e deu uma última olhada em Palermo. O garoto que chegara ali seis anos antes nunca imaginaria que um dia seria convocado para a seleção brasileira. Ele ainda não acreditava, mas sabia que, uma vez que aquele avião levantasse voo, sua presença na Copa do Mundo estaria garantida.

As primeiras horas da viagem se arrastaram quase como uma tortura. Na terceira taça de espumante, Edinho puxou uma caderneta da mochila e começou a preparar listas. Escreveu detalhes de tudo o que precisava fazer do momento em que pisasse no Rio de Janeiro até a chegada em Los Angeles, no começo do mês seguinte.

Disfarçado de simples manias bobas que, quando ignoradas, eram capazes de levar alguém à loucura, o TOC poderia ser uma doença sutil. Quando Edinho começou a falar sozinho, Benedikt não conseguiu disfarçar a curiosidade. Ele então parou de ler o livro que o acompanhava no voo para tentar entender o que Edinho dizia.

— Entre 9h35 e 10h45 vou estar a caminho da Granja… — Edinho parou de murmurar consigo mesmo quando percebeu que estava sendo observado. — Que foi?

O alemão então soltou o cinto de segurança para ficar mais confortável e acenou para o comissário de bordo, pedindo uma água.

— Nada, só não estava conseguindo ler com todo esse seu falatório — respondeu, irritadiço.

Edinho apenas levantou as sobrancelhas e olhou para o lado, onde Fred e Vanessa gargalhavam alto com alguma piada contada pelo jogador.

— O que é *Grandja*? — perguntou o alemão, com o sotaque carregado, tentando ler o caderno nas mãos de Edinho.

— Ei! É o centro de treinamento da seleção. — Edinho se encostou na poltrona, deixando o caderno longe dos olhos curiosos de Kühn.

— Onde vocês vão treinar pra perder pra Alemanha?

Edinho decidiu não responder, não estava nada a fim de conversar. Benedikt, por sua vez, parecia querer exatamente o contrário e logo disparou outra pergunta.

— Você é chegado em listas?

— Que foi, hein, Kühn, acha que só porque ganhamos o campeonato italiano agora precisamos ser amigos?

— De jeito nenhum, imagina o trabalho que deve dar ser amigo de uma drama queen como você — respondeu, rápido. Benedikt então apontou para a perna do brasileiro, que balançava sem parar. — Não, eu só estou tentando poupar sua perna de uma potencial lesão causada por esse movimento repetitivo.

Edinho nem tinha percebido que estava batendo a perna, tamanho era seu hiperfoco no caderninho e na lista.

— Desculpa — falou, baixo.

— *Pivetxe*, foi uma brincadeira — suspirou Kühn. — Eu só achei que conversar poderia ajudar. Te distrair um pouco, sei lá.

Edinho tentou esconder a surpresa. O alemão, que além de sempre infernizá-lo também vinha de um país onde as pessoas eram conhecidas por serem fechadas, tentou estabelecer contato para ajudar seu maior rival a acalmar uma crise nervosa?

Era uma pegadinha?

— Pois é, eu gosto de listas — respondeu Edinho, finalmente, olhando para o alemão. — Elas me ajudam a colocar o pensamento em ordem, tipo quando…

— Tudo parece estar passando pela cabeça ao mesmo tempo.

— É.

O silêncio imperou. Os dois permaneceram presos em lembranças por mais tempo do que gostariam.

— Sua água, senhor — interrompeu o comissário.

— *Danke* — agradeceu Kühn, e se voltou mais uma vez pra Edinho. — Bom, se a Copa tá te deixando nervoso, acredito que um jogador que já foi para várias delas poderia te ajudar, né?

O alemão havia se superado na tentativa de fazer caridade. Mas Edinho decidiu entrar no jogo. Afinal, não era como se conversar com Benedikt fosse a coisa mais difícil do mundo. Seu rival tinha um pensamento rápido e respostas que deixavam qualquer diálogo mais desafiador. Fora que ele estava, sim, curioso para saber as experiências do alemão no campeonato.

— Vai, me conta, quais seleções vossa sabedoria acha que vão longe esse ano?

Benedikt parou alguns segundos para pensar. Bebeu a água com gás e desatinou em um monólogo que, definitivamente, já havia sido ensaiado na própria mente.

— Itália. Depois desses anos travados com times medíocres, eles finalmente estão com um time bom, acho que vão longe.

Edinho concordou, os dois acompanharam a evolução dos jogadores nativos durante o campeonato italiano. A seleção da Itália seria uma grande aposta para disputar a final em Los Angeles.

— A Alemanha, óbvio — continuou Kühn, o que fez o brasileiro revirar os olhos. — Ah, pode ficar irritado. Mas não pense que o que rolou em 2022 vai se repetir, o time tá renovado, e agora eu sou o capitão. O primeiro lugar do nosso grupo não vai ser do Brasil, *pivetxe* — argumentou, cheio de si.

— Tá bom, tá bom, tô tremendo — devolveu Edinho. — Quem mais?

— Estados Unidos investiu muito dinheiro, deve ser menos medíocre que sempre. Argentina pode dar trabalho...

— Sem o Messi?

— É, talvez menos. França também tem que ficar de olho.

Edinho estava esperando. Todo mundo havia apontado o Brasil nas listas de favoritos daquele ano. E, mesmo que não fosse, era tradição. O país era potente demais em exportar jogadores para o mundo inteiro, conseguia fácil formar um time titular só com atletas de elite vindos direto dos maiores clubes da Europa. Não era possível que o alemão fosse ignorar aquilo só para irritar Edinho.

— Bom, acho que são esses. O resto vamos ter que pagar pra ver.

— Rá!

— Que foi?

— Sua arrogância não cansa de me surpreender.

Benedikt deu outro gole na água, sem desviar o olhar do rival à sua frente. Edinho ficou inquieto com a encarada demorada.

— Ah, você queria algum tipo de elogio, é isso? — Kühn secou a boca com as costas da mão. — Não vai rolar, *pivetxe*! Até acho que o Brasil tem um time decente, mas, como sempre, é dancinha demais e desempenho técnico de menos.

Ali estava a xenofobia disfarçada de crítica construtiva. Desde 2022, o mundo não aceitava que o brasileiro fosse feliz jogando futebol e dançasse em campo para comemorar. Como se levasse o esporte menos a sério por isso.

— Ah, vai se foder, Kühn! — falou Edinho, mais alto do que deveria. Depois, quando percebeu que Fred e Vanessa já haviam adormecido, sussurrou: — Você tem algum fetiche sádico contra brasileiros, por acaso?

— Na verdade, eu tenho sete. — Lá estava o sorriso sádico de volta.

Edinho sentiu o sangue ferver e o rosto ficar quente. Benedikt Kühn sabia o que o 7x1 significava para ele e, ainda assim, não deixou de zoá-lo na primeira oportunidade que teve.

Foi ingenuidade acreditar que eles poderiam manter o mínimo de civilidade durante o voo. Edinho fingiu se virar para dormir, fechando os olhos para encerrar o assunto.

— Desculpa, foi escroto da minha parte fazer piada com isso, você sabe... depois do... — O alemão não se apressou em dizer. — Vai, continua... você parecia que ia falar outra coisa.

Edinho ainda estava desconfiado de toda aquela bondade repentina, mas a vontade de colocar para fora o que sua própria mente gritava era ainda maior que qualquer suspeita. Inexplicavelmente, conversar com Kühn estava ajudando.

— Às vezes eu acho que isso tudo é um erro.

— O quê?

— Ir pra Copa.

— Cara, não sei você, mas eu odiaria ser o primeiro jogador da história a dizer não a uma convocação para a Copa — brincou Kühn.

— Pelo menos eu não seria mais o primeiro jogador gay a *ir* pra Copa.

O alemão não respondeu. Se estivesse de olhos abertos, Edinho Meteoro teria visto Benedikt Kühn perder parte da pose de arrogante por um breve momento antes de se forçar a continuar.

— Por que você acha que pode ser um erro?

— Sei lá, e se minha presença cagar tudo? — desabafou, virando-se e direcionando o olhar para o rival. — E se toda essa polêmica ferrar o time? Kühn, por mais que você não queira reconhecer, o Brasil é, sim, favorito. Mesmo com tudo o que deu errado em 2022, o time deu a volta por cima... Não tem uma pessoa no Brasil que não esteja torcendo pelo hexa esse ano.

— Ei, ei, ei! Olha só, *pivetxe*, eu sei que você se acha muito bom, um *meteora*! — O alemão tentou falar o apelido em português e falhou miseravelmente. — Mas nem se tentasse seria o único responsável pelo título, ganhando ou perdendo.

Edinho revirou os olhos.

— Olha só, se a gente estiver perto de fazer uma goleada no Brasil *de novo*, prometo falar com os caras para pararem no sexto gol! Não quero te dar gatilho.

— Não, não... para no oitavo. Pelo menos assim eu entro pra história com outro título além de Primeiro Jogador Gay.

Os dois caíram na risada e logo depois adormeceram.

Quando Edinho acordou, horas depois, o comissário de bordo estava oferecendo sanduíches de café da manhã. A poltrona à sua frente estava vazia.

— Ele desceu quando o avião parou pra abastecer — informou Vanessa, quando notou Edinho perdido. — Fred me contou que ele ia visitar a filha em Paris antes de partir para os treinos na Alemanha, por isso a carona.

Edinho não respondeu. Ele sentiu na boca o gosto amargo do sonho que acabara de ter.

No meio do campo, com uma camiseta da seleção cor-de-rosa, Edinho corria em direção ao gol só para encontrar um Benedikt completamente pelado. O pau duro e o sorriso convidativo só não deixavam tudo mais estranho porque Edinho se pegou mudando de rota e correndo em direção a ele. Com a bola esquecida no meio da pequena área.

— E aí, meu lindão! — Fred voltou para a poltrona segurando uma escova de dentes molhada. — O Kühn pediu para te avisar que deixou um recado no seu caderninho.

Sem tentar parecer desesperado, Edinho abriu a página onde estava fazendo a lista. Numa caligrafia apressada, Benedikt havia colocado mais um item.

Pesquisar sobre laterais invertidos.

Como sempre, um belíssimo filho da puta.

CAPÍTULO 12

GRANJA COMARY DE CASA CHEIA: SELEÇÃO SE PREPARA PARA PRIMEIRO TREINO!

Rio de Janeiro, 18 de maio de 2026

Manhãs que devem transformar sua vida para sempre assustadoramente se parecem com quaisquer outras manhãs. Não existe uma trilha sonora ao fundo, indicando que ali, naquele momento, existe uma decisão que pode fazer toda a diferença.

Foi assim em uma manhã de 2024, quando Edinho passava um feriado prolongado em Roma, e Giu, mais uma vez, estava na cidade para algumas discussões sobre a causa LGBTQIAPN+. Grande advogada — e futura política, mesmo que ela se recusasse a admitir — como era, vivia dando palestras ao redor do mundo. Dessa vez, era sobre como a comunidade da Itália poderia sobreviver depois de Giorgia Meloni.

Giu arrumava-se para a Parada do Orgulho, mas, diferente dos outros anos, não havia insistido para que o amigo fosse com ela. Talvez aquele tenha sido o motivo que o fez perguntar até que horas o evento aconteceria. Ele estava pensando em dar uma passadinha.

— Edinho Meteoro, o jogador gay mais hétero do mundo, na Parada de Roma? — brincou Giu.

— É, é! Dá pra ir assim? — Ele apontou para o combo bermuda cáqui e camiseta de treino do Grifones. — Ou eu preciso colocar unhas postiças?

— Cala a boca, seu homofóbicozinho de merda. — Ela pegou a bolsa, e eles saíram pela porta. — Você não tem a mínima confiança pra usar unha postiça.

Aquela foi a primeira Parada do jogador brasileiro. Na época, enfim decidiu escutar os conselhos da amiga e começou a assistir a séries, seguir personalidades LGBTQIAPN+ e aprender mais sobre a comunidade.

Se fosse completamente honesto consigo mesmo, poderia assumir que amava o fato de estar cercado de pessoas iguais a ele. Em vários aspectos, párias para uma sociedade que os via dentro de jaulas moldadas pela repressão. A dificuldade estava em amar a si mesmo. Ele sempre teve uma leve tendência a olhar para os outros com lentes muito mais suaves do que as que usava para si mesmo.

Das lembranças que mais marcaram aquela tarde quente em Roma, estava a de um pai com uma filha nos ombros. O homem ostentava orgulhoso uma placa que dizia: "BLACK TRANS LIVES MATTER". A cena o fez lembrar de dona Maura e, inevitavelmente, de Leleco. Divagava sobre quem ele mesmo seria caso o pai o tivesse carregado com tanto orgulho nos ombros.

Aquele Edinho, que tomou um banho de realidade durante sua primeira Parada do Orgulho, não estava completamente acordado para representar um símbolo para o mundo. Mas, ao olhar para o vidrinho de esmalte azul que segurava nas mãos em 2026, ficou surpreso com a força que aquilo emitia.

"Azul Meteoro" era o que se lia na embalagem. Sua própria cor de esmalte. A inauguração aconteceria na abertura da primeira Copa que participaria, como o primeiro jogador abertamente gay da seleção brasileira. Eram tantos pioneirismos que ele chegou a ficar um pouco enjoado.

O azul era vívido, forte e, mais do que nunca, *dele*.

A ideia de aparecer na abertura usando a cor nas unhas não partiu de Edinho, mas de seu time de marketing. Tudo fazia parte de um plano para divulgar a cor, mesmo que apenas em fotos da imprensa. A gravação nas semanas anteriores foi uma aventura. No filme de divulgação, Edinho driblava pessoas vestidas de esmaltes gigantes. As cores? Beges, cinza, apenas tons básicos. A ideia era mostrar que o azul estava acima de todas elas.

O jogador voltou para casa achando a coisa toda muito cafona, mas o diretor e Vanessa reforçaram que essa era a intenção. Um filme *camp*.

À primeira vista, horrendo, mas, por algum motivo, impossível de não assistir.

Com todo o trabalho, Vanessa havia notado que precisava de um pouco de ajuda, e agora ele tinha um time de três pessoas para ajudar a cuidar da sua imagem. Edinho ainda achava a ideia de usar o termo "time Meteoro" estranho, principalmente quando, na verdade, a equipe era formada apenas por dois designers e uma assistente para sua empresária. Uma assistente que, apesar de relativamente afobada, era uma fofa.

— Edinho, para de bagunçar o cabelo. Toma, aperta essa bolinha antiestresse — orientou Luana, a assistente, pegando nas mãos dele. — Vem cá, deixa eu ajeitar o seu topete!

O cabelo também seria uma fonte de dinheiro. A versão descolorida divulgaria o xampu para cuidados de fios loiros no começo da Copa, mas, ao longo dela, a ideia era que o jogador aparecesse em cada jogo com uma cor diferente, gerando uma expectativa sobre qual cor o Meteoro usaria na partida seguinte.

Isso sem falar na associação de "colorido" com o movimento LGBTQIAPN+. Era clichê, mas as marcas adoravam. Além do mais, todo bom jogador sabia que ouvir o técnico era a rota perfeita para o sucesso, e a dele o mandou ter orgulho de ser quem era.

Ali estava Edinho, tentando parecer orgulhoso do cabelo até as unhas. Só restava torcer para que Cida e Rafaello ao menos estivessem assistindo às suas exibições.

— Olha, juízo, tá? — Vanessa o abraçou em frente à entrada para jogadores. Ela entregou o celular dele. — Não poste nada sem minha aprovação! Quer dizer, se for muito espontâneo, poste!

— Nessa…

— Não, melhor! Antes de postar, pense se eu aprovaria! Se a resposta for sim, você posta! — A empresária não queria demonstrar nervosismo, mas falhou miseravelmente. — Edinho, a gente vai pra Copa!

Eles demoraram um pouco mais do que o normal no abraço.

— Luana, conto com você pra cuidar dela por mim!

Ele deu uma piscadela para a caçula da equipe, então se virou, colocou os fones de ouvido e seguiu em direção aos vestiários. Tocava "Quebrada

Queer" quando ele entrou. Alguma coisa nos versos rápidos fez com que seu coração entrasse em sintonia com a batida. Um bombeamento de adrenalina e coragem direto para as outras partes do corpo. Ele mal fechou a porta quando uma figura o tomou em um abraço apertado.

— METEORO! — Escutou antes de ser engolido pelos quase dois metros de Fred.

O cumprimento foi muito mais afetuoso do que Edinho esperava. Em algum lugar da própria mente, ele achava que Fred se comportaria de um jeito diferente ali. Mas não, o amigo o abraçou como se não o tivesse encontrado menos de doze horas antes, enquanto bebiam juntos na varanda do hotel.

— Todo mundo é igual a você nesse time? Fofos com mais de dois metros? — perguntou Edinho enquanto bebia uma cerveja no fim do dia. Exausto depois da gravação do seu terceiro comercial.

— Definitivamente não!

Então Fred começou a dissecar todos os jogadores da seleção — a oportunidade perfeita para o goleiro fofocar sobre todos os caras de quem não gostava tanto e Edinho descobrir o que o esperava nos vestiários.

— Don-Don é a estrela, e ele vai fazer questão de deixar isso claro assim que chegar — começou Fred. — O cara é talentoso pra caralho, mas, na minha opinião, ele deveria tentar botar o ego dele num potinho e vender. Ele tem quantidades infinitas disso.

Edinho anotou mentalmente que nunca deveria bater de frente com Don-Don. Uma coisa sobre a maioria dos jogadores com status de celebridade: eles odeiam ser tratados como atletas comuns. O que no fundo faz até sentido — o rosto e o sorriso é tão importante quanto o pé que chuta a bola.

O restante do time se mostrou tão interessante quanto o primeiro jogador. O capitão Barbosa é obcecado pelo hexa e, nessa Copa, estará ainda mais sedento, já que provavelmente é a última na qual jogará.

— Dedé e Adelmo não têm personalidade própria. Pelo menos eu nunca percebi — continuou o goleiro. — Você vai ver, eles vão grudar no Don-Don a Copa inteira, tudo com a intenção de que ele os leve para o Barcelona. Ele nunca vai fazer isso.

— Por quê?

— Porque Dedé é um atacante tecnicamente mais eficiente, e Don-Don sabe disso, ele nunca arriscaria perder o próprio status.

— E o Nailson? — questionou Edinho. — Eu sigo ele no Twitter, por favor, não me fala que ele é imbecil.

— O Nailson, cara… ele é gente boa, mas não é de falar muito — contou Fred. — Talvez ele tenha medo de que descubram que ele é burro, ou absurdamente inteligente, sei lá. Eu devo ter ouvido ele falar umas duas vezes na minha vida.

— Tá me zoando.

— Veja por si mesmo quando conhecer o cara.

As horas tinham se passado, o sol começou a ocupar o horizonte do hotel. Edinho não estava nem um pouco cansado, mas se sentia grato pela conversa com Fred sobre futebol ocupar sua mente. Mesmo que o amigo demorasse alguns segundos entre uma resposta e outra, tamanho era o cansaço.

A verdade é que eles não deveriam estar acordados até tão tarde no dia anterior à apresentação na Granja Comary.

— E os reservas?

— O que tem?

— Eles são legais?

— Edinho, não sei muita coisa sobre eles, alguns são legais, eu acho — respondeu Fred, cansado. — Mas a grande maioria vai pra Copa pela festa. Beber todas, ganhar uma grana e transar loucamente. Quase nenhum vai jogar.

Era aí que ele queria chegar. Onde ele se encaixava naquela equação. Ele seria um dos reservas com chances de jogar ou um daqueles que nem chegaria a ganhar uma figurinha no álbum?

A resposta ficou no ar. E agora Fred lhe trouxe de volta para o presente, no vestiário, ao perguntar:

— Você é supersticioso? Sua camisa é a treze! Logo ali, do lado do Murilão. — Ele apontou para um jogador magro do outro lado do espaço.

— Não, não! — sussurrou Edinho. — Treze está ótimo.

Àquela altura, treze era até um número surpreendente. Ele imaginou que a FBF, em uma piada de mau gosto, daria o número vinte e quatro para Edinho.

No caminho até o próprio armário, ele notou alguns rostos conhecidos. No canto esquerdo, o capitão Barbosa conversava de forma enfática com Pablo, um jogador que conhecia de vista graças ao campeonato italiano. Eles se encontraram no último jogo entre o Grifones e o Milan. Edinho deu um drible tão lindo no jogador a caminho do gol, que o próprio Pablo o cumprimentou depois do jogo.

Ele não o cumprimentou agora; apenas ofereceu um aceno de cabeça.

— Cheguei atrasado?

— Nada! — respondeu Fred. — Don-Don ainda nem apareceu, e a Cida ainda está em reunião com o técnico auxiliar. Cê sabe que hoje mal tem treino, né? A gente vai só posar para fotos e depois dar uma coletiva…

— Quer dizer, você e o resto dos titulares vão pra coletiva, né? — interrompeu um garoto. — A gente provavelmente vai só jantar mais cedo mesmo!

A primeira palavra em que Edinho pensou ao analisar o outro jogador foi *energia*. O jovem, de apenas 19 anos, estava tão ligado que mal conseguia ficar parado, trocava o peso de uma perna para a outra incessantemente, tudo isso enquanto falava.

Se não estivesse errado, ele era um dos poucos jogadores que ainda atuavam no Brasil. Considerado um dos melhores zagueiros da atual geração do Grêmio, mesmo com o corpo magro, tão atípico dos jogadores daquela função.

— Eu sou o Murilo. — Ele estendeu a mão, enquanto ajustava um coque apertado na cabeça com a outra. — Grande fã! Assistia aos seus jogos no Fluminense como aulas!

— Porra, valeu — respondeu Edinho, meio sem graça. — Eu já vi você jogando no Grêmio, espero ver você me marcando em um treino, hein.

— Pode contar comigo! — retrucou o rapaz. — Vou pegar um Gatorade, cê quer?

— Não, cara, valeu! — agradeceu Edinho. — Sou alérgico. Quando bebo Gatorade, é como se eu virasse uma produção de merda!

O garoto soltou uma risada histérica.

Antes de o zagueiro voltar, Cida entrou na sala. O clima mudou imediatamente. Não que os jogadores tivessem medo da técnica — talvez tivessem —, era mais pela clareza de que agora os treinamentos começariam para valer. Ela olhou na direção de Edinho uma única vez.

— Pessoal, bem-vindos! — começou. — Sei que a Granja não é nenhuma novidade pra alguns de vocês, mas pra mim é!

O único barulho que dava para ouvir enquanto Cida falava vinha das turbinas do ar-condicionado.

— Por isso, já vou logo matando o elefante da sala! A gente vai ser hexa, a taça vai voltar pra cá.

Todo mundo começou a aplaudir e bater os pés. Mesmo estando acostumado a dividir o vestiário com outros homens, o nível de testosterona era ainda maior ali. Mesmo assim, Edinho ficou empolgado o suficiente para dar um soquinho no braço de Murilo.

— Mas, pra isso, vocês vão ter que confiar em mim — continuou Cida. — Não vou estar sempre certa, mas todas as decisões que eu tomar serão baseadas nesse único fato: a gente vai ser hexa. Por isso, pra começar…

No meio da frase, a porta do vestiário se abriu. Don-Don fez uma entrada triunfal, digna da sua fama de estrela. Com ele, entraram os diretores da FBF e mais alguns engravatados importantes.

— Desculpa, minha rainha — interrompeu Don-Don.

Pela expressão de Cida, aquela era a primeira e última vez que ele a chamava assim.

Don-Don então foi na direção da camisa dez e se voltou para a técnica, como o resto do time. Ele poderia ser o protagonista da seleção, mas sabia que arrumar problemas com a técnica poderia significar muitos problemas na vida dele.

— Cida, que ótimo ver você com seu time completo!

— Estava agora mesmo começando uma conversa muito importante, Cruz… — Cida se dirigiu ao presidente da FBF. — Quer falar alguma coisa com eles?

— Não, nada! Vou deixar vocês em paz — respondeu o presidente, um pouco desconfortável. — Só queria dar uma olhadinha e mostrar ao pessoal!

Edinho então percebeu os outros membros da trupe, alguns tinham os logotipos das marcas patrocinadoras nos acessórios. Provavelmente, aqueles eram os rostos responsáveis pela maior parte do dinheiro da seleção. Se Cida comandava tudo o que o time fazia dentro de campo, aqueles engravatados tinham poder suficiente para mudar o destino de cada jogador fora dele.

— Bom, é isso! Boa sorte! Tenho certeza de que temos o time certo pra finalmente conseguirmos o nosso hexa!

Cida acompanhou os visitantes até a porta e se voltou novamente para os jogadores.

— Como eu ia dizendo — recomeçou a técnica. — A gente só consegue trazer essa taça jogando junto! Existem seleções talentosíssimas à nossa frente, se vocês não estiverem comigo nessa, não chegamos nem nas quartas. Tão me ouvindo?

— Sim! — responderam, em uníssono.

— Então, bora! As coisas esse ano serão um pouco diferentes. — Os jogadores se entreolharam. — Titulares, vocês receberam esse título por pura burocracia, eventualmente todos vão acabar conhecendo o banco. O mesmo serve para os reservas, eu escolhi os senhores a dedo. — Ela olhou rapidamente na direção de Edinho. — Então saibam que todos vão jogar em algum momento. Isso aqui não vai ser só uma viagem cinco estrelas com tudo pago, podem esquecer, então sem exageros nas festinhas clandestinas.

Alguns jogadores pareciam assustados.

— O quê? Cês acham que inventaram os porres da Copa? Eu já estive no lugar de vocês… — brincou Cida. — Voltando aos jogos, eu não acredito em time fixo. Cada jogo é um jogo, então daqui até onde fizer sentido eu vou testar formações. Deus me livre facilitar a vida das outras seleções sendo previsível. Vai ser surpresa atrás de surpresa.

— Mas nós já somos favoritos com essa formação… — É óbvio que Don-Don se sentiria ameaçado com aquela estratégia. Não era nenhuma surpresa que ele demonstrasse ceticismo em relação a ela. — Em time que tá ganhando não se mexe, né?

— Ué, a gente já tá com a taça em mãos e eu não tô sabendo? — zombou Cida.

Don-Don engoliu em seco.

— Por falar em seleções, a Alemanha vai ser uma carne no dente.

Edinho sentiu um arrepio subir pela coluna. O primeiro time que a seleção brasileira enfrentaria era nada mais nada menos do que o mesmo time de seu próprio rival. Ele lembrou da alfinetada disfarçada de conselho que o alemão lhe deixou no caderninho.

— Mas o time é majoritariamente composto por jogadores mais velhos, então nosso foco vai ser derrotá-los em velocidade.

O arrepio foi substituído por um sorriso. O atacante reserva sabia que quando o assunto era velocidade ele era um dos melhores do time. Mais rápido até do que o próprio Don-Don.

— Já o Taiti, tem tudo pra ser um jogo mais fácil — continuou Cida. — Mas nossa postura nele vai ser decidida depois da partida contra a Alemanha. Mesmo assim, vai ser o jogo que eu mais quero testar novas possibilidades, então todos vocês precisam estar em forma. Dito isso, vejo vocês no campo em trinta minutos. — Cida então lembrou de falar alguma coisa e se virou novamente para o time. — Não se esqueçam de dar um oi pra torcida e pros jornalistas antes que eu mande fechar tudo.

Preocupado com o desconforto dos companheiros de time, Edinho virou de costas e trocou de roupa encarando a parede. Entre brincadeiras e lembranças, aproveitou a companhia do silêncio. Mas a melancolia só durou até vestir a camiseta do treino. Ele sabia que aquele ainda não era o uniforme oficial, mas, mesmo assim, ao sentir o escudo no peito, permitiu-se vislumbrar a distância que percorreu até chegar àquele momento.

Ele fechou os olhos por alguns segundos e percorreu o contorno de cada uma das cinco estrelas com os dedos. Entoou uma prece silenciosa para que, no fim de tudo, se tornassem seis.

— Bora? — indagou Fred.

Ele estava tão nervoso que apenas confirmou com a cabeça. Ficou com medo da voz sair trêmula.

O caminho até o gramado era curto. Logo na entrada do campo, Cida entregou coletes para alguns jogadores. Como esperado, Edinho jogou com os reservas. Ele estava quase colocando o colete quando Murilo e outro jogador se aproximaram.

— Opa, pera aí, Meteoro! Imprensa, lembra? — O colega apontou para o grupo de jornalistas parado na beira do campo.

Don-Don e Barbosa davam entrevistas de um lado, enquanto outros jogadores titulares acenavam para o público que se apertava nas arquibancadas da Granja Comary de outro.

Edinho preferia enfrentar o público. Jornalistas tendiam a ser diretos demais, e ele não queria parecer nervoso no primeiro treino. No começo, os torcedores pareciam não lhe dar muita atenção. Ele tentou se esconder atrás dos outros reservas, mas depois respondeu a alguns acenos de forma tímida.

Tudo mudou quando uma garotinha de aproximadamente 7 anos gritou o nome dele. Era estranho ver alguém, mais precisamente do Brasil, lhe dando um tratamento tão comum aos outros jogadores. Talvez, de um jeito que ele ainda não entendia, ver brasileiros o admirando pelo futebol o fizesse se admirar um pouquinho mais para além dele.

Edinho então correu em direção à menininha e começou a conversar com ela. Ele se abaixou para ficarem da mesma altura.

— Amei seu cabelo! — disse a menina de voz fina e curiosa assim que Edinho segurou a mão dela.

Ele sorriu com satisfação.

— Já eu achei o seu esmalte a coisa mais linda do mundo todo.

Ele olhou para os dedinhos gordos com um esmalte cheio de glitter. A garota riu uma risada gostosa.

Depois do gelo quebrado, foi fácil conversar com outros torcedores. Porém, depois de alguns minutos, o primeiro xingamento foi entoado.

— Belo cabelo, viadinho!

— Viedinho!

Então duas vozes viraram várias, e um pedaço da torcida começou a gritar o mesmo apelido. *Viedinho! Viedinho! Viedinho!* Don-Don, que já havia terminado a entrevista e agora assinava uma chuteira, parecia segurar uma risada. Alguns outros jogadores nem fizeram esforço.

Completamente sem graça, Edinho começou a se afastar das pessoas. Não queria causar uma cena ou atrapalhar o momento do resto do time. Ele vagueou o olhar em busca de um rosto conhecido, mas o restante dos reservas evitavam encará-lo. Ele havia comemorado cedo demais a aceitação dos brasileiros. A frustração machucava mais do que a vergonha em ser xingado no meio do treinamento. Ele já imaginava que receberia xingamentos, mas se questionava em qual momento havia criado a falsa expectativa de que talvez pudesse ser mais fácil, sem ódio.

A saída de fininho seria um sucesso se não fosse pelo baque surdo na lateral da própria cabeça. O susto foi tão grande que sua primeira reação foi verificar se alguém havia se machucado. Edinho só notou que tinha algo de errado com ele quando Murilo e Martins correram em sua direção. Sua visão começou a obscurecer com o líquido vermelho pingando em seu olho.

Antes de o pessoal o obrigar a se abaixar e os seguranças começarem a evacuar o campo, Edinho olhou para baixo só para guardar na memória a causa de tudo o que havia acabado de acontecer.

Em um consolo de plástico caído no chão, pontilhado com algumas gotinhas do sangue do jogador, estava escrita a frase que viria a atormentá--lo nas próximas semanas.

"Nossa camisa nunca será cor-de-rosa."

CAPÍTULO 13

ESTRELA DEMAIS? EDINHO METEORO PREFERE TREINAR SOZINHO A DIVIDIR CAMPO COM COMPANHEIROS.

Rio de Janeiro, 5 de junho de 2026

A Teoria da Relatividade explica que a noção de tempo varia de acordo com o ponto de vista. Edinho tinha certeza de que Einstein só chegou às suas conclusões depois de viver na pele de um jogador de futebol gay dentro de um time masculino que não desejava nem por um segundo a sua presença.

Os dias se arrastavam, e os treinos se tornaram momentos de tortura para o Meteoro sergipano. Depois do incidente com o consolo ou, como o time gostava de provocar, "A Pirocada Voadora", Edinho demorava para sair do vestiário antes do treino, e o fazia somente depois de o time terminar de falar com os jornalistas. Espectadores estavam absolutamente proibidos desde que descobriram que o responsável por lançar o consolo era um torcedor de direita ultraconservador que odiava a presença de um homem gay "na fonte de maior orgulho do Brasil".

Não que ele esperasse mil maravilhas ou um time que o aceitasse completamente por quem era, mas treinos solitários à noite estavam bem distantes das já baixas expectativas, mesmo que a ideia tivesse partido dele.

Afinal, o clima nos treinos com o time completo não era dos melhores, e Edinho perdia um tempo precioso na espera dentro do vestiário, até que o campo estivesse "seguro", pois ainda precisava aquecer enquanto a maioria dos companheiros já treinava.

Obviamente, a imprensa caiu matando. Alguns até foram empáticos com toda a ocasião do consolo, mas a maioria fez vista grossa para o que havia acontecido e voltou a focar no jogador quando vazaram que agora ele treinava algumas vezes sozinho, à noite, na companhia ocasional de um ou dois preparadores físicos.

O time titular também não gostava da separação. Don-Don e companhia começaram a reclamar que ele estava recebendo algum tipo de tratamento especial. Depois de um tempo, até Fred veio questioná-lo sobre o que rolava nesses treinos.

— Ah, vai tomar no cu, Fred, você também não… — disse Edinho, e saiu irritado do quarto do amigo em uma madrugada em que jogavam videogame.

Depois disso, os treinos ficaram menos insuportáveis, pois Fred, arrependido, começou a aparecer vez ou outra.

— O quê? Pra treinar chutes pro gol você precisa de algum desafio — argumentou Fred na primeira noite. — Acha que os outros times vão facilitar pra você e deixar o gol livre?

Então, Edinho Meteoro vivia dois cenários completamente diferentes: de dia, um pesadelo em que a maioria dos titulares transformava sua vida num inferno. Ora fazendo várias piadinhas sobre A Pirocada Voadora, ora ignorando completamente sua existência em campo. E, à noite, quando treinava com Fred. Se Cida percebia algum problema nessa divisão, tentava não demonstrar e seguia testando combinações infinitas para ver como o time reagia à cada estratégia.

Em um treino, ela colocou Edinho no time titular e Dedé no reserva. No seguinte, pediu ao jogador, acostumado a jogar no ataque, que ficasse um pouco no meio-campo ou nas laterais. Versátil, ele desempenhava as funções de forma sólida em todos os desafios impostos, embora ainda preferisse estar na linha de frente, finalizando jogadas.

Depois de semanas completamente equilibradas entre o bom e o péssimo, a balança finalmente começou a pesar para o lado positivo.

Vanessa, sempre tentando encontrar maneiras de capitalizar tudo, insistiu na ideia de Edinho começar a criar conteúdo durante os treinos noturnos.

— Todo mundo já acha que isso é tratamento especial, amigo — comentou em uma das ligações noturnas que faziam. — Mostra pra eles que, na verdade, é um dos seus melhores momentos aí.

Dito e feito. Em questão de dias e alguns vídeos, com direito a dancinhas e challenges relativamente vergonhosos ao lado de Fred, a hashtag #Fredinho já era uma das mais comentadas quando o assunto era a Copa do Mundo. O bromance dos dois jogadores era uma forma de o público acompanhar os bastidores da seleção através de uma lente divertida e jovem.

As lives que eles organizavam reuniam milhares de pessoas e, apesar de irritar as estrelas do time, causavam exatamente o que Cida e Rafaello haviam pedido: Edinho nas graças do público e sob os holofotes. Principalmente quando apresentava uma amizade saudável entre o jogador gay e seu melhor amigo hétero.

As coisas começaram a mudar de verdade quando outros três jogadores — reservas, é claro — apareceram para treinar com os dois. Murilo, Pablo e Felipinho chegaram tímidos, perguntando se poderiam bater um pouco de bola com Edinho e Fred. Os amigos ficaram empolgados em ver a galera crescendo, mesmo que o treino noturno não tivesse caráter oficial e, na maior parte das vezes, terminasse numa roda de altinha com pagode e apenas um refletor ligado para iluminar o gramado.

— Cara, só queria te dizer que eu tô aqui, viu? — falou Murilo numa terça-feira. — Eu me senti um merda depois do que rolou no primeiro treino, deveria ter ido pra cima daquele cuzão e quebrado a cara dele.

Os outros se aproximaram da conversa.

— Nem me fala, queria ter feito o mesmo — concordou Pablo.

— Oxe, tá tudo certo. Eu já imaginava que algo assim ia rolar — comentou Edinho. — Fora que nada do que eu fizer vai ser julgado com a mesma régua, a imprensa já me odeia.

— Filhos da puta. Eles vivem pegando no meu pé também — soltou Murilo.

— Jura? — disse Fred, incrédulo.

— Aham, começaram uns boatos só porque eu não tenho namorada.

Edinho lembrava daquilo. Logo quando começou a ganhar destaque no Fluminense, começaram a questionar por que ele não assumia a postura de garanhão do resto do time. Logo os boatos foram crescendo, e as teorias de que ele era gay ganharam força. Até que tudo explodiu com o *exposed* do ex-gerente de imagem.

— Sei lá, eu só não sou tipo os caras, de sair pegando todo mundo — explicou Murilo. — Não é que eu sou bicha… tipo, não que seja errado ser…

— Relaxa! Relaxa! Eu entendi — acalmou Edinho.

O momento de descontração acabou virando um espaço de confissões sobre como o machismo do futebol também poderia transformar jogadores em prisioneiros. Até mesmo quando eles estavam dentro dos padrões mais esperados — homens cis e heterossexuais —, sempre surgiam formas de subjugá-los.

— Comigo foi um influenciador — contou Pablo. — Ele me filmou num treino e falou que eu estava mais redondo do que deveria. Aí o Flamengo pirou, comecei a ser pesado toda semana, e até aqui a galera não larga do meu pé.

— Mas você engordou? — perguntou Edinho.

— Sim, cara! Mas não compromete em nada o meu desempenho — explicou o zagueiro reserva. — É só um preconceito escroto porque eu não tenho tanquinho.

Estava explicado o motivo pelo qual Pablo sempre demorava mais nas avaliações médicas e por que nunca comia no refeitório com o time. Segundo suas explicações, o nutrólogo da seleção brasileira pegava pesado na hora de administrar o que entrava e saía da boca dele, muito mais do que com os outros convocados. Uma escrotidão sem limites.

Na semana seguinte, em uma outra conversa, Felipinho, o caçula do time, também desabafou por que preferia treinar à noite, mas confidenciou a Edinho:

— Eu tenho pressão baixa, por causa do nervosismo. Tipo, toda vez que me imagino entrando em campo, minha visão começa a escurecer. Mas não conta pros caras.

— Porra, Felipinho, mas você falou com alguém? — Edinho acreditava que era algo recente. Afinal, o jogador nunca havia desmaiado nos treinos ou nos jogos do campeonato brasileiro. Mas também ele nunca havia representado um país inteiro na Copa do Mundo. A pressão era completamente diferente.

— Tá maluco? Se eu conto, aí é que não jogo nunca.

Também não seria nenhum pouco positivo para o time caso ele desmaiasse em plena Copa do Mundo, mas Edinho guardou o comentário para si. Poderia ser mais um gatilho para o nervosismo do garoto.

Na semana seguinte, Felipinho desmaiou de nervoso duas vezes nos treinos de cobrança de pênaltis. Botou a culpa em algo que tinha comido, disse que andava desidratado de tanto ir ao banheiro. Cida pareceu acreditar. Depois da chegada de Murilo, Pablo e Felipinho, o resto do time reserva começou a aparecer nos treinos informais noturnos.

— Então é aqui que os treinos bons tão rolando? — disse Martins, o último dos reservas a se juntar ao restante do grupo.

— Não oficialmente — retrucou Fred. — Mas é aqui que tá a galera gente boa.

Um dia, até a técnica apareceu. Era óbvio que ela não poderia frequentar e "incentivar" a prática fora do horário tradicional, existia um limite físico até para jogadores de futebol. Por isso, fez questão de garantir que aquilo era mais uma brincadeira do que um treino sério.

— Se alguém aparecer contundido de manhã, pode ter certeza de que dou um jeito de vocês nunca mais jogarem futebol — ameaçou ela, brincando. — E nada de vir pra cá todo dia, vou só liberar três dias na semana, com um assistente técnico acompanhando. Fechou?

A irmandade criada nos treinos noturnos se mostrou exatamente o que Edinho Meteoro precisava. Dos treinos casuais saíram piadas internas e depois um grupo no WhatsApp. Os Reservados — que de reservados não tinham nada — poderiam dividir o time à primeira vista, mas, em alguns aspectos, trouxeram o sentimento que a técnica sempre quis: cumplicidade.

Àquela altura, Edinho Meteoro já havia se tornado o primeiro amigo gay da maioria dos Reservados. Uma chance que se provaria valiosa quando o pessoal começasse a encontrar nele o espaço seguro para discutir temas que precisavam ser falados nos bastidores do futebol.

Isso sem falar na segurança que todos começaram a sentir dentro de campo, inclusive Edinho. Quando o sol desaparecia, a chance de se comportarem como um time titular aparecia. Ensaiavam as próprias jogadas — mesmo que dificilmente elas fossem executadas com a formação exata — e criavam as próprias dancinhas para comemorar os gols — que acabaram virando coreografias para o TikTok.

Naquele grupo de dezesseis jogadores, frequentemente ignorados, todos se sentiam estrelas.

— Porra, Deko! É assim, ó — gritou Fred depois que o lateral reserva errou, pela quinta vez, a coreografia que ensaiavam. — Meteoro, me dá seu celular aí!

O entrosamento dos Reservados era tanto que chegaram a vencer Titulares em um rachão no treino deixando Cida e boa parte do departamento técnico chocados.

Quando todos perceberam, era a última semana antes da viagem para os Estados Unidos, e os ânimos estavam elevados. Além do início da Copa se aproximando, os jogadores receberiam visitas de filhos, namoradas e familiares no sábado anterior à viagem. No caso de Edinho, na falta de família ou de qualquer pessoa com quem transar, a visita seria Vanessa.

— Ué, só você? Esperava conhecer os outros Reservados! — Vanessa o encontrara nas arquibancadas. Perto do mesmo local onde, semanas antes, ele havia levado uma pirocada na cabeça.

— Diferente de mim, eles têm família e namorada!

— Ih, sai pra lá com essa bad vibe! — A empresária o puxou para um abraço. — Tenho *boas* novidades!

Edinho puxou uma garrafa e duas taças de plástico de uma mochila, o que deixou Vanessa ainda mais empolgada enquanto atualizava o jogador.

— A Adidas entrou em contato comigo! — Ela derramou quase a taça inteira. — Estão querendo, depois da Copa, fazer um filme com você e o Fred! Alguma baboseira sobre amizade tocando Frank Sinatra.

— Foda! Fredinho tá fazendo sucesso, então!

— Meu filho, é a amizade do momento! — disparou Vanessa. — Eu até dei um aumento para a Luana, a pestinha tem boas ideias.

— Pera, pera! Isso não foi criado pelos fãs?

— Foi viralizado por eles, mas quem plantou a sementinha foi a gente.

Depois de tantos anos juntos, Vanessa ainda conseguia surpreendê-lo.

— Com o lance da pirocada... — sussurrou Edinho.

Vanessa segurou uma risada.

— O quê? É engraçado, vai... — conclui.

— Não, Nessa, na verdade, não é.

— Tá, desculpa, continua. — Vanessa parecia arrependida.

— Eu achei que ninguém ia querer fechar comigo — completou o raciocínio.

— Ai, meu querido, polêmica vende — disse Vanessa para tranquilizá-lo. — Além do mais, me dá um crédito, vai, você brilha ali — continuou, apontando pro campo. — E o resto deixa comigo, tá?

— Tá bem!

— Falando em polêmica... eu tive uma ideia.

— O quê? — perguntou Edinho, já preocupado.

— Lembra da pi... do incidente com o consolo? Então, e se na abertura você fosse com uma faixa cor-de-rosa no braço? A gente não pode mudar a cor do uniforme, mas dá pra dar uma alfinetada! — sugeriu Vanessa.

— Vamos transformar isso em um #SomosTodosViados ou algo assim. É cafona, mas a internet ama essas coisas, pra compensar a culpa.

— Nessa! Isso é genial! Quer dizer, acho a hashtag meio merda, mas o resto eu adoro.

— Boa, então fala com a Cida. Deixa que eu cuido da faixa...

A tarde passou como um sopro; falaram de estratégias, Vanessa o atualizou sobre Shangela e, depois, fofocaram sobre os outros jogadores. Vanessa queria saber quem eram os cuzões, enquanto Edinho preferia falar dos colegas mais amigáveis.

O que denunciou o fim da visita foi o incrível pôr do sol no campo.

— Aluguei um chalé perto de São Francisco! — acrescentou Vanessa rápido, enquanto se encaminhava para a saída. — Com uma vista linda, fica a mais ou menos trinta minutos da sede, e a praia é linda de morrer.

Na semana que passou, a sede do Brasil durante a Copa fora anunciada. A Universidade Estadual de São Francisco seria o centro de treinamento temporário dos jogadores brasileiros. Ele não conseguiu não achar a coincidência hilária. Justo no ano em que o Brasil tinha um jogador gay, a seleção se hospedaria na cidade mais gay dos Estados Unidos, e durante o mês de junho. Se aquilo não tivesse sido combinado antes da sua convocação, ele teria nutrido a teoria de que Cida havia mexido uns pauzinhos só para irritar a FBF.

— E Shangela?

— Shangela já recebeu ok pra viajar, mas continua temperamental como sempre. Continue o conteúdo com os Reservados na viagem. O engajamento está incrível.

— Tá, tá! — Edinho puxou novamente Vanessa para um abraço.

— Ah, e se você conseguir, mas só se conseguir, tá?! — sussurrou ela. — Fala de mim pro Fred, ele me seguiu no Instagram.

— Pode deixar.

— E Edinho?

O jogador se virou antes de entrar no centro de treinamento.

— Arrasa nessa porra!

— Don-Don, será que dá pra você calar a porra da boca? — reagiu o capitão Barbosa depois de uma provocação infantil em que Don-Don perguntou se Edinho gostava de "levar na cara".

A última semana passara como um furacão. Don-Don e os titulares insistiam na narrativa de garotos populares e continuavam infernizando a vida do reserva.

Como resposta, logo na terça-feira de manhã, Cida oficializou os encontros noturnos dos reservas como treinos extras. Eles agora teriam não só a presença de um assistente, como todo o apoio da equipe técnica da seleção. Apenas deveriam seguir práticas leves e de curta duração.

Para a surpresa de todos, logo depois do anúncio, uma mão se levantou no canto da sala, o sempre calado Nailson se manifestou — o que foi um choque para todos já que era a primeira vez desde o começo dos treinos que o jogador falava. Nailson perguntou:

— Eu sei que sou titular, mas posso aparecer à noite?

Cida, é claro, autorizou, reforçando que todos estavam convidados a participar. O ato de Nailson não resultou em uma nova amizade, mas era um bom começo. Aquilo significava que os Reservados haviam furado a bolha dos titulares.

— Eu aposto que ele não aguentava mais ouvir o Don-Don — comentou Pablo, um dos zagueiros reservas.

— E tá errado? — retrucou Murilo.

Edinho finalmente se permitiu relaxar um pouco. As perseguições pareciam insignificantes e vazias agora que os Reservados eram presença constante em suas redes sociais e na rotina. Os haters comentavam, mas eram facilmente ofuscados pelos crescentes admiradores do jogador e, claro, de seus novos amigos.

No último treino noturno, na quinta-feira, Edinho refletiu se o que estava fazendo seria "o suficiente" para Cida. Mas talvez o apoio da técnica aos treinos dos Reservados pudesse ser uma resposta. Além do mais, a faixa rosa definitivamente funcionaria como a provocação que a ela tanto buscava.

— É genial, moleque, conta comigo! — comentou a técnica, empolgada, quando Edinho compartilhou a ideia da empresária. — Manda a ruivinha fazer uma pra mim também e fala com seus amigos, quanto mais gente com a faixa, melhor.

Quando entrou no vestiário na manhã seguinte, no dia do último treino antes da viagem, o clima estava elétrico. Havia uma tensão no ar e, além de desodorante, era possível notar o cheiro do nervosismo. O treino principal existia, acima de tudo, para manter as aparências para o restante do país, dizendo que estava tudo bem. Os Reservados se amontoaram em um canto, gravando alguma coisa, e Edinho seguiu na direção deles. No meio do caminho, prestes a soltar uma piada sobre a coreografia que Deko estava errando mais uma vez, ele escutou uma voz o chamando.

— Edinho, você ouviu esse áudio aqui? — gritou Adelmo, um dos amigos de Don-Don, apontando o celular.

Edinho então percebeu que todos os outros colegas olhavam fixamente para os celulares. Aflito, ele se aproximou da tela do celular de Murilo, que dava play no áudio do qual o outro jogador estava falando.

Dava para ouvir outras conversas que aconteciam no vestiário, Edinho e Murilo se apresentando um para o outro. O áudio não era dos melhores, mas era óbvio que se tratava do primeiro dia de treino. Edinho não conseguia entender por que aquela gravação tinha virado notícia, até que ouviu a própria voz dizendo "Gatorade é uma merda".

Uma fala relativamente inofensiva, se não tivesse vindo de um jogador já meio odiado ofendendo o maior patrocinador da seleção brasileira na Copa.

CAPÍTULO 14

CRISE NOS BASTIDORES: APENAS JOGADORES TITULARES PARTICIPARÃO DA ABERTURA!

El Granado Beach, 15 de junho de 2026

Uma coisa que não falam muito sobre o oceano Pacífico é que, a depender do clima, ele pode parecer mais cinza do que azul. O que, considerando que grande parte do oceano permanece desconhecido, torna a imensidão cinzenta ainda mais assustadora. Aquela era a primeira vez que Edinho olhava para ele.

Sentado no píer improvisado no alto da falésia em que ficava o chalé alugado por Vanessa, ele pensou que, de todos os oceanos que havia visto, o Pacífico era o menos inspirador. Ou talvez fosse apenas o seu estado de espírito, alinhado ao céu nublado, que causava aquela impressão.

Ao sentir o celular vibrar no bolso da bermuda, automaticamente Edinho voltou do transe, pegando o aparelho na esperança de que algo tivesse mudado e de que os dirigentes tivessem voltado atrás e decidido ter todos os jogadores na abertura. Mas era apenas uma mensagem de sua tia Soninha dizendo que não assistiria à abertura em protesto. Bobagem.

O evento daquele ano prometia ser um dos maiores já vistos em aberturas de Copa do Mundo. Os Estados Unidos não perderiam a chance de mostrar riqueza e luxo para os outros países do mundo; quando anunciaram que os atletas participariam da cerimônia, até os mais céticos começaram a acreditar que aquela talvez fosse, de fato, a maior abertura de Copa de todos os tempos.

Edinho achava irônico que, justo no ano em que os três países-sede se juntaram para criar o tema de "Colaboração Mundial", ele tivesse sido a causa de todos os reservas do Brasil serem limados da ocasião. Os Reservados estavam em absoluto silêncio; não responderam de maneira positiva quando, por retaliação ao áudio vazado, a direção da FBF informou que apenas os titulares representariam o Brasil na cerimônia de abertura.

Naquele momento, os atletas das quarenta e oito seleções nacionais estavam no SoFi Stadium, bebendo espumantes sem álcool e confraternizando entre si. Uma boa dose de cooperação mundial até o início da disputa em campo. Todas as equipes estavam presentes, inclusive as dos países-sede, que não jogavam mais no início do evento, como ditou a tradição por tantos anos.

Cortar apenas Edinho do evento era uma opção, mas parte da imprensa, sobretudo aquela que gostava do jogador, acusaria a FBF de homofobia. Além do mais, qual seria a graça de ser justo quando o presidente Cruz poderia não só o excluir da cerimônia como minar todas as relações que ele havia construído nos treinos noturnos? Boa parte do sentimento era de frustração. O gosto amargo na boca ia além daquilo: ele não havia sido convidado nem para assistir ao evento no quarto dos amigos e sabia que Pedroca havia contrabandeado algumas cervejas para o quarto do hotel.

Fred ficou possesso quando descobriu a decisão da FBF. Ameaçou não comparecer, tentou argumentar, ligou para conhecidos, mas de nada adiantou. Só aceitou participar da entrada do Brasil quando o próprio Edinho pediu a ele que o representasse. Nada daquilo era justo, e, por isso mesmo, ele odiava a ideia de atrapalhar a chance de outro jogador brilhar, principalmente quando esse jogador era seu melhor amigo.

Assim que a bomba estourou, ele correu até a técnica com Murilo, e ambos afirmaram que Edinho nunca havia dito aquilo naquele contexto. Era uma montagem; Cida ficou do lado deles, óbvio, mas a influência dela tinha limites quando se tratava das marcas patrocinadoras.

— E eu tenho cara de quem liga?! — berrava Cruz. — Por um segundo, eu pareço ligar se você foi burro o suficiente pra falar aquilo? Não importa!

— Claro que importa... — Cida ainda tentava argumentar.

— Não importa porra nenhuma, Cida! — Cruz estava vermelho. — Os caras tão querendo me foder, ameaçando tirar o patrocínio! Tem noção do que é isso? A merda da seleção perdendo o principal patrocinador dias antes de a Copa começar? A internet tá pouco se fodendo se foi inteligência artificial, montagem ou o caralho a quatro!

Cida tentava manter a calma. Ela claramente odiava não fazer nada quando um homem gritava com ela.

— Óbvio que o time de RP vai falar que ele é inocente, que é montagem, mas a merda tá no ventilador! — continuou Cruz. — Já virou motivo de chacota pela internet toda. Todo mundo sabia que esse menino só ia dar problema, mas você ignorou, agora aguenta.

Os argumentos de que Edinho era inocente foram inúteis. A nota de repúdio que Vanessa o obrigou a escrever também não adiantou. Era a *voz* dele. Pouco importava se ele havia dito em outro contexto ou não.

Na internet, uma meia-verdade era motivo o suficiente para um julgamento completo. Nos comentários, os juízes já haviam decidido: culpado.

Tudo podia ser interpretado como exagero, drama ou algo do tipo — e era mesmo. Ninguém do time, pelo menos dos reservas, acreditava que toda a repercussão estava rolando por conta de um simples comentário. Coisas piores já haviam sido ditas e nem os membros do time polêmico de 2022 foram punidos de modo tão rígido. Mas o contexto precisava ser levado em conta.

Nenhum deles era um jogador gay convocado à revelia do presidente Cruz. A FBF sentia que tinha caído em uma emboscada. Por qual motivo então não aproveitar toda e qualquer oportunidade de punir Edinho?

Cida estava inconformada. Ela não ligava muito para a abertura; até tentou não comparecer ao evento como ato de simpatia aos jogadores. A possibilidade de o vestiário estar grampeado que a irritava. Ela imaginava que Cruz e seu exército de babacas poderiam ir longe, mas não a esse ponto.

— Você precisa tomar cuidado — sussurrou para Edinho no bar do hotel, quando se encontraram "casualmente" um dia. — Tudo isso parece uma cafonice de um filme do 007, mas tem muito dinheiro na jogada, e tudo o que esses caras mais querem é foder a nossa vida.

— Será que foi alguém do time? — questionou Edinho.

— Não sei. Mas não dá pra sair apontando dedos. Eu preciso que você continue sendo você. Agora, isso significa ser um jogador exemplar. Beleza?

Era o que ele planejava ser. Um jogador exemplar que, de tanto olhar para o Pacífico, tinha começado a tirar e colocar de volta os cadarços da própria chuteira. Em momentos de estresse, ele precisava controlar algo para não ter recaídas e voltar ao hábito antigo de esfolar os próprios dedos. A última coisa de que ele precisava era de uma crise nervosa dois dias antes da estreia na Copa. O TOC que fosse pro inferno, ele ia se controlar.

— Você vai mesmo perder a abertura e ficar aqui sozinho? Apreciando a vista? — disse Vanessa — Shangela já reservou o próprio lugar no sofá e não me deixa nem chegar perto.

— Não, eu vou assistir — respondeu, seco, ainda cabisbaixo. — Não quero ficar aqui sentindo pena de mim mesmo. Eu não fiz nada nesse caralho! — Edinho então levantou e sacudiu os resquícios de areia trazidos da praia pelo vento. — A FBF te falou alguma coisa sobre o patrocínio da Gatorade?

— Eles vão continuar — explicou Vanessa, enquanto caminhavam de volta para o chalé. — Aparentemente, segundo outros empresários me contaram, fecharam um acordo milionário em que a Gatorade ganharia de graça cinco outros jogadores como garotos-propaganda.

Típico. Não era como se qualquer departamento de marketing fosse dizer não a uma proposta daquelas. Provavelmente, mesmo na casa dos milhões, eles ainda estavam pagando uma mixaria pela imagem de tantos jogadores de elite.

— E tem mais…

— Quê? — Edinho finalmente olhou para ela, curioso.

— A FBF prometeu que você estrelaria a campanha de lançamento da nova versão sem corantes dele — disparou Vanessa, passando a informação com medo.

— Ah, sem problema.

A mente dele já havia imaginado milhões de cenários diferentes. Uma campanha que esclarecesse um pedaço da verdade? Moleza.

Edinho gostaria mesmo de esclarecer toda a história. Expor que havia sido vítima de uma fraude. Mas sabia que não era querido pelo Brasil a ponto de as pessoas se importarem com a sua versão da história. Independentemente da narrativa, ele sempre estaria errado. Não importavam as circunstâncias, ele já começava do lado menos querido apenas por ser gay.

— A gente ganha alguma coisa?

— Nenhum centavo — retrucou a empresária, sem rodeios. — Tudo o que eu consegui foram as passagens da Itália pra lá e hospedagem quatro estrelas. — Vanessa jogou a última frase como se fosse um absurdo.

— Ah, poderia ser pior...

O resto da frase ficou no ar. Antes de entrar no chalé, Edinho parou por um segundo e encarou a faixa rosa que usaria na abertura, quase como uma lembrança de que as coisas estavam longe de terminar.

Vanessa foi até a cozinha e voltou carregando um pote de sorvete. Ela poderia sentar no sofá, que estava livre, mas a presença imponente da pinscher com lacinhos cor-de-rosa na cabeça a intimidou e ela decidiu pelo tapete. — Você sabe que vão acabar virando amigas, né? — falou Edinho, olhando para Shangela.

— Não sei não, hein? — respondeu Vanessa. — Eu tenho certeza de que ela só não me assassinou ainda porque sabe que não conseguiria se alimentar sozinha.

— Ela poderia se alimentar de você.

Vanessa olhou para o amigo. Edinho riu com o desespero na cara da amiga. Na mesma hora que se acomodou no sofá, Shangela pulou no seu colo, repousando a cabeça em sua perna inofensivamente.

— Olhando assim, ela nem parece uma fera temperamental — acrescentou Vanessa. — Você sabe que ela odiou aqui, né? Essa cachorra é 100% italiana. Odiar americanos está no DNA de qualquer europeu.

Antes que Edinho respondesse, Shangela disparou em direção à porta apenas dois segundos antes de a campainha tocar. O jogador olhou confuso para a empresária, não lembrava de ter convidado alguém para assistir à abertura com eles no chalé.

— Eu imaginei que você precisaria de mais apoio hoje. — Vanessa levantou, com um sorriso sapeca no canto da boca.

Em poucos segundos, a sala foi dominada pelo cheiro familiar de Aracaju e da sua melhor amiga — em carne, osso e malas.

— Viado, você achou mesmo que ninguém da sua família viria te assistir? — falou Giu.

Em dois passos, Edinho já estava na porta, grudado no cangote da amiga.

— Como? O quê? — Ele se virou para Vanessa.

— Eu combinei com ela no Brasil. Era pra ser uma surpresa antes do primeiro jogo, mas com tudo o que rolou achei melhor vocês se verem antes — explicou Vanessa. — Além do mais, ela já…

— Quando soube que vocês iam ficar em São Francisco, não podia perder a oportunidade, né? Com passe VIP pros jogos e uma desculpa pra estar aqui durante o mês do Orgulho, eu venci na vida demais — comentou Giu, risonha, pegando Shangela no colo.

A pinscher a adorava.

Na mesma hora, a voz do comentarista interrompeu a euforia da visita e anunciou o início do evento. Na tela, um palco redondo, com várias estrelas da música mexicana, canadense e americana, era revelado; um show de pirotecnia acompanhava os acordes da música tema da Copa 2026.

A música era até legal, mas não chegava aos pés de "Waka Waka". Edinho e todos os habitantes do planeta Terra concordavam, nenhuma música seria capaz de superar o sucesso de Shakira.

Mesmo assim, os americanos não fizeram feio. As arquibancadas não estavam animadas como em um Super Bowl, mas o espetáculo estava bonito. O que tornou o aperto no coração de Edinho ainda mais irritante.

— Nossa, dá pra acreditar que a Thalia tem 54 anos? — comentou Giu quando a cantora ganhou destaque na tela cantando em espanhol.

— Pois é — respondeu o amigo, desanimado.

— Cê tá na merda, né?

— Não, eu só…

— Edmílson Meteoro — interrompeu Vanessa. — Para com essa energia horrível. Espera só você entrar em campo, vai mostrar pra todos eles…

— Duvido.

— Ah, eu acho bom você mostrar, meu querido! Os contratos que a gente tá fechando dependem disso, então trate de ser a estrela gay que eu sei que você é.

— Até agora isso só serviu pra polêmica, Nessa.

— E como eu já te falei... polêmica...

— Vende! Eu sei, eu só queria fazer uns gols e ser reconhecido por isso também...

As duas ficaram em silêncio. Quase em um timing perfeito, as seleções começaram a desfilar ao som do artista canadense que repetia o refrão. Todas, ou pelo menos a maioria das seleções, estavam com os times completos, é claro. Lideradas pelos capitães que carregavam a bandeira do país de origem. A entrada estava acontecendo na ordem dos grupos, o que faria o Brasil ser uma das últimas equipes a entrar no salão.

— Vai, me conta, quais as maiores ameaças entre esse povo todo aí? — perguntou Vanessa. — Quem eu preciso intoxicar com laxante?

Edinho sorriu.

— Então, do grupo dois, a maior aposta é o México. — Edinho começou a explicar. — Além de ter um time quase inteiramente renovado, ninguém viu eles jogarem com todo o potencial, já que os países-sede têm vaga garantida...

Edinho explicou todas as nuances da Copa do Mundo de 2026 para as amigas. A França era a grande ameaça do grupo cinco, mas teria um início de Copa fácil — encarando apenas Nigéria, Peru e Nova Zelândia. Os franceses tinham alguns dos jogadores mais falados do momento; vários deles companheiros de time de Don-Don.

Giu ficou interessada com a entrada dos australianos, quase como jogadores deslocados. A maioria deles com um físico que seria compatível com uma Copa do Mundo de rúgbi, não de futebol.

— Vai ver eles aproveitaram alguns atletas — brincou Edinho, soltando um gritinho agudo logo em seguida.

O crush de Meteoro entrou à frente da seleção japonesa, Neji Toshiro. Apesar de o país não ter tradição no esporte, o time capitaneado por Neji era consistente, ganhara amistosos contra seleções fortes, como o Uruguai — muitos haviam apontado o feito como pura sorte.

Toshiro já havia marcado presença na imaginação de Edinho muitas noites, principalmente quando se cruzavam nos campos italianos. O japonês era um dos principais jogadores do Milan.

— Hum, entendo o porquê de você estar a fim dele — comentou Vanessa, tirando a almofada do colo e apontando para as próprias coxas.

— O quê? Eu gosto de pensar que meu rosto ficaria lindo entre elas!

— Safada! — Giu jogou a almofada nele, o que causou certa irritação em Shangela que estava quase adormecida.

Quando a Bósnia entrou em campo, o coração de Edinho acelerou. Pela ordem das chaves, o Brasil viria logo em seguida.

Não demorou muito até o fato ser confirmado quando Cida despontou na saída do túnel ao lado do capitão Barbosa, que carregava a bandeira verde-amarela do Brasil..

— Edinho! — gritou Vanessa, apontando para um ponto específico da tela plana gigante.

Cida ostentava no braço esquerdo uma faixa igual à que ele deveria usar quando entrasse em campo. Então ele viu que Fred, logo atrás dela, ostentava a mesma faixa. Edinho deu um pulo, sem conseguir acreditar no que via.

Cida havia dito que queria uma faixa, mas ele achou que, depois de todas as polêmicas que envolveram o nome do sergipano, a ideia tinha ido pro saco.

Entre os gritos e os pulinhos de Vanessa, Giu e Shangela, Edinho lembrou do susto com o consolo e a mensagem "Nossa camisa nunca será rosa", e sorriu.

Toma essa, desgraçado homofóbico.

— Meu Deus, eu preciso ligar pra Luana… — Vanessa saiu da sala, assim que o Brasil desapareceu da tela. Ela provavelmente já havia pensado em mil possibilidades de reverter aquela situação a favor deles.

Se tivesse ficado ali, Vanessa veria que as surpresas ainda estavam longe de acabar, porque assim que a Alemanha surgiu na tela, Edinho soltou um berro ainda mais alto. À frente da seleção, carregando a bandeira amarela, vermelha e preta, vinha Benedikt.

E ele também usava uma faixa cor-de-rosa.

CAPÍTULO 15

BRASIL x ALEMANHA: SETE MOTIVOS PARA NÃO PERDER O MAIOR JOGO DA PRIMEIRA FASE!

Los Angeles, 17 de junho de 2026

Ninguém nunca apostaria que, nos minutos que antecedem um jogo da Copa, o vestiário fosse palco para um grande ato de silêncio. Com um ar carregado de tensão, até os jogadores mais jovens, geralmente mais animados, não ousavam dar um pio. Era a hora em que orações, meditações ou quaisquer outras crenças entravam em campo. O momento em que todos mentalizavam voltar para o mesmo vestiário, noventa minutos depois, mais leves e, aí sim, barulhentos.

Edinho não precisava se apegar a nada, pelo menos não naquele momento. Cida foi gentil o suficiente para conversar com alguns aliados da comissão técnica que permitiram que o jogador visitasse o campo na noite anterior. Provavelmente algum dinheiro deveria estar circulando, mas, na hora que ele colocou os pés descalços no campo em Los Angeles, tudo desapareceu. Soube que era ele, a bola e o gramado contra quaisquer rivais que aparecessem no caminho.

Ali, em vez de rezar ou fazer qualquer outra coisa, a atenção de Edinho se voltou para o celular à sua frente; direcionada, especificamente, a uma mensagem enviada ainda na noite anterior, quando estava de pé no meio do mesmo campo no qual jogariam naquele dia.

"Valeu pela força" foi a primeira mensagem que Edinho escreveu para Benedikt. Mesmo jogando juntos havia quase quatro anos, nunca tinham trocado nada além de farpas e indiretas entre os jogos. Ele conseguiu o número do jogador com um colega do Grifones, já que nem mesmo Fred era próximo do alemão.

A mensagem, óbvio, havia sido ignorada. Ostentava o selo de vista, mas, sob hipótese alguma, respondida. No que Edinho estava pensando? Que um simples gesto de empatia na abertura da Copa os transformariam em amigos? Que só porque Benedikt havia demonstrado o mínimo de humanidade ao conversar com ele no avião, ele começaria a tratá-lo como um ser humano?

— Babaca — murmurou, ainda olhando para o telefone.

— Quê? — Murilo, que meditava ao seu lado, abriu os olhos, encarando-o.

— Nada! Pensando alto… — falou, rápido.

— Você não vai colocar a camisa, não? — perguntou o colega. — Faltam cinco minutos pra gente sair pro alinhamento.

— Ah, vou, sim.

Edinho estava adiando o momento. Não que ele não quisesse vestir a camisa do Brasil, mas aquele fora seu maior sonho a vida toda e realizá-lo com tanta naturalidade parecia… fácil demais. Ele quase conseguia escutar a voz da própria terapeuta falando para ele parar de compartimentalizar sentimentos.

Quando se encarou no espelho quadrado anexado ao fundo do armário, não notou a testa um pouco molhada de suor pela tensão; sequer reparou no próprio cabelo loiro contrastando com sua pele negra. Não. Ele enxergava apenas o número treze estampado no lado direito do peito.

As unhas finalmente ostentavam o Azul Meteoro, a cor do seu esmalte original. Eram um destaque à parte. Vários colegas do time fizeram piada com a iniciativa, mas os Reservados ficaram do seu lado; alguns até brincaram que, caso ele fizesse sucesso, pintariam as próprias unhas no jogo seguinte.

Vanessa e o time tinham certeza de que aquele momento — o primeiro jogo da Copa — era a chance perfeita para transformar o Azul Meteoro em um hit. Edinho ainda se sentia desconfortável com a opinião das pessoas sobre as unhas. No entanto, uma parte que ele insistia em silenciar estava radiante. Existia algo empoderador em olhar para as próprias mãos e ver ali alguma coisa tão intrínseca à sua história. Além do mais, o que poderiam falar sobre ele além do que já tinha sido dito?

— Edinho! — Fred sacudiu o amigo, tentando tirá-lo dos próprios pensamentos.

— Oi, oi! — Edinho se virou, tentando secar os olhos marejados.

— Ai, que susto! Achei que você tava... sabe... — disse Fred, sem jeito. *Sei, tendo um surto psicológico pouco antes de entrar em campo.*

— Não! Tá tudo bem, só estou um pouco...

— Coisado — completou o amigo. — Sei como é. A primeira vez que eu usei, também fiquei assim. Não existe palavra para descrever a sensação, né?

Edinho assentiu, se segurando para conter a emoção. "Coisado" seria, a partir daquele momento, uma de suas palavras favoritas. Até Fred, que não nutria o menor sentimento pelo futebol, sabia que aqueles segundos não tinham a ver com paixões. O que movia a batida de todos os corações ali presentes eram as expectativas. "Coisado" era considerado ruim ou pejorativo para algumas pessoas, mas, para ele, era apenas uma palavra que realizava a impossível tarefa de definir certos sentimentos.

O goleiro puxou o amigo para um abraço, quebrando o decoro, e logo foi acompanhado por outros companheiros dos Reservados. Aparentemente, o incidente da abertura ficou para trás, e a maioria dos colegas agora havia voltado a tratá-lo com normalidade. Mesmo que Edinho não ganhasse a Copa, a ideia de voltar para casa com mais alguns amigos o confortava.

Pouco antes de se separarem, Cida apareceu acompanhada da comissão técnica e brincou com o gesto.

— Acho bom ser o abraço de comemoração que vocês já estão antecipando. — Outros jogadores riram da alfinetada. — Bom, tudo o que a gente tinha pra conversar já foi conversado. Esse é o jogo mais esperado da primeira fase, duas seleções com história e talento de sobra. Entrem humildes... — Nessa hora, os olhares mais atentos perceberam Cida encarando Don-Don — ... para saírem vencedores. Nailson, Barbosa, quero vocês dois colados no Kühn. Quero que ele saia chorando no intervalo porque não conseguiu jogar, beleza?

Os dois jogadores assentiram.

— Edinho, Juvis, Deko e Pablo. — Ela virou para os reservas. — Quando der vinte minutos de jogo, quero vocês aquecendo.

Os quatro se olharam sorrindo, aquilo era um bom sinal.

— É isso. Bora!

O Brasil foi o primeiro time a chegar ao túnel. Ao se posicionar, quase no final da fila, Edinho foi pareado com uma garotinha de 6 anos, com os olhos verdes mais brilhantes do mundo.

— Oi, lindinha. Qual é o seu nome? — Edinho se abaixou para conversar com a menina.

— Diana — respondeu em um português fofo e puxou as mãos do jogador para a frente dos olhos. — Que azul lindo! Como consigo esse esmalte pra mim?

— É um lançamento, mas consigo um vidrinho só pra você.

— Oba! — respondeu, orgulhosa. — Meus papais vão amar! Geralmente a gente só pinta a unha de preto.

Edinho gargalhou e abraçou a garota. Na dúvida se era por causa da fofura ou porque ele mesmo precisava de uma dose extra de energia antes de entrar em campo. Com um sorriso no rosto, ele cruzou o olhar com Benedikt.

É óbvio que o rival o encarou com a mescla de divertimento e petulância de sempre, aproveitando os sete centímetros que tinha a mais de altura para simular uma encarada para baixo.

— *Pivetxe.* — Foi tudo o que ele disse. Baixo o suficiente para que quase ninguém escutasse.

Edinho sentiu o pescoço esquentar. Então, além de ignorá-lo, a tática do jogador era continuar sendo um cuzão. Provavelmente, a faixa fora apenas uma oportunidade de fazer uma chacota ou se aproveitar da pauta para benefício próprio.

Ao ouvir o chamado dos organizadores para entrar em campo, sua mente se voltou para o jogo e logo se esqueceu das irritações com

Benedikt. Ao entrar no estádio, à luz do dia, com cada canto ocupado por um torcedor, Edinho teve a sensação de que ficaria surdo. Ele já havia jogado em alguns dos maiores estádios da Europa e do Brasil, mas nada se comparava àquilo.

Ainda bem que a Copa de 2026 permitiu que os reservas também entrassem e ficassem no campo durante o hino. Perto daquilo, a sensação de colocar a camisa pela primeira vez não era nada. A multidão estava tão empolgada que ele só percebeu que o apito havia soado de verdade quando os jogadores começaram a correr.

Do banco, ele até tentou se concentrar nos aspectos do jogo, mas era difícil não se deixar levar um pouco como torcedor, sobretudo com uma visão tão privilegiada do campo. Qualquer entrada de um jogador alemão em um jogador brasileiro era motivo para morder a própria mão. Ele não queria ser fotografado xingando os concorrentes, mesmo sabendo que jogadas como aquelas eram comuns no futebol.

A Alemanha não perdoou e jogou um futebol agressivo e dominante; o que tornava uma surpresa o Brasil não ter passado por grandes riscos nos primeiros minutos de partida. Parte do mérito era da defesa impecável, tão priorizada pela técnica brasileira.

Aos doze minutos, Benedikt deu o primeiro chute ao gol.

Limpo, mortal, mas defendido de forma brilhante por Fred. Outros jogadores menos confiantes no goleiro achariam que aquela seria uma jogada perdida, mas Edinho sabia que o goleiro brasileiro era fenomenal. A prova de que competência pela competência era mais do que o suficiente.

Ainda com a bola em mãos, foi possível ver Fred e Benedikt trocarem um sorriso. Por mais que Benedikt fosse fenomenal, Fred conhecia os chutes dele como ninguém. Estava acostumado a defendê-los quase diariamente nos treinos em Palermo.

O jogo continuou acirrado. A posse de bola perfeitamente equilibrada entre os dois times. Embora a Alemanha atacasse mais, o Brasil se concentrou em construir uma defesa sólida e um contra-ataque rápido. No entanto, quando em uma tentativa burra e completamente infundada Don-Don deu um carrinho em um jogador alemão, Guter, e tomou um cartão amarelo, tudo começou a desandar.

A jogada não havia sido grave, por mais que o jogador alemão tivesse feito uma grande encenação assim que o juiz chegara para assisti-lo. No banco, todos os jogadores começam a xingar. Até Edinho, que parou de admirar o jogador punido, deixou escapar um murmúrio de frustração. Se Don-Don não controlasse os ânimos, poderia complicar — e muito! — o jogo para o Brasil.

Stefano cobriu a boca com a mão para sussurrar quando eles voltaram a sentar:

— Foi injusto? Foi… Mas é sempre bom ver esse cuzão se fodendo.

Os dois riram por alguns segundos enquanto o resto do banco tentava entender a piada.

Aos vinte e oito minutos, Cida sinalizou para que Deko e Edinho iniciassem o aquecimento. Ao começar a fazer os exercícios, Edinho notou os gritos da torcida. O medo de que acontecesse outro incidente como o do treinamento chegou a paralisá-lo por alguns segundos; mas Deko o tranquilizou:

— Relaxa, cara, eles estão gritando *pra você*! Não com você.

As pessoas gritavam seu nome, seu apelido. Edinho ensaiou um aceno discreto e voltou o foco para o aquecimento.

Menos de cinco minutos depois, Cida o colocou em campo, tão rápido que ele não teve chance de refletir ou ficar tenso.

Pouco antes de Dedé chegar até eles, Cida se aproximou e falou baixo, perto de Edinho:

— Velocidade, Meteoro.

Era hora de o Brasil sair da defensiva.

Edinho estendeu a mão para cumprimentar o jogador substituído, mas foi ignorado. Dedé estava puto demais para fingir amizade com o colega de time. Ele nem ficou no campo, partiu direto para o vestiário, apesar das recriminações da comissão técnica.

O Edinho jogador entrou em campo e os pensamentos se calaram; o vento abafado do verão americano seria sua única companhia a partir dali. Ao pisar no gramado, Meteoro correu para o lado esquerdo, tentando se desligar do episódio que acabara de acontecer. Nada de pensamentos, seus neurônios agora estavam nos pés.

De cima, longe dos ouvidos dos jogadores, mas acessível para todos os torcedores brasileiros grudados na televisão, dois narradores não deixavam nada passar despercebido.

— Ih, parece que temos problemas não resolvidos nesse time, hein, Rocha? — perguntou Gilvão ao colega comentarista. — Para onde Edinho vai, as polêmicas acompanham…

Antes que Gilvão completasse o raciocínio, Rocha balançou a cabeça em negativa.

— De forma alguma, Gilvão, nesse caso, achei uma atitude extremamente antidesportiva do atacante Dedé. O colega claramente estava esperando um cumprimento e, independentemente do que acontece fora de campo, o time precisa estar unido nesses momentos.

— Mas você não acha que faz sentido a insatisfação do Dedé? — provocou Gilvão. — Claramente, a técnica gosta desse Meteoro e preferiu tirar um jogador consistente de campo para colocá-lo…

— Gilvão, meu amigo, o Dedé é um jogador ofensivo, e estamos quase acabando o primeiro tempo no zero a zero. Talvez não seja apenas uma questão de preferência…

Gilvão ficou sem resposta e voltou a comentar o jogo *lance a lance*.

Edinho arrancou com velocidade, mas logo ficou travado. Ele não conseguia jogar livre; faltava entrosamento com a maior parte do time titular. Era evidente a falta de treino com a queda do passe de bola do Brasil.

As consequências não foram nada boas.

— Eu tô livre! — gritou Edinho para o volante, Kaio.

Mesmo assim, talvez nervoso pelo fato de o sergipano ter perdido a posse nas duas últimas jogadas, Kaio preferiu arriscar um passe alto para Don-Don, que estava mais longe e marcado por outros dois jogadores. Um erro. Benedikt apareceu do nada para interceptar a bola no peito e partir em um contra-ataque perfeito. Dessa vez, Fred não foi o suficiente para parar o capitão alemão.

— Gol do Kühn! Gooool da Alemanha! — lamentou Gilvão no estúdio.

Parte do estádio entrou em êxtase. Mesmo sendo a minoria, os torcedores alemães conseguiram fazer um barulho irritante. O jogo continuou e, com ele, a ignorância da equipe ofensiva. Don-Don e os outros dois jogadores recusavam a existência de Edinho.

Frustrado, Edinho acabou descontando em um jogador alemão, o que causou o segundo cartão amarelo do Brasil. Da extremidade do gramado, era possível ver grande parte da comissão técnica irritada com o acontecimento e, por consequência, com o jogador. O olhar que Cida enviou na direção de Edinho, de todas, foi a reação mais assustadora.

Ao entender o recado, Edinho tentou manter a cabeça no lugar. Jogar corretamente e buscar oportunidades para fazer o gol era a melhor estratégia, principalmente para mostrar a Cida que ela não havia cometido um erro ao colocá-lo em campo.

Depois da falta cometida, defendida brilhantemente antes de sequer chegar às mãos de Fred, o Brasil partiu para o contra-ataque. Nailson tocou para Barbosa, que driblou três jogadores até passar a bola de volta para Nailson, que correu até o lado alemão. Dudu Potiguar recebeu e colocou a bola de volta na área brasileira em um passe seguro de Kaio, que tocou novamente para Gabi Chute. Foi então que veio o déjà-vu. A cena se repetiu e, de um lado, Don-Don acenava e, do outro, Edinho gritava que estava livre. Dessa vez, o volante tomou a decisão correta.

Com a bola nos pés, era hora de mostrar a velocidade que Cida pediu. A defesa alemã havia começado a fraquejar na marcação do jogador e oferecia a abertura de que Edinho precisava para chegar até a pequena área. Uma vez lá dentro, a marcação da defesa fez Edinho recuar até o canto direito e escolher: arriscar um chute direto ao gol, que poderia dar a ele o título de herói do primeiro tempo e de primeiro jogador do Brasil a marcar um gol na Copa de 2026, ou passar para Don-Don, que gritava ao fundo pedindo a bola e estava mais bem posicionado.

Entre os milésimos de segundos que usou para respirar fundo, Edinho Meteoro tomou uma decisão.

CAPÍTULO 16

BRASIL NA COPA:
O PRIMEIRO TEMPO ACABA
EM EMPATE CONTRA ALEMANHA!

São Francisco, 20 de junho de 2026

Vanessa nunca foi uma grande fã de esportes, nem mesmo quando criança. O pai não incentivou a cultura do esporte em casa, e a mãe não fez questão de saber se ela jogava voleibol ou fazia dança do ventre na escola. Eles só se preocupavam com sua excelência acadêmica. Em troca disso, a garota recebia o afeto na forma de uma mesada boa, com extras consideráveis sempre que se destacava na escola.

Foi daí que veio a paixão por dinheiro. Os pais não eram milionários, mas Vanessa colocou na cabeça que ela seria. Depois de uma infância focada em conseguir *mais* grana, ficou evidente que também viveria em função das cifras quando se tornasse adulta. Por isso, após a formatura em Administração, compreendeu rapidamente que, em um país como o Brasil, existiam dois caminhos para alcançar a vida financeira que sempre desejou: política ou futebol. Optou pelo segundo logo que percebeu que o caminho de políticos muito ambiciosos — e ela tinha clareza de que se tornaria uma dessas, caso fosse por essa via — era sempre a cadeia.

Ou coisa pior.

Então investiu em um MBA voltado para gestão de atletas, mesmo que nunca tenha sentido a mais leve palpitação em qualquer partida de futebol.

Enquanto a maioria via os toques de bola como um motivo extra para sorrir, Vanessa enxergava potenciais de aproveitamento. Aprendeu cedo a capitalizar cada detalhe da vida dos seus clientes e, com Edinho, estava colocando em prática os planos que nutria havia anos. Seu contratante tinha potencial para alçá-la para seus maiores sonhos.

Os mesmos homens que haviam duvidado da sua capacidade como empresária também haviam transformado a vida de Edinho em um inferno. Se como bônus por impulsioná-lo aos lugares mais interessantes da fama viesse também a chance de provar que todos estavam errados ao duvidar dela, Vanessa faria qualquer coisa com um sorriso no rosto. Inclusive começar a se importar com vinte homens correndo atrás de uma bola.

É por isso que ela não conseguiu deixar de soltar um xingamento quando viu Edinho desistir de chutar ao gol para fazer um toque em recuo para os pés de Don-Don, que – dando os devidos reconhecimentos – estava em uma posição ainda mais perfeita para o gol. De qualquer modo, era frustrante ver ir embora o post daquele gol em todas as redes sociais de Meteoro. Ao menos, ela assistia àquilo de casa. Estava se revezando com Giu entre os jogos para cuidar de Shangela. Giu fora a escolhida para ver a estreia do Brasil. Vanessa assistiria ao próximo.

— Eu sei, eu também queria que o gol fosse dele — disse, quando Shangela soltou um ganido para a TV.

A cena continuava desagradável quando, junto a dois outros colegas, Don-Don performou para as câmeras uma coreografia previamente ensaiada com o claro objetivo de viralizar no TikTok.

Do campo, Edinho assistia à mesma cena, só que com uma dose extra de irritação. Don-Don nunca teria feito o primeiro gol do Brasil na Copa se não fosse pelo passe dele. O que deixava a ceninha coreografada ainda mais ridícula.

Na sua mente, a voz do pai falava: "Um jogo sem gol é um jogo perdido". Se Leleco ainda fosse seu empresário, uma longa DR com certeza o esperaria depois do jogo. O pai não acreditava na coletividade quando o assunto era futebol.

Não. Edinho tomara uma decisão, ficar no canto do campo e fazer o jogador dramático que gostaria de ser incluído não era uma possibilidade. Meteoro não seria a vítima dessa história, mesmo que não lhe faltassem motivos para desempenhar o papel.

Quando o primeiro tempo acabou, vários amigos foram cumprimentá--lo. Ele tentou parecer satisfeito, mas mal conseguia esconder que se sentia péssimo.

— Cara, você foi bem pra caralho. Você sabe que se Don-Don e companhia não tivessem te ignorado... — comentou Murilo, baixinho, no vestiário. — O seu jogo teria sido ainda melhor, né?

— Oxe, claro! — Mentiu.

Edinho não gostava da ideia de que o jogo de terceiros pudesse influenciar tanto no seu. Mesmo em um esporte de equipes como o futebol, ele gostava de pensar que era capaz de vencer quaisquer obstáculos colocados em seu caminho.

— Além do mais... Don-Don nunca teria dado aquela assistência no seu lugar... — comentou Fred, que aparentemente ouvira a conversa.

A afirmação não trouxe a tranquilidade que ele gostaria, mas ao menos o ajudou a entender que talvez ele se diferenciasse da maior estrela do time exatamente naquele ponto. Ele estava disposto a se colocar de lado pelo bem da seleção brasileira.

Uma pena que o país não estivesse nem aí pra isso.

Na volta para o segundo tempo, Edinho desistiu de ficar se punindo e decidiu focar no jogo. Seu cérebro insistia em encontrar padrões, em contar quantas vezes Don-Don acertava o passe ou observar quantas vezes Adelmo mesclava um jogo suave entre os dois lados do campo. Mas algo na própria consciência — que surpreendentemente tinha a voz de Fred — lhe falava para procurar ajuda — e o fez enquanto a Alemanha se preparava para cobrar uma falta.

— Isso passa? Essa sensação de nervosismo? De errar e um país inteiro te odiar... — perguntou Edinho a Adelmo.

O meio-campo ficou surpreso pela tentativa de conversa; os dois nunca foram próximos, mas, entre respirações curtas, decidiu acolher o novato.

— Não. Mas o que eu posso te dizer é que é melhor estar aqui do que lá sentado — disse, apontando na direção do banco. — Pelo menos eu gosto de pensar que tenho algum poder de decisão no jogo, sabe?

Edinho concordou. Não tinha parado para pensar por aquele ângulo.

— Às vezes ajuda... PUTA QUE PARIU! — gritou Adelmo e começou a correr.

Depois da falta da Alemanha, resultado de um erro do capitão Barbosa, o time recuperou a bola e tocou direto para os pés de Kühn. Edinho conseguia visualizar a abertura perfeita que o jogador tinha para o gol. Seria um lance lindo, provavelmente capaz de figurar entre os mais bonitos de toda a Copa até aquele momento. Mesmo assim, Benedikt não agiu.

Em vez de chutar para o gol, o jogador conseguiu a façanha de driblar três brasileiros e fazer um passe rápido e silencioso. O alemão que recebeu o passe perfeito não tinha um chute tão limpo quanto o companheiro, e a bola foi direto para a trave. Porém, os deuses do futebol — famosos por desconsiderar quaisquer regras da física — decidiram que, em vez de quicar para fora, a bola entraria na rede.

Estava escrito que aquele seria o segundo gol da Alemanha.

No olhar rápido que Fred deu para a defesa, ele demonstrava calma. Era um lance indefensável. Sabia reconhecer o talento do atacante alemão sem deixar que isso afetasse a própria confiança.

A partir daí, o jogo se transformou. A seleção europeia praticamente desistiu de atacar, fortalecendo ainda mais a defesa, tentando segurar o resultado a todo custo. Não buscavam uma goleada. Uma vitória tímida contra um dos favoritos da Copa já estava de bom tamanho.

De volta à cabine de comentaristas da maior emissora do país, a decisão da técnica de manter Edinho em campo não passou despercebida.

— É, pelo visto Cida não desistiu do Meteoro... — comentou Gilvão. — Resta saber se dessa vez ele vai em direção ao gol ou se só está de passagem...

— Eu achei uma decisão acertada manter o garoto — respondeu Rocha. — Edinho entrou meio travado, mas, no fim do primeiro tempo estava jogando muito bem...

Pelo visto, a clareza do jogo não se limitava apenas àqueles em campo. Rocha, com os olhos afiados depois de narrar três Copas, reconhecia as tentativas de Edinho no primeiro tempo.

— De fato, o passe para o gol de Don-Don veio dele — cedeu Gilvão. — Outros jogadores mais egoístas teriam tentado finalizar a jogada sozinhos.

— Ora, sem modéstia, Gilvão, nem eu nem você teríamos perdido aquele.

Faltando vinte minutos para o encerramento da partida, Cida decidiu colocar Lucas Gaúcho no lugar de Adelmo. Uma decisão possivelmente controversa, caso a intenção da técnica não ficasse clara nos minutos seguintes. Logo depois de substituir Gabi Chute por Ariel.

Nenhum técnico no mundo faria uma aposta como aquela. O Brasil, perdendo com um gol de diferença, substituiu dois jogadores de elite por dois reservas estreantes em Copas. Da lateral do campo, Cida não parecia preocupada. Entre as qualidades da técnica, a autoconfiança inabalável era uma das mais louváveis.

Ficou claro para todo mundo que a técnica estava certa. Se Edinho Meteoro foi capaz de encontrar oportunidades enquanto jogava em um ataque que o ignorava, com a presença de um ponta-esquerda e um meio--campo que entendiam seus reflexos, ele decolaria.

A defesa alemã sentiu a mudança súbita na velocidade do jogo, e o Brasil começou a dominar a posse de bola. Depois de tantos treinos noturnos, os Reservados — ou uma parte deles — conseguiram colocar em prática o próprio estilo de jogo. De fora do campo, Cida não podia ficar mais impressionada.

O jogo continuava equilibrado, com o Brasil insistindo e a Alemanha dando uma aula técnica na defesa. A velocidade não foi capaz de superar a inevitabilidade do futebol.

Logo no primeiro jogo, o favorito pereceu.

Ao ouvir o apito anunciando o fim da partida, Edinho não conseguia acreditar que havia acabado. Sua primeira oportunidade na seleção fora uma derrota.

— Ei! — Fred vinha correndo na direção dele, já sem camisa. — Nem fica na merda, tá? Você jogou pra caralho!

— Pena que não foi o suficiente, né?

— Se a gente pensar individualmente, foi mais do que o suficiente. — O amigo deu uma piscadela enquanto caminhava de costas na direção dos repórteres que o aguardavam.

A caminho dos vestiários, Edinho cumprimentou alguns jogadores alemães, por isso não foi nenhuma surpresa quando Benedikt surgiu na sua frente ostentando o sorriso mais irritante do universo. Edinho sorriu de volta, pensando em como adoraria estar no lugar dele: encarando o adversário depois de uma vitória.

— Foi um bom jogo. — Kühn estendeu a camisa suada.

Edinho imaginou que fosse trocar de uniforme com algum jogador, mas não que seria justo com o seu maior rival. De forma apressada, ele tirou a própria camisa e a entregou nas mãos do alemão sem responder nada. Já de costas, ele se surpreendeu com a provocação.

— *Pivetxe* — falou Benedikt, mais baixo. — Hoje parece um ótimo dia para demorar nos vestiários, ouvi dizer que o chuveiro daqui é incrível.

Ele fingiu não entender e seguiu caminhando. Se era uma indireta ou não, Edinho preferiu não dar o gostinho a Benedikt. Por isso, quando a coletiva de imprensa terminou, ele decidiu ir direto para o vestiário, sem esperar para ver se os outros jogadores já tinham ou não tomado banho. A coletiva havia sido positiva, apesar da derrota; surpreendentemente, o atacante recebeu elogios da imprensa.

Para seu azar, ou sorte, como pensaria mais tarde, quase todos os jogadores já haviam seguido em direção ao hotel. Por mensagem, foi avisado de que os Reservados o esperavam no quarto de Stefano para um porre pós-derrota. Até as dez da noite, é claro, já que no dia seguinte teriam treino e, pela cara da comissão técnica, um dos mais pesados.

— Apesar de ter achado um erro no começo — comentava Gilvão em uma televisão pregada no vestiário. — Colocar os três reservas serviu pra mostrar que a formação titular de Cida tem uma fraqueza séria: velocidade!

— É, meus amigos, mas, olhando pelo lado positivo, ao menos ela conhece o time completo e sabe quando fazer as substituições certas… — replicou Rocha.

— Será que sabe mesmo? Então por que perdemos nosso primeiro jogo na Copa? O Brasil não perdia… — Edinho desligou a TV antes que Gilvão pudesse completar a frase.

Bando de babacas. É óbvio que aquele imbecil, e provavelmente vários outros jornalistas do mundo, diria que Cida era a única responsável pelo resultado daquele jogo. Com certeza a derrota teria muito mais a ver com a técnica mulher do que com o jogo da seleção alemã ou com os erros dos onze jogadores brasileiros em campo, principalmente os titulares que se recusaram a colaborar com Edinho a cada minuto do primeiro tempo.

Quando a água gelada bateu em seu rosto, Edinho conseguiu esquecer momentaneamente as últimas horas. Mas não o bastante para não notar quando alguém entrou no vestiário. Ele não precisou abrir os olhos para perceber a presença de Benedikt ao seu lado.

Que raios ele queria agora?

A frustração era tanta que Edinho deixou escapar um ruído de desaprovação.

— Deveria ser um crime deixar você jogar com esse temperamento, sabia? — provocou o alemão.

Edinho não se deu ao trabalho de responder; em vez disso, concentrou-se no azulejo absurdamente branco à sua frente. De repente, passar o sabonete virou a tarefa mais interessante do mundo.

— E seu jogo pelo lado direito continua pobre — falou Kühn. — Você não viu o recadinho que eu deixei no seu caderno?

Axilas. Canelas. Coxas. Pé. Edinho estava concentrado na espuma, no enxágue.

Qual era o problema de Kühn? E por que ele gostava tanto de importunar Edinho durante o banho?

— É, pelo visto, não. Mas, ainda assim, um cartão amarelo no primeiro jogo da Copa… *pivetxe*, você não se cansa mesmo de me surpreender… esse gênio vem de família? Pai? Mãe? — O tom de Kühn era travesso, mas o brasileiro estava com tanta raiva que ignorou completamente a brincadeira na voz do outro.

Então, em meio à chuva de gotas caídas do chuveiro, aquela pergunta foi a gota d'água. Edinho explodiu.

— EU NÃO TE ENTENDO! — gritou, o que não pareceu chocar Kühn. Apenas diverti-lo. — JURO QUE NÃO ENTENDO! Às vezes você se comporta como um ser humano empático e decente…

Benedikt fechou o chuveiro só para encará-lo.

— Só pra voltar a se comportar como o cara mais idiota e arrogante do planeta logo em seguida! É sério que você invadiu a porra do meu vestiário só pra falar que eu sou um *merda*?

— É tudo pra não te deixar entediado, *pivetxe*!

Filho da puta.

— Cara… Sua arrogância é tão grande que chega a te deixar burro. — Foi tudo o que Benedikt falou depois de alguns segundos.

Edinho o encarou com a mais pura raiva. Odiava a existência irritante do jogador, odiava a comparação ao gênio explosivo do pai.

— Arrogância? Cara, pensa comigo, num momento você tá me ajudando a superar uma crise, na primeira conversa amigável que tivemos na vida — diz Edinho.

— Não foi a primeira.

— Aaah, foi sim — retrucou Edinho, rápido. — Aí, quando eu acordo, tem um recado super passivo-agressivo mandando eu *pesquisar no Google* como melhorar meu jogo.

— Eu…

— Só pra depois… — O brasileiro começou a falar mais alto, repelindo as interrupções de Benedikt. — … você entrar na merda da abertura da Copa com uma faixa rosa no braço. Não sei se você sabe, mas…

— Eu sei — murmurou Benedikt.

— É! Pra *me homenagear*, cuzão! Aí, agora tá aqui, na porra do *meu* vestiário, tomando banho onde você nem poderia tá tomando banho.

— Pois é, Edinho! Cara, pensa comigo, por que eu estaria tomando banho aqui, não é? — disse Benedikt, imitando a fala de Edinho. Ele o encarava com as sobrancelhas arqueadas.

O brasileiro devolveu o olhar em silêncio. A água escorria pelo peito branco do alemão, molhando todos os pequenos fios que denunciavam a depilação atrasada.

— Além do mais… aquela não foi nossa primeira conversa civilizada. Nós conversamos na última festa, antes do Natal, lá na sede do Grifones — continuou Kühn.

Edinho lembrava. Ele e Kühn tiveram alguns minutos de risadas no canto da festa, enquanto zoavam os colegas que em poucas horas de festa já haviam ultrapassado os limites do álcool.

— Nós conversamos no aniversário do Peppe. E no último ensaio de fotos, aquele… — lista Benedikt.

— Com os fardamentos apertados que fediam a mofo — completou Edinho.

— Esse mesmo. E uma última coisa… o que eu deixei no seu caderninho não foi passivo-agressivo. Pensei que poderia realmente ajudar. Mas se você não fosse um filho da puta pretensioso, que acha que todo mundo tá aqui pra…

— Ah, vai tomar no cu, Kühn… — Edinho fechou o chuveiro e seguiu em direção à porta. Ele não queria ouvir mais nada.

A diferença é que o alemão tinha outros planos.

Antes de chegar à porta, Edinho Meteoro foi impedido por um Benedikt molhado e pelado.

O vapor do banheiro bloqueava a visão do restante do ambiente e, de algum jeito, facilitava que o foco ficasse apenas no obstáculo alemão de quase dois metros de altura. As gotas que sobreviveram à saída do chuveiro agora percorriam o corpo de Benedikt em harmonia com sua respiração lenta.

Ele se aproximou de Edinho. Dois passos os separavam… Um.

— Não é possível que você ainda não tenha sacado — disse Benedikt, baixinho, quase no ouvido do rival. — Você acha mesmo que eu só vim aqui para te provocar?

Antes que Edinho recuperasse o fôlego para responder, Benedikt fez o que até então seria impensável, mas não menos desejado: empurrou o brasileiro contra a parede em um beijo.

CAPÍTULO 17

EDINHO METEORO: O GOLEADOR DO JOGO CONTRA O TAITI É O PERFIL QUE VOCÊ NÃO PODE DEIXAR DE SEGUIR NA COPA 2026!

Los Angeles, 25 de junho de 2026

A tática dos laterais invertidos foi introduzida por Pep Guardiola nos anos em que o treinador atuou no Bayern de Munique. Em resumo, o objetivo era adiantar os meio-campistas de um jeito que eles se posicionem melhor nas linhas defensivas do adversário, possibilitando que o time, em vez de jogar com quatro jogadores ofensivos, jogue com cinco. Isso gerava mais instabilidade na área defensiva do rival — o que era ótimo para qualquer time — e, ao mesmo tempo, dava espaço para os jogadores mais criativos organizarem novas jogadas ao gol.

Edinho conhecia a estratégia, o que ele não conseguia entender era o que Benedikt queria dizer com aquele recado no caderno dele. Ele estaria sugerindo que o atacante agisse como meio-campista numa potencial estratégia de laterais invertidos? Se esse fosse o caso, que interesse Benedikt tinha em ajudar o brasileiro? A resposta veio na cabeça dele quase imediatamente, memórias que ele tentava evitar a todo o custo.

Talvez, para começo de conversa, fosse por isso que Edinho tivesse se concentrado tanto em entender a técnica dos laterais invertidos. Quem sabe assim ele conseguisse esquecer a sensação da língua de Benedikt passeando pela sua. Quando não estavam jogando, apenas cento e cinquenta e quatro quilômetros separavam os dois jogadores. Enquanto o

Brasil treinava em São Francisco, a Alemanha estava em Sacramento — cidades vizinhas da boa e velha Califórnia.

Mesmo assim, em uma Copa de três países, os momentos em que ambas as seleções estavam no mesmo estado eram raros. O que significava que repetir aquela noite — que ainda não tinha sido comentada nem pelo brasileiro nem pelo alemão — não tinha a menor projeção de acontecer.

Edinho se recusava a reconhecer, mas parte dele *precisava* que acontecesse. Ele precisava provar Benedikt mais uma vez antes de voltar a odiá-lo por derrotar o Brasil na estreia na Copa ou por ser o capitão cuzão do seu time na Itália. Mas a verdade era que a sensação de surpresa ia e voltava. Edinho ainda não havia digerido o fato e, toda vez que lembrava do *acontecimento*, era bombardeado com uma onda de serotonina e nervosismo e tesão.

Parte da surpresa, é claro, vinha da percepção de que um pedacinho de Edinho já queria aquilo. Ele queria ter Benedikt para si numa fantasia sádica em que poderia fazer o que quisesse com o jogador. Mas, em vez de machucá-lo, agora queria testar se o sorriso presunçoso continuaria no rosto dele depois de deixar algumas marcas espalhadas pelas costas cobertas de fios loiros.

Tudo fazia mais sentido. Edinho não odiava o lábio inferior levemente maior do alemão por achá-lo irritante. Era, na verdade, porque o achava sexy. Na hora do banho, ele se concentrava em olhar fixamente para a parede, porque tinha medo de não conseguir desviar o olhar de Benedikt uma vez que quebrasse as próprias regras.

O rival, se é que podia continuar a chamá-lo assim, era imprevisível. O beijo, ainda que petulante, era mesclado por momentos de extrema delicadeza. Ao mesmo tempo, Kühn demonstrou que o boato de que alemães são frios não passava disso. A língua ágil fora capaz de deixar Edinho implorando para ser dominado, coisa que o brasileiro nunca havia sido capaz de se imaginar fazendo.

No vestiário, os dois eram uma mistura de pele e lábios. Quatro mãos que conseguiam se tornar onipresentes no corpo um do outro e, ainda assim, se encontrar em toques entrelaçados e firmes. Quando tudo já parecia perfeito, o alemão o surpreendeu ao ficar de joelhos e mostrar que não havia limites e que seu irritante lábio, levemente mais grosso, podia fazer Edinho explodir.

Alguns minutos depois, enquanto Edinho encostava a testa no peito — levemente mais alto — de Benedikt, os dois desataram a rir histericamente. Com certeza, não era o que se esperava de dois jogadores de futebol rivais. Voltaram para o chuveiro, e a água corrente, em vez de lavar quaisquer resquícios de vergonha, serviu para diminuir a temperatura dos dois corpos que quase entraram em combustão.

Benedikt foi o primeiro a sair do vestiário. Edinho ficou tentando recuperar os sentidos. Só conseguiu acenar quando Benedikt disse "Te vejo por aí, *pivetxe*".

Nas horas seguintes, enquanto o tesão diminuía, uma irritação crescia lentamente no peito.

Quem Benedikt Kühn pensava que era?

Depois de anos atormentando o brasileiro, como ele poderia se sentir no direito de beijá-lo daquele jeito? Fazendo um banheirão em plena Copa do Mundo em que héteros poderiam "experimentar" umas coisinhas?

Edinho não tinha a menor ideia de onde veio aquela vontade desesperada de sentar no alemão, mas, no instante em que suas bocas se tocaram, Kühn grudou em sua mente. Havia quanto tempo o alemão vinha desejando aquilo? Será que Benedikt havia planejado tudo como uma sabotagem?

Quanto mais pensava no assunto, menos respostas encontrava. E, infelizmente, por mais que odiasse reconhecer, escondida entre as células do próprio corpo, havia uma vontade desesperadora de encontrar Benedikt novamente.

— Como vai o maior goleador do Brasil?

De volta ao presente, Vanessa entrou na sala do chalé com um pote enorme de sorvete em uma mão e uma bacia de pipoca na outra. O que obrigou o amigo a colocar rapidamente uma almofada no colo para disfarçar a ereção que o seguia toda vez que lembrava do alemão.

— A ficha ainda não caiu — soltou uma meia-verdade.

Ele não estava falando do jogo.

Vencer do Taiti era o mínimo que esperavam do Brasil depois do susto que tinha sido perder para a Alemanha no primeiro jogo. A segunda partida, que havia acontecido no México dias atrás, fora uma grande equação matemática para Cida, que mexeu completamente no time, testou novas combinações e deixou alguns titulares — como Don-Don — o jogo inteiro no banco.

Edinho, para a surpresa de todos, entrou logo no começo do primeiro tempo e não saiu em nenhum momento. Mais uma vez, Cida apostou em substituições como uma estratégia, fazendo uso das cinco disponíveis no jogo, despertando uma série de comentários maldosos sobre como ela conduzia a seleção.

— Óbvio que ainda achariam um motivo pra reclamar — falou Cida, irritada, olhando para o celular depois do jogo.

No final, o Brasil ganhou de quatro a zero. Com dois gols no começo da partida, de Edinho e Dedé. E mais dois no segundo tempo, um iniciado em um contra-ataque rápido de Dedé, com um passe perfeito dado por Meteoro, e o outro, aos vinte e sete minutos, feito de bicicleta também por ele. As más línguas ou as boas, dependia de quem estava falando, apontavam que aquele último gol tinha sido o mais bonito da Copa até então. Os Reservados até criaram uma dancinha temática, que se mostrou uma excelente estratégia no TikTok.

Mesmo reconhecendo estar errada no assunto coreografias ou estratégias datadas, Vanessa não tinha do que reclamar. A saudabilidade de Edinho, termo que era repetido constantemente nas reuniões de alinhamento com o jogador, estava nas alturas. Os haters nem faziam barulho perto dos fãs que o jogador conquistava a cada dia.

O esmalte Azul Meteoro, usado por Edinho no primeiro jogo da seleção, honrou o próprio nome e vendeu numa velocidade astronômica. Mesmo com a derrota do Brasil, muita gente correu até as lojas para garantir o esmalte oficial da Copa. No jogo contra o Taiti, já era difícil encontrar o esmalte nas lojas mais populares.

Um dia, depois de um treino, Marra, um dos jogadores que antes o tratava com indiferença, se aproximou de Edinho e perguntou a ele se não tinha como arrumar um vidrinho extra a pedido da namorada.

Os brasileiros que se renderam ao conteúdo dos Reservados triplicaram, e até o Tracklist fez um compilado com os melhores momentos dos bastidores da seleção brasileira na Copa e coroou Edinho Meteoro como o atleta a ser seguido.

— Falando em cair a ficha, a comissão técnica não se importa com seus sumiços frequentes, não? — perguntou Vanessa, com a boca cheia de pipoca.

Para o bem de Edinho, ele havia feito amizade com a maioria dos motoristas e seguranças e sempre dizia precisar matar a saudade da sua cachorrinha. Ela não era apenas seu animal de estimação, era um grande suporte emocional. A desculpa colava toda vez.

— Nada. Depois do último jogo, eu caí nas graças do pessoal — explicou. — E eu sou o menor dos problemas deles, viu? Entre vir assistir a filmes dos anos 2000 com você e me entupir de chocolatinhos diet no hotel com Giu, os outros reservas estão por aí enchendo a cara! Pelo menos eles sabem que aqui eu não vou me envolver em nenhuma polêmica...

— Você até poderia se envolver em uma... — comentou Vanessa.

Nessa hora Edinho olhou assustado na direção da empresária. Ela não teria como saber tudo o que aconteceu no vestiário, certo?

— Sua saudabilidade está altíssima, mas os fãs não engajam como os haters — continuou. — Precisamos fazer os seus números subirem de novo. E se você arrumasse um namorado?

Edinho respirou aliviado antes de responder:

— O que você quer, que eu crie uma conta no Finderr?

— Não, bobinho, não tem nenhum jogador que você curta, não? E aquele do time japonês?

Ele sentiu a cor sumir do próprio rosto.

— Er... não sei... — Ele soltou um pigarro, tentando recuperar a confiança. — Tem o Toshiro, mas ele deve ser hétero... se bem que...

— É matematicamente impossível que todos os outros jogadores dessa Copa sejam. Mas ia dar muito trabalho, rivais apaixonados... acho que ia ser péssimo pra sua imagem.

— Pois é, já pensou? — concordou Edinho, disfarçando o frio na barriga.

— Iam cair matando, duvidando da sua parcialidade. Fora que mal estão aceitando *um* jogador gay, dois então? Não, aí já seria demais —

brincou ela. — E se você vazasse uma nude? Seu pau é bonito? Aquele espelho imenso do hotel daria uma foto linda…

— Nessa!

Não que ele não tenha feito várias fotos no banheiro do hotel. Foi uma das primeiras coisas que Edinho notou ao entrar no próprio quarto. O espelho sem bordas ia do teto ao chão, sem nenhuma interrupção além da pia feita de mármore branco como alabastro. Era impossível não notar aquela monstruosidade assim que se entrava no quarto.

— Peraí, como você sabe que o espelho no banheiro do hotel é imenso? Você nunca foi lá — perguntou Edinho.

— Eu devo ter visto em um story que você postou… — desconversou a empresária, envergonhada.

— Mas eu não pos… — No meio da frase, a atenção de Edinho se prendeu na televisão e gritou para a tela. — ISSO, BENEDIKT!

Em Vancouver, naquele momento, Benedikt fazia o terceiro gol da Alemanha contra o Japão. Agora, eles estavam empatados, cada um com dois na Copa. Quando encontrasse o alemão novamente, faria questão de soltar esse comentário.

Ainda era estranho para Edinho assistir ao crush japonês jogar com o… bem… o rival que o mamou no vestiário da Copa. Não que o Toshiro fizesse a mínima ideia de que aquele crush existia. Mesmo assim, achava irônico assistir àquele jogo. Alemanha *versus* Japão. Seu crush secreto *versus* o seu amante (?) secreto. Existia algo shakespeariano em tentar imaginar quem sairia campeão daquele embate.

— Benedikt? Desde quando você torce pra ele…

Os dois se encararam em silêncio, tentando entender o que não estava sendo dito. A pressão foi tanta que ninguém conseguiu mais esconder a verdade.

— Eu dei pro Fred!

— Benedikt me pagou um boquete!

Choque tomou conta da sala. Vanessa estava em pé cobrindo a boca com a mão, enquanto Edinho segurava Shangela no colo e encarava a amiga boquiaberto. Nenhum dos dois sabia como quebrar o silêncio.

— Edmílson Meteoro! — Vanessa voltou a sentar, olhando para o amigo. Por medo de perder um dedo, ela não ousou encostar nele enquanto Shangela estava tão perto. — Edinho...

— Pois é...

— Meu Deus, a gente precisa de um NDA? — O modo empresária entrou em ação. — Quando eu falei em polêmica era, sei lá, uma foto da sua raba rodando o Twitter, não se envolver com a porra do capitão alemão!

— Não, não! Sem necessidade de contratos, eu acho... — Edinho tentou se tranquilizar. — Foi só tesão pós-jogo, um banheirão na Copa...?

Eles gargalharam.

— Você quer ver o cara de novo? — pergunta Vanessa, assumindo a postura de amiga.

— Não sei. — Assim que a resposta saiu, Edinho soube que se tratava de uma mentira. — Quer dizer, não é como se a gente pudesse marcar um jantar romântico no melhor restaurante de Los Angeles, né? E ele está lá no Canadá... além do mais, ele provavelmente...

— Shhhhh, eu não te perguntei o que vocês *podem* fazer — interrompeu Vanessa. — Eu perguntei o que você *quer*...

O olhar de Edinho falou mais do que qualquer palavra seria capaz de dizer.

— Olha, eu imaginava que ser sua empresária me traria trabalho... mas UAU! Você se superou — concluiu Vanessa. Edinho então colocou Shangela no chão e atacou o pote de sorvete, agradecendo em silêncio à amiga por ter previsto que as altas doses de açúcar seriam necessárias.

Desde o vestiário, Benedikt desapareceu. Se o jogo dele não estivesse sendo transmitido agora mesmo na televisão em frente a Edinho, ele começaria a acreditar que o outro havia sumido da face da terra. Zero postagens em redes sociais e zero entrevistas também — não que Edinho tivesse ido parar em um site alemão, sem entender bulhufas do idioma, só para se certificar disso.

Agora, tudo o que Edinho esperava, mesmo que não quisesse assumir, era algum tipo de contato vindo de Kühn. Qualquer coisa que fosse — uma mensagem que esclarecesse o que havia acontecido, que confirmasse suas suspeitas de que Benedikt tinha achado tudo aquilo um erro — seria melhor do que o silêncio.

— Tá, a gente vai dar um jeito nisso! — disse Vanessa, tentando tranquilizá-lo. — Coisas piores já foram feitas na Copa, isso eu garanto. Mas me conta como tudo rolou...

Edinho contou a odisseia sobre como o capitão do time no qual jogava se tornou uma companhia constante até chegarem ao beijo no vestiário.

— Você nunca desconfiou do fato de que um dos jogadores mais gatos do mundo... — Ela simulou aspas com os dedos: — "Casualmente" adorava te importunar no banho?

— É, colocando desse jeito, né?

— Poc burra! — Vanessa deu um tapa de leve em Edinho.

— Ai, cabrunco! — reclamou ele. — Pois é, mas chega de falar de mim! Que tal você explicar como foi parar em cima do meu melhor amigo? — perguntou Edinho. — Tipo, *literalmente* em cima.

Aparentemente, ainda no avião a caminho do Brasil, Vanessa e Fred se seguiram no Instagram. Então, depois de várias reações trocadas, Fred tomou a iniciativa e a convidou para um vinho no quarto dele.

— Aquele desgraçado falou comigo depois do jogo contra a Alemanha, dizendo que precisava ser consolado — contou Vanessa. — Acho que naquele dia, nós dois nos demos bem, hein!

— E aí, depois vocês se viram de novo?

— Então... digamos que eu já fiz amizade com as camareiras do hotel...

— Sua quenga! — brincou Edinho.

— Seria bom se fosse, pelo menos ia ganhar um dinheiro, já estou ficando sem notas de cinquenta dólares!

— Mande Fred pagar, aquele filho da puta é mais rico do que eu e você juntos.

— Tá aí uma boa ideia. Quer dizer, entre todas essas ideias de merda que a gente teve.

A tarde passou sem que os dois percebessem. A Alemanha ganhou com folga do Japão de quatro a zero e se garantiu no primeiro lugar do Grupo 12, o que significava que, para garantir a vaga na próxima fase, sem precisar contar com a matemática dos terceiros colocados, o Brasil precisaria vencer o Japão e se firmar como o segundo colocado do grupo.

A pressão não ajudava em nada, ainda mais quando a mensagem que estava esperando finalmente chegou, aumentando a tensão.

BENEDIKT: Se você vencer contra o Japão, a gente ganha uns três dias perto antes da próxima fase.

EDINHO: Oi pra você também, Benedikt! Parabéns pelo jogo, como vai a vida?

BENEDIKT: Você viu? Acabei com seu crushzinho Toshiro.

EDINHO: ???

BENEDIKT: Corta essa, ouvi você falando com o Fred outro dia.

BENEDIKT: E aí, quebra essa pra gente?

EDINHO: Hum, o que você quer?

BENEDIKT: Quero te ver de novo. Então acho bom vc se classificar. E encontra um lugar pra gente ficar, *pivetxe*.

A última frase levou um sorriso ao rosto do jogador brasileiro.

Vanessa nem precisou perguntar do que se tratava a mensagem. O sorriso travesso já entregava o remetente. A certeza da empresária veio logo depois, com uma pergunta do jogador:

— Se o Brasil ganhar o próximo jogo, você me empresta o chalé por uma noite?

CAPÍTULO 18

SEGUNDO LUGAR À VISTA: SERÁ QUE O BRASIL GARANTE A CLASSIFICAÇÃO CONTRA O JAPÃO?

El Granada Beach, 26 de junho de 2026

Há certo prazer em sentir medo, e, é claro, a ciência explica o motivo. Quando ficamos com medo, o cérebro nos bombardeia com adrenalina e o corpo começa a acreditar que estamos em perigo. Assim que percebemos que foi alarme falso, a adrenalina abaixa e a felicidade — no sentido mais literal da palavra — se espalha pelo corpo. A sensação de alívio que se segue é quase inebriante.

É por isso que algumas pessoas são viciadas em sentir medo e é o único motivo que Edinho encontrou para justificar por que ele topou se encontrar com Benedikt em segredo, no meio de um dos maiores eventos esportivos do mundo, caso o Brasil se classificasse para a próxima fase do campeonato.

É claro, aquele não era o principal motivo pelo qual ele queria vencer o jogo. Por mais que Benedikt Kühn tenha beleza suficiente para fazer qualquer um jogar melhor, Edinho ainda precisava provar para Cida e para o restante do Brasil que o lugar dele era ali, com a camisa treze.

Seria mais fácil se ele não estivesse no banco no começo da partida. Ainda não havia aprendido a controlar o nervosismo de assistir aos colegas em campo.

Pouco antes daquele jogo, Don-Don havia encontrado mais um jeito de pegar no pé do sergipano. Àquela altura, os Reservados já sabiam da gravidade do TOC de Edinho. Logo nos primeiros encontros à noite, enquanto os novos amigos dividiam algumas das vulnerabilidades pessoais, Meteoro se sentiu propenso a fazer o mesmo. Por isso, dividiu os obstáculos da doença que enfrentava desde a infância.

O choque de descobrir que as visitas noturnas aos campos eram, na verdade, parte de um hábito para acalmar a ansiedade, em vez de um truque para ter vantagens nos jogos subsequentes, fez todos entenderem e até quererem ajudá-lo a manter o controle.

Para evitar qualquer possibilidade de crise, os amigos deixavam o armário de número treze vago. Edinho gostava de combinar o número do armário com a camisa com a qual jogava. Todos se certificavam de olhar se ele tinha entrado mesmo com o pé direito no campo, caso o atacante perguntasse mais tarde. Mesmo que não fizessem ideia do motivo, sabiam que confirmar que Edinho tinha entrado com o pé certo evitava pensamentos repetitivos e uma eventual crise de ansiedade do jogador.

Isso sem falar das conversas. Todos se mostraram completamente parceiros na hora de dividir a tensão que só jogadores sentiam em uma Copa do Mundo, então imaginaram que, para um jogador com TOC, o peso fosse triplicado. E, por isso, todos se irritaram quando chegaram ao vestiário para o jogo contra o Japão e encontraram Don-Don orgulhosamente se trocando em frente ao armário de Edinho. A estrela sabia o que estava fazendo e ficou particularmente feliz ao notar o colega pálido, roendo os bifes das unhas ao se trocar em outro armário.

Edinho odiava se sentir daquele jeito, mas era como seu cérebro funcionava. Mesmo aflito, recusou as tentativas dos amigos de expulsar Don-Don de lá.

— Ele quer exatamente isso — explicou para Felipinho, que observava irritado. — Só pra depois se fingir de inocente e falar que não sabia de nada. Não, deixa...

— Mas você vai ficar ansioso... — falou Pablo, sem jeito.

— Nada, eu tô bem... — mentiu. — Eu já estava ansioso por conta do jogo, mas dentro da normalidade... nada pra se preocupar.

Mas era óbvio que ele estava preocupado. Aquele jogo era preocupação suficiente para uma vida inteira. Ele dependia da vitória para realizar o sonho do Brasil e o fetiche de pegar o capitão da Alemanha. Contudo, para a surpresa de *quase* todo mundo, as coisas desandaram mesmo depois que Felipinho desmaiou pouco antes de entrar no jogo. Edinho, que não estava escalado para jogar aquele dia, seria colocado em campo de última hora.

— Mas por que não colocar o Don-Don? — sussurrou Martins, observando Edinho tirar o colete.

— Tá sentindo "o joelho" — respondeu Stefano, com ironia.

Ninguém acreditava naquela desculpinha do Don-Don. Todo mundo já havia escutado ele falar que não queria se desgastar jogando contra seleções menores e, assim como no jogo contra o Taiti, ele *coincidentemente* sentiu o joelho doer antes do jogo contra o Japão.

Nenhum dos Reservados sabia, óbvio, mas Cida estava eufórica com a possibilidade de testar um ataque formado por Dedé e Felipinho. A ausência de Don-Don ajudava o grupo a longo prazo. Ela só não previa os desmaios do novato, uma questão com a qual ela precisava lidar e algo que ainda não entendia direito, já que o garoto jogava sem problemas no Brasileirão.

— Edinho, fala pro Dedé abrir mais um pouco. Deixa os laterais criarem mais jogadas… E os caras tão sem marcar a esquerda direito, sua chance de brilhar — disse Cida, com uma piscadela.

Da cabine de comentaristas, a frustração de Gilvão era palpável.

— Mas que papelão, hein? — comentou. — Em plena Copa do Mundo, Felipinho agora vai ficar conhecido como o cara que desmaiou na estreia.

— Ih, Gilvão, pega leve! — interveio Rocha, como sempre, a voz da razão. — O garoto tem 19 anos, ainda tem muita história pela frente! Ninguém vai lembrar dessa…

— É, vamos ver…

Então, aos trinta e cinco do primeiro tempo, Edinho Meteoro entrou em campo contra o Japão. Com os pulmões pegando fogo pela antecipação da corrida. Quando entrou em campo, ficou irritado com vários dos colegas titulares, principalmente os que pareciam levar aquele jogo como vencido. Edinho fez questão de lembrar a todos o que estava em jogo e começou a articular um ataque quase irretocável com Dedé.

Em um lance rápido, Marra recuperou a bola pela lateral direita e deu um chapéu digníssimo no defensor japonês; então cruzou alto até a direita para o volante Kaio, que saiu em disparada até chegar à área ofensiva do Brasil.

Dali, entre toques curtos, Edinho conseguiu dar um passe para André, que, por medo de estar impedido, recuou, dominou a bola e devolveu para Meteoro, que chutou.

— GOOOOOOOOOOOL!!!! — Gilvão e Rocha gritaram em uníssono. — É do Brasiiiiiiiiiiiiiiiiiiiiiil!

A multidão pegou fogo. Edinho correu para encontrar os colegas de time. O tempo passando como um borrão.

O Brasil venceu o Japão de três a um. Toshiro e Edinho trocaram camisas no final da partida. O brasileiro não conseguiu disfarçar o nervosismo ao ver de perto o peitoral enorme e liso do japonês. Secretamente, desejava que Benedikt estivesse assistindo ao final da partida e visse a cena.

A classificação da seleção brasileira estava garantida.

O encontro com Kühn também.

O espelho já havia assistido a Edinho conferir a *jockstrap* cinco vezes. Não que ele tivesse dúvida se deveria ou não usar. Aquela era sua única certeza sobre aquele encontro.

Tudo o que queria fazer com Benedikt também envolvia vestir aquele tipo de cueca. Mas ele não sabia se o caimento estava bom ou não; depois de tantos anos sem se relacionar com alguém, Edinho perdeu o referencial de sensualidade; não sabia como enxergar o próprio corpo como desejável.

Sim, até atletas de alto rendimento tinham problemas com autoimagem.

Inseguro, Edinho decidiu enviar uma foto para Fred e Giu, pedindo a opinião deles. Fred respondeu com uma chamada de vídeo, ele e Vanessa estavam enrolados no edredom do hotel onde a seleção estava hospedada.

— Eu achava que era um mito gays mandarem nudes sem solicitação para outros homens, mas agora vi que não — falou Vanessa, brincando.

Edinho já estava sorrindo quando o melhor amigo começou a falar.

— Minhas experiências no assunto são limitadas, Meteoro, mas me parece uma bela raba.

Giu respondeu apenas com uma sequência de emojis de pêssego, que ele interpretou como uma comprovação de que, sim, sua bunda conquistaria territórios alemães naquele dia.

Era o que ele precisava ouvir para finalmente colocar a calça de moletom cinza que havia separado para o encontro. Casual, mas ao mesmo tempo sexy, como apenas calças de moletom cinza conseguiam ser. Ao sair do quarto, pegou a caixa que recebeu no hotel logo depois do jogo com duas garrafas — um vinho e um suco de uva — e um cartão de Benedikt.

"Seu jogo pela direita continua péssimo. Parabéns pela partida, *pivetxe*."

Edinho sorria todas as vezes que passava os olhos pelas letras impressas no papel-cartão. Nas últimas horas tinha criado o hábito de ler e reler a mensagem porque era impossível não ouvir a última palavra com o sotaque carregado do alemão.

Depois de servir as bebidas — ele ainda não entendia muito bem o motivo do suco de uva — e deixar a sala com uma iluminação baixa e sexy, ele ficou se perguntando se devia ou não deixar as janelas abertas. A brisa que soprou enquanto ele se questionava o ajudou a tomar a decisão. Nascido no litoral, ele adorava noites como aquela. Frescas, com um leve toque salgado no ar.

Um disco dos Gilsons depois, a campainha tocou e ele correu até a porta. Não antes, é claro, de conferir se os fios descoloridos estavam no lugar.

Mas nem a garantia de que tudo estava perfeito, da cueca ao penteado, poderia prepará-lo para o choque que o esperava. Em vez de encontrar o jogador loiro, largo e alto, a primeira coisa com que se deparou foi uma criança de 11 anos, magricela. Benedikt estava atrás dela, com uma mão apoiada em seu ombro, a outra cheia de sacolas plásticas e um meio sorriso que Edinho interpretou como vergonha.

Olhos mais sensíveis também captariam nervosismo.

Adeus, jockstrap.

— Oi, eu sou Mariélle — falou a criança, numa voz um pouco estridente.

Edinho dobrou os joelhos para ficar na mesma altura dela, algo que claramente a irritou, apesar de reconhecer a gentileza do jogador.

— Oi, Mariélle. Eu sou o Edinho...

— Meteoro, eu sei! Quando *papa* me falou que íamos jantar com você, pesquisei seu nome na internet. — Então se aproximou do ouvido do brasileiro e falou, baixinho: — Eu estou fingindo que não sei que isso era para ser um date... acredite, eu também estou querendo saber quem traz uma criança para o primeiro encontro! Pelo menos agora você sabe que ele tá mesmo a fim...

Edinho estava no meio de uma risada quando Benedikt, vermelho como um morango silvestre, interrompeu a criança. *Pelo visto, sabe que o pai não é hétero. Benedikt é gay, certo? Bissexual? Ou outra coisa?*

Edinho anotou mentalmente para esclarecer isso em outro momento.

— Mariélle, chega!

— Quem é aquela? — Mariélle apontou para a pinscher mais sorridente do mundo.

Benedikt não sabia ainda, mas, se o radar de Shangela estivesse correto, eles teriam muito o que conversar nos próximos anos. A cachorra estava numa felicidade que só.

— O nome dela é Shangela — respondeu Edinho, enquanto abria espaço para os dois entrarem no chalé. — Pode ir lá brincar com ela. Pelo visto, vocês já são amigas!

— Amigos! — corrigiu, com a maior tranquilidade do mundo. — Meu gênero é fluído, hoje meus pronomes são masculinos.

— Ah, desculpa!

Antes que Mariélle pudesse sequer ouvir o pedido de desculpas, já estava afundado com a cachorra no sofá. Então Edinho se virou para Benedikt, com muita vontade de mandá-lo embora. Não por trazer a prole — a criança era adorável —, mas por fazê-lo se preparar como a maioria dos gays se preparam para um date e deixá-lo na vontade.

Edinho esperava que aquele encontro tivesse tudo, menos um jantar livre para todas as idades. Esperava que Benedikt fizesse coisas que envergonhariam até sua décima terceira geração. Que chamasse Edinho pelas mesmas palavras que seus haters — os não criminosos, claro — o chamavam.

Agora ele estava dividido entre o que fazer e o que sentir naquela situação. A confusão devia estar estampada em sua cara, porque Kühn começou a se desculpar quase imediatamente.

— Desculpe, ele chegou hoje de surpresa com a mãe. Eu não consegui dizer não… — disse Benedikt, como se lesse a mente de Edinho. — Mas também não queria cancelar com você…

— Benedikt, tá tudo bem. — Edinho encostou na mão dele, ainda em dúvida se o gesto era adequado para a ocasião.

Considerando a falta de tempo livre dos dois, era fácil imaginar por que Benedikt não queria remarcar o encontro. Se a Alemanha ou o Brasil fossem eliminados na próxima fase da Copa, só estariam no mesmo continente outra vez quando voltassem para a Itália. O que demoraria semanas.

A breve irritação de Edinho passou tão rápido quanto apareceu. Ele também não queria ter que esperar tanto para encontrar Kühn. Pelo visto, aquilo não era só sexo.

— Você recebeu meu vinho? — Benedikt retribuiu o gesto e apertou a mão de Edinho.

— Aham! Mas não tô entendendo pra que tantas sacolas… — O brasileiro pegou mais algumas das mãos do visitante. — Pensei em pedir alguma coisa.

— Ah, eu não sabia do que você gostava, então trouxe opções…

Edinho sorriu. Seu plano para aquela noite envolvia pensar menos em um cardápio e mais em aproveitar todos os cantos da casa até que os dois estivessem cansados demais para se levantar do tapete em frente à lareira e só decidissem pedir uma pizza.

— Oi, coisa fofa, você é muito linda, sabia… — Foi a vez de Benedikt se abaixar e interagir com Shangela.

Quando se levantou, a cadela estava em seu colo, o enchendo de beijos. O que esclarecia uma coisa: definitivamente, o alemão não era só mais um heterossexual curioso. Uma questão que estranhamente, até então, não havia surgido em nenhum momento na mente do brasileiro. Desde o acontecimento do vestiário, ele passou mais tempo pensando na boca de Benedikt do que no rótulo com o qual ele se identificava.

— Eu adorei o seu look! — comentou Benedikt, alisando a parte de trás da roupinha de tutu que Shangela usava.

O ápice do clichê da cachorra de estimação de um gay.

— Sabe, ela geralmente não é tão sociável assim... — comentou Edinho, enquanto retirava alguns pratos da dispensa.

— Eu não acredito! — respondeu Kühn, esfregando a barba loira no focinho de Shangela. — Ela é adorável...

Quando Benedikt a colocou no chão, Edinho foi até a cadela com um petisco.

— Traidora — sussurrou. Shangela ignorou o comentário e saiu rebolando com a boca cheia, o tutu espalhando glitter por todo o chalé.

Quando os três sentaram à mesa, Mariélle se sentiu à vontade para bombardear Edinho de perguntas. A criança não tinha a mínima timidez e era tão articulada que dava medo. O jogador ficou esperando o pai interromper Mariélle, talvez por acreditar na máxima de que crianças não se metiam em assuntos de adulto — o que era uma baboseira —, mas entendeu que, pela postura de Kühn, ele estava tão interessado nas perguntas quanto a criança.

Entre uma fatia e outra da melhor pizza que ele já havia comido, Edinho se esforçava para ser completamente honesto nas respostas.

— Como é ser o primeiro jogador abertamente gay numa Copa do Mundo?

— Bom, sendo sincero? Uma merda — respondeu Edinho. O garoto soltou uma risada. — Tipo, todo mundo fica me fazendo essa pergunta. Mas, bem, eu não jogo com o meu... — Edinho hesitou. — Com minha sexualidade.

Benedikt o encarava.

— É difícil pra cacete! Fico o tempo todo com medo de falar a coisa errada, de decepcionar um monte de gente, de dar motivos para me odiarem ainda mais, então eu tento chamar o menos de atenção possível.

— É, mas não é como se você tivesse muita escolha, né? E você também não deve satisfações da sua vida pra ninguém — devolveu Mariélle, incrivelmente maduro. — Você já tá fazendo história só por ser quem é, então por que...

— Por que você faria outra coisa além de ser você mesmo? — completou Benedikt, com um sorriso de canto de boca.

Aquela pergunta pareceu magoá-lo. Mariélle também percebeu e mudou de assunto. A sensibilidade do garoto era impressionante.

Edinho sentiu o soco emocional e tentou disfarçar com uma boa golada de vinho. Por mais que o pensamento *de ser o primeiro jogador gay* nunca tivesse efetivamente saído de sua mente, ele não havia parado para vê-lo por esse ângulo. Ele estava *de fato* fazendo história só por estar ali.

Ser gay era tão parte dele quanto ser jogador de futebol. Por que ele tinha feito vista grossa para um dos fatos?

— A gente pode gravar um TikTok? Eu te sigo e adoro *todos* os Reservados…

— Mariélle…

— Ah, tá… — disse cabisbaixo. — Desculpa. Por um segundo eu esqueci que ninguém pode saber que estamos aqui.

— Eu posso te dar umas dicas e você posta no seu…

— Não, ele não tem TikTok — disse Kühn. O que gerou uma careta no garoto. Aparentemente, aquela decisão não partiu dele.

— Meu pai acha que é uma péssima ideia…

— *Aber es ist eine schlechte Idee!* — repreendeu Kühn, em alemão.

— *Jeder in meinem Alter hat!*

Edinho ficou perdido, seu conhecimento de alemão era patético.

— Calma, calma! Tradução, por favor! — pediu, interrompendo o atrito familiar. — Ou podemos voltar pro inglês? Só pra eu entender tudo…

— Eu acho que ele é muito novo pra exposição — explicou Benedikt.

— E eu já falei que ele pode supervisionar tudo! — defendeu Mariélle.
— Se quiser, pode até aparecer comigo, mas eu *preciso* falar…

— Precisa mesmo?

Edinho observou a dinâmica dos dois, encantado. Discutiam de igual para igual, e em momento algum Benedikt usou da autoridade de pai para encerrar a discussão.

Ele olhava para Mariélle com carinho e respeito. Edinho afastou a sensação estranha que surgiu em sua barriga e voltou para a conversa.

— Nem todo mundo tem um pai como o meu *papa*! — Mariélle estava disposto a jogar baixo. — E eu poderia ajudar muita gente falando das minhas experiências…

— Bom, falando por experiência própria, teria sido incrível ter alguém como eu, dentro do futebol, falando que estava tudo bem ser diferente…
— Edinho finalmente entrou no debate.

Benedikt o olhou com uma provocação travessa, o que combinava muito mais com a presunção cotidiana do alemão.

— Ah, agora são dois contra um?

— Não, ninguém está contra ninguém! — O brasileiro tentou conter o sorriso. — É só que ele tem razão! Eu vivi anos escondido na sombra de um pai que me reprimia, e só de imaginar que existem pais como...

— Calma lá, tem diferença entre querer protegê-lo e reprimir a existência dele... — justifica Benedikt.

— Mas não é sobre mim, *papa*, é sobre todos os outros que não têm a sorte de ter um pai como você, por exemplo.

Edinho piscou na direção de Mariélle. A criança tocara em um ponto fraco e soube usar um argumento que faria o alemão pensar no assunto nos dias seguintes. Ele sorriu para Edinho, quase como um agradecimento. Com a ajuda dele, Mariélle havia alcançado um novo patamar na discussão.

— Bom, quem tá a fim de sorvete com um besteirol americano? — perguntou Edinho, recolhendo os pratos.

Depois de quase vinte minutos em uma discussão acalorada sobre a que filme assistir — Benedikt queria *Curtindo a vida adoidado* e Mariélle insistiu em assistir a *Para todos os garotos que já amei* —, Edinho decidiu por *Ela é o cara*. Um clássico da comédia romântica que agradaria a todos.

Apesar de ficar babando no mocinho pelos primeiros trinta minutos e militar sobre o quanto o filme era datado e transfóbico, Mariélle adormeceu antes mesmo que Channing Tatum finalmente beijasse Amanda Bynes. Benedikt o levou no colo até o quarto de hóspedes, deixando Edinho sozinho com seus pensamentos sobre *daddy issues* que a cena, mais comovente do que ele esperava, havia engatilhado.

— Bom, acho que agora é uma boa hora para terminar aquele vinho, né? — comentou Kühn depois de deixar Mariélle no quarto. — O que você acha de praias à noite?

O sorriso que ele deu foi o incentivo de que Edinho precisava para se levantar do sofá e ir em direção à brisa do Pacífico.

CAPÍTULO 19

J'ADORE: KÜHN SE CASA COM MODELO INTERNACIONAL, ISADORE DAUPHIN!

Paris, 28 de setembro de 2014

Escondida no penhasco que se estendia abaixo do chalé, era possível encontrar uma escada escavada diretamente na pedra. Edinho desceu com cuidado, devagar, quase como se tivesse medo de acordar o Pacífico. O oceano, em contrapartida, não estava tímido e soprava uma brisa leve, acompanhada de ondas fortes e barulhentas. A trilha sonora perfeita para um encontro secreto. Nos dez metros de faixa de areia, escondidos entre rochas e falésias, dois dos jogadores mais talentosos do mundo podiam ser apenas dois homens se apaixonando.

Edinho carregava as taças nas mãos, enquanto Benedikt seguia na frente com as garrafas de vidro à tiracolo e um sorriso na boca que o outro não conseguia ver. O alemão nasceu em uma cidade longe da costa e só teve a chance de ver a imensidão azul do mar pela primeira vez aos 5 anos. Desde então, adorava o oceano.

— Quando eu era mais novo, não conseguia acreditar que a água do mar era salgada — comentou Benedikt ao estender uma toalha na areia escura.

— E o que te convenceu do contrário? — devolveu Edinho.

— O gole de água mais horrível que já tomei e uma dor de barriga que durou dois dias — respondeu, entre risadas.

Edinho se antecipou e abriu o vinho. Depois de servir uma taça, foi interrompido por Benedikt.

— Eu não bebo, *pivetxe* — diz Benedikt, abrindo o suco de uva. — Mas eu não queria te deixar desacompanhado, por isso o suco… — A explicação veio à tona, mas Edinho suspeitava que estava incompleta; havia algo ali.

O silêncio se instalou por mais tempo do que o esperado. Edinho havia preparado uma noite que envolvia muito menos conversas íntimas como aquela. Do sexo selvagem, eles foram para um jantar seguido de Sessão da Tarde. Desde o antigo namorado que o tirou do armário, Edinho nunca mais tinha vivido qualquer coisa parecida com outro homem.

A dúvida pairava entre seus pensamentos, mas uma certeza ocupava seu coração: ele queria passar mais tempo com Benedikt. Queria conhecer tudo a seu respeito.

— Para alguém que nunca cala a boca, você está assustadoramente quieto essa noite. — Foi o alemão quem quebrou o gelo. — Deixa eu colocar uma música…

Ele tirou o próprio celular do bolso e colocou um pop alemão suave para tocar.

— O que ele está dizendo? — perguntou Edinho, balançando a cabeça ao som da música.

— Em resumo, que ele e a pessoa por quem é apaixonado são maiores que o mundo — respondeu Kühn. — Uma metáfora para dizer que, quando eles estão juntos, tudo é irrelevante… tempo, pessoas…tudo.

— Deve ser incrível se sentir assim.

Benedikt não precisava responder, sabia exatamente do que Edinho falava. No universo deles, o futebol sempre fazia questão de lembrar que as regras eram maiores do que qualquer jogador. Era de se esperar que o talento fosse o mais importante de tudo, mas havia anos que o esporte não era apenas sobre o dom dos atletas.

— Eu me descobri gay muito jovem, ironicamente em um campo de futebol — continuou Edinho. — Como deu pra notar lá em cima, meu pai não foi… bom… o que se espera de um pai.

Então ele encarou o alemão nos olhos, deixando que seu olhar fizesse todas as perguntas que circulavam entre eles desde o acontecimento no vestiário.

— Eu também — disse Benedikt. — Quer dizer, eu também descobri que era gay novo. Até tive um caso com um vizinho. A gente se aliviava, se é que você me entende.

Edinho assentiu.

— Só fui perceber que era algo a mais quando ele se mudou. Foi como se um pedaço de mim tivesse ido embora e, a julgar pela atitude indiferente dos nossos outros amigos da época, aquilo acendeu um alerta de que talvez eu fosse diferente. — Kühn soltou um pigarro.

Edinho sentiu que precisava tocá-lo de algum jeito, então se esticou para colocar uma das mãos no joelho de Benedikt. Falar sobre tudo aquilo não era fácil para o jogador.

— Minha mãe notou cedo que eu olhava demais para os rapazes e nunca trazia uma namorada pra casa. Um dia, me deu uma surra. Nunca mais esqueci. — Benedikt apontou para a sobrancelha, com um pequeno corte cicatrizado acima do olho direito. — Ela se certificou disso.

— Benedikt, eu…

— Se você vai me ouvir abrir o coração, o mínimo que pode fazer é me chamar de Bene. É como todos os meus amigos chamam.

— E por que não Ben?

— Eca, americano demais — brincou ele, ainda meio triste.

Edinho ficou sem resposta e, na ausência de palavras, se deixou levar pelo momento e puxou o alemão para perto. Na esperança de que um beijo traduzisse o quanto sentia muito por toda a infância perdida. Dez anos os separavam na idade, mas, de algum jeito, suas cicatrizes os aproximavam.

— Por isso o que você falou lá em cima… sobre ser um pai que incentiva… — A voz dele embargou. — Eu prometi que faria diferente com Mariélle.

— Você já faz. — Edinho segurou o rosto barbudo dele entre as mãos. — Eu só te vi com ele por algumas horas e já sei que é mil vezes melhor do que o meu pai ou a sua mãe foram. Lembrei do acolhimento que tive da minha mãe, e olhe que isso é um puta elogio.

Com isso, Edinho contou da sua saída do armário para o mundo, sobre como alguém de quem ele tinha se sentido próximo pela primeira vez na vida o traiu. Mal registrou quando o alemão colocou a taça de lado e o abraçou por trás, encaixando-o entre as pernas, de forma que os dois avistavam a escuridão do oceano noturno.

Para Edinho, o contato parecia extremamente familiar. Era fácil falar sobre tudo o que o atormentava. Monstros que ele pensava ter trancado a sete chaves, escondidos por uma falsa superação. A perda da mãe, o TOC, o trauma de ser tirado do armário, a violência do pai, a mudança difícil para a Itália e, por fim, o grande elefante branco de ambas as histórias: o futebol.

— Meu sonho também é parte do meu maior pesadelo — concluiu Edinho.

— Sei bem como é… — Bene soltou um suspiro. — Eu imaginava que depois de sair de Triberg, sem minha mãe por perto, as coisas ficariam mais fáceis. Mas virar jogador só piorou tudo. Às vezes imagino como teria sido se eu…

— Tivesse se assumido?

— Não, isso não. Edinho, essa possibilidade nunca me passou pela cabeça até conhecer você, sabia?

— Sério? — Edinho se levantou do colo dele para encará-lo.

Ele não imaginava que poderia causar um impacto nesse nível pessoal em alguém.

— Eu não achava que era possível o futebol aceitar alguém como a gente — disse Benedikt. — Eu vivo atormentado por todos os amores que eu poderia ter vivido. Não me leva a mal, Mariélle é um sonho, não o trocaria por nada. Mas não deixo de me apegar à ideia do "e se?".

Era ali que a história dos dois se separava. Apesar de ter lidado com as frustrações de ser um gay assumido no futebol, Edinho não sentia que havia perdido tempo. Ele havia se privado, sim, mas tinha o luxo de ainda ter 20 e poucos anos e imaginar uma juventude para ser vivida.

Confrontar a verdade de que Benedikt perdeu uma fase fundamental da vida, preso dentro de um armário em que mal cabia, fez com que Edinho questionasse por que ele escolheu se esconder em uma vida "discreta" por tantos anos.

— É engraçado… de fora parecia que você adorava toda a fama — disse Edinho.

Ele lembrou das inúmeras vezes que leu sobre o alemão nas revistas de fofoca da mãe. Benedikt tinha status de garanhão, considerado o homem mais desejado do mundo.

— O problema está exatamente aí, na parte de mim que gostava. — Edinho sentiu o corpo de Bene ficar tenso. — No começo era fácil, modelos pagas, fotógrafos bem posicionados. Fora isso, eu podia viver uma vida relativamente normal... então...

O clima ficou um pouco sombrio. Edinho voltou a encará-lo na esperança de que o próprio olhar oferecesse algum tipo de conforto.

— Bene... — O uso do apelido levou um sorriso triste ao rosto do jogador alemão. — Não precisa falar se não quiser...

— Não, eu quero... Que garoto do interior da Alemanha não gostaria de virar o centro das atenções dentro de um dos esportes mais famosos do mundo? Eu tinha tudo que sempre achei que queria.

Os olhos azuis de Benedikt, àquela luz, pareciam tão escuros que facilmente se passariam por pretos.

— Mas, quando o assunto fugia dos cartões de créditos, a coisa ficava mais complicada. Se eu te conto todos os artistas e atletas que peguei, os que vivem no armário e estão completamente felizes com isso... você ia sair correndo dessa praia só pra vender as exclusivas.

Edinho começou a protestar, mas foi interrompido.

— Eu tô brincando, *pivetxe*! Sei que você não faria isso. — O alemão o puxou de volta para seu colo. — Foi o típico combo de jovens estrelas. Adulação que leva à carência, que leva à solidão. Quando eu vi, estava deprimido — contou Benedikt. — E eu fiquei muito mal, a ponto de... de... Bom, teve um dia que eu decidi acabar com tudo.

Ele pausou, tentando recuperar o tom de antes.

— Só não fui em frente porque lembrei que em menos de uma hora eu ia fotografar a capa de uma revista, acredita? — Uma risada seca seguiu a pergunta. — Mais tarde no mesmo dia eu estava contando em entrevista como me sentia por ser o jogador mais desejado do mundo. Era uma bela merda.

Edinho mal conseguia respirar.

— Eu fui levando. Depois de uma lesão no metacarpo e horas e mais horas de fisioterapia intensa, descobri os outros benefícios dos analgésicos. Além do silenciamento da dor, eles também conseguem calar pensamentos. A partir daí, tudo virou um borrão. Os meses passavam na mesma velocidade com que eu experimentava novas drogas e bebidas. Na falta de amor, eu me apeguei ao vício. Foram meses e meses de recuperação de fachada. O metacarpo já estava recuperado, mas por que não tirar mais alguns meses de férias? Eu tinha 21 anos e passava mais tempo em aviões do que dentro do campo. Só que, pelo menos nas minhas férias, ninguém perguntava quem era a dona do meu coração.

Edinho riu.

— Que foi?

— Nada, é que eu tinha só 17 anos quando começaram a me fazer essa mesma pergunta. Tá aí duas coisas que o futebol é mestre: homofobia institucional e hipersexualização masculina.

Benedikt comentou que aquela era a profecia inevitável dos grandes jogadores. Enquanto um lado do mundo acreditava que eles eram apenas garotos, os próprios sabiam da obrigação de crescer. Com os primeiros milhões, vinha o acesso. Uma receita perigosa para pessoas que viviam em um mundo predisposto a adorá-las.

Benedikt contou que, com o tempo, seus empresários começaram a ficar sem desculpas. As lesões apareciam e sumiam como mágica, ao mesmo tempo que o estrelato só aumentava. Kühn alcançou um status que o futebol pensava ser inalcançável. Os torcedores iam aos jogos só para vê-lo, não importava se o desempenho estava muito aquém do esperado.

O sorriso do garanhão valia mais do que qualquer outra jogada ensaiada.

— Vou te contar uma coisa, *pivetxe* — falou Kühn, sério, com os olhos marejados. — Quando a multidão grita o seu nome, fica difícil ouvir a própria consciência. Aí veio a Isadore.

As coisas mudaram depois de um MET Gala, contou ele. Bêbado, o jogador entrou no banheiro feminino por acidente e, enquanto esmagava alguns comprimidos, Isadore Dauphin, a modelo mais famosa do mundo, soprou todo o conteúdo em direção à pia.

— "Eles deixam seus olhos azuis horríveis." — Benedikt deu outra risada seca. — Ela segurou o meu rosto e falou aquilo antes de sair do banheiro. Por um tempo, achei que fosse uma alucinação causada pelos remédios que eu tinha acabado de cheirar.

Naquela noite, Benedikt descobriu que não era só o amor o que sustentava uma relação. Quatrocentas e cinquenta e duas noites depois, ele estava se casando com Isadore Dauphin por pura e infinita gratidão. Ela havia sido a única a ver o pedido de socorro que se escondia por trás daqueles olhos azuis.

— Nunca fui capaz de mentir para Isadore — continuou Bene. — Ela me amava e, de um jeito bizarro, achava que o que eu tinha para oferecer era suficiente. Até que não foi mais. — Sorriu, baixando o olhar. — Terminamos como dois amigos que se despedem depois de uma viagem juntos.

Edinho não conseguia olhar para outra coisa. Os olhos que o encaravam de volta eram tão escuros quanto os dele. Ele então pegou o celular, colocou uma música brasileira e fez a coisa que pareceu mais certa para o momento: puxou Bene para um beijo.

Entre os lábios de Kühn, o brasileiro encontrou uma parte de si que nunca imaginou existir. Ele se sentia sexy, poderoso. A vaidade de ter consigo um dos homens mais desejáveis do universo era empoderadora e despretensiosa ao mesmo tempo.

Ali, ele encontrou mais do que tesão. Ele confrontou a vulnerabilidade que se escondia atrás de silêncios e, mesmo vestido, descobriu o prazer de ficar com alguém completamente despido.

Os dois não pararam nem mesmo quando a taça de vinho virou, pintando a areia de escarlate. Naquele momento, entre confissões e fraquezas, eles viraram um só dentro de um abraço.

Se redescobriram.

De repente, a perda da noite de sexo selvagem não parecia tanto uma perda.

— Não é irônico?

— O quê?

— Ser adorado e ao mesmo tempo condenado por aquilo que amamos? — explicou Edinho. — Os homens e o futebol.

— Não são assim todos os amores?

Edinho sorriu outra vez ao ficar sem resposta. Dentre todas as coisas que viria a adorar no alemão, a capacidade em deixá-lo feliz ao ficar sem a previsibilidade das próprias certezas estava, certamente, em primeiro lugar.

— O que ela tá cantando? — perguntou Benedikt ao escutar a música de Maria Bethânia pelo viva-voz do celular de Edinho.

— Sobre se apaixonar… sobre o processo de se apaixonar.

— Interessante.

Então, de súbito, o brasileiro se levantou do peito do Kühn, estendendo a mão para o parceiro.

— Venha, vou colocar uma música que nós dois vamos entender — disse, estendendo a mão. — Dança comigo?

Benedikt virou a cabeça para trás e deu uma risada honesta. Levantou-se sem hesitação em direção aos braços de Edinho. Do alto-falante, os primeiros acordes de *Baby95* começaram a tocar.

— Ah! — Benedikt demonstrou surpresa quando Liniker começou a cantar em inglês.

Depois de alguns segundos, ele sussurrou ao pé do ouvido de Edinho.

— Dorme comigo hoje?

— Mas o Mári…

— Eu não estou te chamando para transar. Eu quero acordar com você do meu lado, *pivetxe*.

Edinho concordou, enquanto a melodia seguia em harmonia assustadora com a brisa do Pacífico — a única testemunha daquela história.

CAPÍTULO 20

BRASIL x COLÔMBIA: SERIA ESSE O JOGO MAIS DIFÍCIL DO BRASIL?

Los Angeles, 29 de junho de 2026

De manhã, os raios de sol que escaparam das janelas abertas da sala criaram pequenos arco-íris quando tocaram nas taças vazias em cima da mesinha de centro. O dia tinha gosto de preguiça e, se não fosse a conversa baixa na cozinha, Edinho poderia jurar que ficaria naquele sofá para sempre.

A noite anterior tinha sido perfeita. Depois de voltarem para casa, Benedikt e Edinho ficaram até o dia amanhecer colocando em dia todas as conversas que nunca tiveram desde que se conheceram. Benedikt se mostrava muito curioso sobre o brasileiro, enchendo-o de perguntas.

Mesmo infâncias separadas por quilômetros de distância como Aracajú e Triberg, cidade onde Kühn havia nascido, tinham muito mais em comum do que o esperado quando se crescia sentindo que era diferente dos outros a sua volta. Em algum momento, entre os primeiros momentos de claridade, Bene adormeceu no seu colo. A última coisa de que se lembrava era de ficar hipnotizado com os fios loiros, e quase invisíveis, que formavam os cílios do alemão.

Ao pensar com calma, a coisa toda era extremamente piegas e até meio adolescente, mas o tipo de sentimento que percorria suas veias era inédito. Edinho jamais pensou que um dia se sentiria acolhido daquele jeito. O corpo dos jogadores de futebol já tinha despertado desejo, mas a noite anterior fora diferente.

Ele vivera uma grande epopeia para descobrir as infinitas camadas que se escondiam atrás da palavra afeto. Aquilo o motivou a levantar do sofá e ir à cozinha.

Isso e o cheiro incrível que se espalhava pela casa.

— Acho que já está bom — falou Benedikt, olhando em direção a uma panela comandada pelo filho.

— *Papa* — Mariélle respondeu, irritado. — Eu vou saber quando estiver bom, você pode focar nas torradas, *sil vous plait*?

— Ah, bom dia, *pivetxe*!

Edinho sorriu ao ser flagrado. A cena era fofa demais. Ele poderia assistir àquela dinâmica entre pai e filho por horas a fio. Uma *sitcom* da vida real.

— Bom dia! — Ele jogou os braços ao redor da cintura do alemão quando percebeu que Kühn se aproximava para um beijo. — Tá com fome?

Quando Mariélle disse que sabia o que estava fazendo, não estava exagerando. O ovo poché poderia facilmente ter sido preparado por um chef, de tão impecável.

O brasileiro desejou em silêncio que o dia congelasse ali, naquele café da manhã, mas a realidade era diferente, e ele sabia disso. Edinho teria treino em duas horas, e Benedikt provavelmente já estava perdendo algum evento importante pela frequência com que checava o celular.

— Mariélle, *mon amour*, e se você levasse Shangela para tomar um sol?

— Claro. — A criança se aproximou da orelha do pai para cochichar com ele. — Mas, ó, não precisa inventar desculpas toda vez que vocês quiserem se pegar, tá?

A risada que Edinho deu foi tão alta que quase derrubou as louças com a distração. Ainda demoraria alguns encontros para ele deixar de se surpreender com a sagacidade de Mariélle, absolutamente incompatível com um ser humano de apenas 11 anos.

— Eu queria não ter que ir — comentou Bene ao abraçar Edinho por trás da pia depois que Mariélle saiu com Shangela.

— Eu também. — Edinho virou para encarar o alemão.

— É estranho eu estar feliz e querer te falar isso? — disse Bene, com um sorriso travesso. — Eu não entendo como se flerta com jovens de 24 anos, não sou muito chegado a joguinhos.

— Rá rá, vovô — retrucou Edinho, risonho. — Bom, eu também não faço a mínima ideia de como flertar. Então prefiro tudo às claras. Enfim, tô feliz também, ontem foi…

— Pacífico.

A palavra era incomum, mas servia. Mais do que desejo ou paixão, nenhuma outra conseguiria descrever a tranquilidade de se permitir ser vulnerável com alguém que acabou de conquistar.

— Eu também diria surpreendente — completou Edinho. — Acho que a ficha ainda não caiu. Sei lá, eu pensei que você me odiava!

— Mas eu odiava! No início, eu não conseguia ficar no mesmo lugar que você. Quer dizer, algumas das coisas que eu achava de você na época, eu continuo achando. — Bene dá uma piscadela.

— Ah, cala a boca! Ontem você não parecia nem um pouco irritado enquanto eu mordia sua orelha.

— É meu ponto fraco. Mas, falando sério, era insuportável ficar perto de você, e eu não fazia ideia do motivo.

— E o que mudou?

— Bom, eu comecei a fazer terapia, pra começo de conversa.

Quando se era um jogador de 34 anos que viveu no armário a vida toda, ser obrigado a conviver com um jogador abertamente gay era um pesadelo. Benedikt sabia de todas as dificuldades que Edinho enfrentava, mas, ainda assim, a possibilidade da existência de alguém que jogava e ao mesmo tempo era assumido o impressionava — fazia ele encarar tudo o que havia se privado de ter.

— Levou alguns meses e muitas sessões até ficar claro por que você me irritava tanto — explicou. — Em certos aspectos, Edinho, você representava alguns daqueles destinos que viviam me atormentando, sabe? Estava ali, na minha cara, o que eu poderia ter sido. Como um atestado físico da existência de um multiverso de possibilidades não vividas. —

Benedikt colocou as mãos no rosto. — Puta que pariu, isso saiu mais nerd do que eu gostaria.

— Você queria ser eu? Você não tem ideia…

— Não, calma. Essa foi só a primeira teoria. Depois ficou claro que ainda não era aquilo. Ou, pelo menos, não era só aquilo — interrompeu Benedikt, incrivelmente charmoso à luz do sol marcando apenas metade de seu rosto. — Seguinte, quando eu via outros caras gays, algo em mim se mexia, despertava a vontade de viver tudo. Histórias de amor, casamentos, mãos dadas e todos os clichês que existem… — Ele se ajeitou, quase como se estivesse com vergonha. — Mas você, *pivetxe*, me fazia querer viver tudo naquele exato segundo. Eu tinha pressa pra ser quem eu sou.

Edinho ainda o encarava, boquiaberto. Nunca se acostumaria com aquilo. Ouvir isso tudo de alguém era, no mínimo, apoteótico; sobretudo porque Benedikt projetava um estilo de vida que Edinho nunca havia vivido. Mais uma vez, ele questionava suas escolhas a respeito da própria sexualidade. Talvez estivesse na hora de mudar o jeito como tinha aproveitado a vida até ali..

— Edinho Meteoro, um jogador meio arrogante, era o meu tormento particular — concluiu Benedikt. — Me obrigando a confrontar partes de mim que eu estava acostumado a ignorar.

— Eu… — Edinho foi novamente pego de surpresa pelo silêncio, pela falta de palavras.

— Aí veio a Copa e meu maior pesadelo também seria meu rival. Você, o jovem jogador prodígio, contra mim, o que todo mundo diz não jogar mais como antes — refletiu Benedikt. — Eu achava que a gente ia perder a primeira partida, tinha certeza. Mas aí nós ganhamos e eu me senti confiante. Quando vi já tava…

Edinho o interrompeu com um beijo e, em silêncio, agradeceu à coragem para iniciar o gesto. A intensidade de tudo o que aconteceu nas últimas vinte e quatro horas ainda o confundia. As próximas semanas, mais ainda, seriam um grande mistério, afinal haviam ganhado mais um fator de imprevisibilidade.

O telefone de Benedikt apitou mais uma vez e ele partiu o beijo.

— Preciso mesmo ir. Te vejo por aí, *pivetxe*!

O alemão então gritou por Mariélle e deixou Edinho mais uma vez sozinho com a brisa do Pacífico e os questionamentos sobre até onde aquela Copa do Mundo estava disposta a ir para confundir sua vida.

Benedikt mentiu. Eles não se encontraram por aí. O próximo jogo do Brasil seria no México, enquanto a seleção alemã embarcaria para o Canadá, mantendo os dois jogadores separados por um Estados Unidos inteiro.

Em campo, novamente chocado com a multidão que entoava o hino do Brasil, Edinho pensou no tamanho do risco que tinham corrido e começou a acreditar que, de um jeito absurdamente assertivo, a FIFA estava trabalhando para mantê-los separados. Mesmo que as chances de alguém saber do caso dos dois fosse quase nula.

A Colômbia, adversária do Brasil no primeiro jogo de mata-mata, era uma equipe respeitável. A única que não demonstrava nenhum tipo de nervosismo era Cida, que soou calma quando mandou Edinho, Murilo e Pedroca se aquecerem.

— Eu me pergunto *o que* é capaz de deixar essa mulher nervosa — comentou Pedroca, enquanto começava a correr na lateral do campo.

— Acho que o segredo é terapia em dia — respondeu Murilo.

Edinho sabia muito bem o que era capaz de tirar a ex-jogadora do sério; ele ainda lembrava de quando ela se irritou com o caso da Gatorade. Por isso sorriu ao constatar o quanto a técnica era boa em controlar as próprias emoções e esconder os próprios pensamentos. Algo que ele deveria aprender caso quisesse ter longevidade no ramo.

Quase no fim do primeiro tempo, Edinho entrou em campo novamente para substituir Dedé. Ele fez exatamente o que a técnica esperava: aumentou progressivamente a velocidade do Brasil. O resultado ficou nítido quando Meteoro passou brilhando pela inconsistente defesa colombiana e garantiu o primeiro gol do Brasil pouco antes de o juiz apitar o fim do primeiro tempo.

— É, Gilvão, é possível que você não queira admitir, mas o lugar do Meteoro é mesmo na seleção — disse Rocha na cabine dos comentaristas.

— Até pode ser, meu caro Rocha, mas é uma pena que isso tenha que vir às custas do Dedé — respondeu. — O atacante do Barcelona merece o lugar que conquistou na seleção, mesmo não sendo tão rápido quanto o nosso Meteoro sergipano.

— Ainda tem muita Copa pela frente, Gilvão. E, se aprendemos algo sobre a Cida, é que ela acredita de verdade que existe espaço para os dois fazerem história.

Na volta do segundo tempo, a técnica continuou apostando na versatilidade de Edinho e Don-Don em campo. Os dois poderiam não se dar bem nos vestiários, mas o estilo oposto dos jogadores funcionou bem contra uma seleção surpreendente e inesperada como a colombiana. Aquela Copa era surpresa atrás de surpresa, e os dois rivais estavam preparados para isso.

Apesar de irritante para os reservas que esperavam entrar em campo, a decisão se mostrou mais uma vez acertada: o Brasil jogou bem e Edinho retornou para o segundo tempo entregando o melhor futebol desde que iniciara a Copa.

No entanto, nem Cida nem qualquer outro técnico do planeta anteciparia a imprevisibilidade do futebol. Aos trinta e cinco minutos do segundo tempo, em uma disputa de bola violenta, Marra, lateral do Brasil, colidiu com um jogador da defesa colombiana. Depois do confronto, apenas o segundo se levantou.

Mesmo em um estádio daquele tamanho, os gritos de Marra eram audíveis até do banco. Seus colegas de time mal ousavam respirar; contusões eram momentos delicados para qualquer atleta. Uma vírgula errada e toda uma carreira poderia ir pelo ralo.

Gemendo de dor, o jogador foi retirado de campo em uma maca, e, para a infelicidade de Ituverava, sua cidade natal, aquele seria seu último jogo na Copa de 2026. O silêncio era ensurdecedor entre os reservas brasileiros.

— Deko! — gritou o auxiliar técnico.

Era a estreia do meio-campista reserva do Brasil na Copa.

O azar, porém, era que o rapaz não tinha o nível de maturidade de Marra, e o meio-campo do Brasil foi afetado com seu nervosismo. A posse de bola ficou com a Colômbia, e por conta disso os brasileiros não conseguiram mais conectar a parte defensiva e ofensiva para criar jogadas.

— Pelo visto, Gilvão, o veterano Marra vai fazer falta nesse time! — falou Rocha durante a narração da partida. — O que será que nossa técnica vai fazer caso o Brasil passe de fase?

— Algo completamente inesperado — brincou Gilvão. — Como ela fez desde que a Copa começou... agora se vai ser o melhor, isso a gente vai ter que esperar pra ver.

— É... até aqui Cida não errou nas suas apostas.

— Só resta torcer pra não estarmos contando demais com a sorte.

Do campo, por mais que o Brasil estivesse sofrendo, ainda assim Edinho encontrou oportunidades para brilhar; e, sempre que tocava na bola, a multidão vibrava. Pela primeira vez em anos, ele sentia que ao menos uma parte do Brasil torcia por ele.

Em um contra-ataque bem articulado junto ao volante Kaio, quase no fim do jogo, Edinho infiltrou a defesa adversária da Colômbia com facilidade, calculando infinitas possibilidades até a pequena área.

O gol até aconteceu, mas os cálculos não foram tão exatos.

Antes mesmo de correr até as câmeras e comemorar, o apito do árbitro soou e o gol foi anulado por impedimento. Edinho se jogou no chão com a cabeça entre as pernas, mais irritado por ter errado a própria jogada — infalível na sua cabeça — do que pelo fato de perder o ponto.

Quando levantou, quis ir até o juiz, mas foi impedido poucos segundos antes de soltar alguma provocação petulante. A voz da sua consciência, que tinha um sotaque alemão, o lembrou de controlar o próprio temperamento.

Edinho não sabia se o que o segurava eram os sentimentos por Bene ou a vontade de provar que o alemão estava errado. De qualquer modo, o atleta respirou fundo e manteve a calma até o apito final encerrar a partida.

— E assim encerramos o jogo de hoje! — anunciou Gilvão em televisões por todo o país. — Brasil vence por um a zero a Colômbia e se classifica no sufoco para as oitavas de final da Copa!

Edinho é o último a dar entrevistas aos repórteres, ansiosos para conversar com o protagonista da partida. O jogador foi breve nas respostas e, quando terminou de responder, saiu em disparada para encontrar a técnica. A contusão de Marra abriu margem para uma ideia que Edinho vinha nutrindo nas últimas semanas, e o jogador queria compartilhar com Cida.

Aquela seria a primeira vez, desde a visita de Cida em Palermo, que os dois conversariam a sós. A técnica, até então, tinha evitado ficar sozinha com o jogador. Tudo parte de uma estratégia para não alimentar boatos de que a ex-jogadora teria preferência por ele.

— Entra, entra… — disse Cida, impaciente, quando Edinho apareceu em sua sala.

— Como ele tá? — perguntou, de cara.

Descobrir o estado de Marra era prioridade.

— A lesão foi grave, ele não joga mais esse ano — explicou Cida. — Mas as chances de recuperação são boas, pelo menos é o que o Luizinho da fisio acha.

— Menos mal.

— Mas você não veio aqui só pra isso. O que foi? — questionou ela, com um sorriso no rosto. — Don-Don segue sendo um cuzão?

Edinho riu com o reconhecimento da técnica.

— Continua, mas não é disso que eu vim falar. — Ele se sentou. — Então.. eu andei lendo sobre laterais invertidos, sabe? Que o Pepe…

— Eu sei o que são laterais invertidos, Edinho — corta Cida.

— Então, pensei que contra Senegal… eu poderia…

— Entrar como titular? — A técnica olhou para ele com desconfiança.

— Eu já joguei na lateral antes, tenho experiência, o técnico do Grifones às vezes me colocava nos treinos pra fazer isso.

Ele deixou de fora a parte que o técnico italiano geralmente apostava nessa estratégia para mantê-lo separado de Kühn — quando os dois brigavam tanto que tornavam o treino um inferno para qualquer outra pessoa.

— Eu não posso dizer que não faz sentido… você é rápido e é bom em criar jogadas. O que vai facilitar a vida de Don-Don e Dedé lá na frente. — Cida levantou as sobrancelhas. — Mas você tá sugerindo isso porque acredita ou só porque quer virar titular?

— Sendo bem honesto, os dois. Só não te falei antes porque achei que a FBF... Tipo, o viadão virando titular... Os boatos de que você dá preferência pra mim...

— É, mas eles não vão ter o que falar, se eu ficar trocando você com outros jogadores. Parecido com o que eu fiz com o Dedé e você até agora — completou Cida.

Edinho sentiu o sorriso se espalhar pelo rosto.

— Valeu! Eu vou dar o sangue.

— Eu sei que vai...

Ele se dirigiu até a porta, mas parou antes de abri-la.

— Cida, posso te fazer uma pergunta? Como anda aquele assunto...

— Resolvendo — cortou ela. — Continua fazendo o que você tá fazendo, enquanto isso, do lado de cá, a gente tá tentando descobrir quem vazou aquele áudio e quem teria interesse em fazer aquilo.

— Mas você acha que uma coisa tem a ver com a outra? — perguntou Edinho.

— Provavelmente. O que eu sei é que tinha gente demais contra a nossa presença nesse time. O mínimo que posso fazer é dar um motivo pra eles.

Edinho assentiu e saiu da sala decidido a continuar fazendo a própria parte nessa história. Ele não sabia os elementos por trás dos bastidores da seleção brasileira, mas tinha a sensação de que, mesmo descobrindo, ainda ficaria do lado da técnica. Até então, apesar de todos os problemas, isso tinha funcionado muito bem para ele.

Ou pelo menos era o que ele pensava até Fred ligar.

— Cara, você tá bem? — O amigo parecia nervoso.

— Tô, que rolou?

— Então, acho melhor você dar uma olhada na internet...

CAPÍTULO 21

EDINHO METEORO ESQUECE A FAMÍLIA: JOGADOR ABANDONA O PAI NA LUTA CONTRA UM CÂNCER.

São Francisco, 30 de junho de 2026

Para os menos informados ou os apaixonados, mas menos atentos aos pormenores, o futebol tem dezessete regras. Não foi sempre assim, é claro.

Ao regularem o esporte em 1863, os ingleses criaram *treze* regras. Desde então, com a evolução — e dominação — do esporte ao redor do mundo, novas regras foram surgindo e consolidando o futebol.

No Brasil, como era de se imaginar, existia uma décima oitava regra, que facilmente poderia ser chamada de Adoração: cultural e quase inata à população brasileira, idolatrar era a única regra; celebrar jogadores de futebol.

À primeira vista era incrível, já que a "regra" trazia dinheiro, fama e oportunidades que a maioria da população do mundo jamais conheceria. Uma versão moderna de oferendas, para a versão moderna dos deuses.

O que ninguém, ou pelo menos a maioria das pessoas, reconhecia era que o pedestal em que colocavam os jogadores favoritos era por vezes alto demais, especialmente para atletas muito jovens. Por essa razão, a queda de vez em quando era proporcional à adoração recebida. Uma fórmula matemática devastadora da Era do Cancelamento.

Enquanto no mundo real, quanto mais amor se nutria por alguém, mais fácil era a conquista do perdão, apesar dos erros, no mundo da fama era o completo oposto. Idolatrar alguém era idolatrar uma figura por vezes inumana. Incapaz de cometer erros — mas, é claro, assim como tudo no mundo, a regra era seletiva. Atletas dentro do padrão sempre puderam cometer erros. Consequências, no mundo do futebol, não seguiam nenhuma regra de arbitragem imparcial.

Por isso Edinho Meteoro sempre pisou em ovos e censurou cada trejeito seu para encobrir que era gay. Tudo para não ser cancelado e continuar a jogar futebol sem problemas. Mesmo depois de ser tirado do armário, não "saiu da linha", fazendo de tudo para que ninguém lembrasse de sua sexualidade. E agora, conquistada a admiração, ele se via novamente preso no ciclo da perfeição. Tudo porque bons jogadores de futebol deviam ser educados, mas sem deixar de exibir um ar... malandro. Eram garanhões, sex symbols, mas religiosos e bons cidadãos. Gays nunca, sob hipótese alguma. Por último, quase como mandatário, deveriam ser homens de família e amar os próprios pais, acima de tudo. Mesmo que não fosse recíproco.

Naquele momento, para a maior parte dos brasileiros, Edinho Meteoro era apenas um garoto ingrato e milionário, alguém que tinha esquecido as próprias origens. Sua imagem estava aos poucos sendo jogada de volta na lama, de onde, segundo alguns haters, nunca deveria ter saído.

— Edinho...

O goleiro havia entrado de forma tão silenciosa que o sergipano só notou sua presença quando a figura gigante sentou na cama à sua frente. Depois de destruir os dedos tentando arrancar cutículas, em uma mania que achava ter sob controle, Edinho se concentrava em organizar por cor os M&Ms que encontrara no frigobar do hotel.

O corante começava a manchar o edredom branco quando Fred segurou as mãos do amigo, obrigando-o a olhar em seus olhos.

— Cara, eu consegui o seu remédio. — Ele estendeu um comprimido e um copo d'água para o amigo.

Edinho não pensou duas vezes antes de engolir o comprimido. Como estava tudo bem, ele não se importou quando o estoque pessoal de remédios acabou, algumas semanas antes. Mas agora se agarrou à chance de acabar com o looping infinito em que sua mente estava presa.

185

Edinho adormeceu e acordou apenas oito horas depois, completamente atordoado. Não havia ninguém no quarto, então ele se dirigiu até o banheiro e retornou para o escuro embaixo do edredom.

As frases que Leleco havia dito na entrevista ao *Fofocalizando* ainda atormentavam a mente do filho. Uma narrativa mentirosa de que, ao ter sua sexualidade divulgada para o Brasil inteiro, Edinho demitira o pai e fugira para a Itália às escondidas; abandonando a única família que havia lhe restado, deixando o próprio pai à beira da falência.

— Na época, eu lutei muito para que ele ficasse aqui... — Leleco fez uma pausa para fingir o choro, então olhou para a câmera. — Disse para encarar o preconceito de frente, sabe? Mostrar pra eles. Mas ele não quis. Me demitiu e nunca mais olhou pra trás...

Segundo o pai, depois que Edinho foi contratado pelo Grifones e arrumou uma nova empresária, as coisas ficaram mais difíceis no Brasil. O mercado de futebol era pequeno, e ele acabou cortado dos eventos. Não conseguiu nenhum atleta para agenciar e caiu na irrelevância. O desemprego o levou a trabalhar novamente com marcenaria, só que a idade o impedia de ser produtivo. Então logo começou a passar necessidades.

— E o que você mais deseja agora, Leleco? — perguntou a entrevistadora, emocionada.

— Não sei quanto tempo eu tenho... então eu só quero meu filho. — Leleco fingia emoção. Uma lágrima grossa escorreu. — Eu tentei contato, mas nunca retornaram! Talvez meu Edinho não queira mais saber de mim, mas eu só queria ver meu menino uma última vez...

Um número para ajudar Leleco no tratamento contra o câncer piscava na tela. Em uma única entrevista, o pai unira o Brasil para ajudá-lo financeiramente e, ao mesmo tempo, odiar seu filho publicamente.

Cansado de pensar, Edinho se entregou novamente ao sono. Acordou algumas horas depois, com Vanessa ao seu lado na cama.

— Quer conversar?

Edinho olhou para a empresária em silêncio. Não sabia por onde começar, mas precisava encarar o mundo fora daquelas paredes.

— Tô cansado. — Ele ainda sentia o efeito do remédio.

— Eu sei, meu bem, mas você tá dormindo há quase vinte horas. Precisa comer alguma coisa.

— Depois. — Edinho encerrou a conversa, virando-se de costas.

Caiu em um sono inquieto, regado a lembranças da vida em Aracaju: o bairro do Santo Antônio, a mercearia de seu Matheus e o antigo carro bege do pai.

Quando finalmente reconheceu o portão da antiga casa, compreendeu, pelo cheiro vindo da cozinha, que a pessoa que ele mais gostaria de rever o esperava em frente ao fogão. Edinho tentou abrir o portão desesperadamente, mas, antes de virar o corredor e encontrar os braços da mãe, despertou do sonho; Fred, Giu e Vanessa à sua frente.

— Amigo, você precisa comer alguma coisa — falou Giu, de forma doce, tentando acordá-lo. — Você tá nessa há mais de um dia...

— Puta que pariu. — Edinho se levantou, procurando o celular.

— São quatro da tarde — respondeu a amiga. — Vanessa levou seu celular, não vai te fazer bem agora.

— A essa altura eu já devia estar acostumado — respondeu, sonolento. — Que horas é o treino?

— Meio-dia. Só que...

— O quê?

— Edinho, a crise que você teve foi bem forte. — Ela buscava as palavras. — A comissão médica dispensou você do próximo jogo.

Foi o suficiente para que ele voltasse ao estado catártico. Giu tentou fazê-lo comer, mas, depois de algumas garfadas, Edinho voltou para cama — e para os pesadelos —, relutante.

No dia seguinte, o jogador acordou com o barulho da televisão ligada e o som da mastigação da amiga, que comia algo crocante. Pelo barulho da própria barriga, faminto não chegava nem perto de descrever o estado do jogador.

— Que dia é hoje? — perguntou, sentando na cama.

— Dois de julho — respondeu Giu, com a boca cheia. — O Brasil vai jogar daqui a uma hora.

— Merda.

— Como você tá?

Edinho poderia mentir, dizer que estava bem e que todas as coisas ditas pelo pai não o afetaram, mas estava cansado demais para isso. Ele também poderia aproveitar a presença da melhor amiga para continuar em seu espaço seguro, em posição fetal, mas ele nunca soube desempenhar esse papel muito bem.

Então decidiu pelo meio-termo.

— Uma merda, mas menos do que antes — respondeu, prático. — Ainda tão falando muito? — Giu assentiu. Ele continuou: — Eles estavam esperando alguma coisa acontecer pra pegar no meu pé de novo...

Giu observou Edinho ir até o frigobar em busca de comida. Ao encontrá-lo vazio, por causa da falta de responsabilidade da amiga, decidiu pedir serviço de quarto. Depois de tomar banho e recuperar um pouco da dignidade, sentiu-se minimamente pronto para assistir ao jogo de Brasil e Senegal. Ele só precisava se atualizar sobre os últimos jogos, se a Alemanha...

— Puta que pariu, cadê meu celular, preciso ligar pro...

— Benedikt? — completou Giu. — O quê? Depois vamos ter uma DR sobre como sua *empresária* soube do seu novo namoradinho antes de mim.

— Ele não é meu...

— Eu sei! Mas não importa.

Edinho cruzou os braços para o drama. Pelo menos, no olhar de Giu, ele não encontrava nenhum resquício de julgamento ou raiva. Apenas o bom acolhimento de sempre. Antes que precisasse perguntar como ela havia descoberto, a amiga explicou:

— Depois que você sumiu, ele entrou em pânico. Conseguiu o número do Fred, que colocou ele em contato com a Vanessa, que fez a ponte comigo — contou. — Ele é bem irritante, sabia? Me fez prometer que você ligaria assim que acordasse.

— Desculpa. Ele é.

Giu estendeu a mão com o celular e Edinho correu para pegá-lo.

— Tô lá fora qualquer coisa, tá?

Giu então se retirou do quarto para dar mais privacidade ao melhor amigo.

— Oi — falou assim que Bene atendeu o celular, no segundo toque.

— *Pivetxe...* — sussurrou. — Eu fiquei preocupado.

— Assim eu fico mal-acostumado... — disse Edinho. — Vou sumir mais vezes.

— Babaca. — Ali estava o Benedikt que ele conhecia. — Como você tá? Ele não sabia como responder direito.

— Bom, meu pai é um bosta, sempre foi... — explicou. — Mas é um bosta com câncer e que provavelmente precisa da minha ajuda.

— Você já falou com ele?

— Ainda não, antes precisava acalmar um certo alemão apaixonadinho — provocou Edinho.

— Apaixona... Argh, pelo visto seu ego continua o mesmo — respondeu Bene, fingindo irritação.

Edinho gargalhou. Ele pensava no quanto a relação dos dois ainda conservava um pouco da rivalidade de antes, deixando tudo mais familiar e interessante.

Depois de alguns minutos de conversa, Gilvão anunciou o início do jogo, chamando a atenção de Edinho.

— Eu preciso ir — disse, despedindo-se de Benedikt.

— Tá bem, se der, assiste ao meu jogo... Quem sabe você não aprende uma coisa ou outra.

— Vai tomar no cu, Benedikt!

— Não, é sério, preparei uma coisa pra você. — Antes mesmo de Edinho responder, Benedikt desligou; soltou a bomba e saiu.

Depois da ligação, Edinho se sentiu estranhamente mais confiante. De algum jeito bizarro, ele e Benedikt funcionavam como uma bússola de coragem um para o outro. E algo privado, só deles, essa era a melhor parte. Jogadores de futebol de alto nível não costumavam ter o privilégio da privacidade; aquela exceção Edinho aceitaria de bom grado.

Giu voltou para o quarto.

Juntos, ela e Edinho assistiram à partida. O começo foi tenso, o Brasil jogou bem e soube lidar com a postura agressiva do time africano, cavando oportunidades para contra-ataques.

A combinação Don-Don e Dedé garantiu dois gols logo no início do jogo, o que deu a falsa sensação de conforto ao time do Brasil, que, perto do fim do primeiro tempo, tomou dois gols ridículos.

Um de falta e outro em um pênalti bobo, cometido por Dudu Potiguar.

Edinho gostaria de dizer que estava tenso pelo jogo, mas sua mente não conseguia se concentrar na partida. Ao contrário, voltava constantemente para as manchetes que havia encontrado na internet.

— Chega! — disse Giu, tomando o celular da mão dele. — Você tá quase sendo eliminado da Copa e tudo o que você faz é se torturar com fake news sobre seu pai...

Ele tentou argumentar, mas desistiu, enterrando-se de novo nos travesseiros.

— Aaaaaaaaaaaaaaaaa! Que raiva. — disse, deixando metade do rosto para fora enquanto perguntou: — Por que tem que ser tudo tão difícil, hein?

— Ué, achei que você era... como foi que você falou... "como qualquer outro jogador convocado pra Copa" — respondeu a amiga, de forma irônica. — Tá se sentindo mais especial por quê?

Edinho jogou um travesseiro na direção dela.

— Ih, lá vem a militância.

— Não, não! Quem perguntou foi você, e talvez não esteja pronto para a resposta.

— Qual?

— Que, pra um jogador preto e bicha, sempre vai ser mais difícil mesmo — respondeu, calmamente. — Sempre vai ter um monte de gente querendo te ver fora de campo e, pelo visto, algumas delas estão dispostas a ir muito longe pra isso.

Edinho via razão no que a amiga falava. Era como uma daquelas coisas que o instinto grita, mas, por puro conforto, você decide não escutar.

Ele sabia que tudo voltava para sua sexualidade, para o espaço que ele ocupava. Só que talvez reconhecer aquela possibilidade o obrigaria a tomar uma atitude. Dar mais um passo em direção ao enigma chamado "descobrir quem ele era".

Antes que precisasse responder à amiga, Gilvão anunciou o retorno da partida.

— É, Rocha, se o Brasil não virar o jogo, pode voltar mais cedo pra Granja Comary — disparou o narrador. — Na sua opinião, o que faltou pro Brasil no primeiro tempo?

— Além, claro, de um juiz decente que não tenha medo de dar cartões. — A resposta de Rocha arrancou uma risada do colega. — Acho que Cida precisa fortalecer a defesa brasileira, talvez colocar um zagueiro como Pablo em campo e deixar que os meias abram em contra-ataque a defesa do time africano.

— Pablo! O zagueiro do Bahia tem enfrentado nos últimos tempos um problema com o...

Edinho diminuiu o volume da televisão e se virou para a amiga.

— O que você faria no meu lugar?

— Pra começar, você bem que podia ir à Parada de São Franciso comigo semana que vem! Já falei um milhão de vezes que ficar com a sua comunidade pode ser bom pra... — Giu então percebeu que havia algo errado. — Ah, sim, sobre seu pai... então, acho melhor esperar sua empresária.

O Brasil venceu o Senegal sem grandes sufocos. Alguns dos Reservados brilharam em campo, incluindo Pablo, que calou a boca de todos que achavam que seu porte físico seria um problema. O ataque de Senegal não conseguiu chegar nem à pequena área, tamanha a habilidade do zagueiro em desarmar jogadas sem cometer uma falta.

Depois de algumas horas, Vanessa chegou esbaforida do estádio; os três discutiram alternativas sobre como conter a crise de imagem de Edinho. O jogador queria falar a verdade, contar seu lado da história, mas Vanessa era absolutamente contrária.

— Edinho, estamos falando de um país com raízes profundas no conservadorismo — explicou. — O brasileiro médio tá pouco se fodendo para os traumas que os pais causaram nos filhos; além do mais, é foda acreditar em você quando o seu pai anuncia que tem uma doença terminal na porra da televisão.

— Nisso eu tenho que concordar — disse Giu.

Edinho sentiu um aperto no coração. O câncer era um assunto delicado. Gostaria que fosse tomado por uma tristeza absoluta ao pensar no próprio pai lidando com alguma coisa assim, mas não era o caso.

Não era como se Edinho não se importasse com a doença que Leleco enfrentava. Mas sua reação também não era o que se esperaria de um filho. O amor que sentia pelo pai havia sido diluído ao longo dos anos. Agora ele conhecia apenas o eco do sentimento. Não desejaria aquela doença para ninguém no mundo, mas, por mais que tentasse, não podia se forçar a sentir uma dor que simplesmente não existia.

— Mas também precisamos fazer alguma coisa — continuou Vanessa. — Suas redes sociais estão lotadas de comentários raivosos; o engajamento nunca esteve tão alto…

— Só que não do jeito que a gente gostaria — completou Edinho. — Alguma marca deu pra trás?

— Não, ainda não, eu sei fazer bem o meu trabalho. Mas, se a gente não controlar isso nos próximos dias, a merda só vai crescer, e aí…

"Adeus, patrocinadores" era a frase que ela não conseguiu dizer.

— O que acha que dá pra fazer? — questionou Giu. — Algo com os Reservados, talvez?

Edinho achava improvável que os novos amigos se associassem a ele diante de tantas polêmicas, mas era fofo ver a amiga tentar. Foi então que Vanessa colocou no rosto a expressão que Edinho mais odiava.

A presunção de quem já tinha pensado havia horas numa solução, e só esperava o melhor momento para anunciá-la.

— Eu tenho uma ideia. Mas você não vai gostar nem um pouco.

CAPÍTULO 22

DEU TUDO CERTO: BRASIL VENCE SENEGAL E SE PREPARA PARA ENFRENTAR A BÉLGICA!

São Francisco, 3 de julho de 2026

Aos 14 anos, Edinho foi pego chorando escondido no quarto dele no centro de treinamento do Fluminense. O motivo? Ele havia descoberto no Twitter que a One Direction entraria, por tempo indeterminado, em um hiato. Ao encontrar o filho naquele estado, Leleco primeiro pensou se tratar de um machucado. Então, agiu como pai preocupado, perguntou onde doía e se o garoto precisava ir até o centro médico.

Quando Edinho contou, o pai desferiu um soco em seu rosto e o mandou agir como homem. "Macho não chora por macho." Durante as semanas seguintes, Edinho mentiu para os treinadores e colegas de time.

— Foi uma bolada. — Era o que repetia quando alguém se surpreendia com a mancha esverdeada sob o olho direito.

Ter os pais como empresários é um *modus operandi* do futebol; é como as coisas funcionam com a maioria dos jogadores. Alguns dos grandes milionários do esporte só haviam ficado ricos às custas de filhos talentosos. Depois de administrar a carreira da própria família, a maioria encontrava no futebol uma fonte inesgotável de renda.

Por isso, quando o pai informou que seria seu empresário, Edinho não achou estranho, ainda que uma parte de si — o instinto, ignorado quando jovem — estivesse preocupada com a presença dominante do pai na sua vida dali em diante.

Leleco, ex-zagueiro, era a provável fonte do talento de Edinho. Se a paixão por futebol realmente fosse genética, era do pai que ele a tinha herdado. Foi no colo dele, ainda criança, que Edinho aprendeu cada regra. Aos 4 anos, no aniversário, ganhou a primeira chuteira do pai.

A presença física de Leleco, durante anos, esteve atrelada ao futebol. Uma parte dele não sabia como ser jogador sem ter o pai como empresário, afinal, aquele era o único jeito que conhecia. Mais do que Edinho gostaria de reconhecer, ao aceitar o pai como dono da sua carreira, ele também nutriu uma esperança desmedida de que — mais uma vez — o futebol seria capaz de restaurar a relação que sucumbia há anos.

Meteoro não poderia estar mais enganado.

A partir do primeiro contrato, Edinho deixou de ser filho e virou propriedade, um investimento. "Controle seu peso, não falte à academia."

"O lazer é um luxo; e o futebol sempre vem em primeiro lugar."

"Um jogo sem gol é um jogo perdido."

Essa última era a frase que Leleco costumava falar nas reuniões particulares que tinham. Passava a ideia bizarra de que, além de jogar contra os onze jogadores do time adversário, ele também competia com os do próprio time pelo destaque na partida.

Depois de caminhar por alguns segundos na brisa abafada do parque Golden Gate, em São Francisco, Edinho finalmente avistou o pai sentado em um banco. O cenário parecia perfeito para gravar uma cena de filme, com folhas espalhadas no chão e árvores incrivelmente lindas, típicas do verão estadunidense. No ar, o cheiro de carvalho antigo com leves gotas de ansiedade.

Ao se aproximar, o jogador notou que o pai parecia muito mais velho do que lembrava. Os sete anos de separação foram cruéis com Leleco. O pai não se levantou para cumprimentá-lo, então o rapaz apenas se sentou no banco de ferro e quebrou o silêncio, iniciando a conversa.

— Bênção...

— Deus lhe dê juízo — respondeu Leleco, com a voz grave de sempre. Aquilo não havia mudado nem um pouco. — Se bem que, com suas modernidades, pensei que não ligasse mais pra isso de pedir bênção a pai e mãe.

Edinho engoliu em seco. A voz não era a única coisa que não havia mudado. O tom de julgamento continuava ali, intacto.

— Teu empresário deve ser um filho da puta como eu.

— Empresária — corrigiu Edinho.

— Ah! — dispensou Leleco. — Esse lugar aqui é bom pra porra, até eu choraria vendo um reencontro nesse parque.

Era a primeira vez que ele olhava nos olhos do pai em anos. E, como sempre, continuava sem entender o homem que o encarava de volta. Será que deveria pedir desculpas? Assumir que aquilo tudo fazia parte de um plano de recuperação de imagem e que visava garantir mais patrocinadores a Edinho?

Ou será que aquilo no olhar do pai era mágoa?

A resposta surgiu antes que Edinho considerasse qualquer outra teoria.

— Como assim? — O filho fingiu confusão.

— Ah, para de ser molenga! Você acha que eu sou broco? É exatamente o que eu faria, mande meus parabéns pra ela, pelo menos você conseguiu uma empresária boa que não vai jogar a sua carreira no lixo, nem deixar você fazer isso.

A frase, repleta de presunção, não deveria surpreender Edinho. O pai agia como sempre. Talvez apenas em filmes e novelas doenças sem cura regenerassem o caráter de alguém. Na vida real, o universo insistia em colocar nuances até no que parecia definitivo.

— Que foi? — falou, quando percebeu o filho meio boquiaberto. — Ah, não... O Edinhozinho achou que isso aqui ia ser uma reconciliação de verdade? Que a porra do Luciano Huck ia sair de um arbusto pra perguntar como você se sente?

— Não, eu...

— Maurinha te estragou — continuou o homem. — Não deixou você ser ambicioso, em vez disso te fez assim: meio baitola! Meio não, né... agora até pintar unha você pinta, qual é o próximo passo, cortar a rola fora?

Os dedos cobertos de band-aids começaram a latejar quando Edinho voltou a mexer nas cutículas. As unhas, sensíveis mas sem bifes, reclamaram. Ele se negava a chorar e, já que não poderia recorrer às lágrimas, precisava manter o controle de outra forma.

— Eu devia ter te levado comigo quando saí de casa, dar o exemplo de macho, garantir que...

— Que eu virasse um merda como você? — interrompeu Edinho.

Ele então respirou fundo e puxou energias sabe-se lá de onde para forçar uma risada alta. Leleco encarou o filho como se ele finalmente tivesse perdido a sanidade. Mas Edinho gargalhava. Seus dedos pinicavam e sua mente percorria infinitas possibilidades, mas ele estava entregue à risada.

Talvez Leleco o tenha subestimado. O filho sabia muito bem que não podia simplesmente ceder às provocações do pai. Talvez fosse exatamente isso o que Leleco esperava: ver o filho perder as estribeiras e cair ainda mais na desgraça do público.

Não!

Se lhe faltava ambição, Edinho nunca saberia, mas de uma coisa tinha certeza: astúcia não era e nunca havia sido um problema. Com fotógrafos por perto, ele precisava garantir a cena de reencontro feliz; a visão de um filho sofrendo bullying do pai homofóbico não era uma alternativa. Leleco havia se adiantado e vendido as próprias lágrimas, e, caso quisesse reverter a narrativa, Edinho precisava alimentar a imprensa com algo diferente.

— Sorria de volta — sussurrou, entre outras risadas.

— Ah! — O pai finalmente entendeu, e pela primeira vez na vida o obedeceu.

O atacante voltou para o roteiro pré-ensaiado:

— Você tá precisando de alguma coisa? Com a doença e tudo mais...

— Ah, essa merda! Tá em estágio inicial, mas nada pra chamar mais a atenção das pessoas do que umas lágrimas na televisão, né? — disparou Leleco. — Quando voltar para o Brasil, vou arrancar uma das bolas. As chances de recuperação são de noventa por cento.

Em vez de ceder à ânsia que subia pela garganta com a mentira, Edinho transformou o nojo em mais risada. O câncer era apenas um chamariz para conseguir destaque e prejudicar a imagem do filho; não deveria existir uma única célula no corpo daquele homem que fosse paterna.

Edinho havia sido um recurso pré-determinado para um roteiro que perseguia a vida dos homens: crescer, transar o máximo possível, arrumar uma esposa, filhos e transferir todos os traumas para as pessoas ao seu redor.

— Mas se você quiser transferir trinta mil pra minha conta, eu não vou reclamar...

— Vai sonhando — cortou Edinho, sem hesitação. — Uma viagem com tudo pago para a Copa e um lugar no camarote da seleção brasileira é tudo o que você vai arrancar de mim.

Agora era a vez de Leleco quase cair do banco em uma risada. Edinho não se perdoava por ter pensado que naquele olhar pudesse existir qualquer coisa além de desprezo.

— Caralho, um pedacinho de você ainda achava *mesmo* que era verdade, né?

— Não, eu...

— Achava, sim, moleque, não mente pra mim.

Leleco voltou a assumir a postura assustadora. Um lobo pronto para o abate. O eco do amor que Edinho sentira pela figura à sua frente agora não passava de um sussurro.

— Você realmente pensava que eles iam te deixar ser baitola assim de boa? — questionou o pai. — Pintar as unhas, dar entrevistas e virar um caralho de uma celebridade do arco-íris? Você e a porra da sapatão que agora é técnica?

— Nossa, sim! — respondeu, de forma irônica. — Eu jurava que eles iam colocar uma bandeira colorida na camisa da seleção, transformar a taça da Copa em uma pica ou, sei lá, trocar o Canarinho Pistola por um unicórnio. Mas pelo que você tá dizendo... Eu só sonhei mesmo...

Leleco apreciava o humor ácido.

— Garoto, eu sei que você tá cagando pro que eu falo ou deixo de falar, mas é bom você jogar o melhor futebol da sua vida. — Leleco se levantou. — Eu só tô aqui porque o cifrão cantou! E, se cantar de novo, eu até faço um stories de reconciliação.

Por mais que tentasse manter a atuação, a informação não conseguiu passar despercebida. Edinho tinha a confirmação de que precisava: tudo o que acontecera envolvendo o pai fora obra de alguém concentrado em destruir sua imagem. Não vinha apenas da ambição de Leleco.

Alguém pagou caro para que seu pai se sentasse diante de uma câmera e inventasse toda a história de abandono e falência. Contaram com a falta de caráter e afeto dele para explorar a história do câncer. Que, apesar de real, fora embalada em uma narrativa terminal para deixar tudo ainda mais… *dramático*.

— Posso até fechar, como é que falam mesmo? Um combo? — continuou Leleco, divagando. — Duas sequências de stories, um post no feed e, se quiser, até coloco a bandeirinha do arco-íris na legenda. Vai, fala aí com seu time, eu espero…

Edinho se levantou e lembrou de Benedikt na hora de usar os poucos centímetros a mais que o pai para intimidá-lo. Com sutileza, óbvio, para nenhum dos fotógrafos à paisana capturar qualquer indício de tensão.

Ao olhar para Leleco, Edinho viu, acima de tudo, alguém frustrado. Esmagado pelo peso das expectativas de uma sociedade que cria homens não apenas para serem viris, mas para gerarem monstros sufocados pelos próprios sentimentos.

Dominado por dois sentimentos conflitantes, Edinho pensou bem antes de terminar aquela conversa. De um lado, sentiu uma onda de alívio ao perceber que talvez, ao odiá-lo por ser gay, o pai tivesse lhe dado uma saída daquele ciclo de homens infelizes. Durante muitos anos, Edinho tentou se agarrar a qualquer chance de redenção e acabou reproduzindo, em si, vários preconceitos que nunca foram dele.

Ao ser o gay discreto, que tomava banho sozinho para não incomodar os outros, acabou se tornando o que Leleco havia planejado para ele. O alívio então foi substituído por um ódio crescente.

Ele não fazia ideia de quem era porque durante anos tentou ser quem o pai queria que ele fosse. Como pôde ser tão burro?

Edinho puxou o pai para um abraço.

— Olha só, seu grandessíssimo filho do cabrunco, acho bom você manter o nome da minha mãe longe da tua boca se quiser ficar com pelo menos uma bola — sussurrou Edinho, com a demora do pai para reagir ao abraço. — Agora me dá um abraço direito e finge que tá emocionado como você fez na TV.

Leleco obedeceu novamente e fingiu uma leve tremida de choro ao enfiar a cara no ombro de Edinho. Ele podia até não entender como lidar com os próprios sentimentos, mas isso nunca o impediu de simular, com habilidade, vários deles.

— É o mínimo que você pode fazer depois de quase acabar com minha carreira e ganhar rios de dinheiro às custas do meu sofrimento — falou Edinho, encerrando a conversa.

— Olha só… O Viedinho sabe falar grosso.

Ele deu uma última risada e soltou Leleco. Pela primeira vez na vida, Edinho Meteoro caminhou na direção oposta ao pai e se sentia melhor do que quando chegara. Partia com a certeza de que, depois de anos, a única pessoa que merecia alguma salvação finalmente a tinha conseguido.

Ele mesmo.

CAPÍTULO 23

RECONCILIAÇÃO? PAI E FILHO APARECEM JUNTOS E ACENDEM TEORIAS DE QUE O METEORO FINALMENTE SE ARREPENDEU!

Los Angeles, 4 de julho de 2026

Apesar de ser considerado o país do futebol, o Brasil não conhecia muito bem sua história no esporte. Se conhecesse, talvez conseguisse entender o motivo de jogadores negros ainda lidarem com o racismo escancarado de algumas torcidas. Ou como o esporte era pensado para as elites desde sua criação e continuava sendo uma forma de perpetuar o poder na mão dos ricos.

Se o país conhecesse a história do seu esporte favorito, também saberia que em 1958, o ano em que a seleção conquistou sua primeira estrela, Pelé era apenas um reserva de 17 anos. Ele e Garrincha ficaram de fora dos dois primeiros jogos do Brasil e só entraram em campo por pressão dos demais jogadores, que afirmavam que algumas das melhores apostas do time não estavam jogando.

Edinho estava longe de se comparar a Pelé. Das poucas certezas que tinha, uma era que o Brasil nunca o reconheceria apenas pelo futebol. No caso dele, as polêmicas sempre viriam junto, não importava o quanto ele fosse impecável em campo — e olha que o próprio Pelé teve sua parcela de polêmicas. Mesmo assim, o jovem de 24 anos gostava de pensar que tinha alguma coisa em comum com o maior ícone do futebol: ambos começaram no banco nas primeiras Copas e então conquistaram o merecido lugar no time titular; por isso doeu tanto quando Cida o chamou até seu escritório depois do último treino antes do jogo contra a Bélgica. A estratégia de o colocar como titular, no lugar do Marra, não iria funcionar.

— Foi um ultimato, Edinho — explicou Cida. — Disseram que veio de cima, dos patrocinadores, então o Gaúcho vai ser titular.

Todo mundo, até mesmo quem não entendia as burocracias do futebol, sabia que tudo aquilo não passava de história para boi dormir. Era só mais um jeito da FBF interferir na vida do jogador.

Nunca o deixariam ter o gostinho de dar a volta por cima.

— Infelizmente, nem eu e nem você estamos com crédito para desobedecer a esses merdas.

— Mas, cara, já tá tudo passando com o meu pai... — insistiu Edinho. — Saiu em tudo quanto é lugar que a gente tá bem.

Se Cida encontrou a verdade nos olhos dele, foi educada demais para se manifestar. Mesmo assim, Edinho ficou com a sensação de que a técnica sabia que tudo fora encenado e organizado pela própria equipe do jogador. Talvez o marketing da seleção tenha até ajudado Vanessa a arrumar tudo aquilo.

— Edinho, você ainda vai jogar. — A técnica tentou acalmá-lo. — Só que, pra isso dar certo, a gente precisa fazer algumas concessões. Não importa se você é titular ou não, se eu estou te dizendo que você vai jogar, você vai.

Edinho então lembrou de um fato que podia ser relevante para a técnica.

— Importa, sim, porque ia significar que pelo menos a gente tinha vencido algo — responde.

— Como assim?

— Meu pai... — Ele voltou a encarar Cida. — Foi tudo armado. Ele mesmo me confessou, alguém pagou para que ele desse aquela entrevista.

— Ele falou quem foi? — Ela percebeu a ingenuidade da pergunta logo depois que a frase escapou de sua boca. — Óbvio que ele não falaria, não sem receber uma graninha extra. Desgraçado. Que foi que você tá com essa cara?

— Será que foi a FBF?

— É provável — respondeu a técnica, com sinceridade. — Mas a essa altura do campeonato, o que eles teriam a ganhar? Tá parecendo pessoal demais, sabe?

Era ali que morava o problema. Edinho não fazia ideia de quem o prejudicaria de forma tão pessoal. Tudo bem que a homofobia era lugar comum no futebol, mas recorrer ao seu pai não era só uma questão de o envergonhar por ser gay. Não, aquilo foi um ataque à sua reputação como figura pública. Quem quer que estivesse contra ele não queria apenas destruir seu futuro na seleção brasileira, queria acabar com sua chance de jogar futebol em qualquer outro lugar.

O jovem já estava quase chegando à porta quando escutou a técnica chamá-lo uma última vez.

— A gente vai ganhar no fim, Meteoro — acrescentou Cida, com um meio sorriso. — Anota isso que eu tô te dizendo.

— A Copa ou o resto?

— Os dois.

Edinho fechou os olhos numa prece silenciosa. Nunca quis tanto que seu instinto estivesse errado, mas, se isso significava que Cida acreditava no que estava dizendo, só restava a ele acreditar também.

No corredor, enquanto caminhava em direção ao vestiário, ele cruzou com Lucas Gaúcho e trocou um sorriso honesto com o garoto. Mesmo com apenas 21 anos, o meio-campista também merecia o momento. Edinho só não gostava que o preço pago pela felicidade do colega fosse tão alto.

— Que rolou? — perguntou Fred ao avistar Edinho no vestiário.

— Banco de novo, essa porra! — Edinho sentou irritado.

— Calma, cara! É definitivo?

— Não, não… só no começo mesmo. Mas importa? Nessa porra eu nunca vou ser titular. Vai ser um luxo se me deixarem chegar até o final dessa Copa.

Fred tentou esconder o quanto estava assustado. Edinho nunca fez o tipo agressivo, e a raiva, transparente em seu rosto, parecia errada.

— Você quer ver o jogo com os caras? — perguntou Fred, desconfiado.

— Que jogo?

— Alemanha e Croácia.

— Vamo!

O goleiro tentou esconder o sorriso, mas não conseguiu e deu um leve soquinho no braço do amigo. Edinho não estava no clima pra assistir a nenhuma partida, mas sempre estaria pronto para ver Benedikt Kühn jogar.

Ao colocar o cartão magnético na porta do hotel, o que Edinho mais desejava era um banho demorado, mas havia prometido tomar uma ou duas cervejas com os amigos durante o jogo da Alemanha. Então, em vez de horas na banheira ouvindo alguma playlist acústica, a estratégia era tomar um banho de cinco minutos e correr ao encontro dos colegas.

Porém, ao entrar no quarto, ouviu o som exatamente daquilo de que precisava, mas não sabia.

— Shangela!

— "Oi, Nessa, que bom que você trouxe a minha cadela para me animar. Muuuito obrigado, você é a melhor, Nessa" — brincou a empresária, parada no canto do quarto.

— Obrigado, Nessa — sussurrou Edinho quando foi dar um abraço nela. Depois voltou a se aninhar com a cadela na cama.

— De nada, querido — respondeu a empresária. — O Fred me ajudou muito nessa empreitada, a ideia partiu dele, na verdade…

Edinho sorriu, anotando mentalmente para agradecer ao amigo.

— Mas, e aí, como foi o papo com o seu pai? — A amiga finalmente deixou a curiosidade tomar conta. — As fotos ficaram incríveis, já estão circulando em tudo o que é lugar. Sobre o que vocês conversaram? O que o velho pediu?

Era engraçado como Vanessa não acreditava na redenção de Leleco nem por um segundo. Mesmo que o próprio filho, vítima de anos de abuso, tenha se apegado à esperança — tola, era verdade — de que talvez os últimos anos tivessem transformado o pai.

Edinho não encontrou motivos para mentir. Contou tudo o que havia acontecido no parque para a empresária.

— Gente, me perdoa, mas esse seu pai é um monstro, viu? — falou a amiga, chocada. — Ainda vem me oferecer combo de Instagram, como se eu fosse uma amadora...

— Ele, na verdade, te elogiou bastante. — A frase surpreendeu Vanessa. — Disse que faria exatamente o que você fez.

— Bom, aqui ele não vai ganhar nenhuma simpatia. — Vanessa buscou algo na bolsa. — Ó, toma seu celular, o engajamento tá maravilhoso, o povo já tá voltando a te defender dos haters. Deixei uns posts já programados...

Uma batida na porta interrompeu a amiga.

— Ô filho da puta, o jogo já... oi, baby! — Fred mudou a rota ao ver Vanessa.

Os dois não tinham como ser mais fofos juntos — Fred, com as ondas chegando até quase os olhos e a pele bronzeada, Vanessa com o cabelo ruivo e os ombros cheios de sardas — e, ao mesmo tempo, completamente diferentes — enquanto Fred tinha a personalidade de um Golden Retriever, a de Vanessa parecia um gato selvagem.

— Bom, vamos? — chamou Fred. — Tá todo mundo perguntando por você...

— Bora, bora! — Edinho voltou a enfiar a cara na cadela. — Tchau, bebê, por favor, não coma a tia Vanessa enquanto ela estiver dormindo, viu?

A cadela encheu o dono de beijos e rosnou quando Fred ameaçou se aproximar para tocá-la.

No corredor, Edinho foi se atualizando de todas as mensagens enviadas por Benedikt.

Algumas delas, tentativas (e sucessos) para gravar os primeiros vídeos do TikTok de Mariélle. Bene até mandava bem em frente às câmeras — fruto dos anos sob os holofotes —, mas era um desastre na hora de cumprir os challenges. Mesmo assim, um sorriso dominou o rosto de Edinho cada vez que ele pegava o pai olhando para a criança.

BENEDIKT: Estou muito ridículo?
Benedikt enviou um vídeo.

EDINHO: Um seis na escala de Don-Don sendo zoado por cair demais.

BENEDIKT: Apagando…

EDINHO: Ok, mas antes de apagar salva e manda pra mim. Sua bunda tá uma delícia nesse short.

BENEDIKT: 😳 😳 😳 😳 😳
BENEDIKT: Eu ainda sou seu capitão, *pivetxe*!

EDINHO: E pode mandar em mim quando quiser! 😈

BENEDIKT: Filho da puta, eu tô treinando!
BENEDIKT: Postei! 😼 😼 😼 😼 😼

Seu peito se encheu de felicidade ao pensar que talvez tivesse feito a diferença naquela decisão. Mariélle tinha mesmo razão: agora mais do que nunca Edinho sabia na prática que nem todo mundo tinha um pai tão incrível como Bene.

— É o capitão? — provocou Fred, olhando de soslaio para um Edinho sorridente.

Edinho encarou o amigo em busca de algum tipo de reprovação, mas encontrou apenas curiosidade. A expressão de Fred era tão genuína que ele se sentiu culpado de lembrar que não contou a verdade ao melhor amigo.

— Cê me odeia? Por não ter te contado?

— Ah, cara, pelo amor de Deus, né? A gente não tá na escola, Edinho! Além do mais, eu entendo por que você não podia contar. No fim das contas, não é justo tirar o cara do armário pra mim, né?

Ao pensar por esse ângulo, Edinho encontrava alguma paz e, mais uma vez, se surpreendia ao perceber a sensibilidade daquele ser de mais de dois metros de altura.

— Mas essa é só a minha opinião como seu melhor amigo… — continuou o goleiro. — Como jogador não posso deixar de te falar: cê tá brincando com fogo.

— Como assim?

— Edinho, a gente joga com o Kühn há um tempo já, quantas vezes você viu ele interagir com o time fora de campo? O cara é um ogro, não tem amigos, se acha superior a todo mundo e, bem, tem os boatos de que ele é bom de nariz.

— Não é bem assim, Fred. — Edinho parou o amigo no corredor. — O Benedikt é...

— Ah, certo, agora é Benedikt. — O amigo segurou o riso. — Olha só, eu tô ligado que o homem passou por poucas e boas, eu já vi ele com a filha, parece ser um pai decente. Mas...

Edinho arqueou as sobrancelhas.

— Cara, eu estou do seu lado independentemente do que rolar, mas a maioria das pessoas está buscando um motivo pra ficar contra você. — O tom do amigo era de genuína preocupação. — Cuidado para não acabar dando mais um.

Muitas horas se passariam até que aquela frase parasse de ecoar na cabeça do atacante.

Quando chegaram ao quarto de Samir, os Reservados discutiam sobre o jogo. Mas, quando o atacante reserva entrou no quarto, todos prestaram atenção. Era a primeira vez que ele encontrava todo mundo fora do treino depois de todo o escândalo com a matéria do *Fofocalizando*.

— Edinho, cara, que bosta aquela entrevista. — Wendell, o goleiro reserva, levantou para dar um abraço no companheiro de time. — Seu pai tá bem?

Edinho refletiu sobre a pergunta, na dúvida se deveria ou não falar a verdade sobre o que havia acontecido no parque para o time, mas chegou à conclusão com brevidade. Não conseguia mais lidar com o fato absurdo de todos acharem que ele era o vilão da história, enquanto o pai homofóbico era uma grande vítima de abandono familiar.

— Aquele cuzão? Tá ótimo, só vai ficar com uma bola a menos. — Olhos arregalados se espalharam pelo quarto com a afirmação.

Ao contar sua versão, o restante do time não agiu como o esperado e todos ficaram do lado do amigo. Edinho havia esquecido que problemas paternos no Brasil não eram uma novidade.

— Cara, sei bem o que é isso… — comentou Ariel. — Meu pai também era meu empresário, mas paramos de nos falar depois que eu descobri que ele estava gastando minha grana em viagens para Maldivas com a minha quinta madrasta.

— O meu sonegou tantos impostos que no fim eu acabei com uma dívida de um milhão de reais — completou Felipinho. — Nunca dá certo, misturar família com negócios… Você deixa de ser filho, sobrinho e vira…

— Um produto. — A voz no canto do quarto causou surpresa em todos.

Nailson nunca foi de muitas palavras, ou melhor, quase nenhuma. E ali estava, estendendo uma cerveja sem álcool para Edinho depois de compartilhar um momento íntimo com o time reserva. Ele ainda era o único titular amigo dos Reservados, exceto Fred; se isso não era um avanço, nada mais seria.

— É foda, né? — desabafou Edinho. — São os caras que geralmente nos apresentam o esporte, aí depois vão lá e fazem de tudo pra estragar isso.

— Fui pra casa antes de ir pra Granja, né? — começou Pablo. — Sabe a primeira coisa que meu pai falou antes de me abraçar?

Todo mundo ficou em silêncio, esperando.

— "Preciso colocar um cadeado na geladeira?"

O primeiro tempo do jogo foi quase todo gasto com desabafos. Ninguém estava preocupado com o jogo da Alemanha, mesmo que Benedikt tivesse dado assistência para dois gols que pareciam impossíveis.

Caso o Brasil vencesse a partida seguinte contra Bélgica, o próximo adversário sairia dali — Alemanha ou Croácia. Pelo rumo do jogo no México, Edinho e Benedikt se encontrariam em campo em breve.

— E daí se eu não tiver uma namorada?— comentou Murilo, levemente irritado. — Isso me faz menos jogador de futebol? Porra, eu não viro padre porque paga bem menos!

As risadas se espalharam no quarto. O clima era tão leve que Edinho até se esqueceu da raiva que havia virado presença constante na sua mente.

— Cara, enfrentar esse Kühn de novo vai ser dureza — comentou um dos zagueiros.

Enfrentar a Alemanha na semifinal era uma combinação ainda traumática para o Brasil, visto o fatídico sete a um. Mas mesmo tendo colhido consequências traumáticas e pessoais daquele dia, Edinho não conseguia deixar de torcer pelo time europeu. Queria ele mesmo eliminá-lo da Copa.

— Mas qual a aposta de vocês pra semi? — perguntou Edinho, levando a cerveja à boca.

— A França metralhou o México em casa. — Murilo foi o primeiro a responder. — Eu acho que eles são finalistas de novo... tão jogando demais...

O time francês provavelmente tinha a melhor formação das últimas cinco Copas, mas, antes de chegar à final, enfrentaria o vencedor do embate entre Argentina e Itália.

— Não é bem assim, não... — discordou Fred. — A Itália e a Argentina são times fortes... quando jogam na retranca são perigosíssimos.

Os vizinhos sul-americanos do Brasil enfrentariam a seleção italiana no dia seguinte, logo depois do jogo entre Brasil e Bélgica.

Se tudo acontecesse como esperado, a revanche para os jogadores do Brasil, que ainda sentiam o gosto amargo da derrota na estreia, aconteceria. Também seria a oportunidade de um reencontro para Benedikt e Edinho, que não se viam desde a noite no chalé. Quatro dias em uma Copa do Mundo pareciam uma eternidade.

— Ih, olha lá. — Samir apontou para a TV. — O jogo acabou, e o Kühn está provocando a gente!

Edinho precisou respirar fundo para não dar na telha. Na tela plana, Benedikt comemorava a vitória mostrando uma camiseta por baixo do uniforme oficial alemão: TE VEJO NA SEMIFINAL.

Escrita em português, feita somente para Edinho entender.

O resto do time começou a fingir irritação, caindo na pilha que o alemão tentava colocar. Edinho e Fred, de novo, cruzaram os olhares.

Edinho sabia duas coisas. A primeira, o goleiro também sabia: aquilo não tinha sido uma provocação, e sim um gesto de amor. E a segunda, Fred tinha razão, ele estava brincando com fogo.

Mas talvez, só talvez, Edinho já estivesse um pouco queimado.

CAPÍTULO 24

COPA 2026: QUEM ENFRENTARÁ A ALEMANHA, BRASIL OU BÉLGICA?

São Francisco, 5 de julho de 2026

— Então é oficial, Lucas Gaúcho substituirá Marra definitivamente no time titular? — perguntou o jornalista a Cida na última coletiva antes do jogo.

Ao seu lado, Edinho e Lucas Gaúcho se revezavam em saciar a curiosidade da imprensa e do resto do país. O mesmo país que estava dividido entre torcer para que Edinho fosse confirmado como o novo meio-campo titular do Brasil ou reclamar que a vaga deveria ser do jogador sulista, que desempenhava a função havia mais tempo no time e, por isso, merecia vestir a camisa da seleção.

— Sim — confirmou Cida. — Mas Edinho vai continuar sendo uma substituição provável; mesmo sendo originalmente um atacante, ele mostrou que consegue trazer boa velocidade ao time, além de jogar muito bem nas duas funções.

Ela então apontou para uma jornalista com óculos redondos.

— Oi, Cida, me chamo Chiara. Eu queria saber se os testes de função vão continuar? — perguntou a mulher, rápido.

— Não, os testes funcionaram bem, mas apenas até as oitavas — respondeu a técnica. — Eu já conheço bem o time e a partir de agora farei apenas substituições respondendo ao adversário.

O jornalista seguinte quebrou o padrão e se dirigiu a Lucas.

— Como você se sente substituindo um jogador do nível do Marra?

— É triste perder o Marra nessa altura do campeonato, mas ao mesmo tempo me sinto honrado — respondeu Lucas, com humildade genuína. — Eu aprendi muito com ele, então farei o melhor para garantir que comemore o hexa com a gente no final.

Edinho sorriu em silêncio. A última frase era uma mentira deslavada, e ele sabia disso, mas balançou a cabeça em concordância. Marra nunca havia trocado uma palavra mais demorada com os reservas, e, se eles tinham aprendido alguma coisa na Copa, fora nos jogos noturnos com os Reservados. A divagação do sergipano foi interrompida quando ele percebeu que a última pergunta havia sido direcionada a ele.

— Edinho, qual é a sensação de ter seu pai assistindo ao próximo jogo? — O jornalista tinha olhos maldosos, e o tom da pergunta era o suficiente para indicar suas intenções. — Deixa tudo mais tenso?

Edinho respirou fundo. Ele sentiu um pequeno chute vindo do amigo ao seu lado; ao olhar para Lucas, assentiu. Um gesto simples de camaradagem, mas que o ajudou a respirar fundo e encarar a pergunta.

— De jeito nenhum, afinal ele me vê jogar desde a infância. Só espero que ele seja pé quente. — O tom era descontraído, um fingimento necessário. — E por falar em infância, um beijo pra Aracaju! Continuem torcendo!

A entrevista foi encerrada e, antes que percebesse, os jogadores estavam de volta ao túnel que levava ao campo. No ar, era possível sentir o cheiro de nervosismo e empolgação. Lá fora, a multidão gritava tão alto que Edinho desejou poder parar e viver o momento para sempre.

Cida, que ainda não havia feito nenhum sinal para colocá-lo em campo, permaneceu nas margens do gramado com a expressão séria de sempre. Mesmo de longe, era possível imaginar as engrenagens que funcionavam sem parar dentro daquele cérebro.

Naquela Copa, a Bélgica não jogou o futebol de sempre. Em vez de apostar nos contra-ataques, assumiu uma postura ofensiva, criando jogadas e testando ao máximo a defesa dos adversários. O resultado foi a excelente campanha feita no Mundial até ali.

Porém, a pressão de estarem invictos deixava o time belga claramente receoso, e, pelo visto, contra o Brasil, voltaram a apostar em um jogo focado na retranca. O risco de jogar cem por cento no ataque não valia a pena se o preço era voltar para casa. O Brasil mal avançou para o meio-campo e sofreu investidas pesadas de contra-ataque.

Aos quarenta e três minutos do primeiro tempo, uma das investidas fez com que o Brasil tomasse o primeiro gol. Em uma jogada claramente ensaiada — e por mais que doesse admitir, muito bonita —, a Bélgica fez um gol digno de Copa do Mundo, ao mais belo estilo tiki-taka.

O Brasil retornou para o campo depois do intervalo em um silêncio sepulcral. Depois de cinco minutos de jogo e duas investidas ameaçadoras dos belgas que quase aumentaram a diferença do placar, o auxiliar técnico mandou Edinho e mais dois jogadores aquecerem.

Ao colocar o colete no campo e partir em direção ao gramado, Edinho jurava que a tensão do time brasileiro era palpável. Ele prometeu que, se entrasse em campo, faria algo a respeito. O Brasil não jogaria mais acuado.

Sem nenhuma surpresa, substituiu Lucas Gaúcho, assumindo pela primeira vez a função de meio-campista. A caminho da extremidade do campo, o outro jogador parecia feliz ao caminhar em sua direção. Os dois se cumprimentaram e Edinho cumpriu a promessa que havia feito anteriormente: ganhando ou perdendo, não seria aquele time de olhar assustado que ficaria marcado como a seleção de 2026.

Ao entrar em campo, além de trazer velocidade para o jogo, Edinho provocou risadas entre os companheiros, na tentativa de dissipar a tensão e aumentar as chances de o Brasil golear, de algum jeito, a Bélgica.

— Mas olha só, Rocha, Edinho mal entrou em campo e já está brincando com o time — comentou Gilvão nas televisões de todo o Brasil. — Será que esse é mesmo o momento? Me parece falta de seriedade...

— Que nada! — cortou Rocha. — O Brasil estava jogando travado, não dá pra ganhar o hexa assim, jogando de forma mecânica, nervosa... tem que brincar mesmo...

Aos vinte e oito minutos do segundo tempo, a tática de Edinho se mostrou eficaz. O clima do jogo mudou, e o time começou a se soltar. Jogadas mais limpas, sem grandes riscos, surgiram, todas muito bem executadas. Em um erro do volante belga, Edinho conseguiu a posse de bola e disparou em um ziguezague de toques com Adelmo. Era a primeira vez que o outro meio-campista confiava plenamente na capacidade do sergipano.

Na pequena área, ele se encontrava dividido entre Dedé e Don-Don. A onomatopeia soava engraçada até mesmo nos pensamentos que antecederam a decisão do garoto, que acabara optando por Dedé ao visualizar uma jogada mais simples e garantida.

— Gooooooooooooooool do Brasil! — gritou Gilvão. — É de Dedée-eeeeeee!

O chute rasante no lado oposto ao do goleiro belga foi indefensável e, apesar da comemoração confusa de Dedé e Adelmo em cima de Edinho, o sergipano vislumbrou a frustração do atacante.

Como diria qualquer nordestino, Don-Don estava soltando fogo pelas ventas.

Com o clima do jogo um pouco mais ameno, o time se sentiu confortável para arriscar jogadas mais ousadas. Edinho deu três chutes ao gol; Don-Don, mais dois, e logo a Bélgica estava concentrada apenas na defesa, com medo de errar outro contra-ataque e perder em velocidade para o meio de campo brasileiro.

Quando o time europeu arriscava, a defesa brasileira também reagia: o capitão Barbosa e Nailson mal deixavam a bola se aproximar de Fred, que permanecia sem nenhuma gota de suor ao lado do gol. O gol do primeiro tempo havia lhe tirado o suficiente.

Em um universo diferente, talvez o Brasil tivesse mantido o jogo naquele nível, e o clima deixasse o ambiente propício para o gol da virada. Mas não foi o caso. Por mais que boa parte do time estivesse concentrada, Don-Don seguia em uma fúria errática, o que levava o meio de campo a investir cada vez mais em Edinho e Dedé para finalizar as jogadas, já que o jogo da estrela do time não estava dando certo. Era uma tentativa genuína de ajudar Don-Don a respirar um pouco, recuperar a confiança e se acalmar.

Esse talvez tenha sido o maior erro do time. Aos quarenta minutos, Don-Don fez o que nenhum brasileiro gostaria de testemunhar.

Uma falta desnecessária tirou um zagueiro belga de campo, e um cartão vermelho fez com que o Brasil ficasse com um jogador a menos.

Don-Don estava expulso. No primeiro jogo, ele havia levado um cartão amarelo, e a união dos dois significava que, naquele momento, caso a seleção brasileira chegasse à semifinal, o time jogaria sem sua maior estrela.

— Defenda! — É a única coisa que Dedé falou ao se aproximar de Edinho.

À primeira vista, o sergipano não se sentia confortável em assumir uma postura defensiva. Para ele, talvez a Bélgica relaxasse um pouco com um atacante a menos do outro lado. Não buscar o gol como prioridade ia contra todos os seus instintos.

Mas a saída de Don-Don, faltando tão pouco tempo para o jogo acabar, era desesperadora, não à toa ele decidiu escutar os outros atletas e focar na retranca. Mesmo assim, sabia que, em uma oportunidade imperdível de contra-ataque, não pensaria duas vezes antes de sacudir a rede adversária.

Ao fim do segundo tempo, nenhuma rede havia balançado. O que era bom para o torcedor brasileiro que ainda tinha a chance de se agarrar à esperança de uma virada, mas péssimo para os dez jogadores do time, completamente esgotados.

Quer dizer, Edinho, por ter jogado apenas um tempo, ainda se contaminava com a energia elétrica do jogo, mas o mesmo não poderia ser dito pelos outros. No intervalo da partida para beber água e fazer um novo alinhamento técnico, Nailson desabou sobre a grama; ele virou uma garrafa inteira de Gatorade. Capitão Barbosa recebeu uma massagem rápida na lombar, sem deixar de piscar para Edinho, que passava ao seu lado.

— Não é mais a coluna que eu já tive um dia, cara — brincou.

Porém, entre todo o nervosismo dos jogadores, o mais latente era o de Fred. O goleiro encarava o gol com um olhar perdido, a boca um pouco aberta. Edinho conseguia prever exatamente o que se passava na mente do melhor amigo: caso o Brasil não virasse o jogo na prorrogação, a partida seria decidida nos pênaltis.

— Kaio, sobe mais um pouco! Sem medo! Agora é tudo ou nada! — gritou Cida enquanto eles se encaminhavam para a prorrogação. — Dá mais margem pra Edinho e Adelmo articularem lá na frente!

Para um espectador, é comum pensar que a prorrogação acabava em poucos minutos. Mas, ali, Edinho descobriu que o tempo em campo era diferente. O empate se estendeu, levando o Brasil a uma das situações mais desesperadoras de uma Copa do Mundo: uma decisão por pênaltis.

Os jogadores se reuniram na lateral do campo e combinaram com a técnica os batedores. Capitão Barbosa também liderava a decisão, afirmando que só chutaria quem realmente estivesse com a cabeça para isso.

Edinho não tinha muito tempo para pensar, mas, de algum jeito, toda a sua carreira o havia preparado para aquele momento. Ele sabia que as consequências seriam diferentes para ele. Caso perdesse o gol, a punição seria severa. Afinal, ninguém queria que ele estivesse ali para começo de conversa. Mesmo assim, não faltou certeza quando disse:

— Eu vou por último.

Ninguém o questionou. O leque de jogadores não era muito promissor, e o Brasil precisava de Edinho. Sentia os olhos de milhões de brasileiros em cima dele naquele momento. Alguns fanáticos e outros nem tão apaixonados. Olhos que esperavam por aquele momento a cada quatro anos, e que torciam para uma vitória, pois ela significava festa.

A Bélgica cobrou primeiro e, por um microssegundo, Edinho trocou olhares com Fred. Tentou ao máximo enviar segurança para o amigo. Tinha certeza de que ele era o melhor goleiro em campo.

— Gooool da Bélgica! — entoou Rocha, sem muita empolgação.

Dudu Potiguar foi o primeiro a cobrar pelo Brasil. O lateral não enrolou e, ao escutar o apito, chutou no canto superior. Gol do Brasil. Edinho conseguiu respirar um pouco mais aliviado.

Mas a sensação de paz não durou muito tempo, pois a Bélgica marcou os dois chutes seguintes. Ainda que o terceiro tenha tocado na luva de Fred, Edinho assistiu, pela visão periférica, a um amontoado de camisetas belgas comemorando.

Para o alívio do Brasil, Adelmo e Dedé também acertaram. O primeiro chutou baixo e com tranquilidade, uma jogada até fácil de defender, caso o goleiro belga não tivesse ido para o lado oposto.

Algumas más línguas insistiriam que foi um golpe de sorte do número cinco brasileiro, mas Edinho viu Adelmo treinar aquela jogada infinitas vezes nos poucos treinos que tiveram juntos.

Quando o chute seguinte da Bélgica bateu na trave, a esperança do Brasil ressurgiu. Os jogadores ao lado de Edinho se ajoelharam enquanto Mendonça se encaminhava para a quarta cobrança. Edinho nunca teve certeza de como se sentia em relação a Deus, mas se ajoelhou com o restante do time.

O azar era que a esperança era frágil como uma chama de vela em meio a um vendaval. A fé e a empolgação logo se dissiparam quando Mendonça errou, chutando a bola para fora. Os dois times estavam novamente empatados.

Edinho sentiu a pressão no ombro aumentar quando Murilo, ajoelhado ao seu lado, tentou controlar o nervosismo. Felipinho já havia desmaiado e a comissão técnica o abanava em uma cena desesperadora.

A Bélgica se encaminhava para a última cobrança. "Deus é brasileiro e vai nos ajudar" era o ditado mentalizado por milhares de torcedores naquele momento. Para muitos, essa era a única explicação para o Brasil ir tão bem em cobranças de pênaltis ao longo da história.

Quando Fred surgiu na exata direção da cobrança belga e desviou a bola para longe da rede, o estômago de Edinho embrulhou. Depois do segundo erro da Bélgica, ele só precisava acertar o gol para levar o Brasil ao encontro da Alemanha na semifinal.

Quando Edinho pegou a bola, sentiu o peso das expectativas que colocou em si mesmo. O barulho da multidão perdia espaço para as batidas do próprio coração. Edinho ensaiava uma corrida na sua cabeça e repassava as quatro defesas restantes do goleiro, tentando encontrar um padrão, para então quebrá-lo. Quando o cérebro não conseguiu encontrar a resposta exata, ele decidiu apostar no próprio instinto, ignorar a boca seca, a dor latejante no joelho esquerdo e a vontade de arrancar os band-aids e reabrir as feridas dos dedos. Dessa vez, o futebol não seria fonte de ansiedade.

Seria o que sempre foi, o jogo capaz de desligar sua mente para o resto do mundo fazer sentido.

O juiz apitou. Edinho chutou a bola.

Um silêncio interminável.

E então, o estádio explodiu em gritos.

Edinho demorou a entender o que acabara de acontecer. Tudo só fez sentido quando Fred pulou em cima dele, chorando e o enchendo de beijos.

O Brasil conquistara a penúltima vaga da semifinal, e a Alemanha seria o próximo adversário.

Poucas horas depois da melhor coletiva de imprensa que já fizera na vida, Edinho ainda custava a acreditar em tudo o que acabara de acontecer. Depois das primeiras perguntas direcionadas a ele, os jornalistas estavam ávidos para saber se ele seria o novo atacante titular do time. Cida não deixou nenhum suspense no ar ao confirmar que, sim, ele seria titular no próximo jogo do Brasil.

— Falei mesmo, eles que se fodam, aquela cobrança foi perfeita, moleque! — disse a técnica enquanto se despedia dele. — Agora é focar no próximo que o hexa já, já vem!

Ela estava mais empolgada do que o costume, e Edinho agora se encontrava sozinho no vestiário, exatamente como gostava. Não porque desejava poupar os colegas da sua presença, mas porque, pela primeira vez na vida, estava confortável com a própria companhia e pensamentos. A raiva rotineira cedeu lugar à euforia.

Edinho mal tirara a roupa para entrar no chuveiro quando ouviu o próprio celular tocar. Do outro lado do vídeo, estava Benedikt.

Ele vestiu a cueca rápido.

— Foi uma ótima cobrança, *pivetxe*! — falou o alemão, com uma alegria genuína.

— Isso significa que você vai facilitar pra mim na próxima? — brincou Edinho.

Ele se arrependeu assim que percebeu o clima pesar. A possibilidade de se enfrentarem sempre esteve ali, mas nenhum dos dois queria lidar com aquela verdade.

— Com esse seu lado direito horrível, você é que vai facilitar pra mim — alfinetou Bene, tentando quebrar o gelo.

Edinho ofereceu um meio sorriso.

— Bene, eu... — começou o brasileiro.

— *Pivetxe*, pera, deixa eu falar — interrompeu o alemão. — Faz semanas que tudo no que eu consigo pensar é você. O único momento em que você não fica na minha cabeça é quando estou com a bola no pé.

Foi doce, mas qualquer um seria capaz de perceber que logo em seguida àquela declaração viria um "mas".

— Mas em campo eu vou dar tudo de mim! Desculpa, *pivetxe*, mas o próximo jogo vai ser a sua última partida na Copa — declarou Benedikt, no mesmo tom que costumava usar no Grifones. — É a minha última chance.

— É a minha *única* chance — respondeu Edinho.

Será que existiria um futuro para os dois depois do confronto? Diante das probabilidades, poderiam se tornar os protagonistas do pior pesadelo um do outro. Edinho seria o atacante responsável por encerrar a Copa para Benedikt.

O alemão, por sua vez, poderia acabar com a carreira do novato, colaborando para um cenário em que nem mesmo no Grifones Edinho voltaria a jogar. Era claro que Edinho corria mais riscos, porém a aposta era alta para ambos os lados.

Depois de alguns segundos em silêncio, os dois encontraram um jeito de se despedirem.

— Te vejo na semifinal — brincou Benedikt antes de desligar o telefone.

Sozinho e em silêncio, Edinho colocou a cabeça entre as pernas, pensativo. De todas as polêmicas de que ele já havia participado, nada se comparava àquilo: colocar o próprio coração em jogo.

Uma voz então o fez perceber que não estava sozinho no vestiário.

— Há quanto tempo você tá fodendo com o capitão da Alemanha?

Foi Cida quem fez a pergunta.

CAPÍTULO 25

O MISTÉRIO DE RAFAELLO: O QUE LEVOU O TÉCNICO ESPANHOL A ABANDONAR A SELEÇÃO BRASILEIRA?

São Francisco, 5 de julho de 2026

Teoricamente, Cida era a técnica com os melhores números da história da seleção brasileira; um aproveitamento de oitenta por cento dos jogos disputados. O número, é claro, só fazia sentido ao ignorar o fato de que ela havia comandado o time apenas por cinco jogos. As más línguas diriam: "É muito cedo para calcular esse aproveitamento", mas a matemática era fria e racional. Cida havia conquistado o melhor resultado em competições na história dos treinadores, independentemente do futuro dela como técnica.

Mesmo assim, a imprensa insistia em questionar a todo o momento os métodos adotados por ela, lembrando a fatídica derrota contra a Alemanha na primeira partida. Cida dizia que não se importava, mas a opinião pública a afetava. Ela alimentava a insônia lendo comentários e críticas tolas na internet. Muitas publicações falavam que ela deveria sorrir mais em campo ou vestir essa ou aquela roupa. A esposa sabia que ela não dormia bem; aquilo estava evidente nas olheiras constantes no rosto de Cida. Além disso, a treinadora tinha adotado o hábito de não falar sobre outra coisa além de futebol — *mais do que o normal*, Abelha pensava.

Mas, apesar de polêmicas e cobranças, Cida dormia tranquila quando conseguia pegar no sono. Ela sabia que questionamentos, críticas e opiniões sobre o tom de batom que usava não afetavam seu desempenho.

Cida estava dando seu melhor; administrava tudo com maestria e acreditava piamente na capacidade do Brasil de voltar para casa carregando a sexta estrela.

Talvez tenha sido essa confiança que gerou a irritação tão latente quando escutou Edinho falar com Benedikt. Ela havia arriscado muito para levá-lo até ali. Não que ele lhe devesse alguma coisa — Deus sabia o quanto o garoto tinha feito diferença naquele time —, mas ela esperava que, no mínimo, apenas *no mínimo*, o garoto se esforçasse para não causar um escândalo de níveis estratosféricos. Esperava que *talvez* ele fosse capaz de controlar o pinto em vez de colocá-lo na boca do próximo adversário que, ironicamente, era do mesmo time que havia manchado suas estatísticas com uma derrota, como faziam questão de lembrá-la.

Até onde sabia, não existia um termo legal para o assassinato de jogadores pelos técnicos, então optou pelo clássico. Estava se segurando para não cometer um homicídio e Edinho seria sua vítima.

— Quando foi mesmo que começou? — perguntou a treinadora, por fim.

Ela o encarava com a mais pura expressão de fúria no rosto.

— Depois do primeiro jogo.

— E quem foi que começou? — perguntou.

— Que diferença…

— FAZ TODA DIFERENÇA DO MUNDO! É o que vai dizer se você vai sair vivo ou morto desse vestiário.

Rafaello, que acompanhava Cida na hora da descoberta, saiu para procurar ajuda e até então não havia voltado. Tanto Edinho quanto a treinadora já tinham cogitado, sem a necessidade de verbalizar para onde o antigo treinador da seleção teria ido; a mente de Edinho passeou entre advogados e padres exorcistas na lista de possibilidades.

Ele não via a hora de o ex-treinador voltar. Ficar ali sozinho com uma Cida cada vez mais irritada era assustador. Até então ele não tinha percebido o quanto a aprovação dela era importante para ele.

Mesmo assim, ele tinha plena consciência de que merecia tudo o que estava acontecendo. O que ele e Benedikt fizeram era muito irresponsável.

— Quem mais sabe?

Edinho listou cada pessoa ciente do envolvimento dos dois.

— Vocês contaram para uma menina de 11 anos?

— Criança. Mariélle é gênero fluído — pontuou Edinho.

— 11 ANOS? Uma *criança* — Cida fez questão de se corrigir — de 11 anos?

Edinho apenas assentiu. Ele sabia que Mariélle nunca vazaria a informação. Afinal, sabia que o pai era gay, e boatos sobre Benedikt nunca sequer surgiram na mídia. Mesmo assim, ele concordou com Cida que era muito arriscado.

— Edinho, você quer mesmo ganhar essa Copa? — perguntou, séria. Cida fechou os olhos e respirou fundo antes de seguir com as perguntas. — Ou eu devo te mandar de volta pro Brasil?

Antes que ele respondesse, a porta do vestiário abriu de supetão. Invadindo a sala, um Fred eufórico e sem ar começava a discursar.

— Se você suspender ele, eu tô fora! Eu sei que ele foi meio doido, assim, eu *falei* pra ele não brincar com fogo, mas, quando vi o Benedikt todo preocupado com o lance do pai dele, foi tão fofo… irresponsável, sim, mas tão fofo… — o goleiro falava quase sem fôlego.

— Fred… — Edinho fez um sinal para o amigo parar.

Cida observava tudo boquiaberta. O pequeno surto do goleiro era inacreditável.

— Cala a boca, Fred — vociferou Cida, esgotada demais até para se irritar. — Isso aqui não é a merda de uma série adolescente para você vir com discursinho.

No mesmo instante, Rafaello entrou na sala com um cooler repleto de cervejas, o que surpreendeu Cida — para dizer o mínimo.

Edinho poderia definir Rafaello como um homem bonito. Ele conservava boa parte do físico de ex-jogador, apesar da barriga um pouco mais proeminente. Inicialmente, ele achou estranho a presença do jogador ali, nos vestiários do Brasil. Mas, quando lembrou que ele e a atual técnica tinham algum objetivo oculto contra a FBF, reconheceu que fazia sentido.

— O quê? Cê tá pegando o goleiro também, Edinho? — brincou ele.

— Era só o que me faltava — repreendeu Cida.

— Não! NÃO! — Edinho fez questão de tranquilizar a técnica. — Fred é apenas meu amigo, meu melhor amigo.

Rafaello então estendeu uma garrafa para os dois jogadores. Cida até tentou argumentar que eles não deveriam estar bebendo poucos dias antes da semifinal. Mas, visto às recentes revelações, só resultou em uma risada coletiva.

— Cidinha, nós dois sabemos que essa não é a primeira vez que eles bebem na Copa — acrescentou Rafaello, de forma irônica.

Edinho sorriu ao ouvir o ex-técnico usar um apelido para se referir à técnica. Aparentemente, a relação dos dois era muito mais próxima do que ele imaginava.

— Pelo visto, eu não faço ideia do que rola no meu time — respondeu, menos irritada, antes de pegar uma garrafa para si mesma.

Rafaello se virou para Edinho, curioso.

— Eu sei que você vai ter que repetir, mas me conta tudo.

Nessa hora, até Fred se inclinou para a frente, ansioso para finalmente ouvir como a história com Benedikt havia se desenrolado, já que Edinho nunca havia contado os detalhes para ele.

Cida mal conseguia olhar para Edinho enquanto ele narrava a história. Foi a expressão de Rafaello, tão livre de julgamentos, que o incentivou a continuar. Nem mesmo os detalhes pessoais do que aconteceu na praia ficaram de fora. Talvez, se ele deixasse a história um pouco mais romântica, seus ouvintes o perdoariam.

Ou pelo menos o ajudariam a lidar com aquilo dali para a frente.

— E o que você sente por ele? — perguntou Rafaello depois de Edinho contar tudo.

Ele não tinha uma resposta.

— Olha só, estou perguntando porque isso que vocês dois estão vivendo é arriscado pra caralho… — continuou o ex-técnico. — Você sabe bem que ainda não te aceitaram cem por cento. Antes de você, nunca existiu um jogador na ativa assumido jogando uma Copa do Mundo. — Edinho encarou os olhos castanhos do espanhol. — Tô falando isso porque, se for só tesão, é melhor parar por aqui.

O silêncio que preenchia a sala foi interrompido por um ou outro gole de cerveja. Ninguém ousou atrapalhar a história do atacante, finalmente obrigado a confrontar o que Benedikt representava em sua vida.

Edinho nunca foi do time dos românticos. Não sabia se era de sua natureza ser ou não romântico porque simplesmente nunca havia se permitido sonhar com grandes paixões ou amores. Ele sabia apenas que os sentimentos por Benedikt eram muito intensos, algo que nunca sentira antes. Apesar de estarem na vida um do outro há anos, eles não passaram muito tempo juntos, a sós.

Quando pensava na história dos dois, a primeira coisa que lhe saltava à mente era o convite de Bene para que acordassem juntos. O gosto do suco de uva, o carinho no olhar dele para Mariélle, a vulnerabilidade dele sob a trilha sonora do Pacífico.

— Eu... eu acho que estou me apaixonando — verbalizou Edinho.

— Puta merda. Vocês sempre fazem o que querem mesmo. Isso, se apaixona no meio da Copa! A gente tá muito ferrado.

— Cida, eu... — Edinho a encarava sem saber o que fazer.

— Você é fruto de um esporte que sempre venerou quem é *homem*! — berrou Cida. — Eu me apaixonei pela minha esposa no momento em que coloquei os olhos nela, Edinho, mas você acha que eu me permiti fazer algo? Não! Eu só pude me declarar pra mulher que eu amava quando pendurei as chuteiras.

— Cidinha... — Rafaello tentou acalmá-la.

— Se fosse qualquer outra situação, eu estaria feliz por ele, mas você tem noção de que isso tudo vai ferrar o que estamos fazendo?

Nessa hora, Fred trocou um olhar confuso com Edinho, mas o amigo disfarçou. *Depois a gente fala disso*, é o que tentou dizer, encarando-o.

— Cidinha, mas esse é o exato motivo pelo qual estamos fazendo isso — Rafaello finalmente completou o raciocínio. — Pra que essa merda de esporte não ligue para homens que amam homens ou mulheres que amam mulheres.

— Ah, Rafa, é sério isso? — Cida o encarou, respirando fundo. — Como é que você pode ficar do lado dele?

— Porque eu já estive no lugar dele — declarou Rafaello.

A única pessoa com coragem para fazer mais do que respirar era Fred. Pelo visto, nem mesmo Cida esperava aquela revelação. Ela carregava uma expressão tão cheia de dúvidas, que lhe faltaram palavras para fazer qualquer pergunta.

— Você realmente achou que eu estava fazendo tudo isso só por simpatia? — falou o ex-técnico. — Eu não sou tão legal quanto você imagina, minha amiga.

O ano era 1994, e a Copa também acontecia nos Estados Unidos. O fechamento perfeito de um ciclo foi o que motivou Rafaello a agir contra a FBF justamente naquele ano. Foi lá que tudo começou, nada mais justo que lá também fosse a derrocada da instituição que destruíra sua vida.

Rafaello Gonzalez era reserva e tinha apenas 18 anos. Sabia que não tinha a mínima chance de entrar em campo, a seleção daquele ano era repleta de estrelas e jogadores no ápice do próprio desempenho. Mesmo assim, aquele era um sonho muito maior do que ele tinha ousado imaginar. Ao se naturalizar brasileiro, nunca acreditou que um dia seria convocado.

Tudo passou como um borrão. Os meses viraram dias, e o Brasil fazia uma campanha linda na Copa. O tetra era uma certeza, pelo menos nas ruas brasileiras e nas mentes embriagadas pela alegria do futebol.

Em nove de julho, porém, Dallas estava em festa. Os americanos não tinham o costume de idolatrar o esporte, mas os latinos que povoavam boa parte do Texas sabiam que algo especial havia acontecido. O Brasil ganhou a partida contra os Países Baixos e garantiu a primeira vaga na semifinal; apenas mais duas partidas e a taça voltaria para as terras brasileiras.

Mesmo sem ter jogado, Rafaello estava tão feliz quanto o restante do time titular. Mas, diferente deles, não curtia a festa em alguma cobertura de hotel. Não. Em vez disso, ele celebrava com os outros membros da equipe. Todas as pessoas que ocupavam os bastidores de uma seleção daquele porte. Gente como ele, que existia apenas para catapultar as estrelas até os pedestais.

Entre todos os membros da equipe, um sempre fazia questão de se demorar em Rafaello. Lee era preparador físico. Possuía um sorriso lindo e, para o jovem jogador, algo ainda mais perigoso: olhos que retribuíam o desejo que ele tentou ignorar durante anos.

Foi naquela mesma noite, depois da vitória do Brasil, que Rafaello se permitiu celebrar de verdade pela primeira vez na vida. Durante a Copa, em meio a taças levantadas e estrelas conquistadas, o volante reserva de camisa número catorze também tinha se apaixonado.

O ano seguinte foi o melhor da carreira do espanhol. Campeonato brasileiro, contratos milionários e a tão sonhada vaga no time titular do Brasil. Nos bastidores, uma relação na qual Rafaello se permitia sentir de forma honesta, ainda que, ironicamente, secreta. Lee era tudo com que ele sempre sonhou, então, com o tempo, veio o amor e, com ele, o descuido.

Boatos começaram a surgir. Era 1997 e o Brasil se preparava para a Copa novamente. Lee, que agora fazia parte do time de preparadores pessoais de Rafaello, uma desculpa para justificar a presença constante na vida do jogador, havia sido indicado para o time de preparadores da seleção. Algo natural, visto que ele já tinha ocupado a posição antes. Mas o novo presidente da FBF não concordava.

Era o segundo ano de Cruz no comando da federação de futebol do país. Ele vivia pelo penta, e isso significava que nada nem ninguém ficaria no seu caminho. Então, quando os boatos ficaram ainda mais fortes, ele jogou Rafaello contra a parede.

O jogador tentou negar, dizendo ser apenas uma boa amizade, que, na verdade, ele tinha namorada. Nada funcionou. Lee acabou demitido e Rafaello, obrigado a lidar com um ultimato: escolher entre o homem que amava e o futebol. Digamos que ninguém chegava ao comando da seleção brasileira escolhendo o amor.

Os anos finais da década de 1990 tinham sido os melhores da carreira dele, repletos de dinheiro, festa e fama. Mas logo ficou claro que tinha escolhido errado. De uma hora para outra, tudo acabou. Com uma lesão no joelho esquerdo, ficou óbvio que o futebol enxergava jogadores como produtos descartáveis. Alguns entravam para a história, outros apenas serviam de combustível para o time sob a alcunha dos treinadores.

— Você foi atrás dele? — perguntou Fred. — Quando se aposentou e tal...

Rafaello estava com os olhos marejados ao contar que em 2002, cinco anos depois que se separaram, decidiu ir em busca de Lee. Ele ainda era preparador físico e ainda treinava um time de futebol, mas estava casado com outro homem e vivendo a vida que tanto havia desejado ao lado de Rafaello.

— Mas vocês conversaram? Cê falou que estava arrependido? — perguntou Edinho, atento.

— Não — respondeu o ex-técnico. — Éramos dois adultos lidando com as próprias escolhas. Eu não poderia arriscar as certezas dele por conta dos meus erros. Eu já tinha sido egoísta uma vez, não poderia me dar ao luxo de ser novamente. Nunca mais falei com Lee, apenas compareci ao seu velório quando ele faleceu em um acidente de carro em 2018.

— Rafa, por que você nunca me contou isso? — perguntou Cida, devastada.

— Ah, Cidinha… — respondeu, cabisbaixo, evitando o olhar de pena da amiga. — Vergonha?

Cida apenas assentiu. Ela tinha sido sortuda o suficiente para escolher o futebol e ainda assim, no fim de tudo, terminar com o amor. À sua frente, estava a prova viva de que jogadores queers sempre existiram. Obrigados a se esconder atrás de uma escolha pelo esporte, que jamais os escolheria de volta.

Ao redor da sala, todos ficaram, por diferentes motivos, em silêncio. Rafaello, por reviver o passado. Cida, por perceber que toda a investida contra a FBF era ainda mais pessoal do que ela sequer imaginava. E Fred, por ser um romântico incurável.

Mas no centro de tudo estava Edinho, afogando-se em um silêncio profundo por encarar uma realidade tão difícil.

— O Cruz e a FBF destruíram minha chance de felicidade com Lee. — Rafaello se virou para Edinho. — Então não vou deixar que eles destruam a sua. Mas vou logo avisando, você pode perder tudo. Ele vale a pena?

Ele valia a pena? Edinho tentava encontrar uma resposta.

O ódio que tinha sido acalmado depois da partida voltou à tona. As vozes de seu pai e os comentários de todos os haters se misturaram em sua mente. Desde a convocação, seu maior sonho se tornara também seu maior medo.

O sergipano, que sempre idolatrou o futebol, se afundou em um luto regado a ódio e dor.

A indústria por trás do futebol não tirou apenas *sua* chance de viver amores; tirou o futuro com que Rafaello sempre sonhara. Tirou de Cida a oportunidade de comemorar vitórias ao lado da esposa.

Arrancou de Edinho Meteoro a chance de saber quem ele era.

O choque fez com que sua respiração saísse atravessada. Fred se levantou para buscar um copo de água para o amigo, mas Edinho saiu em disparada pela porta, colocando o celular no ouvido.

— Onde você tá? — Era tudo o que ele precisava ouvir. — Tô indo.

CAPÍTULO 26

DO BANCO AO CAMPO: COMO SER O FAVORITO DA TÉCNICA AJUDOU EDINHO METEORO A VIRAR TITULAR.

São Francisco, 5 de julho de 2026

Não era preciso ter um PHD em História para saber que as revoltas de Stonewall, em Nova York, foram a fagulha que faltava para incendiar o movimento LGBTQIAPN+. Isso resultou na criação da primeira Parada do Orgulho do mundo. Inúmeros filmes, séries e documentários contaram essa história e mostraram que às vezes, para causar mudanças, era preciso uma pedra e um sonho.

O que muitos brasileiros não sabem é como aconteceu a primeira Parada do Orgulho no Brasil. Depois de tantas curiosidades históricas sobre futebol, aqui vai uma um pouco mais próxima da nossa comunidade.

Em 1997, apesar de pequenas reuniões de pessoas queers no Rio de Janeiro e em alguns lugares de São Paulo terem acontecido, líderes de movimentos comunitários da época sentiram a necessidade de celebrar uma Parada do Orgulho nos mesmos moldes vistos nos Estados Unidos e na Europa. Aproveitando que a mídia sempre noticiava os eventos ao redor do mundo no dia vinte e oito de junho, decidiram organizar a primeira versão brasileira do evento.

Eles tinham apenas uma kombi e um sonho, mas, como Marsha P. Johnson ensinou tudo do que precisavam eram coragem e determinação para fazer aquilo com as próprias mãos. A comunidade reuniu duas mil pessoas para o evento na Avenida Paulista, mas, como toda história brasileira, não foi fácil.

Pouco antes de começar, os organizadores não conseguiram colocar a kombi na rua e foi preciso que Kaká Di Polly, icônica drag queen do cenário paulistano, literalmente deitasse na rua fingindo um problema de saúde para que o trânsito parasse e a Parada, então, começasse. Anos mais tarde, quando questionada se havia ficado com medo, a drag queen respondeu: "Se a gente não faz as coisas, você vai fazer o quê? Vai morrer com medo".

Edinho Meteoro estava apavorado quando saiu do Uber e entrou na concentração da Parada do Orgulho de São Francisco. Ele não havia parado para pensar direito no que estava fazendo ali, mas, depois da conversa com Rafaello e Cida, percebeu o quanto o futebol lhe tinha ceifado, ele precisava extravasar. E Giu sabia exatamente como fazer isso.

Enquanto andava entre pessoas que, ainda tímidas, se aglomeravam para formar uma multidão, Edinho foi perdendo o medo. Entre adultos, crianças e adolescentes pintados com as cores do Orgulho, ele se sentiu menos ameaçado. Sabia, dentre as suas poucas certezas, que não encontraria nenhum tipo de hater ali.

Sorriu para uma garota com um cartaz que dizia "PROTEJA CRIANÇAS TRANS" e tirou fotos de um grupo fantasiado de raposa e outros animais fofos.

Drag queens aqueciam com diferentes mash-ups da Madonna. Técnicos terminavam os últimos detalhes de carros alegóricos. O dia não estava insuportavelmente quente, mas o calor deixava todo mundo com uma leve aura brilhante de suor.

Ao avistar Giu mais adiante, pintando novos cartazes na calçada, Edinho pensou em correr até ela, mas não queria assustá-la; era um momento feliz. Então se aproximou com calma e pegou um pincel, juntando-se a ela.

— Como posso ajudar? — A voz saiu embargada.

— Edinho, eu achei que você estava zoando! — Giu puxou o amigo para um abraço apertado. — O que você tá… pera, eu tenho umas mil pessoas pra te apresentar…

Então a amiga notou a primeira lágrima escorrendo.

— Cê tá bem?

Ele não conseguia responder; apenas levantou e se deixou ser guiado pela amiga.

— Eu sei exatamente do que você precisa!

Ao localizar um grupo de senhoras se abanando na sombra, Giu as apresentou para Edinho. Uma senhorinha ruiva, mas meio grisalha, falou primeiro.

— Oi, *Edjinhow*! Meu nome é Julie.

Julie provavelmente tinha um pouco mais do que um metro e cinquenta de altura. Edinho jurava ser capaz de levantá-la com um único braço se assim quisesse. Ela carregava um leque chamativo, uma bolsa dourada e vestia uma camiseta estampada com a frase ABRAÇOS DE MÃE GRÁTIS em inglês. Quando Julie abriu os braços, Edinho começou a soluçar.

— Tudo bem, querido, vai ficar tudo bem — disse a senhora no seu ouvido.

O choro de saudade de dona Maura alcançou Edinho. Ele chorou pela injustiça que o deixou tão cedo sem os abraços da mãe. Chorou pelo tempo perdido. Chorou pelo medo e pelo ódio que sentia desde a convocação. Mas, acima de tudo, Edinho chorou de exaustão. Cansado de sustentar o peso das expectativas, antes mesmo de ele ao menos entender o significado daquelas palavras.

Ao se acalmar, ele se sentou na calçada e contou para Julie e Giu tudo o que se passava no seu coração.

— Eu me sinto inútil — concluiu, depois de recontar a história de Rafaello. — Dediquei tantos anos da minha vida nessa indústria e o que eu recebi em troca? *Nada*. Agora tô aqui, no meio de um monte de gente foda, que sabe exatamente quem é, enquanto eu não tenho a mínima ideia de quem *eu* sou.

— Querido, isso não é verdade, você... — Julie foi interrompida pela mão de Giu na sua coxa.

A amiga se ajeitou e parou na frente do jogador.

— Tá tudo bem se sentir um inútil — falou, finalmente.. — Durante muito tempo, eu também me senti assim. Eu me sentia inútil depois de cada surra que a minha mãe me dava. Me sentia inútil por não fazer nada, por tolerar os xingamentos que escutávamos na escola...

Edinho olhou para ela.

— Sabe quando eu parei de me sentir inútil? Quando agi. — A amiga segurou o rosto dele entre as mãos. — É o que eu tenho tentado te falar todos esses anos. Quem você é, amigo, é definido por aquilo que você faz.

Giu se levantou, ajudou Julie a pegar os cartazes e se virou para o amigo.

— O que você quer fazer, Edinho Meteoro?

Ele fechou os olhos, respirou fundo e respondeu com honestidade:

— Eu quero gritar.

— Ótimo, eu tenho o lugar perfeito pra isso.

Então Giu estendeu a mão para o melhor amigo. As unhas azuis como antigamente.

Edinho não esperava terminar aquele dia em cima de um trio no meio da Parada do Orgulho de São Francisco. Muito menos esperava ser fotografado, sem vergonha alguma, segurando o cartaz com duas palavras: BICHA & GOLEADORA.

Se aquilo causaria um escândalo na FBF? Não tinha dúvida. Só que, pela primeira vez na vida, não se importou. Não precisava deles, seu talento era único e só pertencia a ele.

Durante o percurso, ele ficou surpreso ao encontrar pessoas vestindo a camisa do Brasil de número treze. Brasileiros, latinos e até estadunidenses acenavam para ele com vários números treze pintados no rosto. Isso sem falar nas unhas pintadas com o Azul Meteoro por todos os lugares.

A campanha do esmalte havia sido um sucesso. O produto esgotava rapidamente; era a primeira vez na história que uma marca de esmaltes fazia a segunda edição de um produto. Influencers e artistas do Brasil inteiro usavam o Azul Meteoro como um símbolo de apoio ao jogador e, é claro, a pauta LGBTQIAPN+. Os seguidores nas redes sociais não paravam de chegar.

O ódio de Edinho se esvaiu, cedendo lugar ao pertencimento. O amor e a aceitação que ele tanto buscava no futebol existia, ele só estava procurando no lugar errado. Ali, sob aqueles holofotes, ele começava a perceber seu papel. As pessoas esperavam escutar a voz dele; chegara a hora de ele retribuir a dedicação a quem realmente importava.

Por isso, horas mais tarde, quando Giu lhe estendeu o microfone em um palanque montado no fim da Parada do Orgulho, ele fez o que mais tinha vontade.

Edinho Meteoro gritou.

CAPÍTULO 27

SERIA CIDA JUSTAMENTE A TÉCNICA DE QUE ESTÁVAMOS PRECISANDO?

São Francisco, 6 de julho de 2026

No dia 5 de julho de 2007, um juiz brasileiro rejeitou a queixa-crime feita por um jogador de um grande clube paulista denunciando homofobia. O jogador sofria com boatos a respeito de sua sexualidade constantemente, além de receber tratamento homofóbico e degradante da torcida e dos companheiros de time.

O *existir* gay era um problema para as torcidas. Era hábito os torcedores gritarem o nome dos jogadores quando encostavam na bola, um mecanismo de incentivo durante as competições. Contudo, quando aquele atleta tocava na bola, a torcida ficava em silêncio. Nos autos do processo, o juiz fez um show de horrores. Chamou a violência de insignificante, afirmou que o futebol era um jogo viril e, por isso, deveria ser jogado apenas por atletas heterossexuais — como se homens gays não pudessem ser viris, como se homens gays fossem menos homens.

Outros clichês homofóbicos também apareceram. A impossibilidade de existir um ícone homossexual era mascarada com vários motivos da ordem do absurdo. Dizia-se que a presença de um gay ameaçava o entrosamento do time e que, pela segurança das crianças, a exposição a homens gays não era recomendada. Ver um atleta gay jogar poderia causar desconforto nas crianças. Afinal, como não se incomodar com os rastros de glitter deixados pelo jogador no campo?

Na época, Edinho Meteoro tinha apenas 5 anos; ele não fazia ideia de que, quase vinte anos depois, não apenas provaria o erro daquele juiz como mostraria a boa parte do país que era, sim, possível torcer por um atleta gay. Talvez ainda fosse cedo para chamá-lo de ícone, mas a rota de sua vida se delineava cada vez mais. Na TV, ele via a própria imagem; o discurso na Parada do Orgulho de São Francisco viralizou por todo o Brasil, que agora discutia a homofobia no futebol.

— Eu estou indignado! — gritava Edinho, em inglês. — Indignado por ser o primeiro jogador gay convocado para a Copa. Não é justo que *eu* seja o primeiro. Que tenha levado esse tempo todo para ocuparmos esse espaço. — As pessoas gritavam de volta. — Mas, já que coube a mim esse papel, de uma coisa vocês podem ter certeza: o futebol está atrasado, é fato. É fato também que nós sempre estivemos aqui e, de agora em diante, ninguém mais vai nos prender dentro do armário. Nada mais vai nos impedir de entrar pra história desse esporte!

Rever o discurso tão vigoroso o fez pensar nos acontecimentos recentes de sua vida. A convocação. A ligação de Giu.

Não querer não muda o que alguém nasceu para ser.

Edmílson dos Santos Anjos. Edinho Meteoro. Um jogador de futebol preto, bicha e de origem pobre. Fatos imutáveis. Tão impossíveis de mudar quanto o fato de ele ser um farol para outros jovens como ele.

Naquele palco, Edinho lembrou de dona Maurinha; ela lhe ensinara que amor de verdade era por inteiro.

— Eu costumava achar que essa comunidade não era pra mim. — O discurso continuava na TV. — Eu não sentia orgulho. A homofobia me fez acreditar que, por ser gay, eu obrigatoriamente tinha que agir de um determinado jeito. Mas não é verdade. Somos tão diversos quanto nossas cores. Mas, para quem nos odeia, não importa se somos afeminados, másculos, militantes ou qualquer outra coisa. Existir já é ofensa suficiente. Amar, então, nem se fala. Para eles, nós já somos iguais, abominações. — O público concordava. — Mas só agora eu entendi: é por isso que a gente se une. É por isso que somos uma comunidade. Por serem muitos e dispersos, fazem a gente pensar que somos menos. Mas não somos. Eu cheguei atrasado na luta, e por isso eu sinto muito. Passei tempo demais lutando pela aprovação daqueles que nunca vão aceitar quem eu sou e rejeitando aqueles que sempre estiveram de braços abertos para mim. Mas isso acabou. Obrigado por não soltarem a minha mão.

Giu estava do seu lado, vibrando. Ele podia sentir, mais do que nunca, a presença de Maurinha o observando.

— Eu posso até ter chegado meio atrasado, mas agora eu vou lutar com garras e dentes. E sabe o melhor? A gente vai fazer isso com a porra das unhas pintadas!

Assim que saiu do palco, Vanessa ligou berrando de alegria. Aparentemente, ele havia explodido em número de seguidores. Cida, logo em seguida, mandou uma mensagem curta: Boa moleque! Era disso que eu estava falando. Acordou, hein?

Mesmo assim, deitado na cama do hotel, na noite anterior ao jogo mais importante da sua carreira, Edinho Meteoro não conseguia deixar de pensar que, infelizmente, a maior parte do país concordaria com o juiz homofóbico de 2007, sobretudo se descobrissem sua paixão pelo capitão do time adversário.

Esse time tinha que ser justo a Alemanha, que humilhou os brasileiros em uma semifinal igualzinha à que estava prestes a acontecer.

Ao levantar e olhar a vista da janela, Edinho viu uma Los Angeles agitada. Cheirava a possibilidades e o vento quente que vinha do Pacífico daquela vez não trouxe consigo a tranquilidade de que o brasileiro precisava. Por precaução, já que sua imagem não andava muito bem com os seguranças da FBF depois da fuga para a Parada, Edinho não conseguira autorização para visitar o estádio onde aconteceria a disputa da semifinal. O ritual iniciado por causa do TOC não seria realizado antes da partida.

As palavras usadas pelo juiz nos autos do processo voltavam constantemente à cabeça do jogador. Ao voltar da Parada no dia anterior, ele e Vanessa passaram a madrugada buscando alternativas para antecipar fofocas e contar ao público a relação de Edinho com Benedikt.

— É melhor você sair na frente — aconselhou Rafaello, em uma ligação depois que viu o vídeo da Parada. — Assim você mantém o mínimo de controle sobre qualquer narrativa. Não precisa ser agora, mas quanto antes melhor.

No entanto, além de não ter certeza sobre o que gostaria de fazer, Bene se tornara o único aspecto privado da sua nova vida, bombardeada por opiniões alheias, views e manchetes. Apesar da discussão de uma estratégia, Edinho não havia falado com a pessoa mais importante da história: o próprio Benedikt.

Mas ele entendia a visão de Rafaello. Era ingênuo acreditar que duas pessoas públicas poderiam lidar com esse assunto de uma forma mais simples. No cenário ideal, eles poderiam viver esse relacionamento na segurança da sua privacidade até que os dois estivessem prontos para compartilhá-lo com o mundo. Benedikt poderia se assumir no próprio tempo.

Só que, se tratando de dois jogadores no maior evento de futebol, guardar esse segredo por muito mais tempo só aumentaria as chances dessa informação ser capitalizada como um furo de reportagem. Talvez, Benedikt não pudesse esperar muito mais, mas ao menos poderia se assumir nos próprios termos. Sem que ninguém o tirasse do armário à força.

Nenhuma pesquisa ou brainstorming para controle de danos seria capaz de simplificar o que Edinho precisava dizer para Benedikt: ele estragara tudo e agora a carreira da qual o companheiro havia cuidado durante anos estava em risco; ele poderia virar um dano colateral sério da vida do brasileiro.

Quebrando o silêncio do quarto, o telefone tocou.

— Eu já falei que não vou te dar nenhuma dica de como me vencer amanhã — brincou Edinho.

— Como se eu precisasse, seu *pivetxe* arrogante — respondeu Bene.

— Estou aqui embaixo no saguão, consegue fugir?

— Quê?

— Quando você me disse que não te deixaram visitar o gramado do SoFi, fiquei preocupado. Quero você dando o melhor de si depois de amanhã. A vitória vai ter um gostinho *mais* especial.

A falsa justificativa divertiu o brasileiro.

Edinho não conseguia acreditar que Benedikt estava mesmo ali. O centro de treinamento da Alemanha ficava em Sacramento, ao lado de São Francisco. A distância ultrapassava mais de cento e cinquenta quilômetros, uma viagem bem longa para se fazer duas noites antes do jogo que muito provavelmente mudaria a vida deles.

— Babaca — respondeu, enfiando a cabeça para fora do quarto, em busca de potenciais obstáculos para sua fuga. — O que você tem em mente?

— É uma surpresa.

Ele e o alemão haviam trocado poucas mensagens nos últimos dias, mas combinaram um encontro um dia depois da grande partida. Bene embarcaria Mariélle em direção à França logo depois da semifinal, e Edinho pegaria o chalé de Vanessa emprestado para os dois mais uma vez. Ele havia planejado tirar casquinhas do jogador ali, onde compartilharam um momento de intimidade. Ou, caso não desse tudo certo, poderia compartilhar o conselho de Rafaello sobre começar a pensar em como contar para o mundo sobre o relacionamento dos dois.

Edinho não conseguiu espantar a expressão de surpresa quando o encontrou a duas quadras do hotel. Absolutamente lindo, parado ao lado de uma Ferrari preta, Benedikt carregava o que parecia ser uma cesta de piquenique. Edinho não acreditava, mas Benedikt tinha mesmo dirigido até ali.

— Eu soube que não te deixaram ir ao estádio, pensei em aparecer e fazer uma surpre...

Antes que ele concluísse a frase, o alemão foi surpreendido por um beijo. Bene estava ali, sendo irremediavelmente fofo ao lembrar até das manias que o brasileiro conservava. Permitir que suas línguas matassem a saudade uma da outra era o mínimo que Edinho podia fazer para retribuir.

— Opa — falou Bene, com os lábios ocupados. — Assim é melhor...

Quando a emoção se aplacou, os dois finalmente entraram no carro e foram em direção ao desconhecido.

Vinte minutos depois, Benedikt estacionou em frente ao Oracle Park — o que qualquer pesquisa no Google revelaria se tratar de um dos maiores campos de baseball em São Francisco. O campo, que nem de perto tinha o tamanho do SoFi Stadium em Los Angeles, estava completamente às escuras.

— Eu sei que não é um campo de futebol, mas se você fechar os olhos... e imaginar... pode fingir que estamos no SoFi.

— Como? — Edinho procurou uma resposta no olhar do alemão.

Edinho jurava ser capaz de encontrar o infinito nos olhos de Bene, que não conseguiu sustentar o olhar sério de sempre, então sorriu.

— Desculpa, não deu pra esperar até depois do jogo, *pivetxe* — provocou ele. — Não com você tão perto... talvez você não possa visitar o estádio certo, mas nada te impede de pisar em um outro gramado.

Edinho ficou sem reação. Ninguém nunca havia feito nada parecido por ele.

— Você tem certeza de que está bem? — perguntou Benedikt mais uma vez. — Eu estou achando você um pouco... sei lá... o que acha de termos um momento só nosso? Sem câmeras ou jornalistas... fiz questão de garantir que as mãos certas recebessem uma boa quantia para me dar privacidade...

Edinho, nervoso, o beijou mais uma vez. O gesto era incrível e absolutamente assustador. O problema era que ter mais um momento a sós com Benedikt não era o único desejo de Edinho. Na verdade, o jogador estava ansioso para explorar as outras habilidades atléticas do capitão alemão, mas algo o impedia de avançar. Não dava mais para evitar a conversa sobre o relacionamento dos dois.

— Os últimos dias foram tão difíceis... ainda não consigo acreditar que você fez isso — falou Edinho, tentando amenizar a situação.

Benedikt deu um profundo suspiro, como se finalmente tivesse se dado conta do que havia esquecido.

— Meu Deus, eu sou um babaca, né? — disse, colocando o corpo de Edinho contra o dele. — Com o que rolou com seu pai... eu podia pelo menos ter perguntado como você está lidando com tudo isso — suspirou mais uma vez. — Ah, eu vi o discurso também! Foda, hein? Mariélle acha você um herói agora...

Edinho estava um pouco aliviado. Talvez o episódio com Leleco lhe ajudasse a levar o assunto para onde ele mais precisava. Então, sem mais delongas, contou tudo o que aconteceu durante o encontro com o pai.

— Cara, quem faria isso? — perguntou Bene, enquanto fazia cafuné em Edinho. — Tipo, eu entendo no começo da Copa...

— Entende? — Edinho se virou para encará-lo.

— Calma! — Ele o puxou de volta. — Quero dizer que no começo da Copa fazia sentido um hater fanático por futebol querer te derrubar desse jeito… mas, *pivetxe*, o time joga melhor com você em campo. A essa altura, é burrice tentar te prejudicar…

O mundo realmente virou do avesso, pensou Edinho ao escutar Benedikt elogiá-lo como jogador assim, de graça.

— É foder com o resto do time inteiro — concluiu Bene. — São ataques muitos pessoais para ser uma pessoa qualquer com raiva por você estar jogando na Copa. Eu sinto muito sobre seu pai, ele evidentemente é alguém muito infeliz.

— Pois é… eu… — Edinho sentiu a voz embargar. — Eu realizei os maiores sonhos do meu pai. Virei jogador profissional, fui convocado para a seleção, mas um homem como ele não se contenta com nada. Ele queria todos os sonhos *dele* e, infelizmente, alguns eu não pude realizar. — O jogador lutava contra as lágrimas. Não queria chorar. — Nunca vou ser o cara que vai dar a família tradicional e rica que ele sempre quis. Aí, quando percebeu isso, parou de me amar. Nunca fui um filho, eu era só um troféu.

Os olhos azuis do alemão, tão carregados de amor e carinho, fizeram o brasileiro pensar no amor. *Como pode ser tão fácil amar daquele jeito: sem amarras?*

Bene, o homem que teve a vida sufocada por amores não vividos, conseguiu encontrar, dentro de si mesmo, a transparência necessária para amar sem desculpas.

— Tem algo que eu possa fazer pra te ajudar? — perguntou Bene.

— Na verdade, tem, mas não com o meu pai.

A conversa havia chegado exatamente no que Edinho precisava; ali, os dois estavam a uma verdade de distância do que precisava ser dito.

Contou tudo o que havia acontecido para Benedikt, mas sobretudo que Cida descobrira o relacionamento dos dois. As expressões de Benedikt passaram por uma sequência de diferentes emoções. O amor, tão transparente no olhar do jogador alemão, se transformara em confusão e, depois, em medo.

O silêncio que preenchia o estádio era ensurdecedor. Cansado de esperar, Edinho tentou romper a barreira que havia se construído depois da verdade.

— Bene, eu...

— Achava que a gente teria mais tempo — interrompeu o alemão. — Não é como se eu tivesse planos de viver no armário pra sempre, eu ia me assumir algum dia, mas achei que teríamos mais tempo. Precisa mesmo ser agora? Eu não vejo motivo pra...

— Não, não precisa ser agora. Não é como antes, Bene, você vai sempre ser visto como um jogador assumidamente gay. Mesmo que a gente esconda, eventualmente os boatos vão surgir e um vazamento pode acontecer... eu odiaria que você passasse pelo que eu passei. Que tirassem de você a chance de contar sua verdade, mesmo que agora pareça que eu estou fazendo exatamente isso...

A angústia no olhar de Benedikt era assustadora. Edinho não conhecia o lado fragilizado do jogador alemão. Benedikt sempre se escondera atrás da carranca de atleta arrogante, apesar de saber o quanto seu companheiro era gentil.

— Olha só, não tá no meu papel te pedir pra sair do armário. Isso é seu e ninguém pode te falar quando fazer nem mesmo eu. Por favor, não ouça isso como um ultimato, tá? É mais um conselho. Pelo menos pense sobre o assunto ou como gostaria de fazer isso, caso, sei lá, faça sentido pra você. Não quero que ninguém tire esse direito de você.

Ali, sentado na grama, Bene parecia uma criança assustada afundada em uma piscina de sentimentos.

Tudo o que Edinho conseguiu fazer foi estender a mão e torcer para que fosse o suficiente para trazê-lo de volta à superfície.

— Eu queria me aposentar depois da Copa, sei lá... estudar, virar auxiliar técnico, viver de futebol por mais alguns anos — falou Bene, enquanto apertava a mão estendida em sua direção. — Aproveitar um pouco mais do meu legado antes que todo mundo comece a me odiar por ser gay...

Edinho se retraiu. A afirmação foi um soco no estômago.

— Não, não que eles estejam certos! — explicou Benedikt. — Foda-se o preconceito deles, mas eu não sei se sou corajoso como você, *pivetxe*...

Enquanto falava, Benedikt contemplou um universo em que ele teria todo o tempo do mundo para decidir como, quando e se gostaria de fazer tudo o que estava sendo proposto. Um universo onde seria médico, cansado, mas assistindo ao homem que amava na televisão. Ou um artista atormentado pelos sentimentos que escreve canções dedicadas a um amor impossível.

— Eu não tive escolha, Bene, não me deram essa escolha. Eu só comecei a ter coragem agora. Eu vivia escondido, com medo, reprimindo tudo o que sou.

Bene fechou os olhos. Aquilo não era o que havia planejado para a noite.

— Mariélle — sussurrou o jogador. — A vida de uma criança transformada em um reality show. Só vão falar disso… merda.

Durante os minutos seguintes, ficaram em silêncio. Era óbvio que Benedikt tinha razão, ninguém pouparia a vida da criança. A regra era clara: famosos não eram humanos, jogadores não seriam pessoas normais; o lugar deles não era no erro, mas sim no pedestal da perfeição.

Edinho se sentia um caco. Não existia outra escolha senão ser sincero com Bene, mas, ainda assim, escutar a preocupação de um pai com o futuro da própria prole era devastador. Ele nunca teve alguém que se preocupasse em protegê-lo… Leleco fez exatamente o contrário e dona Maurinha não ficou por perto o suficiente a ponto de protegê-lo de todas as narrativas que foram criadas pela imprensa.

— Se tudo fosse diferente, exceto a gente, o que você faria? — Edinho quebrou o silêncio depois de um tempo.

Benedikt pensou durante alguns segundos até rir.

— Eu queria te levar num show da minha banda favorita — respondeu, ainda sorrindo. — Queria te beijar ao som de uma música deles.

— Qual?

— Promete não rir? — perguntou Bene, de volta. — Imagine Dragons!

Edinho não cumpriu a promessa.

— Calma, calma! Eu adoro o Dan! — disparou Edinho. — Eu só não imaginava que você, todo bravo, parrudo, tinha um lado meio emo! Sei lá, eu imaginava Black Sabbath, sabe? Metallica…

— Cuzão! — Bene o puxou para um beijo. — E Imagine Dragons tem músicas mais assim também, viu?

— Hum, tá bom. Parece um ótimo plano. Um dia vamos fazer isso.

— O seu também. Vamos nessa.

A vida tem sempre um jeito cruel de acabar com a fantasia dos sonhadores. Benedikt agora teria que confrontar a realidade que talvez encerrasse suas chances no futebol, mesmo depois da aposentadoria. Agora, precisava decidir se daria ou não uma chance para si mesmo.

— Como assim? — Edinho o olhou, confuso. — Você tem certeza?

Não era isso o que ele esperava ouvir.

— Eu não tenho certeza se eu tô pronto, tipo, pra me assumir. — Bene parecia nervoso. — E eu vou precisar me organizar com o meu time, para entender como manter Mariélle e a mãe em segurança. Mas tenho certeza de que, se tem alguém com quem eu quero passar por isso, esse alguém é você. Quem sabe no ano que vem… depois que eu te derrotar na Copa?

Edinho sentiu o peito formigar; aquele era o tipo de descrição de romances épicos.

— Bene…

— Mesmo à distância, você mexia comigo, *pivetxe*. Eu não entendia o sentimento e confundi isso com ódio, depois com tesão, mas a resposta estava ali na minha frente o tempo inteiro. Você me inspira.

Edinho Meteoro engoliu em seco, enquanto assistia ao maior rival rendido de amor.

— Você vale a pena, Edinho — completou Benedikt.

Quatro palavras. Quatro palavras bem diferentes das três que qualquer outra pessoa diria. Naquele momento, Edinho entendeu: o que ele mais gostaria de ouvir de Benedikt nunca foi um "eu te amo".

Se Bene era capaz de agir de forma inesperada, mesmo diante de tão poucas escolhas, Edinho tinha que fazer o mesmo. Ele se levantou e tirou a camisa.

— Quer ir pro vestiário? — perguntou Bene.

— Não — respondeu Edinho, firme. — Eu quero a gente aqui.

Então o alemão se ergueu, só para jogar a própria camisa para longe e puxar o Edinho de volta para o gramado. Benedikt não pensou duas vezes e começou a beijar todo o dorso de Edinho, percorrendo, com a língua, o caminho da clavícula até a lombar.

Quando ele sentiu o peso de Benedikt em suas costas, a vontade não foi de gritar, mas, mesmo assim, ele o fez. Foi poderoso. O mundo não esperava que ali, no meio do gramado, dois rivais se fariam um só.

Mas não tinha sido assim desde o início? A vida nunca dera nada além do inesperado para Edinho Meteoro; toda a sua história fora assim. Era gostoso finalmente retribuir um pouco ao universo.

Ao virar para olhar Benedikt nos olhos, os dois entraram em sintonia, uma velocidade harmônica. Era como se corressem de tudo o que ameaçava separá-los e, ao mesmo tempo, seguissem em direção um ao outro.

O final foi apoteótico; exatamente como haviam imaginado. Vislumbrando os olhos azuis eufóricos, Edinho não encontrou a certeza sobre o que estava sentindo ou sobre o que o futuro reservava para os dois.

Mas, no momento em que tudo explodiu, ele soube que as peças tinham se encaixado exatamente onde deveriam estar.

CAPÍTULO 28

SETE MOTIVOS PARA ACREDITAR NA SELEÇÃO BRASILEIRA E UM MOTIVO PARA TEMER O TIME ALEMÃO.

Los Angeles, 8 de julho de 2026

Segundo historiadores, o primeiro registro do futebol foi com os maias, bem antes de o cristianismo dominar o mundo. Antes de a Inglaterra sequer definir as primeiras regras e reivindicar sua criação, os maias jogavam *pok-ta-pok*; uma prática bem parecida com o futebol atual, exceto pelo fato de que os jogadores também podiam usar as mãos enquanto arremessavam bolas em direção a um grande círculo de pedras fincado no chão. Fácil, se levar em consideração que não existiam goleiros. Não tão simples tendo em vista que, quando a partida acabava, o principal jogador do time adversário era sacrificado em um templo.

Edinho sabia que sua situação não era tão dramática, mas, enquanto saía do túnel em direção à semifinal contra a Alemanha, ainda sentia que toda a sua vida dependia daquele jogo. O que, em partes, fazia algum sentido, principalmente depois da ligação de Vanessa na madrugada anterior contando que o novo contrato do Grifones dependia do resultado do Brasil na Copa. Ele precisava chegar à final e manter o desempenho dos últimos jogos. Um jeito sutil de confirmar as suspeitas de Cida — e de qualquer pessoa com o mínimo de inteligência — da interferência da FBF no futuro da sua carreira.

Com um nó intragável na garganta, Edinho se emocionou ao escutar o hino brasileiro. A imprensa havia sido gentil com a confirmação de sua titularidade no time; alguns até escreveram que o jogador era essencial na passagem do Brasil para a final.

Até aquela manhã, ele não tinha parado para pensar no quanto elogios podiam ser muito piores que críticas. Jogar com as expectativas do Brasil em baixa era uma coisa; jogar com boa parte dos brasileiros ao seu lado era outra *bem* diferente.

Quando o jogo estava prestes a começar, os capitães se cumprimentaram no centro do campo e Edinho ficou a cinco jogadores de Benedikt. Os olhares deles se cruzam, mas, para o alívio de ambas as partes, o afeto foi escondido por camadas e mais camadas de rivalidade. Em campo, não eram o *pivetxe* e Bene.

Era melhor Kühn estar preparado para o Meteoro.

— É o Brasil enfrentando novamente a Alemanha em uma semifinal! Quem diria, hein? — narrou Gilvão para todos os espectadores brasileiros. — Onde você estava no sete a um, Rocha?

— Foram dias obscuros aqueles, Gilvão! — respondeu o outro narrador. — Não gosto nem de lembrar!

— Será que hoje é um dia para temer outra goleada?

— Duvido muito! — respondeu Rocha, confiante. — Já faz doze anos do sete a um e, apesar de perder para a Alemanha na fase de grupos, o Brasil desse ano joga diferente e no mesmo nível que o do capitão Kühn. Além disso, agora o time já está muito mais entrosado e conhece o tipo de jogo dos alemães.

— Pois é, time para irmos pra final nós temos — concordou Gilvão. — E sobre o novato titular, será que o Meteoro veio pra ficar?

Rocha sempre esteve do lado de Edinho — ou pelo menos deixou claro que não o odiava —, então não foi nenhuma surpresa quando o narrador apostou no nordestino.

— Olha, Gilvão, talento o garoto tem e já mostrou versatilidade absurda jogando em duas posições a Copa inteira, o que mais podemos pedir dele?

— O hexa seria demais? — Os dois caíram na risada.

Quando o apito soou, ficou claro que nenhum dos dois times queria disputar o terceiro lugar. O jogo começava em alto estilo, com atletas dos dois times jogando na sua melhor forma. O equilíbrio era tão absurdo que até a posse de bola foi quase perfeitamente dividida, variando a cada minuto.

Fred passou por alguns sustos. Aos treze minutos, Benedikt articulou um lance com o restante do ataque alemão e chutou uma bola perfeita. Um goleiro inexperiente teria encontrado problemas para fazer a defesa.

Aos vinte minutos, o Brasil havia chutado apenas uma vez ao gol, contra três chutes da seleção alemã. Barbosa começava a gritar com o meio-campo brasileiro, tentando incentivar que os jogadores se arriscassem mais antes que o ataque alemão marcasse um gol.

Quando uma falta interrompeu o jogo por alguns poucos segundos, Barbosa sussurrou para Edinho:

— Bora, Meteoro, bota esses filhos da puta pra suar.

Era o que faltava para o atleta largar o nervosismo de lado e começar a jogar solto. O apoio do capitão do time foi um ótimo combustível para afiar o ataque brasileiro. Dedé, Edinho e Lucas Gaúcho jogavam como um só. Não à toa, em um contra-ataque falho da Alemanha, Barbosa recuperou a posse de bola para o Brasil e a lançou para os pés de Gabi Chute. O volante driblou dois alemães de forma brilhante e tocou para Adelmo, que saiu em disparada para a pequena área. A torcida foi à loucura.

Então Adelmo tocou para Dedé, que, na cara do gol, fez o inesperado e recuou para Edinho. Um passe perfeito. Em um chute de canhota irretocável, ele abriu o placar para o Brasil. Um a zero para a Seleção Canarinha.

— Goooooooooooooool!!! — gritou Gilvão até perder o fôlego. — De Edinho Meteooooroooooo!

Enquanto corria para comemorar com o restante do time, Edinho avistou Benedikt irritado com a situação. Em nenhum momento o alemão achou que o jogo seria fácil, mas o seu lado competitivo tornava muito difícil aceitar o gol de forma pacífica.

Alguns minutos depois, apesar das investidas da Alemanha, o juiz encerrou o primeiro tempo com o Brasil na frente. O clima no vestiário era leve e confiante. Edinho correu em direção aos Reservados para um abraço coletivo. Todos os jogadores do Brasil, pela primeira vez, olharam com respeito para o colega. Exceto, claro, Don-Don.

Proibido de jogar, ele ficou no banco, apenas acompanhando o desempenho do time. Qualquer outro, no lugar dele, estaria celebrando. Mas a estrela do Brasil era um poço de rancor; recusava ver outra pessoa do time assumir seu lugar sob os holofotes.

— Edinho! — chamou Cida antes que ele retornasse ao campo. — Eles vão voltar te marcando pesado, cuidado. Deixa o Dedé assumir um pouco a frente pra você não virar o único alvo da defesa.

Edinho concordou enquanto corria em direção ao gramado. E assim, como pedido pela técnica, voltou para o campo jogando de forma mais atenta. Como imaginara Cida, a defesa o atacou com agressividade, até o ponto em que ficou impossível completar qualquer jogada ofensiva.

— Era cartão! — gritou Rocha no estúdio quando um zagueiro deu um carrinho em Edinho. — Ah, não, esse juiz só pode estar de brincadeira...

Os colegas correram, preocupados, até Edinho no chão, mas ele logo se levantou e voltou a jogar. De dentro do campo, o lance claramente não era passível de cartão amarelo, o zagueiro alemão tinha ido na bola. Mas a paixão brasileira pelo esporte era tanta que, pelas ruas de Aracaju pelo menos, naquele momento o juiz norueguês não era nem um pouco querido.

Se havia dúvidas do nível de jogo da Alemanha, tudo ficou mais claro quando eles conseguiram pressionar ainda mais a defesa brasileira. Aos dezessete minutos do segundo tempo, em um erro simples do capitão Barbosa, Benedikt aproveitou a deixa para chutar ao gol. Fred chegou a tocar na bola, mas não conseguiu desviá-la da rota. A bola acabou no fundo direito da rede.

Um a um. Gol da Alemanha.

O jogo se desequilibrou de forma muito rápida. A Alemanha ganhou confiança e paralelamente os brasileiros deixaram o nervosismo subir à cabeça. Edinho tentou atacar, mas foi impedido por uma defesa que previa todas as jogadas dele, de Dedé e do resto da parte ofensiva do time. Do lado de fora, os reservas começaram a ficar nervosos.

— Puta que pariu. De novo não... — comentou Ariel.

— Calma, cara! Ainda tem jogo, a gente vai desempatar... — disse Murilo.

Cida tentou manter a compostura, dar ao time a chance de reagir, mas seu instinto falou outra coisa. Então, aos vinte e cinco minutos, já cansada de ignorá-lo, ela mandou alguns reservas se aquecerem. Nos dez minutos seguintes, começou a fazer substituições.

Ninguém, absolutamente ninguém, aconselharia a técnica a fazer o que ela decidira fazer. Os auxiliares técnicos a encaravam como se buscassem algum sinal de sanidade. Os jogadores que saíram tinham um olhar ainda mais incrédulo. Dedé foi o único que se retirou de forma pacífica. Depois de tantas substituições, já estava acostumado a confiar em Cida.

Da cabine dos comentaristas, a reação foi o contrário. Gilvão parecia a ponto de explodir a qualquer momento.

— É, Gilvão, a técnica das substituições está de volta — comentou Rocha.

— Loucura! Isso é loucura! — Gilvão soava tão irritado quanto a aparência indicava. — Isso vai dar ainda mais abertura para a Alemanha...

— É arriscado demais.

Cida não concordava e, desde o gol da Alemanha, conseguiu respirar aliviada pela primeira vez. Loucura seria apostar em uma estratégia parecida com a do primeiro jogo e, dentre todas as qualidades da técnica brasileira, se permitir mudar de ideia era uma das que ela mais gostava de ressoar em campo.

Edinho foi o único jogador na linha ofensiva a sobreviver às substituições. Quando olhou ao redor, compreendeu a estratégia da técnica e um sorriso se espalhou por seu rosto. O time ofensivo do Brasil agora era composto cem por cento pelos Reservados.

— É melhor você ter certeza do que está fazendo — disparou o auxiliar técnico ao se aproximar de Cida na extremidade do campo. — Se você perder esse jogo depois de colocar três jogadores reservas no ataque de uma semifinal da Copa do mundo, é capaz de te exilarem do país.

— Se eu achar que o meu time reserva é menos preparado que o meu titular, pra que trazer um time reserva? — respondeu, sem hesitar.

A sede de jogar dos Reservados era nítida logo nos primeiros minutos em campo. A Alemanha ficou mexida pela imprevisibilidade de um novo trio de ataque. Quando a defesa começou a errar, Edinho articulou os amigos para aproveitar cada um desses momentos.

Depois de dois lances que quase desempataram o jogo — o primeiro, um toque de cabeça de Pedroca e, o segundo, uma bicicleta de Edinho — os deuses do futebol tomaram o lado do Brasil.

Aos quarenta e um minutos do segundo tempo, os Reservados encontraram espaço para fazer uma jogada. Em um tiro de meta, Fred chutou forte e colocou a bola nos pés de Mendonça, que driblou alguns jogadores até tocar, em recuo, para Kaio. O lance parecia comum, até que, durante o toque, Samir fez um corta-luz e deixou a bola cair nos pés de Lucas Gaúcho, que saiu em disparada até o lado alemão.

A zaga alemã foi pega de surpresa e demorou a reagir à articulação perfeita do Brasil. O meio-campista brasileiro até encontrou espaço para o gol, mas não teve certeza do melhor ângulo. Então tocou para Edinho, que não pensou duas vezes antes de balançar a rede adversária.

— Goooooooooooool do Braasiiiiiiil! — gritou Gilvão, em êxtase.

— É de Edinho Meteoooooooooorooooooo!

O grito coletivo que se espalhou pelo Brasil foi tão alto que facilmente poderia ter chegado a Los Angeles.

Edinho encontrou os Reservados em frente às câmeras e, juntos, performaram a coreografia que os faria ainda mais famosos no TikTok. Nenhum deles sabia, mas aquele seria o vídeo mais rápido a atingir um milhão de likes na história da plataforma.

Assim que a comemoração terminou, a Alemanha começou a pressionar em busca do empate, mas quatro minutos não foram suficientes para a virada. Então, enquanto o tempo se aproximava do fim, só restava ao Brasil torcer por acréscimos curtos.

Três minutos.

A placa do quarto árbitro nunca foi tão linda. Se o Brasil segurasse o placar por apenas três minutos, o hexa deixaria de ser um sonho distante. Dentro de campo, o relógio parecia trabalhar contra a ansiedade brasileira. Os segundos se arrastavam, mas a defesa seguia incansável, trabalhando sem folga para cortar qualquer lance da Alemanha antes que ele sequer ganhasse forma.

Quando os onze jogadores brasileiros foram para trás da linha do meio de campo, ao melhor estilo "Park The Bus" e o goleiro alemão se infiltrou entre eles em uma tentativa desesperada, Edinho soube que o jogo estava acabando, e os atletas europeus estavam cedendo ao nervosismo. A adrenalina era tanta que Edinho nem escutou o apito anunciar o fim da partida. Ele só percebeu que venceram quando Murilo pulou em sua direção.

— Apiiiiiiita o árbitro! — gritou Rocha para o Brasil inteiro ouvir. — É o Brasil na final! É a Canarinha na final depois de vinte e quatro anos!

— Meteooooro! Meteoooro!

A torcida gritava em Los Angeles.

Ao redor de Edinho, vários jogadores também entoaram o grito. Ele viu até Don-Don comemorar no meio da euforia. A estrela da seleção não chegou a cumprimentar o sergipano, mas abraçou os outros companheiros. Talvez numa tentativa de marcar território agora que estava claro, para todos, que ele não era tão essencial assim para o sucesso do time.

Quando Deko finalmente colocou Edinho no chão, o jogador avistou Benedikt dando um abraço em Fred. Os olhos vermelhos denunciavam o choro do capitão alemão.

Quando os olhares dos dois finalmente se encontraram, Edinho teve vontade de largar tudo e correr até Bene. Fazer do seu abraço casa, e deixá-lo sentir a tristeza típica dos derrotados. Mas ele não se mexeu. Tirando a camisa, foi o alemão quem começou a andar em sua direção.

A cena era extremamente familiar. Menos de vinte e quatro horas antes, Bene havia tirado a camisa em um campo relativamente parecido com o que pisavam. A lembrança trouxe um sorriso ao rosto do brasileiro e um olhar irônico típico ao do alemão. Os dois se encontraram no meio do caminho, e Edinho estendeu sua camisa.

— Você me paga, *pivetxe* — sussurrou Bene. — Nos vemos no chalé amanhã, você vai ter que me recompensar.

Edinho gargalhou.

As manchetes finalmente anunciariam que a rivalidade mais interessante da Copa do Mundo estava chegando ao fim, mas o que ninguém imaginava era que, ao ouvir aquela frase, Edinho Meteoro soube que ganhou duas vezes.

CAPÍTULO 29

ESCÂNDALO NA COPA: VAZA ÁUDIO DE EDINHO METEORO E BENEDIKT KÜHN MANTENDO RELAÇÕES SEXUAIS!

São Francisco, 9 de julho de 2026

Bam! Bam! Bam!

O barulho era tão alto que Edinho quase caiu da cama. Espalhados pelo quarto, latinhas de cerveja, vapes e camisetas do Brasil com desenhos não muito educativos dividiam espaço com a ressaca.

Depois do jogo, os Reservados e outros três ou quatro titulares comemoraram a vitória no quarto do goleador da partida. A felicidade era tanta que Edinho nem se surpreendeu ao encontrar Antonhão, um dos goleiros reservas, desmaiado em cima do vaso. O segundo goleiro tinha o luxo de beber até cair, as chances de jogar na final eram mínimas.

Por falar em goleiro, quando Edinho abriu a porta, ali estava o titular da seleção, quase arrombando a fechadura. A luz da manhã incomodava os olhos do atacante, que mal conseguia focar em Fred.

— Que porra, cara… — comentou Edinho, meio irritadiço. — São sete horas da manhã!

— Por que você não atende a porcaria do celular? — O amigo escancarou a porta e entrou no quarto.

Fred foi direto em direção ao banheiro e começou a acordar o outro goleiro, que claramente continuava meio bêbado.

— Bora, Antonhão, levanta! — Ele ajudou o outro a chegar até a porta e a bateu em um só empurrão. — Edinho, que merda, cadê seu telefone?

— Sei lá… acho que deixei no vestiário ontem. O que foi?

— Putz, velho, melhor você ouvir isso aqui…

Foi então que uma onda de adrenalina percorreu o corpo do jogador, afastando qualquer resquício de ressaca. Alerta, ele finalmente colocou o pensamento em ordem e se viu em um déjà-vu. Escutar Fred questioná-lo sobre o que quer que fossem os "últimos acontecimentos" nunca era uma coisa boa.

— Meu pai? — perguntou Edinho, com medo da resposta.

Fred balançou a cabeça em negativo. Edinho percebeu que o amigo estava vestindo uma cueca boxer azul e uma camiseta do Nirvana improvisada como pijama. Para Fred sair desesperado do próprio quarto, algo muito grave havia acontecido. O olhar desolado dele para Edinho era inquietante, então, sem delongas, Fred mostrou um vídeo no celular para Edinho.

No áudio, as vozes dele e Benedikt se mesclavam, narrando em gemidos tudo o que havia acontecido no gramado do Oracle Park. Não existia nenhuma dúvida do que estavam fazendo ou a quem pertenciam as vozes. Um momento tão íntimo, intenso e maravilhoso agora era alvo de chacota.

— Para — pediu Edinho, num sussurro. — Para, por favor.

Fred pausou o áudio. Segundo ele, no áudio vazado, além do ato sexual, também era possível ouvir os jogadores se chamarem pelo nome. Todos saberiam o que tinha acontecido entre eles.

Depois do choque inicial, Edinho tomou coragem para ler a matéria completa.

"ESCÂNDALO NA COPA: ÁUDIO DE EDINHO METEORO E BENEDIKT KÜHN MANTENDO RELAÇÕES SEXUAIS VAZA NA INTERNET!"

A matéria se estendia dizendo como era antiprofissional dois jogadores de seleções rivais terem uma relação sexual pouco antes do jogo. Será que o alemão tinha sabotado o jogo para favorecer o brasileiro? Será que o Brasil merecia mesmo a vaga na final ou o namoradinho de Meteoro tinha facilitado tudo?

Os jornalistas contra a presença de Edinho na seleção faziam questão de repetir: "Eu avisei". O futebol era um esporte de respeito, e os jogadores deveriam agir como tal. Uma espiral de frases que pouco a pouco roubaram o ar do jogador, fazendo o restante do quarto girar.

— Chega. — Fred retirou o celular da mão dele. — Agora tô até feliz que você não tá com seu celular...

— Fred...

— Edinho, não, não precisa falar nada — interrompeu o amigo. — Nem ouse pedir desculpas! Isso aqui é crime, tá ligado? Você é a porra da vítima nessa história.

— Que diferença isso vai fazer? — falou, olhando sério para o goleiro.

Fred não conseguiu contra-argumentar. Para a maioria das pessoas, para a porra da FBF, não importava que a privacidade dele tivesse sido vendida feito um porco para o abate. Ou que Benedikt estava tendo a própria identidade violada. Só veriam os dois protagonistas do jogo mais comentado da Copa do Mundo até então tendo uma relação sexual homoafetiva. Tudo o que veriam era o absurdo daquilo: dois homens em um momento de prazer, se amando. Imoral, nojento, inaceitável. Afinal, eles já haviam sido obrigados a engolir um gay no futebol. Dois — e ainda juntos — era pedir demais.

— Eu preciso falar com o Benedikt, me dá o telefone.

A chamada tocou apenas duas vezes, e, quando atendeu, o empresário de Kühn já imaginava quem estava do outro lado da ligação.

— Tem noção de que a última pessoa do mundo com quem eu gostaria de falar agora é você? — falou o empresário, em um inglês rápido. — E disse pro Kühn... disse que isso ia foder com tudo...

— Coloca ele no telefone.

— Coloca você — respondeu o empresário, ofendido com a ordem. — Eu tô tentando falar com esse puto há horas, imaginei que ele estivesse no chalé do amor aí em São Francisco, com você. Eu só não fui matá-lo eu mesmo, porque não sei onde fica...

— Como assim? Ele não tá comigo!

— Puta que pariu.

E assim, a ligação terminou.

Edinho começou a ficar desesperado. Será que Benedikt já tinha ido para o chalé? Será que tinha fugido de volta para Palermo e desistido de jogar o terceiro lugar?

— Fred, liga para a Vanessa... Eu preciso ir pro chalé agora.

Antes que o telefone de Fred chegasse ao ouvido, leves batidas na porta foram seguidas pela voz de Cida. Pelo visto, a técnica já havia descoberto o novo escândalo. Edinho encostou a testa na parede, prestes a receber mais alguém ferido como dano colateral das próprias decisões.

Quando abriu a porta, não encontrou o julgamento que esperava. As olheiras de Cida estavam ainda mais profundas, e o cabelo denunciava que ela realmente tinha acabado de acordar. Apesar da pressa em estar ali, no olhar a treinadora carregava a mesma confusão que preenchia o coração do atacante.

— Cida, desculpa, eu tô de saída, preciso... — começou Edinho a explicar parado na soleira da porta, tentando encontrar uma saída.

— Edinho, desculpa, mas não tem como você sair desse hotel agora — respondeu Cida, de forma calma. — Fred, desliga esse celular. Consegue voltar daqui a uns dez minutos? Preciso falar com o Edinho sozinha.

O jogador prendeu a respiração. Pela expressão de Cida e a urgência para conversar com ele a sós, as coisas eram ainda piores do que sua mente trágica tinha sido capaz de antever.

— Antes de mais nada, como você está?

Edinho desabou na cama. Ele não tivera tempo nem para colocar uma roupa; ainda usava o mesmo samba-canção com que dormiu na noite anterior. Descobrir como estava se sentindo não configurava nem entre suas dez principais prioridades no momento.

Mesmo assim, ao ouvir a voz de Cida, seu cérebro começou a processar tudo o que havia acontecido. Ele tentou falar, mas, ao deixar escapar a primeira palavra, sua voz o abandonou. Com medo de chorar, apenas olhou boquiaberto na direção da técnica.

— Vem cá. — Cida o puxou para um abraço. Edinho se permitiu ser acolhido.

Quando se separaram, Cida foi até o frigobar na procura de algo entre as latas e lixos que se acumulavam ali. Quando encontrou uma caixa de bombons intocada, levou-a até a cama e começou a devorar um depois do outro. Passados dois minutos de silêncio, Edinho também cedeu aos chocolates. Na falta de fome, os doces serviram como silenciadores contra os gritos da própria mente.

A voz interior tentava desesperadamente que ele caísse no típico ciclo de surto e começasse a arrancar a pele dos dedos. Ele focou nas embalagens.

— Você falou com Benedikt? — perguntou Cida, mastigando.

— Não — respondeu, mais grosso do que gostaria.

Cida apenas arregalou os olhos em surpresa.

— Era ele quem eu ia encontrar... Ou *tentar* encontrar. Nem o empresário sabe onde ele tá...

— Provavelmente está tendo uma conversa parecida com essa, com o time dele.

— Ah... — concordou Edinho. — Por que eu não posso sair do hotel?

— Dá uma olhada na janela.

Assim que ele se aproximou, viu a pequena multidão de jornalistas que se acumulava na entrada.

— Edinho, eu sei que você está apaixonado e tal, mas essa merda é grande — continuou ela. — Não pense que não estou puta com você, eu estou. Era óbvio que uma coisa dessas ia acontecer...

— Mas eu não...

— Não, nessa situação você é a vítima, é óbvio! Mas foi arriscado da sua parte achar que algo assim não ia acontecer, moleque... eles estavam vazando coisa sua a torto e direito.

Ouvir a verdade em voz alta era ainda pior do que repetir para si mesmo, principalmente quando ela vinha de alguém que Edinho tanto admirava.

— Olha, eu prometi a mim mesma que isso não ia virar uma conversa sobre apontar dedos. — Ela se apoiou na parede em frente a ele. — Mas nunca, nem por um segundo, ache que a gente vai ser medido pela mesma régua. Alguém, esse tempo todo, estava esperando que algo como isso acontecesse...

— E o que a gente faz?

— Espera. O Cruz deve estar agora mesmo em alguma reunião com a comissão alemã e a FIFA — explicou Cida, impaciente. — Em algum momento eles vão entrar em contato, aí a gente decide o que faz.

A primeira hora se arrastou como se fossem dez. Cida e Edinho tentaram manter uma conversa, mas logo ficou claro que nada diminuiria a aflição que os dois sentiam. Passadas duas horas, Cida saiu do quarto quando o celular tocou. Pela expressão nervosa que direcionou antes de fechar a porta, era a ligação da FIFA que ela esperava.

Fred entrou no quarto para fazer companhia ao amigo.

— Não! — respondeu Fred depois de um pedido de Edinho. — Não acho uma boa você olhar as redes sociais agora…

— Ah, Fred…

— Cara, tá uma merda, muita gente te xingando. E eu te conheço, eu sei que você só vai focar nisso. — O goleiro falava rápido. — Mesmo com muita gente te defendendo.

— É sério? — perguntou, sem acreditar.

— Depois daquele seu discurso na Parada? Óbvio! Edinho, algumas pessoas têm bom senso, né? — continuou Fred. — Elas podem não fazer tanto barulho quanto os ha…

Nessa hora, a porta se abriu de supetão. Cida entrou um pouco nervosa e jogou uma camiseta preta e um boné na direção de Edinho.

— Você faz ideia de onde o Kühn, tá? — perguntou a Edinho, que apenas meneou a cabeça. — O time da Alemanha está desesperado, ele não atende o telefone há horas. Vai pela cozinha, tem um carro com alguém que eu confio lá embaixo te esperando.

Ele não pensou duas vezes.

— Eu tenho uma reunião com a FIFA e a FBF em uma hora e preciso te contar: as coisas não estão boas pro teu lado, moleque — falou a técnica, com sinceridade. — Só um milagre pra te salvar nessa final.

— Não me importo. Tipo, porra, eu queria jogar a final, mas agora só preciso encontrar o Bene.

Cida arriscou um sorriso para ele. Por mais que achasse o garoto extremamente irresponsável, ela sabia como era se preocupar com alguém que amava. Nada mais faria sentido até que a pessoa estivesse de volta nos seus braços.

— Edinho, boa sorte — acrescentou Cida, antes de ele sair pela porta. — Fica grudado no celular, qualquer novidade eu te aviso.

— Eu deixei o meu no vestiário, mas a Vanessa sabe onde eu estou se você precisar falar comigo.

Enquanto Edinho descia as escadas na tentativa de passar despercebido, Cida teve uma ideia. Ela levou rapidamente o próprio celular até a orelha. Pela saída dos fundos, uma picape plotada com o logo de uma empresa qualquer buzinou para o jogador disfarçado. Quando ele abriu a porta, não se surpreendeu ao encontrar Rafaello.

— Tá, eu dou um pulo lá, sim — respondeu no telefone a alguém. — Mais alguma coisa, madame? Tá… beijo, boa sorte na reunião! — Rafaello finalmente se virou para Edinho. — E aí, somos a dupla de gays ao resgate?

Edinho soltou uma risada nervosa como resposta e só desejou que o trânsito até El Granada não estivesse dos piores.

— Preciso te perguntar uma coisa, eu sei que isso nem deve passar pela sua cabeça agora… — Rafaello começou a falar enquanto os sinais de trânsito não colaboravam. — Mas você faz alguma ideia de quem tá fazendo isso com você?

Edinho demorou a responder, incerto com o questionamento que até então ainda não tinha feito a si mesmo. O número de pessoas que poderiam se beneficiar da sua queda era enorme. Por mais bizarro que pudesse parecer, a figura do pai foi a primeira que lhe veio à cabeça. Leleco sempre foi ambicioso, mas, com os incentivos financeiros certos, ele não pensaria duas vezes antes de prejudicar a própria prole. A única coisa que inocentava o pai — ao menos daquela acusação — era que não faria sentido ele pagar a si mesmo ou sequer revelar que ele tinha feito todo aquele escarcéu no *Fofocalizando* por dinheiro, caso fosse responsável por tudo aquilo.

Não, Leleco havia sido uma marionete.

A FBF nunca tinha sido a maior fã da presença de Edinho Meteoro na seleção, e, desde o começo, Cruz e seu exército de engravatados tinham feito de tudo para deixar a vida do atacante mais difícil. Mas por que ofenderiam o principal patrocinador da seleção a troco de atacar Edinho? E como o escândalo envolvendo a Alemanha faria sentido para eles? Perder um dos melhores jogadores — que desejado ou não era uma das principais apostas na final — não parecia uma atitude inteligente.

Don-Don tinha todos os motivos para fazer uma coisa dessas, se Edinho estivesse um pouco menos preocupado com Benedikt ou tivesse que apostar em alguém, essa pessoa seria a estrela do time. Desde a chegada de Meteoro, Don-Don só tinha perdido espaço e adoração. No último jogo, tinha também percebido, junto com todo o Brasil, que não era tão essencial assim. O time poderia viver sem ele.

Um escândalo desses envolvendo Edinho sem dúvida causaria drama suficiente no time para que ele surgisse, literalmente, como o salvador da pátria.

— Don-Don? — sugeriu Rafaello, como se ouvisse os pensamentos de Edinho. — É a minha principal suspeita, mas algo me diz que…

— Ele não seria inteligente a ponto de articular tudo isso — completou o jogador.

— Exatamente.

— Mas não acreditar que é ele me deixa ainda mais desesperado — desabafou Edinho. — Porque, se não for aquele cuzão, quem mais poderia ser?

O resto da viagem passou em silêncio e, assim que a picape parou na frente do chalé, o pensamento de quem era a pessoa por trás de todos aqueles escândalos já não ocupava mais sua cabeça. Benedikt era tudo o que importava agora.

— Edinho! — Rafaello gritou pela janela entreaberta.

Ele se virou para encará-lo.

— Tenha um pouco de paciência com o Kühn, tá? O mundo dele está desabando… ou pelo menos o mundo que ele construiu. — Rafaello respirou fundo antes de concluir: — Então pode parecer o maior clichê do mundo, mas ele agora precisa de apoio. Alguém em quem se agarrar.

Edinho assentiu e correu em disparada até a porta de entrada. A chave deslizou fácil, e, assim que a abriu, Shangela foi em sua direção.

— Oi, garota! — Ele tentou pegar a cachorra, mas ela saiu em disparada até o quarto.

Preocupado, Edinho correu atrás dela e subiu as escadas pulando dois degraus por vez. Assim que entrou no quarto, notou a cama desfeita, um projeto de cesta de café da manhã despedaçado, e Shangela raspando desesperadamente a porta do banheiro.

No chão, o celular de Benedikt vibrava de forma incessante e, ao seu lado, a embalagem de uma seringa aberta e vazia. Espalhadas ao redor, doses de algo que ele preferia nem imaginar o que eram. Seu coração despencou e ele correu até o banheiro.

A porta estava trancada.

CAPÍTULO 30

COPA 2026: POR QUE É A VÍTIMA QUE ESTÁ SENDO PERSEGUIDA?

Los Angeles, 9 de julho de 2026

Quando Pelé se contundiu em 1962, muita gente no Brasil achou que aquele era o fim da Seleção Canarinha. Sessenta anos depois da vitória, as pessoas sabiam que o time daquele ano não seria nada sem Garrincha. Uma lenda do futebol que chamou a responsabilidade para si e transformou um time desmotivado sem a sua maior estrela no campeão da Copa daquele ano. O que muita gente não sabia era do escândalo que ocorria nos bastidores. Um que a FBF fez questão de esquecer ou, pelo menos, fingiu que não tinha nada a ver com o assunto. Não existiam cartões em 1962. Então, quando um jogador cometia uma falta grave, ele era simplesmente expulso e, depois, um julgamento era realizado para decidir qual seria o destino dele. Na semifinal contra o Chile, Garrincha meteu um pontapé em um adversário e foi mais cedo para o chuveiro.

O esperado era que nossa última esperança não fosse jogar a final. Porém, como num passe de mágica, o bandeirinha uruguaio que tinha denunciado o jogador brasileiro simplesmente desapareceu antes de depor contra Garrincha. Ele simplesmente *evaporou* e não apareceu na audiência que decidiria tudo.

O tribunal se viu obrigado a aplicar a máxima de inocente até que se prove o contrário e Garrincha foi absolvido. Jogou contra a Tchecoslováquia na final e ajudou a garantir a segunda estrelinha do Brasil.

O que aconteceu com o bandeirinha? Esse era um dos mistérios que circulavam a história do futebol brasileiro — de longe, um dos maiores escândalos envolvendo a seleção brasileira. Cida pensava nisso enquanto aguardava sua audiência com o presidente da FIFA e a FBF.

Alguns colegas da comissão técnica insistiram que a polêmica de Benedikt e Edinho superava o acontecimento de 1962, mas ela se recusava a acreditar naquilo. Não quando uma pessoa teve que literalmente sumir para limpar a barra de um jogador.

Existiam histórias bem mais bizarras que a de dois homens em um momento íntimo. O fato de eles serem jogadores profissionais, de times rivais, e esse momento íntimo ser vazado no dia seguinte à classificação de um desses jogadores para a final do maior campeonato de futebol do planeta era um extra, claro, mas ainda só mais uma história bizarra. Certo?

— Puta merda — sussurrou Cida para si mesma, interrompendo a espiral de pensamentos ansiosos. — Essa porra é mesmo o maior escândalo.

Cida aguardava numa sala cinza, com janelas assustadoramente grandes e com cheiro de dinheiro no ar. Ela não sabia quantas pessoas estariam na reunião. A única certeza era a presença do presidente da FIFA, que resolveu lidar com os problemas em frentes separadas. Primeiro a Alemanha e depois, o Brasil.

Alguns minutos antes de convocarem Cruz, que também aguardava do lado de fora sem nem olhar na cara da técnica, ela reconheceu a pequena comissão alemã saindo da sala. O técnico alemão muito branco e loiro parecia ainda mais pálido ao cumprimentá-la.

Cida era esperta demais para saber que a estratégia de apelar para os outros escândalos da entidade de futebol brasileira não colaria. Por isso, precisava pensar rápido. Mesmo preocupada com o estado mental atual do jogador, ela sabia que o time precisava de Edinho Meteoro na final contra a Itália.

A única tática restante era fingir irritação com o atacante como todos os outros dirigentes, de forma que conseguisse conduzir a conversa para alguma direção que não fosse para a suspensão imediata do jogador. Teoricamente, eles não quebraram nenhuma regra oficial do futebol. Eles desafiaram apenas a estrutura homofóbica do esporte.

O telefone da secretária tocou.

— Cida, pode entrar — falou a mocinha.

Assim que atravessou a porta, o plano foi por água abaixo. Cruz, que se sentou ao lado direito do presidente da FIFA, trazia um leve sorriso de satisfação no rosto.

— Eu conversei com o presidente Andersen — adiantou Cruz, falando em português. — Decidimos pela suspensão imediata de Edinho, assim como a Alemanha fez com o Kühn.

Cida engoliu em seco.

— Além de não jogar na final, ele está banido permanentemente da seleção brasileira.

— Nem fodendo — Cida deixou escapar.

A situação toda era muito estranha. Por que o presidente a chamaria na própria sala para informar uma situação já resolvida? O homem, suado e todo vermelho, estava tentando entender o diálogo dos dois, como se assistisse a uma partida de tênis, sem entender absolutamente nada do que havia sido dito.

— Vocês vão banir Edinho Meteoro *para sempre*? — falou Cida, em inglês, chamando a atenção de Andersen. — É um pouco exagerado, não? E estão se baseando no que, exatamente, para justificar isso?

— Não, não! — O presidente da FIFA tentou acalmá-la dando tapinhas paternalistas na sua mão. — Você entendeu errado, nunca falamos sobre algo tão definitivo assim...

Ela encarou Cruz e se virou na direção do gringo. Aquele rato covarde estava tentando repassar informações falsas. Cida era incapaz de acreditar que eram esses homens medíocres que definiam o futuro do futebol no mundo.

— Você conhece o seu time melhor do que ninguém — continuou o presidente da FIFA. — Queríamos ouvir a sua opinião, nossa intenção não é prejudicar o Brasil nessa final.

A possibilidade de que Edinho não fosse punido com expulsão irritou Cruz. Mal se segurou na hora de reafirmar os fatos que claramente tinha passado os últimos vinte e cinco minutos apresentando a Andersen.

Cruz entrou em um ciclo de repetição, explicando que o público brasileiro estava ultrajado — informação que Cida fez questão de rebater, dizendo que a opinião pública estava, na verdade, dividida. Então ele listou os patrocinadores que estavam ameaçando retirar suas cotas e como manter o jogador poderia prejudicar a imagem da seleção brasileira perante o mundo.

— Por que eles foram vítimas de um tipo absurdo de *revenge porn* e as seleções não estão fazendo nada para defendê-los? Ou por que são dois homens transando? — questionou Cida.

— Calma, não tem nada a ver com homofobia — desviou Andersen.

— Mas parece, principalmente quando faz doze minutos que essa conversa começou e nenhum dos dois falou de encontrar a pessoa responsável pelo vazamento dos áudios. Vocês não falaram sobre responsabilizar alguém por esse *crime*.

Cruz ficou pálido.

— Achei que essa reunião fosse para encontrar culpados, mas parece que vocês já resolveram isso, e, por menos sentido que faça, os condenados também são as vítimas.

Cida não fazia ideia de onde havia tirado tanta coragem para falar daquele jeito com a pessoa mais importante do futebol mundial, mas, descartadas todas as estratégias, a única chance era usar da coragem que a tinha levado até ali.

— Isso não teria acontecido se você não tivesse agido pelas minhas costas e convocado Edinho Meteoro! — Cruz perdeu o controle e o tapa que deu na mesa assustou até o presidente.

— Caso eu não o tivesse convocado, o Brasil não estaria na final. — Cida respirou fundo antes de dar a cartada final: — E tanto eu quanto você estaríamos em casa, pensando em formas para salvar a reputação de uma seleção afundada.

Cruz calou a boca.

— Veja, Cida… De novo, a questão não é o jogador ser gay. — Andersen tentou acalmar os ânimos. — A FIFA acredita em um futebol mais inclusivo…

Era a piada do século. Cida teve vontade de questionar o motivo da escolha de dois países anti-LGBTQIAPN+ para sediar os dois últimos eventos antes de 2026. Conforto da população gay é que não seria a resposta.

— Os jogadores podem fazer o que quiserem, desde que não façam na véspera da semifinal da Copa do Mundo e postem para todos ficarem sabendo.

— Com todo o respeito, senhores, mas a FIFA e a FBF parecem ignorar o fato de que nenhum dos dois jogadores postou o áudio nas redes sociais. Não entendo das leis alemãs nem das americanas, mas no Brasil esse tipo de vazamento é crime. E, caso decidam punir Edinho única e exclusivamente pelo fato de o garoto ser gay, saibam que isso *também* é crime. — Ela respirou fundo. — Eu não estou dizendo que ele não deve ser punido pela própria imprudência, mas preciso perguntar: se fosse um jogador heterossexual transando com a namorada, ele também seria banido da Copa do Mundo?

Os dois homens permaneceram em silêncio.

— Edinho não quebrou nenhuma regra. Ele foi irresponsável, mas quantos jogadores podem dizer que têm uma carreira intacta, sem um grande escândalo no currículo?

Cida olhou na direção de Cruz, fazendo questão de lembrar que ele mesmo já teve sua dose de escândalos esportivos, como quando foi acusado de levar cocaína para os vestiários do campeonato brasileiro ou da ordem de restrição emitida pela primeira esposa. Nada disso o impediu de chegar aonde chegou no futebol.

— Se a FIFA for realmente uma aliada, vai perceber que os jogadores foram vítimas e ficará do lado deles, não dos homofóbicos que os atacaram. — Andersen fez uma careta ao ouvir a palavra. — E nós três sabemos que a suspensão de Edinho e, para ser justa, de Kühn não é a atitude justa para o caso e pode prejudicar seriamente o desempenho dos times.

Cida torceu para que as últimas palavras tivessem ajudado a defender o caso de Edinho. Que o desespero no seu olhar fosse o suficiente para garantir que Edinho fizesse história ao conquistar o possível hexa do Brasil.

— Muito bem, não acho que Edinho Meteoro deva ser banido da seleção brasileira — concluiu o presidente Andersen, olhando na direção de Cruz. — Sei que essa decisão está na sua jurisprudência, sr. Cruz, mas não recomendo que a siga. Cida tem razão, a atitude pode prejudicar a imagem das instituições no cenário internacional. Quanto à situação dos jogadores nesta Copa, a FIFA não vai interferir na participação de Meteoro na final, nem na de Kühn na disputa do terceiro lugar, isso caberá às respectivas comissões técnicas e suas federações.

Cida respirou fundo, aliviada, mas ainda não havia acabado. Com a declaração de Andersen, o destino de Edinho agora estava nas mãos de Cruz.

Ele bateu a mão na mesa quase em comemoração. Andersen parecia aturdido ao assistir à clara performance de alegria do presidente da FBF, por isso completou:

— O meu conselho à FBF é que converse com seus jogadores e avalie a reação do público e dos patrocinadores antes de tomar qualquer decisão. É da final da Copa do Mundo que estamos falando. Existem muitas variáveis a se considerar antes de suspender um jogador tão talentoso como o garoto.

Quando a reunião acabou e a porta do escritório se fechou atrás dos dois, Cida teve esperanças de que Cruz deixaria o conservadorismo de lado e daria uma chance ao Meteoro. Mas seria esperar demais do presidente.

— Com Don-Don de volta ao time, Edinho volta à posição de reserva e acho que a presença dele no banco, depois de tudo, vai afetar os outros jogadores — decidiu Cruz. — Pode mandá-lo de volta para o Brasil, se você ganhar o hexa, quem sabe ele tenha chance de jogar de novo em 2030.

Quando estacionou em frente ao hotel, Cida cedeu à própria raiva e só parou de socar o volante quando a esposa foi ao seu encontro. Ela a abraçou até que a técnica finalmente parasse de destruir o carro alugado.

— Os filhos da puta querem mandá-lo pra casa, né? — perguntou Abelha, calma.

Cida manteve o olhar fixo à frente. O sol da tarde que refletia no carro à sua frente dava um ar ainda mais dramático à cena. Ela não precisava verbalizar para que Abelha soubesse a resposta.

— Já contou pra ele?

— Ainda não, ele foi atrás do Kühn — respondeu Cida. — Deixa eles respirarem um pouco, já têm coisa demais na cabeça.

— Eu até acho os dois bonitinhos juntos, sabia? — comentou Abelha, arrancando risadas irônicas da esposa. — É sério! Entendo o Edinho, o Benedikt é um partidão.

— Ah, é?

— Ah, para com isso! Quero dizer que entendo ele não conseguir resistir a jogadores de futebol, eu mesma sou uma Maria Chuteira…

Antes que se beijassem e Cida ficasse consideravelmente mais calma, o celular da técnica se acendeu. Rafaello.

— Oi, Rafa…

— E aí, como foi? — perguntou, preocupado.

— Ah, o covarde do presidente da FIFA deixou nas mãos do Cruz. Óbvio que o filho da puta vai mandar o Edinho pra casa.

— Ótimo.

— Ótimo?

— É. Suas suspeitas estavam certas, Cidinha — comentou Rafaello. — Ironicamente, Edinho nos ajudou mais do que imagina. Ele pode ser a chave para acabar com tudo. Vou te mandar um endereço, pega o jatinho e me avisa quando chegar.

Antes de ligar o carro de novo, Cida enviou ao universo uma prece e um xingamento. Seu futuro, mais uma vez, estava nas mãos de uma gay levemente problemática.

CAPÍTULO 31

HEXA EM JOGO? ESPECIALISTAS AVALIAM AS POSSIBILIDADES DE O BRASIL VENCER COM OU SEM EDINHO METEORO.

El Granado Beach, 9 de julho de 2026

Desde cedo, Edinho soube que o amor era finito. Ele não conhecia aquele sentimento das novelas a que assistia grudado em dona Maurinha. Todas as vezes que chegou perto de amar indefinidamente, a vida fez questão de mostrar que tudo chegava ao fim. No seu próprio dicionário, o amor sempre, invariavelmente, vinha acompanhado de ponto-final.

Foi assim com o casamento dos pais. Ouviu sua tia Soninha contar que Leleco e Maurinha já haviam sido um casal impecável, daqueles que todos os vizinhos diziam que nunca ia acabar. Edinho era novo demais na época para lembrar disso; as únicas lembranças que tinha era de assistir às sombras do sentimento entre os pais sucumbindo de vez. Foi a primeira vez que viu o amor acabar.

Tata foi a segunda vez. O amor mais puro que ele havia sentido não suportou a inércia. Sucumbiu à falta de coragem, ao medo. Edinho já tinha maturidade o suficiente na época para entender o que estava acontecendo.

Leleco demonstrara um outro tipo de amor, que custava caro. Pago com anulação própria. Só que, mais uma vez, independentemente do preço, aquele amor também chegou ao fim, afogado pelas expectativas.

Dona Maurinha, que lhe encheu do amor mais forte que ele já havia vivenciado, também tinha partido. Por mais que dissessem que o amor dela sempre continuaria com o filho, com o tempo ele desaprendeu a diferenciá-lo da saudade.

Edinho Meteoro foi treinado a aceitar os términos de forma muito pacífica. Sem choros.

Quando Tata deixou de ser seu amigo na infância, estava fazendo o certo ao se afastar de um covarde. Edinho não tinha o direito de chorar, porque, no final das contas, aquilo era o melhor para o amigo.

Quando Leleco se foi, ele também não chorou. Racionalmente, não fazia sentido. Quantas noites no antigo alojamento ele passou pensando em como seria se ver livre do pai? E tinha conseguido, não havia motivos pelos quais chorar.

Maurinha. Maurinha foi a que chegou mais perto de fazê-lo chorar pelo fim, mas seria egoísmo. Sua mainha vinha sofrendo cada vez mais com a doença. A morte, para ela, significou um descanso. Como seu filho poderia desejar outra coisa, se não aquilo? Novamente, ele engoliu o choro e aceitou.

Aos 24 anos, Edinho sabia, ironicamente, que o único sentimento que sempre ficava era a aceitação. Ele aceitou as sabotagens, o ódio, o constante ataque à sua carreira. Por isso, foi difícil para seu cérebro tão agitado entender que ali, enquanto tentava derrubar a chutes uma porta, tinha cansado de aceitar.

A exaustão, no fim, foi o que lhe deu forças para continuar forçando a fechadura.

— BENE! BENE! ABRE ESSA PORTA, BENE! — berrou Edinho. — BENE, ABRE ESSA PORTA AGORA!

Shangela, ao seu lado, gania desesperada. Latia incansavelmente ao lado do dono.

— NÃO! EU NÃO ACEITO! — continuou. — EU NÃO VOU DEI-XAR! EU NÃO TE AUTORIZO A ME DEIXAR, TÁ ME OUVINDO? BEEEENE!

Em algum momento, sob as lágrimas, os socos e os gritos, a fechadura cedeu, e a porta se abriu com um estrondo. No chão do enorme banheiro, ele viu Benedikt em posição fetal, chorando copiosamente.

Na mão, uma seringa que Edinho torcia para não ter sido utilizada.

Por dois segundos, ele não soube o que fazer. Então se agachou na frente do alemão, o abraçou e deixou que ele se aconchegasse e chorasse até tudo passar. Talvez nunca passasse. Ali dentro, Edinho Meteoro percebeu: estava tão apaixonado que ficaria com Benedikt o tempo que fosse preciso.

— Eu não consegui — falou Bene depois de quase meia-hora. — Era tudo o que eu mais queria: parar de sentir o mais rápido possível. Ficar anestesiado. Viajar para onde tudo o que eu sou, tudo o que a gente tem, não virou um circo.

Edinho apenas encarou os olhos azuis de Kühn, agora tão vermelhos e magoados.

— Mas eu não consegui, *pivetxe*. Não consegui. Eu achei que era tudo o que eu mais precisava, até perceber que não era, pelo menos não de verdade — sussurrou Bene.

Quando voltou a chorar, Edinho decidiu que não podiam continuar ali. Retirando forças de onde não tinha, ele levantou o alemão e o carregou até a cama.

Não era necessário perguntar por que ele não abrira a porta. Benedikt mal conseguia encará-lo por mais de alguns segundos. Vergonha e raiva disputavam entre si para ver quem o tomaria por inteiro. No meio da indecisão, porém, as lágrimas acabaram prevalecendo.

Até que o sono venceu a batalha final.

Edinho, no entanto, não conseguiu pregar o olho. Encarou o teto que não dava as respostas que ele buscava, atormentado pela dúvida e desconfiança sobre quem era responsável por tudo aquilo, mas grato ao universo pela vida de Bene.

Destroçado, mas vivo.

Pensou na revelação de horas atrás. Sabia que reconhecer a paixão por Benedikt traria paz, mas, no fundo, também traria a confirmação de que, como todos os amores de sua vida, teria um fim.

Só que ali, naquele quarto, sob o desespero de perder o homem que amava para o vício, ele percebeu que existiam fins piores.

Se um dia o que sentiam um pelo outro chegasse ao fim, Edinho gostaria de ter colecionado mais lembranças do que apenas aquelas que viveram na Copa do Mundo. Parafraseando Benedikt, ele adoraria acordar mais vezes ao lado do alemão.

Muitas, muitas vezes.

— No que você está pensando? — A voz de Benedikt o afastou das divagações.

Ele se virou para encará-lo. O sol estava se pondo, jogando sobre Bene uma luz alaranjada que ressaltava as olheiras profundas tão descabidas naquele rosto. Ainda assim, Benedikt conseguia estar lindo. Não por ser fisicamente como era, mas por transmitir a certeza de que ele era, mais do que nunca, de Edinho.

— Que, se Shakespeare escrevesse uma tragédia gay, definitivamente seria sobre a gente.

— Definitivamente — repetiu Bene, com um sorriso fraco.

Foi então que Edinho começou a chorar. Por tudo o que aconteceu, mas, principalmente, por todas as vezes que não se permitiu chorar. Benedikt o acolheu. Naqueles minutos, até o caos pareceu perfeito.

— Desculpa.

— Não precisa pedir desculpas... — falou Edinho, secando o rosto. — Quer dizer, só um pouquinho...

— Eu sei, eu sei — disse Bene, entre os fios de cabelo do outro. — O que a gente faz agora, *pivetxe*?

A pergunta de um milhão de dólares. Pelo que vinha a seguir, a única expectativa era a de que talvez o silêncio soubesse a resposta.

Os dois podiam até não estar prontos, mas ainda não havia outra saída a não ser assumir o relacionamento e as consequências de tudo o que tinha acontecido.

— Como você conseguiu? — perguntou Benedikt.

— O quê?

— Sabe, lidar com a saída forçada do armário... também não te deram uma escolha.

— Ah...

Ele já havia refletido sobre como tudo teria acontecido caso as coisas acontecessem no seu próprio tempo. Será que teria continuado no Brasil? Ou será que teria vivido uma história como as de Benedikt e de

Rafaello? Acorrentado a qualquer chance de felicidade dentro dos limites geográficos de um campo de futebol? De certa forma, foi assim que ele viveu nos últimos anos.

— É irreversível — respondeu, depois de algum tempo. — É uma merda ter a sensação de que talvez a nossa vida não seja totalmente nossa. Bate um desespero, sabe? — Era a primeira vez que Edinho verbalizava tudo aquilo. — Um medo irracional de que, se não posso ser eu mesmo, nos meus próprios termos, talvez eu não seja digno de mais nada. Faz sentido?

— Totalmente. Eu queria ter tido a chance de encontrar a força em mim, evitar tudo o que está acontecendo lá fora.

— Eu sei e, não vou mentir pra você, o mundo lá fora parece que tem todas as respostas sobre quem você é. Mas isso não é verdade. Só você tem essas respostas. — Edinho segurava o rosto de Benedikt com as duas mãos. — Por mais que digam o contrário, a gente é digno disso aqui também.

Depois de anos ouvindo o conselho de outras pessoas, foi só quando o ouviu na própria voz que acreditou. Talvez não fosse um clichê absoluto quando dizem que, para amar alguém, é preciso amar a si mesmo primeiro.

— Eu tô me apaixonando por você. — Edinho pegou Benedikt de surpresa. — Pode parecer meio precipitado, mas eu me apaixonei no meio da porra da Copa do Mundo e quero poder viver isso. Eu quero poder te beijar ao som do Imagine Dragons, e na frente de todo mundo.

Agora era a vez de Benedikt ficar sem resposta e optar pelo beijo. Não porque tinha dúvida do que sentia, mas porque nenhuma outra palavra seria capaz de descrever a coragem que todas aquelas carregavam.

— Eu preciso ir.

Bene começou a se levantar.

— Não se preocupa, enquanto você cochilava, avisei a todo mundo que você estava bem.

— Não por isso, mas por outras coisas — respondeu, encabulado. — Eu quase usei heroína, Edinho, eu preciso muito falar com o meu padrinho e, assim que possível, ir a uma reunião.

Edinho fechou os olhos, o medo ainda ocupava um espaço no seu coração, e deixar Benedikt se afastar era a fórmula para fazer o sentimento piorar. Ele gostaria de manter o alemão para sempre perto de seu peito.

— Tá bom, vai, mas me manda notícias, tá? — Ele o puxou para um beijo.

— Pode deixar.

Edinho não conseguia medir o quanto era doloroso deixar Benedikt ir.

Mas o que ele ainda não sabia era que tudo vira um constante ato de pular do alto de um precipício com os olhos vendados durante uma paixão. Torcendo para que a queda não machucasse tanto.

Edinho não queria deixá-lo ir, mas Benedikt precisava. Em nenhum universo, aquela antítese seria fácil, mas, em todos, se fazia necessária.

Enquanto desciam as escadas, a campainha começou a tocar desesperadamente. Edinho correu até a porta, imaginando se tratar de Giu ou Vanessa. A empresária deveria estar em pânico tentando encontrá-lo depois de tantas horas sem celular.

Por isso, ele tomou um susto quando encontrou Cida, Rafaello e Fred parados à porta.

— Você pode falar? — perguntou Cida, sem rodeios.

— Claro, entrem, o Bene está de saída.

O alemão se despediu de Shangela, cumprimentou rapidamente os técnicos e deu um abraço rápido em Fred.

— Seu motorista tá aí na frente. Feliz que você tá bem, cara — disse o goleiro.

— A gente se vê, peguem leve com ele, beleza? — disse Benedikt, parecendo um cavaleiro numa armadura prateada.

— Vocês não pegaram leve com a gente — respondeu Cida, fingindo acidez.

Quando finalmente ficaram a sós, todos, exceto Cida, sentaram-se no sofá. A técnica parecia impaciente e, assim que Edinho fechou a porta, ela jogo o celular dele na sua direção.

— A gravação veio daí, do seu celular.

— Como é? — Agora foi a vez dele, incrédulo, de sentar.

— Pois é. Eu também não acreditei logo de cara — respondeu o melhor amigo.

— Porra, mas eu não gravei nada, não faz sentido...

— Calma, a gente sabe que não foi você... — respondeu Rafaello.

Então o técnico explicou. Quando soube que o celular de Edinho havia ficado no vestiário do SoFi, Cida pediu que Rafaello fosse buscar o aparelho. Ela precisava se certificar de algumas coisas.

— Olha só, garoto, o áudio foi gravado muito perto de onde você estava — explicou Cida. — Ou era alguém usando um microfone escondido, seguindo cada passo seu, o que me parece trabalho demais para qualquer um...

Ele pensou logo em Don-Don.

— Ou então foi gravado por algo que não sai do seu lado quase nunca. E só pode ser a merda do seu telefone. Por isso, precisei ativar uns contatos e dar uma leve hackeada nele, e o que descobriram foi que alguém já havia hackeado você antes.

Ele ficou boquiaberto. A teoria era até simples, mas muitos dos pormenores ainda não faziam sentido.

— É um aplicativo de controle remoto, Edinho. A pessoa instala e tem acesso ao seu telefone na hora que quiser. Tira fotos, acessa as suas redes, e nesse caso... ativa o gravador — explicou Rafaello.

— Mas quem faria isso? — perguntou Edinho, finalmente. — A pessoa teria que ter as minhas...

Senhas. Quem quer que estivesse agindo contra o jogador precisaria conhecer todas as senhas dele.

Naquele momento, Edinho sentiu a respiração encurtar. A verdade finalmente tomava forma.

Apenas *uma pessoa* tinha acesso a todas as suas senhas.

Então ele olhou na direção de Fred e, quando percebeu a tristeza no olhar do melhor amigo, não restou mais nenhuma dúvida.

CAPÍTULO 32

BENEDIKT KÜHN SUSPENSO? JOGADOR DESAPARECE E ALEMANHA SE PERGUNTA SE JOGARÁ SEM O CAPITÃO DO TIME.

El Granado Beach, 9 de julho de 2026

Vanessa.

Mesmo que todas as evidências apontassem para ela, Edinho não conseguia acreditar. Não podia ter confiado tanto em alguém pronto para apunhalá-lo pelas costas de um jeito tão vil.

Enquanto encarava as unhas azuis já descascadas, perguntava-se se deveria fazer algo de diferente. Depois que Cida e Rafaello foram embora, ele ligou para a empresária, ou, melhor, *ex-empresária*, e a convidou para uma "reunião" de emergência no chalé.

— Tem certeza de que não quer que eu fique? — perguntou Fred antes de ir embora.

— Não. — Edinho engoliu em seco. — Eu preciso conversar com ela sozinho. E eu liguei pra Giu, ela tá vindo pra cá também, caso eu precise de algum aconselhamento jurídico.

— Pode ser perigoso, Edinho… de repente eu não faço ideia de quem ela é. Eu queria ter sacado antes…

Fred carregava no olhar toda a culpa do mundo. O goleiro da seleção havia tomado para si a missão de proteger o melhor amigo de qualquer pessoa que pudesse magoá-lo.

Demorou para ele dormir tranquilo com a relação de Edinho e Benedikt. Foi apenas quando o alemão ligou desesperado depois do incidente com Leleco que Fred confiou de verdade nele. Ali estava um homem apaixonado que faria o impossível para não machucar o melhor amigo.

Mas como poderia ter previsto Vanessa? A mesma garota esperta e desafiadora que conseguia arrancar risadas fáceis dele. Ora, o próprio Fred havia cogitado contratá-la como empresária.

Até nisso ela o tinha iludido.

— Amigo, eu a conheço há seis anos e fui enganado. Ela fez todo mundo de trouxa… — disse Edinho. — É uma mentirosa de mão cheia, mas duvido que tente algo que prejudique a própria imagem. O máximo que ela vai fazer é, sei lá, negar.

Então todos foram embora, e Edinho Meteoro ficou sozinho com sua cachorra heterofóbica. Se tudo desse errado na conversa com Vanessa, pelo menos Shangela poderia botá-la para correr.

Assim que o silêncio preencheu o velho chalé de madeira, Edinho desejou que Fred tivesse ficado. Não estava pronto para encarar o olhar da pessoa em quem confiara por tantos anos e que tinha lhe causado tanta dor nos últimos meses.

Com Leleco fora diferente, ele sempre mantivera expectativas muito baixas em relação ao pai. Sempre houve um resquício de esperança de que talvez ele pudesse mudar, mas nunca uma expectativa real de que a coisa fosse realmente acontecer. Vanessa era diferente. Como controlar as expectativas com alguém em que se confia cegamente? Ele não queria virar um daqueles céticos que duvidavam até da própria sombra.

Enquanto lavava o rosto no lavabo, Edinho sentiu o peso das últimas horas. Parecia que o jogo contra a Alemanha tinha ocorrido dias antes, em vez de horas. De lá para cá, ele dormiu muito pouco, e até o mais preparado dos atletas tinha limites.

Foi o latido de Shangela que denunciou a chegada de alguém, antes mesmo que a campainha tocasse.

Quase como um presente do universo, ao abrir a porta, lá estava Giu. Por um milagre, ela acabou chegando antes da empresária.

— Viado, qual é o seu problema em atender o telefone? — falou, antes de puxá-lo para um abraço apertado. — A vagabunda já chegou? Eu fiquei desesperada, Dinho! Como assim você desaparece depois de um escândalo desses? Gastei para chegar aqui tão rápido!

Shangela correu para cumprimentar a visita. Giu então se acomodou, e Edinho tentou resumir rapidamente tudo o que aconteceu nas quinze horas desde o vazamento do áudio. Enquanto esperava por Vanessa, Edinho começou a ligar os pontos e percebeu que a polêmica com a Gatorade, a entrevista de seu pai no *Fofocalizando* e o vazamento do áudio só podiam estar conectados e pediu para Luana, a assistente, investigar algumas informações para ele. Foi daí que vieram as provas. Giu o escutava atentamente e, mesmo que pelo canto do olho, Edinho notava quando ela fechava a mão com raiva de detalhes da história.

— Seu pai? — reagiu Giu, incrédula. — Ela pagou seu pai para ir à televisão?

— Pois é, a própria assistente dela encontrou os e-mails e mandou pra mim. A fudida não tem escrúpulos.

— Bandida sebosa!

— Eu só estou feliz que você tá aqui. Achei que eu ia dar conta de encarar a traidora sozinho, mas estou muito perto do meu limite, Giu. Quero falar com ela a sós, mas é bom saber que não estou sozinho.

— Certeza que não tem nenhuma arma escondida nesse chalé? Esses americanos... você sabe como ele são...

Os dois riram da piada e escutaram um barulho de chave na porta. Dessa vez, Edinho não contou com o universo; do outro lado estava sua ex-empresária.

— Amigo! — gritou Vanessa ao encontrá-lo parado na porta. — Eu estava TÃO preocupada! Tentei falar com você assim que tudo rolou, mas Fred me explicou a história e falou que você e o Bene precisavam de um tempo aqui... ah, oi, Giu!

Ao notar que não estavam sozinhos, Vanessa soltou a bolsa e a garrafa que trazia a tiracolo, e deu um abraço na visitante. Giu, cuja expressão facial não a deixava mentir, logo explicou que estava cansada e perguntou para Edinho onde podia tomar banho.

— Segunda porta à direita, logo depois da varanda... — orientou Edinho.

Assim que Giu recolheu as malas e arrastou junto uma Shangela que não parava de ganir, ele finalmente se sentiu pronto para enfrentar

Vanessa. Enquanto ela servia duas taças de vinho, ele aguardava sentado no sofá, com uma postura firme.

— Quero saber tudo! — Ela estendeu uma taça para ele e cruzou as pernas. — Fred me contou por alto o que rolou...

Ele aceitou a taça. Se ia expor aquela vagabunda, era melhor que fosse com um vinho.

— Mas, pode relaxar, eu já tô trabalhando em um gerenciamento de crise incrível — continuou Vanessa. Edinho nunca tinha percebido o quanto era irrelevante naquela troca, o quanto sua opinião era desconsiderada. — Óbvio que não vamos fazer nada direto, pelo menos eu imagino que o time do Benedikt vá querer negar, né? Então vamos deixar a poeira baixar...

— Até as pessoas se esquecerem do caso e você escapar mais uma vez? — Edinho não estava com paciência para joguinhos e confrontou Vanessa antes mesmo de tomar o primeiro gole de vinho.

Ela fingiu não entender, mas Edinho estava alerta demais para deixar passar o medo que cruzou rapidamente o olhar dela.

— Oi?

— Sabe, deixar a poeira baixar... — continua ele. — Como a gente fez com a Gatorade. Nada de se defender Edinho, deixa passar um pouco. Ou quando meu pai fodeu com a minha reputação... como é que você falou... — As mãos simularam aspas. — "Ninguém vai se importar com a sua versão." Então, em vez de acabar com as suposições, alimentamos a polêmica com mais fotos vazadas.

Nesse momento, a voz de Leleco retornou à sua mente. O pai o havia alertado, aquela teria sido a mesma jogada que ele faria para conter a crise. Edinho deveria ter sido esperto o suficiente para perceber que alguém que pensava exatamente como seu pai não teria o mínimo de escrúpulos.

— Gay, que surto é esse? — Ela continuava sustentando a mentira. — Eu acabei de sair de um papo com o time, a gente está com várias estratégias para revidar... é tudo uma tragédia...

Outra mentira. Felizmente, depois de falar com Luana, descobriu que ninguém do time contratado pela vigarista fazia parte dos planos dela. Desde então, nomeara Luana como sua empresária temporária e proibira o time de entrar em contato com Vanessa.

A ordem foi para colocar os pingos nos is e reunir o máximo de provas contra Vanessa antes de ela jogar o notebook ou o celular cheio de evidências na primeira privada que encontrasse.

— Ah, é mesmo uma tragédia — retomou Edinho. — Mas a FBF já sabe quem fez tudo, Vanessa.

— Como assim? Foi o Don-Don, né? — A empresária começava a soar desesperada. — Ou o Nailson... são sempre os calados.

— VANESSA, CHEGA!

Ela se reclinou para trás. Edinho não era do tipo que gritava, então a atitude incomum denunciou que a atuação dela não estava mais convencendo ninguém.

— O que foi mesmo que você me disse? "Ai, meu querido, polêmica vende"? Pelo menos eu não posso te acusar de mentir sobre isso, né? — O jogador voltou a se acalmar. — Sempre que o meu nome corria o risco de deixar os *trending topics*, você tinha uma polêmica pronta para garantir meu primeiro lugar no Twitter, né?

Vanessa colocou as mãos no rosto e, quando levantou, não era mais a empresária simpática que fingia ser. Assumiu a expressão ambiciosa e arrogante que ele erroneamente tinha aprendido a amar.

— De nada. — Foi tudo o que disse.

Edinho a encarou em silêncio. Queria ser mais forte e não ficar boquiaberto com a frieza da mulher, mas não conseguiu.

— Você lembra quantos seguidores tinha quando a gente se conheceu? Não, não, deixa que eu respondo: quarenta e seis mil. Com uma taxa de engajamento tão baixa que eu duvido que pelo menos metade dessas contas ainda estivessem ativas.

Ela se levantou e começou a andar pela sala.

— Aí veio a convocação e você pulou pra quinhentos mil, mas parou ali. Depois do incidente com a piroca no campo, você foi para setecentos e setenta e cinco mil seguidores. Todo mundo queria ver o que você ia falar...

Edinho duvidava que todos aqueles números fossem resultado do "trabalho" de Vanessa.

— Áudio manipulado falando mal de patrocinador? Oitocentos e noventa e um mil seguidores. — O tom de voz meio psicótico começou a assustar Edinho. — Papaizinho chorando no *Fofocalizando*? O primeiro milhão.

— Você não tinha esse direito...

— Na verdade, eu tinha! Te transformar no gay chaveirinho que o Brasil aprendeu a suportar deu trabalho, você tem a personalidade de uma pedra. Mas ainda assim eu consegui. Cada ideia que eu te dava fazia você ficar ainda maior. Então me perdoe por achar que eu sou uma empresária foda pra caralho.

— Vanessa, por quê, cara? Por que você fez tudo isso?

— Ah, me poupa! Pode transformar esse momento naquela hora do filme em que o vilão conta tudo para o mocinho, vai, se faz de vítima... — Ela começou a bater palmas. — Não tem *nenhum* motivo, seu idiota! Não é que eu te odeie ou qualquer coisa parecida, eu só sou boa no que faço e adoro ganhar dinheiro. E é como eu te disse, polêmica dá dinheiro, muito.

— E a gente já não tem o suficiente?

O olhar que Vanessa direcionou para ele era o de mais pura pena. Edinho Meteoro, mesmo depois de tudo o que ouvira do mundo, ainda encontrava espaço para ingenuidades. Ela teve vontade de rir, mas não queria estragar a imagem de poderosa. Uma empresária como ela sabia que era muito fácil ser tomada como louca.

— Ô, meu anjinho, e você acha que vai durar pra sempre? Que magicamente o Brasil vai te perdoar por conta de uns gols aqui e ali? Acha que vão lançar um abaixo-assinado pedindo desesperadamente para trocarem o escudo da seleção por uma foto do seu cu? Acorda, Edinho!

Ela fez uma pausa para tomar um gole do vinho.

— Eu não fiz nada com o Grifones, se é o que você pensa. Isso foi tudo obra da FBF. — Vanessa cruzou as pernas enquanto sentava de volta no sofá. — Eles não iam deixar a gente em paz, mesmo que você voltasse pra casa com o hexa, eles iam arranjar uma forma de te apagar... Eu só dei um jeito pra que isso fosse *impossível*.

— Vanessa, o Bene, a vida dele... Fred... — Edinho tentou encontrar as palavras.

— Puta que pariu, ele sabe disso tudo? Merda, aquele pau era uma delícia. Mas, foda-se, ossos do ofício.

— Cara, existe alguma parte de você que sente um pouco de remorso?

Ela mesmo se perguntou isso antes de vazar o áudio dos dois no campo e ouvir Edinho fazendo o mesmo questionamento a abalou um pouco, mas nada o suficiente para causar arrependimentos. Para ela, arrependimentos eram perda de tempo.

Por mais que toda a proximidade com Edinho a tivesse feito começar a questionar algumas coisas, a carreira estava acima de tudo. Ela tinha consciência daquilo.

— Meu amor, *como* você está há uma década no mundo do futebol e só está fazendo essa pergunta agora? Pra mim?

Era impressionante como ela tentava manipular a situação para se livrar das acusações. Como se Edinho tivesse culpa por ter confiado em uma pessoa que dizia amá-lo, que dizia estar ao seu lado. A essa altura do campeonato — trocadilhos à parte —, talvez ele não devesse se surpreender com a falta de escrúpulos de qualquer pessoa, mas Vanessa não era qualquer pessoa.

— Edinho, tá, eu reconheço, eu exagerei em algumas coisas… — Vanessa segurou as mãos dele. — Mas eu não te odeio, só que o resto do mundo, cara, pode acreditar que odeia. Você acha mesmo que o futebol vai te dar alguma coisa? Eu estava te moldando pra ser mais que um jogador. Comigo, você pode ser gigante. Edinho Meteoro! Uma celebridade maior que o Pelé!

Essa frase o irritou a vida inteira. Desde o nascimento, quase todas as pessoas que passaram pela sua vida sempre quiseram transformá-lo em outra pessoa.

O garoto prodígio. O próximo Neylan. Maior que o Pelé.

— Pelo visto você entendeu errado, sua imbecil. — A percepção da verdade veio de uma só vez. Edinho gritou: — Eu não quero ser maior que o Pelé! Eu não quero ser o jogador que todo mundo espera! Eu não quero ser uma supercelebridade! Eu quero ser só o Edinho.

— Ah, que lindo! Quem escreveu esse texto pra você? O roteirista de Carrossel? — falou Vanessa, debochando. — Você acha que consegue sair sozinho dessa merda? Vai lá, tenta, você vai perceber que não é nada sem mim.

— Acho que prefiro arriscar mesmo assim, você está demitida. Vai embora.

Ela ficou imóvel, encarando-o de braços cruzados.

— Até onde eu lembro, esse chalé está no meu nome, então quem sai é você.

Edinho respirou fundo.

— Na verdade, os fundos usados pra pagar esse chalé vieram do meu pró-labore. A partir de agora, eu sou o sócio majoritário da marca Edinho Meteoro, todos os nossos advogados já estão sabendo disso.

Pela primeira vez desde que a conversa começou, a cor sumiu do rosto da empresária.

— Você não…

— Eu mesmo, não — interrompeu Edinho, impaciente. — Luana é eficiente mesmo, ela resolveu tudo nas últimas… — Ele parou e olhou para o relógio. — Duas horas e catorze minutos.

— Isso é *impossível*, nada vai ser resolvido hoje. Eu não vou sair desse chalé!

— Ah, é? — Edinho soltou um assobio. — Não se depender de Shangela!

Assim que escutou os passos rápidos na escada, Vanessa desistiu da briga e recolheu a própria bolsa.

— Ninguém se importa com você, Edinho Meteoro. Você acha que, quando essa Copa acabar, alguém vai continuar do seu lado?

Antes que ela chegasse até a porta, Giu apareceu enrolada em uma toalha. O coque improvisado pingou água pela casa. A empresária a encarou por alguns segundos, mas se desviou tarde demais para evitar o tapa.

— *Eu* vou ficar do lado dele, sua puta! — gritou Giu. — E pode se preparar, o processo que eu vou enfiar em você vai ser tão traumático, que ser diagnosticada como sociopata vai ser o menor dos seus problemas!

Bam! Giu fechou a porta na cara de Vanessa e se virou para o amigo.

Edinho Meteoro estava tão cansado. Na cabeça, repassava tudo o que poderia ter dito, todos os argumentos que poderia ter usado. Até que os olhos pesaram e só ficou um último pensamento.

A disputa com Vanessa estava longe de terminar, só que agora *ele* não via a hora de ferrar com a vida dela.

CAPÍTULO 33

EX-EMPRESÁRIA DE EDINHO METEORO AFIRMA: "EU SÓ ESTAVA FAZENDO O MEU TRABALHO, NÃO HÁ MOTIVO PARA TANTO ESCÂNDALO".

Los Angeles, 12 de julho de 2026

Quando olhou para a cama e percebeu que ainda não estava nem um pouco perto de terminar de arrumar a própria mala, Edinho desistiu. De algum jeito, conseguiu aumentar a quantidade de coisas desde que chegou nos Estados Unidos e agora que precisava empacotar tudo de volta antes da final no México, enfrentava o dilema de repassar por cada item e pensar se deveria de fato levá-lo ou não.

— Como você conseguiu trazer tudo? — perguntou Giu, enquanto digitava no notebook, perdida em meio à bagunça.

— Não sei, aposto que nem tudo é meu, deve ter coisas do Fred também…

Depois de quarenta minutos colocando milimetricamente peças na mala, ele conseguiu cumprir o desafio hercúleo de fechá-la. O que ficou de fora entraria no pouco espaço restante na mochila ou seria deixado para trás, no hotel, pronto para virar item de colecionador à venda em algum eBay da vida.

— Olha, as coisas pra vagabunda da Vanessa não estão nada boas, viu? — comentou Giu.

Aparentemente, Vanessa estava tentando reduzir o escândalo, mas juridicamente a ex-empresária estava ferrada. Além dos processos da FBF e de Edinho, Vanessa também recebeu acusações da Gatorade. Afinal de contas, aquele vazamento custara uma fortuna para a marca.

A FIFA não ficaria atrás e, provavelmente, construiria o processo mais difícil de enfrentar. Segundo boatos, a Alemanha também preparava sanções à empresária, o que levava a crer que o status de milionária de que Vanessa tanto se orgulhava não duraria muito tempo.

Alemanha. Pensar na seleção alemã era um assunto que Edinho evitava nos últimos dias. Tentando focar cem por cento na sua entrega em campo, Edinho estava decidido a fugir de potenciais estresses que desencadeassem uma crise compulsiva. E, como resultado disso, pela primeira vez em dias, não tinha nas mãos vários band-aids para cobrir os dedos esfolados.

Não era que Benedikt causasse tudo aquilo. Desde a última vez que se viram no chalé, Edinho ainda não tinha conseguido falar diretamente com o jogador. Agora que ele e o empresário de Bene, um polonês parrudo chamado Alekk, tinham virado amigos, as únicas notícias que teve foram as de que o alemão estava em uma clínica para cuidar da saúde mental no norte da Califórnia.

A Alemanha tinha jogado no começo daquela tarde e vencido a França por míseros 1 a zero. Benedikt não tinha ido ao jogo. A imprensa caíra matando, dizendo que ele deveria estar envergonhado pelo escândalo ou, em alguns casos específicos, dizendo que ele estava envergonhado por ser gay.

Edinho preferia quando a imprensa focava em destruí-lo, ao menos estava acostumado. Já estava blindado às frequentes tentativas de jornalistas em encontrar um motivo para não o reconhecer como o excelente jogador que era.

— Ó, não esquece seu esmalte, Meteoro! — Giu jogou o vidrinho, e ele o pegou com um sorriso.

— Sabia que você me inspirou na cor?

— Oxe, como é? — Ela finalmente largou o notebook. — Me conta essa história direito.

— Lembra quando a gente era criança, sei lá, 11, 12 anos e você parou de falar comigo?

— Hum, não lembro, mas continua…

— Pois é, parou. Logo depois que você mudou pra sua tia... beeem antes da transição — lembrou Edinho.

— Sei, sei — comentou, impaciente. — Mas o que isso tem a ver com o esmalte?

— Ah, sim, eu estava pintando um meio-fio nas cores do Brasil, e você passou com umas meninas. Eu lembro que suas unhas estavam pintadas e tinham o azul mais lindo do mundo.

Giu agora o encarava com lágrimas nos olhos.

— Então quando a desgraçada da Vanessa disse que eu teria meu próprio esmalte, eu sabia que tinha que ser azul.

A amiga deu a volta na cama e o puxou para um abraço. Edinho se sentia a pessoa mais sortuda do mundo por não ter perdido aquela amizade devido aos próprios erros.

— Dinho, deixa eu te contar um negócio... eu nem lembrava disso e fico feliz que você lembrou o suficiente pra escolher a cor — falou, olhando para ele. — Mas se liberta dessa culpa...

— Mas eu...

— Nem vem, eu sei que você se sente culpado, sim, nem que seja um pouquinho. — Edinho não conseguia negar. — Nós éramos duas crianças, você não tinha obrigação nenhuma de me proteger, mesmo que pareça que sim. E você também já estava lutando contra os próprios monstros.

Ele respirou fundo e sentiu um grande peso sair das próprias costas.

— Quem tinha que me proteger eram os meus pais, não você — finalizou Giu. — Além do mais, deu tudo certo no fim, não deu? Estou aqui, uma musa inspiradora de esmaltes!

Giu posava quando Fred entrou no quarto, sem bater. Ela corou ao perceber o goleiro encarando-a.

— Desculpa... — Fred tentou falar, mas também estava surpreendentemente nervoso. — Tá pronto, Meteoro? A van está saindo.

— Não, quer dizer, tô pronto pra ir, mas não tô pronto pra final.

Edinho terminou de jogar tudo na mochila e correu pra dar um último abraço na amiga.

— Juízo! — disse ela, baixinho. — Vê se ganha a merda do hexa pra gente! E você aí, bonitão... — gritou para Fred. — Nada de frango, hein?

— Seu pedido é uma ordem! — respondeu Fred, em tom de brincadeira.

— Quando você for pro Brasil, não esqueça os documentos da Shangela, tá?

— Relaxa, garoto, ela está segura comigo.

Assim que fechou a porta, Fred falou, sem pensar, para o amigo:

— Como você não me apresenta a uma musa dessas?

— Fred! Você já viu a Giu umas três vezes — brincou. — Mas tem certeza? Da última vez que você pegou uma amiga minha deu merda.

— Eu seria feito novamente de trouxa por uma mulher dessas com o maior prazer.

Entre risadas, eles entraram na van a caminho do aeroporto. No trajeto até o México, os Reservados não pararam de brincar. Não havia nenhuma tensão — ao menos entre eles — com tudo o que acontecera envolvendo o áudio vazado. Ninguém parecia se importar. Em meio a clássicos do pagode, chegaram à Cidade do México e, antes de pousar, Edinho mudou sua resposta.

Ele finalmente estava pronto para a final.

Quando pisou fora da van que o levou até o estádio, Edinho notou o dia nublado. Ele não gostava daquela vista. Nascido em Aracaju, preferia jogar em dias de céu límpido, azul. Esperava que a previsão do tempo estivesse certa e, até a hora do jogo, o clima abafado fosse substituído pelo calor.

Edinho Meteoro sempre jogou melhor na quentura.

Ele estava quase entrando no vestiário quando uma mão atrapalhou os devaneios bobos sobre o clima e o rock dos anos 2000, que tocava no volume máximo nos seus fones. Quando se virou, encontrou Cruz o encarando com os olhos pequenos e a cara excessivamente vermelha. Edinho desejou ter sido mais rápido na hora de entrar nos vestiários.

Sem alternativas, ele tirou o fone de ouvido e se preparou para a provável lição de moral do presidente.

— Posso saber o que você tá fazendo aqui? — perguntou Cruz, sem rodeios.

Edinho ficou surpreso com a audácia. Sabia que o presidente da FBF não ia com sua cara, mas o velho sempre tinha feito questão de manter as aparências.

— Me preparando para a final? — respondeu Edinho, meio nervoso. — Ou você diz, aqui, *aqui*? Fiquei preso no trânsito, e aí eu...

— Não, quero dizer aqui no México — interrompeu Cruz. — Eu avisei a Cida que você estava fora. Nada de jogo pra você hoje.

— Como é que é?

— Isso mesmo, pode ir pegando suas malas e indo pro aeroporto, hoje você não joga. — Ele fez um gesto emulando a expulsão de um bicho pulguento.

A primeira vontade de Edinho foi virar as costas e ir embora. Os microssegundos nos quais pensou em fazer isso só poderiam ser justificados pela exaustão que sentia depois de tantas semanas provando a si mesmo e a todos os outros o quanto merecia estar ali.

Talvez ele devesse apenas ceder e ver como o time se saía sem ele. Foda-se o hexa e o restante do país, ele só queria voltar para casa em Palermo e esperar ansiosamente pelo retorno de Benedikt.

Mas fazer isso também implicava jogar a toalha. Deixar que, no fim, a FBF o tirasse do jogo mais importante de toda a Copa.

— Não — respondeu Edinho, tentando parecer o mais seguro possível. — Se Cida não contasse comigo para esse jogo, ela mesma teria me dito para ir embora — blefou. — Então até que ela, em pessoa, me diga que estou dispensado, vou fazer o que eu vim fazer: jogar bola.

— *Eu* estou dizendo que você não vai jogar. Eu sou a porra do presidente!

— Mas foi ela que me convocou.

Enquanto os dois discutiam em um tom mais alto do que o aceitável para uma conversa normal, alguns dos Reservados apareceram na entrada do vestiário, provavelmente em busca de Edinho.

Assim que perceberam o que estava acontecendo, Murilo pediu a Samir que chamasse a técnica, enquanto ele e Pablo se posicionaram um pouco mais atrás de Edinho para deixar evidente que estavam do lado dele, independentemente da posição da FBF.

O atacante não falou nada, mas agradeceu mentalmente pela presença dos amigos.

— Então é assim que você quer fazer, né? — Cruz apontou o dedo na cara dele, com a respiração encurtada pela raiva.

— Exatamente — respondeu Edinho, petulante.

O presidente começou a dar voltas com o telefone no ouvido.

— Tragam os seguranças aqui! Isso, na entrada dos vestiários... eu não quero saber!

— Cruz, se eu fosse você, eu desligava esse telefone — ameaçou Pablo.

O homem olhou aturdido na direção do reserva do Brasil.

— Se você não quiser perder boa parte do seu time reserva, ele fica. — Pablo apontou com a cabeça para Edinho. — E posso te garantir que falo, sim, por boa parte deles.

— Quem sabe até alguns titulares — completou Murilo.

Enquanto Cruz observava, embasbacado, para os dois reservas, a porta de ferro se abriu em um estrondo.

— Não vamos precisar disso tudo — interveio Cida, fazendo uma entrada em grande estilo. — Murilo, Pablo e Edinho, já pra dentro, o aquecimento vai começar em trinta minutos. Deixa que eu converso com o digníssimo presidente.

— ELE NÃO VAI JOGAR! — Cruz perdeu de vez as estribeiras.

— Tá, tá... Edinho, pode ficar, você vai querer ouvir isso de qualquer jeito.

Os outros jogadores, visivelmente contrariados, entraram de volta no estádio.

— CHEGA! — vociferou Cruz. A cena era tão constrangedora que Edinho desejou ter entrado com os outros. — Várias vezes você me desobedece! Não escuta o que eu falo. Se eu digo que ele tá suspenso, ele tá suspenso!

— Já escutei toda essa sua gritaria, Reinaldo. — A técnica nem elevou o tom de voz. — É você que ainda não escutou o que eu tenho pra falar, ou, sendo mais literal, o que *você mesmo* disse.

Mais uma vez, o presidente da FBF foi pego de surpresa pela audácia de seus subordinados. Um homem que a vida inteira lidou com lacaios que aceitavam tudo o que lhes era dito custava a receber bem qualquer indício de rebeldia.

Mas, quando Cida apertou o play no próprio celular, não foi a coragem em desafiar as ordens diretas do próprio chefe que surpreenderam Cruz.

— Porra, Don-Don! Esse cara fica fazendo amiguinho no time, caralho, você quer deixá-lo virar estrelinha? A estrelinha gay da seleção. — A voz de Cruz ecoou pelo viva-voz do telefone. — A porra da Gatorade está no meu pé, perguntando se vai ter que fazer um drink com glitter comestível! Cê sabe que o agradinho só rola pro principal.

— Ah, e dois pau lá é agrado, Cruz? — retrucou Don-Don.

— Dois é um caralho, os caras vão liberar cinco milha, seu cuzão. Três direto pra tua mão, duas pra minha. Isso sem falar no contrato, que o otário do seu empresário tá fechando em...

Cida parou a gravação. Talvez por já ter deixado claro o que queria ou pela aparência insalubre do homem à sua frente. Qualquer resquício de sangue desapareceu do rosto de Cruz.

— É montagem — respondeu, consideravelmente mais baixo do que antes.

— Ah, não, não é. Vocês mesmos comprovaram a veracidade ontem. Quando o Edinho esqueceu o celular no vestiário, o aparelho continuou gravando até descarregar, uma delas foi essa conversinha entre o Don--Don e você.

Edinho mal conseguia respirar — ele estava livre, por causa da armação de sua ex-empresária.

Depois de meses em investigação junto a Rafaello, além de salvar a pele do atacante reserva, Cida também conseguira o impensável: colocar a FBF contra a parede.

— Agora, com bastante calma, eu vou te falar o que fazer — disse ela, de forma irônica. — Só pra você entender de primeira. É muito chato o que pode acontecer quando não obedecem a gente. — Edinho tossiu para disfarçar a risada. — Você vai sair daqui e vai direto pro camarote encher o cu de espumante e torcer pra gente ganhar o hexa. Depois, assim que voltar pro Brasil, vai pedir demissão e apoiar a candidatura do Rafaello pro seu lugar.

— Ele nunca vai ganhar — respondeu Cruz.

— Ah, não acho, pelo que ouvimos nessa gravação você é ótimo em mexer os pauzinhos para conseguir o que quer, com certeza vai garantir que ele ganhe.

— Ah, entendi… — Entre o medo na voz, ele ainda encontrava espaço para esboçar um meio sorriso. — Pelo visto você é só mais uma hipócrita. Julga meus métodos, mas quando lhe são convenientes…

— Não, nada disso. Isso não é hipocrisia, é reparação — concluiu Cida. — Depois que ele estiver no seu cargo vai ser muito fácil deixar aquele lugar limpo de gente da sua laia.

Cida se virou para Edinho, e os dois começaram a voltar para os vestiários.

— E se eu não aceitar? — soltou Cruz, depois de um pigarro.

— Ah, mas você vai; se tem uma coisa que nós dois vimos nos últimos dias é como os advogados da seleção são excelentes, e isso aqui… — Ela balançou o celular. — Isso aqui seria um parque de diversões para eles. Melhor se aposentar e continuar milionário, não?

O futuro ex-presidente da FBF ajeitou a gravata, e, claramente contra a vontade, seguiu em direção aos camarotes. Antes que ele se afastasse, Cida o chamou de volta.

— Cruz, só mais duas coisas: nem pense em fazer nada comigo, eu tenho cópias disso daqui em lugares que você nem imagina, viu?

Ele revirou os olhos. A técnica devia mesmo ser corajosa para insinuar que o presidente da federação de futebol do país poderia recorrer a métodos como aquele.

— Você disse duas coisas.

— Ah, sim, a outra é que, hoje, Edinho Meteoro joga.

CAPÍTULO 34

COPA 2026: CIDA SE MOSTRA CONFIANTE NO TIME E GARANTE: "É A SELEÇÃO PERFEITA PARA TRAZER O HEXA".

Cidade do México, 12 de julho de 2026

A maioria das pessoas pensa que a seleção brasileira só foi a única do mundo a participar de todas as Copas por causa do talento esportivo. Óbvio, o Brasil tem uma cultura de futebol muito forte; desde cedo, os garotos são ensinados que jogar bola é sinônimo de virilidade e macheza. Mas a presença do país em todas as edições do Mundial não se dava apenas por talento ou cultura patriarcal.

Em 1938, a Argentina decidiu sediar a Copa do Mundo como parte de um pacto não oficial de que o evento deveria acontecer em diferentes continentes a cada edição. No entanto, a candidatura do nosso vizinho sul-americano foi derrotada pela França, onde o campeonato de fato aconteceu.

A Argentina, temperamental, decidiu, portanto, entrar em contato com todos os países vizinhos para organizar um boicote. Quase todos toparam e ficaram de fora do Mundial, mas adivinha quem furou o combinado? Isso mesmo, o Brasil. A Seleção Canarinha conseguiu a vaga na Copa de 1938 sem ao menos competir nas eliminatórias e voltou das terras francesas com uma medalha de bronze.

O mérito de estar em todas as Copas, ostentado como motivo de orgulho para o Brasil, nasceu de uma atitude facilmente interpretada como antidesportiva, capaz de dividir os países de todo um continente.

Ao entrar no vestiário e se deparar com as atitudes infantis e os ataques homofóbicos de Don-Don contra Edinho, a atitude antidesportiva ficou tão evidente quanto a homofobia. O ambiente hostil levou o time a uma divisão clara: os que não se importavam o suficiente para se opor ao atacante homofóbico e os que eram tão homofóbicos quanto ele.

— Aí, Edinho, no áudio não deu pra ouvir, mas era você ou o Kühn que estava tomando no cu? — falou o atacante, sem nenhum pudor.

— Cala a boca, Don-Don! — interveio Stefano.

— Ih, tá com ciúme, é? — provocou o atacante.

Edinho, cansado, decidiu responder.

— Por que o interesse, Don-Don? Você não faz muito o meu tipo, mas eu posso ver com o Kühn se ele curte fazer caridade.

A brincadeira afetou a frágil masculinidade do atacante.

— Como é que é, viadinho?

Então tudo aconteceu muito rápido. Tão rápido que Edinho, que estava de costas, só entendeu o que ia acontecer quando viu o atacante titular caído com a mão no rosto. Don-Don levou um soco do sempre tão calado e, aparentemente, bom de briga, Nailson.

O zagueiro titular foi para cima de Don-Don, enquanto a estrela do time protegia o nariz de eventuais novos golpes e tentava chutar seu agressor. Uma cena no mínimo patética.

— Caso você ainda não tenha ouvido, CALA A MERDA DA SUA BOCA! — gritou Nailson por cima do outro.

A confusão generalizada se espalhou pelo vestiário. Ninguém tentou defender Don-Don, mas alguns jogadores começaram a segurá-lo e o impediram de ir para cima de todos os reservas, que agora o chamavam para a briga. Quando Cida entrou no vestiário, finalmente em paz por ter se livrado do problema que era o presidente Cruz, pediu aos céus que a Copa acabasse logo.

— Posso saber que palhaçada é essa aqui? Isso virou o quê? Um time de escola? — gritou.

Don-Don, com metade do rosto ensanguentado, começou a se defender.

— O namoradinho do Edinho me deu um soco na cara...

— Porque ninguém aguenta mais você, seu filho da puta homofóbico! — cortou Nailson.

Cida, que tentava disfarçar a surpresa ao ver seu zagueiro falar tantas palavras de uma vez, mandou ele calar a boca.

— Don-Don! Vai na enfermaria estancar esse sangue.

— Mas...

— Vai logo, homem, antes que eu te deixe no banco! Quando ele fala que ninguém mais aguenta suas atitudes homofóbicas, isso me inclui também! E nem vem com essa cara ofendida, seu amiguinho Cruz rodou... — Expressões de surpresa se espalharam pelo vestiário. — Se você quiser continuar usando essa camisa, é melhor andar na linha.

— Você não teria coragem — respondeu Don-Don, em tom de desafio.

— Ah, é? Então paga pra ver. Você é talentoso e a única coisa que eu quero ver em campo é esse talento. Tô pouco me fodendo pro que o brasileiro médio, conservador, ex-coronel do exército vai achar. Ou você joga em grupo ou tá fora.

Antonhão, o goleiro reserva, ameaçou puxar um aplauso, mas assim que recebeu o olhar matador da técnica, desistiu.

— E você, da próxima vez que bater em um jogador no meu vestiário, sua carreira acaba antes de falar IMPEDIMENTO — disse, apontando para Nailson, mas logo que Don-Don saiu, deu uma piscadela e um meio sorriso para o jogador. — Agora vamos voltar ao fato de que daqui a cinco minutos vocês entram em campo para aquecer. Esse não é qualquer jogo, é a final da Copa do Mundo.

A afirmação mergulhou o vestiário em um grande silêncio. O único som que era possível ouvir vinha do ar-condicionado trabalhando em máxima potência.

— Não vou ficar aqui na frente de vocês e repetir os motivos pelos quais temos que vencer hoje. Eu espero que, depois de uma Copa movimentada como essa, vocês saibam exatamente as batalhas que ainda precisamos vencer. — A voz da técnica ecoou pelo vestiário. — A seleção brasileira caiu na obscuridade, parou no tempo, virou um antro para celebrar um futebol que não existe mais. Eu aposto que vocês não são os mesmos jogadores que eram quando chegaram aqui...

Vários jogadores concordaram com a cabeça, inclusive Edinho. Todo mundo sabia o que ele precisou passar para chegar até essa final.

— Essa camisa não foi dada, foi conquistada pelo trabalho que vocês fizeram nos últimos quatro anos e foi tudo pra esse dia, pra esse momento. Eu quero ganhar a Copa, e sei que alguns de vocês *precisam*, mas ela só vai ser nossa se os vinte e seis quiserem.

Alguns começaram a aplaudir, enquanto outros seguiram com gritos de incentivo.

— A história, meus amigos, não é um lugar com vagas limitadas, e hoje todos nós podemos marcar nossa presença nela.

O vestiário explodiu em gritaria. Edinho buscou o olhar de Fred e encontrou o amigo quase se debulhando em lágrimas. Eles se abraçaram e se recarregaram de coragem. Estavam prontos para conquistar a taça e abraçar todas as mudanças que viriam com ela.

A caminho do aquecimento, as brincadeiras rolavam soltas. Se a Itália tinha qualquer esperança de encontrar um Brasil sucumbindo ao nervosismo, o discurso da técnica destruiu qualquer chance de isso acontecer. O time nunca esteve tão unido e até mesmo Don-Don, com dois algodões enfiados no nariz, se aproximou de Edinho.

O sergipano tinha certeza de que o gesto era puramente movido por estratégia. Agora que Cruz provavelmente tinha perdido sua fonte de privilégios, Don-Don sabia que estava em desvantagem na hierarquia do poder em volta do time.

— Cara, desculpa aí se eu peguei pesado... eu tô acostumado a zoar com os caras — começa.

— Don-Don, saca só, a próxima vez que você zoar comigo, esse nariz vai ser o menor dos meus problemas — interrompeu Edinho. — Mas uma coisa precisa ficar clara: nossa vontade de ganhar esse jogo tem que ser maior do que o ódio que sentimos um pelo outro. — Ele parou para respirar. — Então tô pouco me fodendo se nos damos bem ou não fora de campo. Aqui dentro, vamos ser amigos de infância.

— Anotado.

Os dois seguiram caminhando até a saída do túnel. Edinho travou alguns segundos antes de pisar no gramado. Ele tinha dúvida de como a torcida do Brasil o trataria. Até então, sua presença na final tinha sido um grande mistério.

Antes que tomasse coragem para descobrir, Cida o chamou de volta.

— Preciso que você volte e converse com o João, ele tá te esperando pra falar de algo sobre seu jogo direito, não entendi bem...

— Tudo bem — respondeu Edinho, estranhando a convocação do auxiliar técnico, mas voltou mesmo assim.

Quando abriu a porta do vestiário, sentado no meio dos armários estava a pessoa que ele mais gostaria de ver no mundo.

Benedikt.

— E aí, a fim de dar uns pegas no vestiário e causar uma comoção no futebol mundial? — disse ele, com um meio sorriso devastadoramente lindo.

Antes de correr até ele como em uma adaptação clichê de mais um romance da Jane Austen, Edinho ficou alguns milésimos de segundos encarando a realidade, absorvendo o fato de que ele estava ali.

Com a aparência mil vezes melhor do que da última vez que tinham se visto, o cabelo cortado baixinho e a mesma camiseta que usou nas quartas de final para enviar uma mensagem ao brasileiro.

Mas, dessa vez, com a palavra SEMI riscada de forma tosca com uma caneta.

TE VEJO NA FINAL.

— Eu achei que seria uma boa ideia sabe... um pouco... — Bene foi interrompido pelo abraço apertado de Edinho. — Nunca pensei que diria isso, mas é ótimo te ver na final, *pivetxe*.

Passados os primeiros minutos do choque, Edinho perguntou sobre a saúde de Benedikt, que disse estar no caminho da melhora. Os boatos de que a Alemanha o tinha suspendido não passavam de nada além disso, boatos. Na verdade, a escolha de não jogar ou sequer assistir à partida do terceiro lugar veio dele.

— Tinha medo de que o estresse me causasse outra crise — completou.

— Certeza de que é uma boa ideia você estar aqui, então?

— Não tenho certeza, mas uma coisa eu sei, o estresse de um jogador nunca se iguala ao de um torcedor — falou Bene, sorrindo. — E, vamos combinar, não ver o meu namorado jogar na final não me parece um bom jeito de lidar com a ansiedade.

A palavra pegou Edinho de surpresa. Não que ele não imaginasse estar em um relacionamento com o capitão alemão, mas tinha esperado que as coisas acontecessem de um jeito um pouco diferente.

— Namorado… ha ha ha. Você sabe que no meu país precisa rolar um pedido, né? De namoro? — Benedikt fingiu se ajoelhar. — Não, idiota!

— Então quer dizer que transar para o mundo inteiro ouvir não é suficiente? Eu ainda tenho que pedir?

— Exatamente.

Eles se encararam, sorridentes. Edinho jurava que seria capaz de ficar encarando-o assim, em paz, para sempre. Um pensamento meio melodramático, mas e daí?

— Sabia que nós temos um *ship*? — comentou Benedikt. — Mariélle contou quando foi me visitar semana passada, segundo ela, criação própria.

— Jura? Como é… Edikt? Bedinho?

— Não, Benzinho — respondeu, com o sotaque carregado. — Eu suspeito que significa algo em português, né?

— Significa… alguém especial, que você quer bem.

— Então eu aprovo.

— Eu fiquei surpreso com a fanbase. Tem até umas fanfics… algumas eu nem ousei abrir.

Nos últimos dias, quando voltou a dar uma olhada nos próprios comentários, descobriu que, apesar dos haters, havia pessoas que torciam pelo casal de jogadores. Algumas até diziam "viver" por eles. O que ele achava exagerado, mas definitivamente melhor que os desejos odiosos.

— Lá na clínica alguém falou uma coisa que me ajudou a prestar mais atenção nessas pessoas, nas que torcem pela gente. — Benedikt respirou fundo. — "Quando nos acostumamos com a vida, esquecemos de parar e só apreciar a vista."

Edinho sabia exatamente o que ele queria dizer.

— Você tem que ir aquecer.

— Eu sei.

Eles continuaram se olhando. Edinho não conseguia se obrigar a levantar e correr até o gramado. Benedikt precisou tomar uma atitude drástica.

— Bom, antes de você ir, tenho umas coisinhas pra te dizer... — Agora quem falava era Kühn, seu capitão irritante do Grifones de Palermo. — Seu jogo pela direita melhorou, mas você continua indo sempre pra esquerda. Pelo amor de Deus, como você conseguiu virar profissional com jogadas tão óbvias?

— Aff. — Edinho começou a se levantar.

— Não, Edinho, é sério. — Kühn tentou ser firme. — Se você continuar previsível, fica fácil demais te desarmar... tome cuidado. Não tente fazer milagres sozinho, ok?

— Combinado.

— O Riganzolli é o maior goleador da Copa, joguei com ele na Espanha uns anos atrás. O cara é um monstro, mas tem... ouvidos sensíveis. Ele odeia gritos, perde fácil a concentração. Não que sua defesa precise saber disso...— Bene segurou uma risada.

Edinho devia ter perdido boa parte do aquecimento, mas talvez ainda conseguisse treinar alguns passes antes do início do jogo.

— Ah, *pivetxe*! Quer namorar comigo? — Edinho se virou ao ouvir o pedido, Bene estava em pé com as mãos no bolso. — Eca! Meu Deus, eu tenho 34 anos e você faz parecer que eu tenho 17!

O brasileiro assentiu com um sorriso e correu de volta para o campo. Agora, além da pressão de todo o Brasil, ele acumulava também a vontade de jogar na frente do namorado.

CAPÍTULO 35

BRASIL NA COPA: RIGANZOLLI ABRE O PLACAR E ITÁLIA SAI NA FRENTE PELO PENTA!

Cidade do México, 12 de julho de 2026

Edinho soube exatamente o momento em que ficou claro que a Itália faria o gol. Não foi quando Riganzolli balançou a rede; não, aquele gol foi quase como um presságio.

Quando a defesa do Brasil, em um erro de passe simples, colocou a bola nos pés do meio-campista italiano, o ataque do time europeu encontrou exatamente o que precisava. O espaço para uma jogada bem articulada e fatal, do jeitinho que deixou a Azzurri famosa nos halls da fama do futebol mundial.

Em três toques rápidos e precisos, a bola foi para o fundo da rede, sem a menor chance de defesa para Fred. O goleiro ainda se recuperava do lance anterior e ficou com a sensação de que a bola mal havia saído de suas mãos e já estava de volta, mas não pelos motivos esperados dessa vez.

Enquanto o Brasil se recuperava do primeiro gol e Fred gritava instruções para direcionar melhor a defesa, Edinho Meteoro aproveitava para dar uma olhada em volta. O apito inicial tinha soado doze minutos antes, e a sensação coletiva era a de que o jogo acontecia fazia uma hora. O tempo era um novo adversário.

O clima no banco era otimista; mesmo depois do gol, a maioria dos colegas manteve a confiança de que o jogo ainda era do Brasil. Uma teoria comprovada pela excelente partida que a canarinha fazia em campo.

Atrás da área dos reservas, Edinho escutou os gritos do Canarinho Pistola, o mascote brasileiro, em uma tentativa de fazer com que a torcida fosse efetivamente o décimo segundo jogador em campo.

Ao seu lado, Murilo rezou o que parecia ser uma mistura de Pai-Nosso e Ave-Maria. A velocidade com que os cânticos eram entoados tornou impossível entender o que ele queria dizer. Do outro lado, Pablo continuava sentado, vibrando, mas seguindo a própria superstição que o tinha deixado sem encostar o pé esquerdo no chão desde que a partida havia começado.

No Brasil, infinitas outras tentativas de garantir o hexa também eram replicadas. Orações, mandingas, simpatias, tradições de família. Os diferentes nomes funcionavam como um só significado: depois de vinte e quatro anos sem pisar em uma final, os brasileiros estavam cansados de esperar o hexa. A sexta estrela precisava virar realidade.

— Você acha que esse gol vai desestruturar o Brasil, Gilvão? — perguntou Rocha na narração.

— De jeito nenhum — replicou, rápido. — O Brasil segue calmo e demonstra ser um time que aprende rápido. Apesar do gol, a defesa brasileira está de parabéns com a Copa que fez até aqui.

Da extremidade do gramado, Cida permanecia impassível. O nervosismo que todo o país exclamava não chegou até a própria técnica. Ela confiava no time formado. Dedé e Don-Don jogavam nas suas melhores formas — o segundo sedento depois de ter ficado de fora da semifinal.

Aos trinta minutos do primeiro tempo, o gol tão esperado levou a atitudes inesperadas. Quando Dedé sacudiu a rede em um gol de canhota, Cida desmontou um pouco e correu até o banco para comemorar com os jogadores. Mas a alegria durou pouco.

Antes de chegar até as câmeras e fazer a tão ensaiada coreografia para homenagear o filho, aniversariante do dia, Dedé notou o árbitro fazendo um quadrado com as mãos e solicitando o VAR. O bandeirinha levantou a bandeira assinalando um provável impedimento.

— Agora no replay vemos o VAR e descobrimos se o Dedé estava realmente impedido — comentou Rocha. — Ih, estava, sim, ó! Gol anulado!

De volta à desvantagem, o Brasil pressionou no ataque. Não era possível que, jogando no seu melhor nível, o gol não saísse. Do banco, Edinho acompanhava cada jogada com olhos vidrados, enviando todas as preces ao universo para que a técnica o colocasse em campo.

Estava acostumado a jogar contra aqueles adversários. A grande maioria ainda atuava no campeonato italiano; rivais frequentes do Grifones. O brasileiro sabia que a defesa italiana era uma das mais lendárias do futebol mundial, mas não tinha medo. Sabia como reagir, onde procurar por espaços que mais ninguém seria capaz de ver, mas não sabia como falar isso sem parecer arrogante. Por mais que uma parte dele quisesse ferrar a vida de Don-Don, existia o medo de sua declaração acabar com o excelente jogo de Dedé.

— E agora, Gilvão, o que a técnica Cida tem que fazer para tirar o jogo desse marasmo? — perguntou Rocha.

— Olha, meu caro amigo, apesar de o Brasil fazer um excelente jogo, estou sentindo falta da proatividade da nossa técnica.

— Como é? — perguntou Rocha, um pouco descrente.

— Pois é! Nunca pensei que falaria isso, mas estou sentindo falta das substituições que só ela sabe fazer.

— Quem diria…

— Com toda certeza, Rochinha, entre os maiores prêmios que levamos dessa Copa, sem dúvidas, Cida é um dos melhores.

De volta ao campo, no nervosismo para evitar um novo ataque articulado por Riganzolli e o resto da ofensiva italiana, Dudu Potiguar acabou sendo direto demais em uma entrada: pênalti para a Itália. O maior pesadelo do time se tornou uma difícil realidade.

No banco, os Reservados se apoiavam um no outro. Alguns entoavam preces, outros fechavam os olhos em um ato de nervosismo. Edinho se concentrava em enviar todas as preces para o melhor amigo. Se existia alguém capaz de defender aquele gol, esse alguém era Fred.

Riganzolli colocou a bola no chão.

O juiz apitou. Ele chutou.

Como se o mundo funcionasse em câmera lenta, Edinho sentiu uma onda de felicidade ao ver Fred indo na exata direção da bola. Mas logo o sentimento foi substituído por desespero. A mão do goleiro não alcançou a bola por pouco, todos os reservas juravam que a bola chegou a raspar na luva, antes de mais uma vez parar no fundo da rede.

Se Deus era mesmo brasileiro, naquele minuto ele havia feito uma pausa para ir ao banheiro.

Dois a zero para a Itália. O juiz apitou o fim do primeiro tempo.

O silêncio imperava no vestiário do Brasil. Cida entrou com a comissão técnica em uma salinha separada dos jogadores, dessa vez não havia discurso acalorado; era hora de pensar em todas as estratégias possíveis para virar.

O restante dos jogadores se aglutinou em diferentes grupos; alguns falavam baixo, enquanto outros apenas encaravam o vazio. Fora um primeiro tempo difícil, com os dois times apresentando um futebol de alto nível.

Edinho Meteoro foi em busca de quem mais precisava dele naquele momento. Fred estava isolado em um canto, nenhum outro jogador ousava se aproximar. Até o Golden Retriever do time tinha momentos amargos.

— Adianta eu falar que não foi culpa sua? — disse Edinho, enquanto o amigo tinha o rosto entre as mãos.

— Não — respondeu Fred. Ele espiou por entre os dedos. — Quer dizer, ajuda um pouquinho.

Incentivados pela coragem de Edinho, alguns outros Reservados se aproximaram e entoaram o discurso do atacante. Por mais que ele fosse um goleiro incrível, Riganzolli era um jogador impressionante e, de um jeito ou de outro, um dos lados teria que perder. O capitão Barbosa e alguns zagueiros se aproximaram também.

— Bora, galera, o jogo ainda não acabou.

— Isso! E, Fred, se depender de mim, você nem se mexe mais nessa porra — provocou Nailson.

Nesse momento, Edinho se lembrou da dica que Benedikt lhe dera. Na hora, não levou muito a sério. Achava ser só mais uma zoação do alemão, um boato que se espalhara pelos vestiários.

Mesmo assim, que alternativa ele tinha? Se existia uma chance de a defesa ganhar ainda mais confiança, a final da Copa do Mundo era o momento perfeito para apostar todas as fichas nela.

— Ei, quando eu estava na Itália, ouvi um boato sobre o Riganzolli — começou Edinho.

Automaticamente todos se calaram. Até mesmo o grupo mais afastado, no qual Don-Don, Adelmo e Dedé conversavam, começou a prestar atenção na fofoca.

— O que me falaram é que ele tem ouvidos mais sensíveis — continuou ele. — Então... sei lá, evitem gritar informações um pro outro perto dele. Sabe como é, ele perde a concentração fácil.

Ninguém sabia ao certo se acreditava ou não na informação. Ou se a brincadeira era apenas uma forma justa de lidar com um momento tão importante como aquele, mas uma coisa era certa: a risada que aquela teoria ajudou a espalhar definitivamente fez diferença na hora de melhorar os ânimos para o segundo tempo.

De volta ao campo, assim que o juiz iniciou o segundo tempo, Cida se aproximou dos reservas e mandou Edinho, Murilo e Stefano para o aquecimento.

Enquanto alongava as pernas com a ajuda dos colegas, Edinho mal conseguia acompanhar o que acontecia em campo. Mas, pelo que percebia pela movimentação, a defesa brasileira não dava espaço para o ataque italiano jogar, e essa era a melhor alternativa para o momento.

O primeiro a entrar foi Murilo, aos catorze minutos. Apesar do físico magrelo, incomum em jogadores da defesa, o garoto compensava em velocidade e técnica. Bastava um segundo para que a bola voltasse aos seus pés e os meio-campistas da Itália se perguntassem o que havia acabado de acontecer. Edinho assistia ao amigo jogar com uma felicidade genuína.

— Finalmente, meus caros amigos telespectadores! — comentou Gilvão. — Nossa técnica das substituições está de volta e aumentou o número de zagueiros em campo dessa vez.

— Pois é, Gilvão, uma decisão arriscada, se você quiser a minha opinião.

— Por quê?

— Tradicional demais, não parece o que a Cida faria — explicou Rocha. — Seria essa uma tentativa de impedir uma goleada? Me parece cedo demais para esse nível de precaução.

— Ah, vamos esperar pra ver. Se a gente aprendeu uma coisa com a técnica da seleção brasileira é que "arriscado" pra ela é sinônimo de sucesso.

Aos dezoito minutos foi a vez de Edinho entrar em campo, e, quase ao mesmo tempo, a Itália substituiu um volante por um novo zagueiro.

A atitude deixou o jogador sergipano lisonjeado, mas preocupado: uma defesa mais forte dificultaria consideravelmente seu papel, mesmo assumindo a função de Lucas Gaúcho no meio-campo.

Assim que suas chuteiras ultrapassaram a linha branca do campo, uma onda de nervosismo o atingiu, mas logo ele recuperou o foco. Ao olhar para o pontinho do outro lado do campo, que ele sabia ser Fred, Edinho também cruzou o olhar com Benedikt em um dos camarotes do topo, tudo isso até finalmente encontrar Lucas, que o cumprimentou antes de sair de campo. A confiança que o amigo passou foi o suficiente para que ele esquecesse as próprias superstições e criasse novas.

Desde que deixara a Itália rumo à Copa, Edinho Meteoro fora obrigado a revisitar várias regras.

Benedikt. Cida. Rafaello. Vanessa. Tudo tinha se mostrado diferente do que parecia. Até mesmo pessoas, dia após dia, o obrigavam a repensar imagens e reputações. Por que ele também não poderia ser mais do que havia imaginado para si?

Será que o primeiro jogador abertamente gay da seleção brasileira também poderia ser o herói dela?

Antes que a resposta visse, Barbosa tocou para Kaio. O volante fez um passe curto para Adelmo, que então colocou a bola nos pés de Edinho. No breve segundo que teve para tomar uma decisão, Edinho decidiu ir pelo caminho menos óbvio e saiu em disparada pela direita e atravessou de um lado para o outro em uma diagonal de alta velocidade.

— GOOOOOOOOOOOOOOOOL! — berrou Gilvão. — É DE EDINHO METEOOOOOOOOROOOOOOOOO!

Antes de comemorar, ele olhou para o árbitro em busca de algum indicativo de irregularidade, mas, ao perceber que nada ia acontecer, saiu em disparada na direção de Dedé. Puxou o colega pelo braço e o levou até as câmeras. Lá, os dois fizeram a coreografia para o filho do atacante.

O jogo começou a esquentar.

O sol, antes escondido, agora queimava forte. No calor, a pele brasileira incendiava, e a Itália sentiu na própria o quanto não podia subestimar o Brasil. Foram três chutes ao gol em poucos minutos, e a bola pareceu esquecer o caminho para a pequena área de Fred.

Em uma cobrança de escanteio, Edinho chutou direto nos pés de Don--Don. O passe perfeito para que o curitibano fizesse um chute colocado, mas, em vez disso, o jogador recuou e tocou novamente para o sergipano.

Edinho driblou o último zagueiro e fingiu que ia chutar, mas fez um passe curto para os pés de Dedé, que não pensou duas vezes antes de empatar para o Brasil.

— DEDÉEEEEEEEEEEE! DO BRASIIIIL! — gritou Gilvão.

O estádio foi à loucura. As ruas do Brasil não ficaram atrás. A vendinha de seu Bebeto, que continuava aberta graças aos filhos que ainda moravam no Santo Antônio, em Aracaju, estourou vários fogos de artifício. Naquele dia, com um conterrâneo na final, pela primeira vez em anos, a mercearia fechou para assistir ao desfecho da copa.

Durante os meses seguintes, o vídeo de Gilvão todo vermelho sendo atendido por um time médico, tamanha a emoção do segundo gol, se tornaria um grande meme. A garrafinha de água e um ventilador próprio virariam sua marca registrada.

Em campo, Edinho, Dedé, Murilo e Adelmo fingiam pintar as unhas. Uma homenagem clara à cor de esmaltes mais popular do Brasil no momento, o Azul Meteoro.

O empate nos últimos dez minutos fez o Brasil jogar ainda mais solto. A marcação da zaga italiana era forte, mas o Brasil apostava na velocidade para garantir os chutes ao gol.

Em uma disputa de bola com um volante italiano, Mendonça avançou para o Brasil em uma jogada rápida com Kaio, que tocou para Adelmo, e então para Dedé. No último segundo, o jogador deixou a bola passar direto e colocou a jogada nos pés de Edinho, que avançava pela esquerda.

Enquanto corria, Edinho jurou que conseguia ouvir as vozes do estádio gritarem seu nome. Não como uma só massa, mas separadamente. Ali cada uma delas servia como um carregador, algo para impulsioná-lo a correr mais rápido. Como o Meteoro que nasceu para ser.

Ele não voou — pelo contrário, flutuou.

A entrada do zagueiro italiano foi abrupta e, entre os segundos em que ajustava a bola para o chute derradeiro, Edinho sentiu o corpo rolar e ouviu uma última coisa antes de cair com a cara no gramado. Um barulho desesperador no joelho direito.

CAPÍTULO 36

BRASIL NA COPA: BRASIL EMPATA, MAS PERDE EDINHO METEORO! JOGADOR SAIU EM PRANTOS CARREGADO NA MACA.

Cidade do México, 12 de julho de 2026

Nos minutos em que recuperava a consciência, Edinho Meteoro tentou entender o que havia acabado de acontecer. No campo, a dor era tanta que ele não conseguia se concentrar em outra coisa. Em um minuto se preparava para um ataque e, no outro, encontrava-se deitado, vestindo uma bota até o joelho; Benedikt e a cirurgiã-ortopedista do time médico da seleção brasileira ao seu lado.

A sala médica improvisada tinha um cheiro estranho, algo parecido com roupas molhadas guardadas havia muito tempo. Edinho ficou um pouco tonto quando tentou se sentar pela primeira vez. Ficar na vertical talvez ajudasse as sinapses funcionarem de forma mais assertiva de novo, mas ele não conseguia fazer nada muito bem.

— O jogo acabou? — perguntou, sentando-se rápido quando a memória começou a funcionar melhor.

— Ei, *pivetxe*! Pega leve aí… — Bene tentou acalmá-lo, ostentando um olhar assustado no rosto.

Então a dra. Ani pediu ao alemão, em inglês, que ele se acalmasse. A mão da médica no ombro de Benedikt era um lembrete de que ele precisava se controlar.

— O que aconteceu? O jogo já acabou? — perguntou Edinho de novo, ainda mais nervoso.

Benedikt alternava o olhar entre Edinho e a doutora, tentando captar algum significado conhecido das frases em português, mas falhava miseravelmente.

— Não. O juiz acabou de indicar os acréscimos. Seis minutos. — Edinho respirou aliviado ao ouvir aquilo. — Você veio pra cá há uns dez minutos.

— O juiz deu falta?

— Deu — explicou a médica, com um sorriso. — O zagueiro italiano, Paolo, foi expulso. A Itália tá jogando com um a menos.

Ao ouvir o nome conhecido, Benedikt se levantou.

— Eu vou matar aquele filho da puta. Foi de propósito, a bola estava parada. — Edinho então entendeu o olhar do companheiro.

— O garanhão aí quase pulou do camarote para o campo — contou dra. Ani, em português. — Se não fosse o presidente da FIFA prometendo acesso ao vestiário do Brasil, a gente já teria um outro novo escândalo envolvendo vocês dois.

— Eu posso voltar pro campo? — perguntou Edinho, finalmente.

— Edinho, provavelmente você vai precisar de cirurgia — respondeu, sem rodeios. — O ideal seria te levar pro hospital agora…

— Doutora, se o Brasil perder, em seis minutos você me leva pro hospital. Mas, se a gente virar, não tem nenhuma chance de eu não levantar aquela taça.

A médica não sabia o que fazer, mas não deixava de pensar na frustração que seria ver aquele garoto chegar até ali e privá-lo do capítulo final. Então, contrariando todas as recomendações dos colegas, ela entreabriu a porta e gritou:

— Me arrumem duas muletas!

Mais cedo, no campo, enquanto Edinho era arrastado em uma maca, o restante do time foi para cima do zagueiro italiano. A briga generalizada só não piorou porque o juiz sul-africano não demorou a tirar o cartão vermelho e expulsar o jogador de campo.

Do lado de fora, Cida deixava a preocupação com Edinho de lado ao tentar explicar algumas instruções para Felipinho, que faria sua estreia na Copa justamente no jogo mais importante da competição. Novamente, Cida sabia que a maioria dos técnicos não apostaria em um jogador tão novo como ele, mas ela não ignoraria os próprios instintos em um momento como aquele.

Felipinho era o único jogador que chegava perto de Edinho em velocidade.

Era só ignorar o fato de que na única tentativa de colocá-lo em campo, ou em todas as ocasiões mais importantes nos treinos, ele havia desmaiado.

O risco era alto, e todo o banco de reservas prendeu a respiração assim que Cida chamou o garoto.

— Vinte e seis jogadores, lembra? — Cida segurou o garoto pelos ombros. — Você já estava em campo, só precisa continuar nele.

O garoto assentiu, nervoso, mais pela proximidade com a técnica do que pelo jogo em si. O empate não era a situação mais desesperadora, ele só precisava fazer o que foi treinado para fazer: gol.

Quando o juiz apitou, sinalizando o acréscimo de seis minutos, Cida respirou aliviada. Não queria chegar até a prorrogação.

— E quem entra é Felipinho, Gilvão! — narrou Rocha. — É a melhor escolha para substituir o Edinho?

— Não, porque não tem ninguém para substituir o talento do garoto — disparou Gilvão, consideravelmente emocionado. — Mas agora temos que focar, o jovem fez um trabalho excepcional no Internacional e é rápido. Só temos que torcer pra ele não apagar novamente, precisamos do garoto correndo, não desmaiando!

— Exatamente! As informações que recebemos aqui são as de que Edinho Meteoro está bem, mas provavelmente precisará de uma cirurgia. Teremos mais informações em breve.

— É hora de o Brasil inteiro começar a rezar pelo hexa e pela recuperação do nosso Meteoro. — Edinho adoraria ter ouvido Gilvão usar o pronome possessivo para se referir a ele.

O juiz apitou, o atacante reserva entrou em campo e, para a felicidade geral da nação brasileira, Felipinho não desmaiou.

No campo, assim que cobrou a falta, o rapaz demonstrou ser capaz de fazer um encaixe preciso no ataque brasileiro, articulando de forma rápida com Dedé e Adelmo para colocar a bola em um passe perfeito nos pés de Don-Don. O jogador chutou, mas a bola não encontrou; bateu no travessão. O estádio ecoa um grande "Uhhh".

— Puta que pariu! — Cida xingou, baixinho, e então percebeu a fisioterapeuta da seleção ao seu lado. — E aí, como ele está?

— Bom, professora, ele teve um rompimento do ligamento cruzado no joelho direito. — A técnica fechou os olhos ao escutar o potencial diagnóstico. — Mas ele está bem, consciente e já usando uma bota.

— Ele está com dor?

— Não, está medicado… mas…

— Então traga ele de volta.

— Cida… ele também está desesperado pra vir, mas eu…

— Doutora, com todo respeito, se eu achasse que Edinho Meteoro só faria a diferença pra esse time dentro de campo… — Ela parou para respirar. — Eu não o teria convocado como reserva, para começo de conversa.

Três minutos depois e faltando apenas mais três para o fim do jogo, Edinho Meteoro se aproximou do campo, acompanhado pela dra. Ani e por duas muletas. Cida sorriu para o atleta, um sorriso encorajador. Ela sabia que, se a fisioterapeuta estivesse correta, Edinho teria um longo caminho de recuperação pela frente.

Assim que ele apareceu, a torcida gritou alto, e os jogadores do banco começaram a aplaudi-lo.

— Com você, apenas grandes atos apoteóticos e dramáticos, né, gay? — brincou Cida.

Edinho ficou surpreso com a informalidade da conversa. Mas então percebeu que, fora de campo, Cida não era mais sua técnica, e isso a colocava no lugar de uma boa amiga.

— Ah, se não for pra virar capa de jornal, eu nem saio de casa… PUTA QUE PARIU! — gritou Edinho quando o juiz deu uma falta arriscadíssima para a Itália.

O meio-campista italiano se preparou para cobrar. O banco de reservas e toda a equipe do Brasil prendeu a respiração. O jogador chutou ao gol, mas Fred foi ao exato encontro da bola e espalmou por cima do travessão. Escanteio para a seleção italiana.

O atacante chutou, mas foi direto para as mãos do goleiro. Fred olhou para o telão. Dois minutos os separavam do fim, dois minutos. Edinho tentava imaginar todas as jogadas que poderia fazer se estivesse em campo: chutar forte, colocar a bola direto no meio do campo ou simplesmente torcer para o ataque funcionar rápido. Poderia chutar baixo, fazer um passe seguro, deixar a zaga articular uma jogada do começo ao fim. Uma opção arriscada, já que Riganzolli ainda estava no seu campo de visão, ansioso para interceptar um passe e acabar com as esperanças do Brasil.

Então Fred encontrou o olhar de Edinho, preocupado. A típica ruga no meio da testa do amigo, sem demonstrar dor, mesmo com duas muletas mantendo-o de pé e provavelmente sem chances de jogar bola por um bom tempo.

Edinho Meteoro. Que desde que colocou pela primeira vez a camisa treze disputou cada jogo como se fosse o último. Que jogava como se cada minuto significasse o fim do futebol. Como se, quando o juiz apitasse, o barulho não passasse de um agouro indicando que, pronto, o esporte acabaria para sempre; por isso ele jogava sem medo de arriscar, jogava porque era tudo o que queria. Tudo o que sabia.

Fred parecia ter tomado uma decisão. Chutou forte para o meio do campo, deixou o gol vazio e saiu em disparada. Era tudo ou nada.

Contrariando todos os fãs de futebol, aquela era uma jogada com grandes chances de dar errado.

— Que porra ele tá fazendo? — Edinho olhava boquiaberto.

Cida respondeu, sorrindo, sem esconder um pouco o orgulho:

— Não faço a mínima ideia.

Pela primeira vez na história, a bancada de comentaristas ficou em silêncio, acompanhando, sem respirar, o desenrolar da jogada. Nailson. Passou para Kaio. Recuou para Barbosa. Fred. Kaio novamente. Tocou para Adelmo que ajeitou no peito.

Cruzamento alto para Dedé que chutou para a pequena área.

O arco da bola foi perfeito, o goleiro italiano se preparou para recebê-la nas mãos, impecável. Riganzolli abriu um sorriso. Aquele seria o contra-

-ataque mais fácil do mundo. Fred não conseguiria voltar a tempo. A zaga brasileira, já preocupada, tentava desesperadamente se recuperar enquanto também assistia ao lance. O mundo mais uma vez funcionava em câmera lenta.

Então Don-Don apareceu e cabeceou.

— GOOOOOOOOOOOOOOOOOL! — gritou Gilvão pela última vez. — É DO BRASIIIIIIIIIIIIIIIIL!

O juiz apitou o fim da partida.

O Brasil venceu o jogo.

Ao ser levado até o campo pelos Reservados para encontrar os outros jogadores, o Meteoro não sentiu dor. Quando Fred, cheirando à grama, o abraçou, Edinho não sentiu o joelho latejar. Pelo visto, a dor era insignificante perto da felicidade genuína. Ao menos com altos níveis de medicação analgésica.

Cida não se encaminhou ao meio do campo. Ela correu até os camarotes mais próximos ao encontro de Abelha e, em frente a vários fotógrafos, beijou a mulher sem nenhum pudor.

Ao receber a medalha de ouro, Edinho lembrou da mãe, ele também olhou de longe para Benedikt ao sentir o metal gelado nas próprias mãos. O futuro parecia incerto, mas a voz da sua consciência não brigava de volta dessa vez. Ela apenas o questionava: quando é que o futuro não foi incerto pra gente?

No dia seguinte, a foto do capitão Barbosa erguendo a taça estampava as manchetes de todos os jornais; um registro da história do Brasil e do futebol. Na internet, nos grupos de família e na tela do celular de meninos gays e inúmeros jogadores, a foto de Edinho Meteoro beijando a taça enrolado em uma bandeira colorida deu início ao começo de uma nova era, a uma nova história.

EPÍLOGO

PARADA DO ORGULHO: PELA PRIMEIRA VEZ NA HISTÓRIA, FBF ENVIA O PRÓPRIO TRIO!

São Paulo, 25 de junho de 2027

No dia primeiro de junho de 2027, a FBF, em parceria com a FIFA, declarou que, a partir daquele momento, daria início a um processo de reconhecimento a ligas formadas por times LGBTQIAPN+ ao redor do mundo.

Durante anos, atletas queers que gostavam de jogar futebol criavam os próprios times por não se sentirem bem-vindos em espaços majoritariamente cisheteronormativos. Algumas ligas existiam por diversão, mas vários atletas apresentavam talento para uma carreira profissional, só não tinham a identidade "correta".

Com a nova regra, a profissionalização dos clubes aconteceria a partir do cumprimento de uma série de requisitos para receber reconhecimento pela FIFA e apoio da FBF, inicialmente sem nenhum pagamento às instituições. Aquela era uma das primeiras grandes implementações do novo presidente da FBF — e primeiro presidente abertamente gay —, Rafaello.

Como todos os ventos de mudança, as iniciativas sacudiram as estruturas de uma instituição que nada tinha de flexível. Depois da Copa de 2026, o número de pessoas queers querendo retomar o espaço roubado nos esportes explodiu exponencialmente. Isso fez com que mais marcas buscassem apoiar os times clandestinos até então, obrigando a FBF a se posicionar, afinal vários precisavam de ajuda para lidar com os aspectos burocráticos do futebol; um grande negócio.

Edinho Meteoro agora também era copresidente de um desses clubes. O time Arrasararas havia sido fundado em Aracaju e reunia amigos gays e trans para jogar futebol no Santo Antônio todo domingo. Sua parte da premiação na Copa fora toda investida no clube, que agora estudava abrir uma contraparte feminina.

De frente a um espelho improvisado dentro do trio, prestes a entrar na maior Parada do Orgulho do Mundo, em São Paulo, Edinho se olhava. Admirava a camisa oficial do próprio time, com tons holográficos e uma Arara usando um delineado perfeito. Ele participara de perto do mapeamento dos clubes e havia viajado com frequência até a Suíça para depor a favor do reconhecimento de todos eles.

— Você sente muita falta de jogar, né? — perguntou Giu.

Ele tomou um susto ao se virar para encarar a amiga, belíssima em um corset pintado nas cores da bandeira trans e unhas que ele jurava ter uns vinte centímetros.

— Desculpa, amigo, Bene mandou eu vir te procurar, ele começou a desconfiar que tinha alguma coisa errada.

— Relaxa. — Ele tentou acalmar a amiga. — Já tá tudo certo, eles chegam em dez minutos.

— Ótimo, mas você não respondeu à minha pergunta…

Edinho evitava falar sobre o assunto, exceto quando era surpreendido por perguntas de jornalistas maldosos. Desde a final da Copa em 2026, ele não havia voltado aos campos; ainda seguia uma rígida e regrada rotina de fisioterapia na esperança da recuperação completa do joelho, mas nada era certo.

— Demais. — As lágrimas começaram a vir. — Não sei o que vou fazer se eu não puder mais jogar, amiga…

— Você vai! Precisamos de você para o hepta. Mas, mesmo assim, caso não role, você vai fazer o que já está fazendo: abrir portas para que mais atletas como você possam levantar todas as bandeiras e taças do mundo, ok?

Quando os dois saíram pela escadinha que levava até o topo do trio elétrico, Benedikt entrou no campo de visão de Edinho. Seu namorado estava radiante; era a primeira Parada dele, e pela quantidade de glitter e desenhos de arco-íris espalhados pelos braços, não tinha poupado esforços.

— Aconteceu alguma coisa? — Bene se aproximou, beijando o companheiro.

— Mariélle quis gravar um arrume-se comigo — respondeu, abraçando-o para disfarçar. Mariélle desde o começo fazia parte do plano.

Nesse momento, uma nova leva de pessoas subiu no trio. O primeiro veio ao encontro deles e os puxou para um abraço coletivo.

— Meu Deus, será que vocês não se cansam de ficar se pegando não?

Fred também estava ansioso pela primeira parada. Nas costas, tinha uma bandeira trans amarrada, que combinava exatamente com o corset de Giu.

— Como se você e sua namorada fossem diferentes, né? — respondeu Benedikt, em um português carregado.

— Esposa! ES-PO-SA! — corrigiu Fred. — Não vou deixar seu português básico anular a validade do meu casamento... um casamento em Vegas ainda é válido.

Edinho ficou calado enquanto ouvia a afirmação do amigo. Giu havia lhe confidenciado que, mesmo com um casamento válido em Vegas, Fred não escaparia de uma cerimônia tradicional com toda pompa, vestido e tudo o que o dinheiro do futebol poderia comprar.

O trio começou a ficar cheio, Mariélle chegou com uma nova leva de pessoas, e Edinho reconheceu alguns colegas da seleção ao fundo: os amigos Nailson, Stefano e Murilo — que estava enrolado em uma bandeira assexual — fizeram questão de estar ali.

— E aí, deu tudo certo? — perguntou Edinho.

— Tudo perfeito, só tive que dar uma controlada em alguns fãs no aeroporto — respondeu. — Você não vai falar nada do meu look, dizer que estou linda?

— Está perfeita.

— O que vocês estão aprontando, hein? — interrompeu Benedikt, curioso.

Os dois fingiram surpresa. Uma atuação digna de Oscar.

Quase no mesmo momento, o trio fez uma curva e entrou na Avenida Paulista. A multidão começou a gritar ensandecida ao ver Edinho e

Benedikt juntos. O alemão não perdeu tempo e foi até a extremidade do trio acenar para o público.

Ainda era estranho, mesmo depois de um ano, perceber o quanto as pessoas vibravam com os dois juntos. A rivalidade por causa do sete a um havia ficado no passado; óbvio que isso ainda gerava piada em algumas entrevistas e memes, mas os fãs de #Benzinho eram leais e dedicados.

Alguns até demais, como era possível ver em um cartaz para o casal:

BENZINHO ME DEIXA SER SUA MARMITA

Em um momento, ao ver o trio parado e a equipe técnica começando a montar os equipamentos para alguma banda, Benedikt voltou à atenção para o que estava acontecendo.

— Você sabe quem vai tocar? — perguntou, com os olhos azuis curiosos.

— Então…

— Edinho, o que você fez?

— Você sabe que esse mês também é nosso aniversário, né?

— Óbvio. — Benedikt estava sério.

— Aí pensei em fazer uma surpresinha.

— Que surpresinha?

Antes que ele respondesse, a drag apresentadora gritou uma surpresa para o público, e, trinta segundos depois, Dan Reynolds apareceu em cima do trio, levando Benedikt e todo o resto da Avenida Paulista à loucura.

— Recebam, Imagine Dragons!

Bene começou a gritar como uma criança, até se tocar que aquela era a surpresa.

— Como você…

— Eu finalmente descobri as vantagens de ser um jogador adorado mundialmente.

Quando a primeira música começou a tocar, Benedikt sussurrou a alegria de viver aquela surpresa com Edinho e o puxou pelo cós da calça jeans.

Entre os segundos que os separaram, Edinho Meteoro pensou no futuro. Infelizmente, ainda demoraria para ele voltar a jogar. A lesão tinha se mostrado muito mais difícil de recuperar do que o imaginado. Mas, mais uma vez ele deixaria novamente o mundo de boca aberta com sua capacidade de dar a volta por cima.

A saga até a Copa de 2030 seria ainda mais especial.

Mesmo assim, naquele momento, o atacante sergipano advogaria pela diversidade em todos os esportes; acreditando que não havia necessidade de existirem ligas inclusivas ou até Jogos Olímpicos LGTBQIAPN+. Era o momento de deixar o esporte, que tanto acreditavam ser responsável por unir o mundo, realmente fazer isso.

Com o tempo, Edinho Meteoro aprenderia a admirar a aleatoriedade de um futuro inesperado. Um futuro que não realizaria tudo conforme planejado, mas que traria predisposição para fazer tudo acontecer do jeito certo.

Por ora, ele estava apenas satisfeito em testemunhar um desejo profetizado havia muito tempo sendo realizado.

Benedikt beijava-o na frente de todo mundo, ao som da sua banda favorita.

CLASSIFICAÇÃO DA COPA

GRUPO 1
ESTADOS UNIDOS
CHINA
BÉLGICA
IRLANDA

GRUPO 7
ESPANHA
TRINIDAD & TOBAGO
EGITO
TUNÍSIA

GRUPO 2
MÉXICO
CAMARÕES
CROÁCIA
FILIPINAS

GRUPO 8
ITÁLIA
IRAQUE
COREIA DO SUL
EL SALVADOR

GRUPO 3
DINAMARCA
ISRAEL
CANADÁ
ROMÊNIA

GRUPO 9
SENEGAL
URUGUAI
INGLATERRA
PANAMÁ

GRUPO 4
ARGENTINA
HONDURAS
COSTA DO MARFIM
NORUEGA

GRUPO 10
COLÔMBIA
GRÉCIA
GANA
ARGÉLIA

GRUPO 5
FRANÇA
PERU
NOVA ZELÂNDIA
NIGÉRIA

GRUPO 11
PORTUGAL
IRÃ
ÁFRICA DO SUL
BÓSNIA

GRUPO 6
AUSTRÁLIA
HOLANDA
PAÍS DE GALES
ÁUSTRIA

GRUPO 12
ALEMANHA
BRASIL
JAPÃO
TAITI

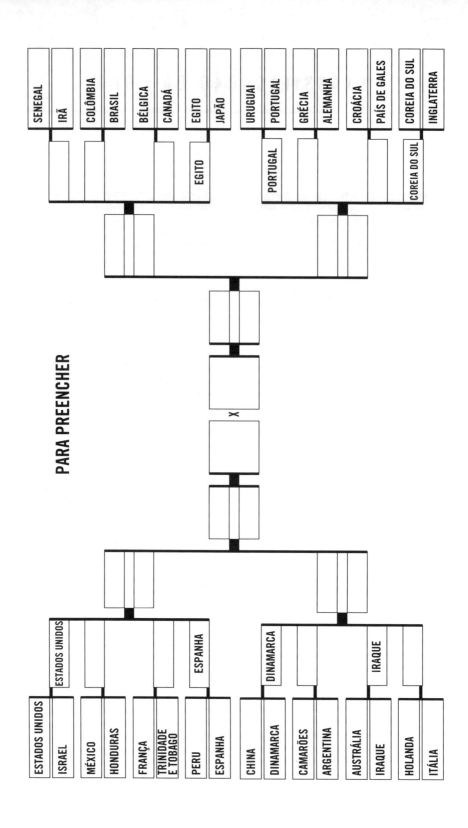

CONVOCADOS DA SELEÇÃO BRASILEIRA PARA A COPA DO MUNDO DE FUTEBOL DE 2026

TIME TITULAR

Fred *Goleiro*
Dudu Potiguar *Lateral*
Marra *Lateral*
Nailson *Zagueiro*
Barbosa *Zagueiro*
Kaio *Volante*
Gabi Chute *Volante*
Mendonça *Meio-Campo*
Adelmo *Meio-Campo*
Dedé *Atacante*
Don-Don *Atacante*

TIME RESERVA

Antonhão *Goleiro*
Wendell *Goleiro*
Deko *Lateral*
Stefano *Lateral*
Murilo *Zagueiro*
Martins *Zagueiro*
Pablo *Zagueiro*
Ariel *Volante*
Fubu *Volante*
Lucas Gaúcho *Meio-Campo*
Sami *Meio-Campo*
Juvis *Meio-Campo*
Pedroca *Atacante*
Felipinho *Atacante*
Edinho Meteoro *Atacante*

AGRADECIMENTOS

Antes de escrever esses agradecimentos, eu passei uns trinta segundos gritando em um travesseiro para não levar uma multa no meu condomínio. De algum jeito a ficha caiu de que vou publicar um livro e eu precisava de alguns minutos unicamente para surtar. Pronto, passou. Acho que agora consigo escrever algo minimamente coerente.

Antes de mais nada, preciso agradecer muito à minha família. Lá em Aracaju, eles foram os primeiros a me incentivar na leitura. E os primeiros a alimentar o meu vício, principalmente por livros duvidosos sobre vampiros que brilhavam e filhos de semideuses. Mãe, obrigado por comprar o meu primeiro livro. Nunca vou esquecer da magia de ler *Eugênio, o Gênio*, da Ruth Rocha, pela primeira vez. Seu apoio me fez o autor que sou hoje.

Em especial, também gostaria de agradecer à minha tia Maurinha, que emprestou seu nome, e a mania de morder a língua, para a mãe do Edinho. Diga-se de passagem, uma personagem incrível desse livro.

João, antes de conhecer você, o amor era algo que eu escrevia usando apenas a teoria. Obrigado por me ensinar na prática o que todos os meus personagens — que eu já escrevi e que pretendo escrever um dia — sentem.

Existem momentos que definitivamente mudam a rota da nossa vida, um desses foi quando Guta Bauer, minha agente mais incrível do mundo, respondeu a um e-mail dizendo: estou FASCINADA por *Te vejo na final*. Guta, dois dias antes daquele e-mail, eu estava muito perto de desistir dessa história. Foi sua mensagem que garantiu o fim (e o começo) de Edinho e Bene. Muito obrigado por apostar em mim, ansioso pelos próximos passos!

Meu trio de ataque, Álvaro, Cecília e Talita. Vocês viram essa ideia nascer, crescer e ganhar uma Copa do Mundo. Não existiria TVNF sem vocês me incentivando e me ameaçando de crimes passionais caso Edinho não tivesse um final feliz.

Sabe toda a parte técnica de futebol que te deixou pensando "meu Deus, essa gay realmente entende do assunto"? Bom, não foi apenas eu. Gabriel, quando te perguntei se você topava me ajudar, não imaginava o quanto você ia se dedicar à tarefa. Nunca me esquecerei disso, muito obrigado.

Minhas editoras perfeitas, Julia e Chiara, obrigado por deixarem Edinho Meteoro e Benedikt ainda mais apaixonantes. Vocês me ensinaram tanto durante esse processo que levarei uma vida inteira de livros escritos — e espero que editado por vocês — para agradecê-las por terem me feito um escritor melhor. Um beijo para todo mundo da Harlequin que cuidou para que esse livro ficasse assim, perfeito.

Falando em "para sempre", existem alguns encontros que nem o universo consegue explicar. Tipo o meu com Giu Domingues. Amiga, escrevendo essa parte meu olho encheu de lágrima porque não dá para dizer nesses agradecimentos o quanto sou grato por ter te conhecido. Vou tentar resumir em: obrigado por ser minha luz que me guia para o norte e por ser a caçadora mais leal quando qualquer sombra de insegurança tenta se aproximar de mim.

Obrigado a todos os amigos que mais uma vez emprestaram seus nomes para os meus infinitos jogadores e personagens, em especial, André, Lua, Sabrina, Tarsila, Nai e Thau. Minha família aqui em São Paulo.

Agradeço também a todos os membros do Choquei Literário, que me inspiram diariamente com fofocas e ainda conseguem ser os autores que aprendo a admirar diariamente.

Tá acabando, eu juro que tá, se você quiser spoiler sobre o que aconteceu depois do fim, aguente mais um pouco, ok?

João Pedroso, minha irmã gêmea que ajudou tanto a deixar essa história redonda. Obrigado pela força, pela ajuda e por mudar o apelido do Benedikt para Bene. Ben realmente deixava ele com cara de americano.

Obrigado a você, leitor, que pegou este livro para ler. A literatura nacional precisa de você mais do que nunca. Se você gostou, divulgue com vontade para que mais pessoas leiam também. Se você não gostou, me manda mensagem no Instagram, tenho milhões de outras histórias brasileiras para te indicar. Continue dando uma chance para a literatura nacional te impressionar.

Por fim, não posso deixar de agradecer ao Edinho Meteoro. *Pivetxe*, você me inspirou e me obrigou a sair do meu local de mundo ao tentar entender as lutas e dores de um jogador punido por amar. Sempre serei grato por ter tido a chance de contar (um pedaço) sua história. Peço desculpas publicamente por não conseguir comparecer no seu casamento, tive alguns problemas com um Cupido melodramático.

Mesmo assim, espero que o seu dia seja lindo, porque já sabemos que o Benedikt é. Ah, obrigado pelos ingressos para a Copa de 2030, sei que as coisas andam meio conturbadas com tudo o que rolou nos bastidores, mas estarei lá te prestigiando. Opa, melhor parar antes que eu acabe falando mais do que deveria.

Este livro foi impresso pela Vozes, em 2024, para a Harlequin.
O papel do miolo é avena 70g/m², e o da capa é cartão 250 g/m².